Eric Walz

Die Sündenburg

Historischer Roman

blanvalet

MIX
Papier aus verantwortungsvollen Quellen
FSC® C014496

Verlagsgruppe Random House FSC-DEU-0100
Das FSC®-zertifizierte Papier *Super Snowbright*
für dieses Buch liefert Hellefoss AS, Hokksund, Norwegen.

1. Auflage
Deutsche Erstausgabe Juni 2011 bei Blanvalet, einem Unternehmen
der Verlagsgruppe Random House GmbH, München

Umschlagmotiv: Richard Jenkins Photography
Umschlaggestaltung: HildenDesign, München
Redaktion: Ilse Wagner
ED Herstellung: sam
Satz: Buch-Werkstatt GmbH, Bad Aibling
Druck und Einband: GGP Media GmbH, Pößneck
Printed in Germany
ISBN: 978-3-442-37696-4

www.blanvalet.de

Für Jürgen Erhardt, den wiedergefundenen Freund

Prolog

IM JAHR 1987 stieß man bei Waldarbeiten am Oberrhein auf die verschütteten, kniehohen Grundmauern einer Burganlage. Sie wurden nur notdürftig freigelegt und nicht genauer untersucht. Zehn Jahre später traf sich dort eine Gruppe Jugendlicher zum Rauchen, stieß eine der Mauern um und fand zwischen den Steinen, von denen einige verwitterte Inschriften trugen, eine silberne Kassette. Sie befand sich äußerlich in einem schlechten Zustand, ihr Inhalt war jedoch nahezu unversehrt: mehrere Rollen Pergament, einige Dokumente, Gerichtsprotokolle, etliche Seiten beschriebenen Lumpenpapiers sowie ein Ring und ein Dolch. Die Waffe, die Kassette und den Ring verkauften sie und teilten den Gewinn. Die Spuren dieser Gegenstände konnten leider nicht wieder aufgenommen werden.

Da Pergamente und Papiere in einer kaum lesbaren Sprache beschrieben waren, schenkten die Jugendlichen ihnen keine weitere Beachtung. Glücklicherweise hob sie einer von ihnen auf. Nicht ahnend, welchen Schatz er besaß, lagerte er sie jahrelang auf dem Dachboden seines Elternhauses, bis er sie einem Antiquar anbot, der ihn an einen Sammler und Kenner verwies. Dieser kaufte ihm die Schriften für dreitausend Euro ab.

Auf über zweihundert Seiten – und in verschiedenen Handschriften – werden dort ungeheuerliche Ereignisse geschildert, die sich zwischen September 912 und Mai 913 in der Burg zutrugen und mit dem Mord an einem Grafen beginnen. Im Mittelpunkt stehen fünf Menschen: ein Richter und eine Gräfin in mittleren Jahren, eine schon etwas ältere, stumme Dienerin sowie die junge Tochter des ermordeten Grafen. Auf manchem Schriftstück befanden sich verblichene Blutflecken. Die halb verwitterten Inschriften im Mauerwerk der Burg wurden inspiziert und als altungarisch identifiziert. Sie stammen von einer an den Oberrhein verschleppten jungen Frau.

Auf der Grundlage all der auf Pergament, Lumpenpapier und Mauerwerk verfassten Schilderungen beruht die folgende Geschichte.

Erster Teil

September bis Dezember des Jahres 912

Bilhildis

DER SCHREI WAR von erschreckender Schönheit wie aus einem Albtraum. Ich hätte nie gedacht, dass es eine Frau gibt, die so entsetzlich schön schreien kann. Ich wünschte, ich könnte es. Aber alles, was aus meinem zungenlosen Mund kommt, sind zermahlene Brocken von Wörtern, noch nicht einmal die Vokale treffe ich richtig. Sie verlaufen in meinem Mund ineinander und werden zu etwas Breiigem, das die Leute ekelt, und deswegen versuche ich erst gar nicht, zu sprechen, es sei denn, ich will jemanden ärgern. Elicias Schrei war ein klares, helles A. Ich erwachte erst davon, als Elicia nahe an meiner Kammer vorbeilief, und ich benötigte einen Moment, um ihren Schrei von dem Lärm der im Burghof feiernden Krieger unterscheiden zu können. Wie ein Wind fegten die junge Frau und ihr Schrei an mir vorüber. Ich öffnete die Tür und sah, wie Elicia in die Kammer ihrer drei Zofen stürmte, doch nur, um sogleich ihren verzweifelten Irrlauf durch die Burg fortzusetzen. Ihre Zofen folgten ihr wie ein Schweif. Das klare A wurde zu einem weichen, klagenden E, das stets von Neuem wiederholt wurde: ein E, Atemluft holen, wieder ein E, Atemluft holen … Zu diesem Zeitpunkt rannte Elicia bereits durch den großen Hof, bekleidet mit einem von der Hüfte abwärts nassen, leicht rötlichen Nachtgewand. Ratlos standen die Leute herum – Wachen, Gesinde –, und keiner durfte es wagen, Elicia, die Tochter des Grafen, aufzuhalten. Die Einzigen, denen das außer mir gestattet gewesen wäre, waren ihr Vater, ihre Mutter und ihr Gemahl, aber von denen war keiner zu sehen. Manche von den Wachen und vom Gesinde sprachen Elicia an und wollten ihr helfen, doch sie bahnte sich ihren Weg, ihr jammerndes E vor sich herschickend und hinter sich herziehend.

Schließlich holte ich sie ein, oder besser gesagt, sie lief mir geradewegs in die Arme, und ich schnappte sie mir, so wie ich manchmal die Mäuse schnappe, die nachts um mein Schlaflager huschen.

Sie versuchte, mich von sich zu stoßen, aber wenn ich auch alt und dünn bin, so bin ich doch nicht schwach. Sie schrie und jammerte, sie fuchtelte mit den Händen herum, und wir lieferten uns, umringt von der staunenden Festgesellschaft, ein albernes Handgemenge, bis ich die Geduld verlor und ihr eine Maulschelle gab, die sich gewaschen hatte. Dann gleich noch eine, aber nur, weil die eine Wange weniger wehtut, wenn auch die andere was abkriegt. Nun gut, das ist ein Ammenmärchen, im wahrsten Sinn des Wortes, also gestehe ich, dass es mir auch ein bisschen Spaß machte. Ich war ihre Amme – was heißt »war«. Amme bleibt man allezeit, auch wenn das Kind bereits zweiundzwanzig Jahre zählt. Nur darf man ihm da normalerweise keine Maulschelle mehr geben, auch wenn es eigentlich eine verdient, weil es sich wie ein bockiges Kind verhält. Diese Maulschelle war schon lange fällig gewesen, und ich nutzte die Gelegenheit.

Elicia hörte sofort auf zu schreien. Na bitte, ich sag's doch, es gibt drei Gruppen von Menschen, bei denen man mit Vernunft nicht weit kommt: Blödsinnige (die gar nicht wissen, was Vernunft ist), Kinder (die noch nicht in sie hineingewachsen sind) und Krieger (die sie freiwillig abgegeben haben). Meiner Meinung nach ist Elicia zwei dieser drei Gruppen zugehörig. Und wenn man stumm ist wie ich, hat man's noch schwerer zu überzeugen.

Elicia rang nach Worten und deutete in Richtung des Wohnturms. »Vater ... tot ... im Bad ... Blut ... überall Blut«, sagte sie im Tonfall eines kleinen Kindes, und dann fiel sie mir in die Arme. Drei Wachen rannten sofort los, um im Bad nachzusehen. Mein Gatte Raimund half mir, Elicia in ihr Gemach zu bringen, wo ich sie rasch auszog und zur Ruhe bettete. Sie fing an, zu wimmern und sich zu krümmen. Ich streichelte ihr Haar, ließ sie dann aber allein.

Elicia

DAS SCHRECKLICHSTE, GRAUENHAFTESTE, Undenkbarste ist passiert. Wie soll ich dieses Bild je wieder vergessen, wie kann ich es loswerden? Das Zittern meiner Hände, so glaube ich, wird nie mehr aufhören, bis an mein Ende. Vor etwas mehr als zehn Stunden erst, am Nachmittag des vergangenen Tages, haben diese Hände meinen Vater gefeiert, der nach Monaten des Feldzugs gegen die Ungarn triumphal in die Burg zurückkehrte, und ich habe ihn freudig umarmt. Etwas später hat er meine Hände in seine genommen, und wir haben getanzt. Und nun …

Einen klaren Gedanken zu fassen fällt mir schwer. Ich habe immer wieder dasselbe vor Augen, wohin ich meinen Blick auch wende – sei es auf mein Nachtlager, sei es auf die Öllampe auf dem Spiegeltisch, sei es zu den Sternen –, immer wieder und wieder gehe ich das Erlebte durch wie einen Vorgang aus einem Trauerstück: Ich erwache von entsetzlichen Schreien, die sich in meinen Traum geschlichen zu haben scheinen, sich dann aber als wirklich herausstellen. Ich springe von meinem Nachtlager auf, entzünde eine Fackel und renne durch die Gänge in Richtung der Schreie. Aus dem Hof dringt das laute Gelächter der Festgesellschaft heran, die ihr Vergnügen nicht unterbricht. Die Tür von meines Vaters Gemach steht offen, und das Licht meiner Fackel strömt in den finsteren Raum. Ich rufe: Vater? Vater, wer hat hier geschrien? Ich bin es, darf ich eintreten? Ich bekomme keine Antwort. Auch die Schreie haben aufgehört. Da sehe ich, wie eine junge, schwarzhaarige Frau in einer Ecke kauert, und von nebenan, aus dem Bad, höre ich Plätschern und Gurgeln. Ich sage: Vater, bist du da drin? Dann trete ich ein.

Der Raum ist feucht und warm. Meine Fackel knistert. Das Licht der zuckenden Flamme fällt auf das Becken, das in den Boden eingelassen ist. Das Wasser darin wirkt schwarz. Ich sehe einen Kopf aus diesem Wasser ragen.

Nach einem kurzen Moment frage ich: Soll ich wieder gehen, Vater? Doch er antwortet nicht. Ich trete einen Schritt näher, der Lichtkegel erfasst nun meinen Vater, und ich sehe, dass sein Kopf nach vorn gesunken ist.

Vater? Vater!

Ich eile in das Becken, das Wasser steht mir bis zum Bauchnabel, ich spüre seine Wärme, mein Kleid klebt mir an den Beinen. Mit der linken Hand halte ich noch immer die Fackel, mit der rechten Hand berühre ich seine Stirn. Sein Kopf kippt in den Nacken. Die Kehle ist durchschnitten. Seine Augen sehen mich mit starrem Blick an, als wollten sie mich anklagen. Sehen mich an. Schon die ganze Nacht.

Bilhildis

ALS ICH IM Bad eintraf, lag Graf Agapets Leiche unter einer Pferdedecke auf dem Boden. Ich lupfte einen Zipfel der Decke hoch und sah ihm ins alte, wettergegerbte Gesicht. Seine anklagenden grauen Augen starrten mich an. Sie ließen sich nicht schließen. Was ging mir da nicht alles durch den Kopf. Ich hätte seinem Blick stundenlang standhalten können, aber die Wachen schauten schon zu mir herüber. Wie armselig! Der große Graf nackt auf dem Boden unter einer stinkenden Decke, blutentleert, blutverschmiert. Das hätte er sich wohl anders vorgestellt. Ja, so ein Mord kann einem das ganze Leben versauen. Und den Tod dazu.

Baldur, Elicias Gemahl, kam hinzu, ziemlich spät und angetrunken. »Wie ist das passiert?«, fragte er und sah mich an, als würde er ernsthaft eine Antwort von mir erwarten. Ich drückte einige Vokale aus meiner Kehle hervor, die dafür sorgten, dass Baldur sich von mir abwandte. Während er sich von einem der Wachleute, die ihm unterstanden, berichten ließ, ging mein Blick in den hintersten Winkel des Bades, wo, nur schwach beleuchtet, das ungarische Aas kauerte. Die Beine angewinkelt und die Brüste mit den Knien und Armen bedeckend, hockte sie nackt auf dem Boden, immer mal wieder angestarrt von den Wachleuten, auch von Baldur, eine bronzierte Skulptur von einer Schönheit, die man nur leidenschaftlich begehren oder leidenschaftlich hassen kann, nichts anderes.

»Jemand muss es der Gräfin sagen«, sagte Baldur plötzlich, als wäre das der lange erwartete Geistesblitz eines großen Mannes. »Bilhildis, du gehst.«

Nun stimmt es zwar, dass die Gräfin in den Jahrzehnten, die ich ihr diene, verstehen gelernt hat, was ich ihr zu sagen wünsche, aber meistens ist es ja doch nur sie, die *mir* etwas zu sagen hat, und wenn es sich einmal umgekehrt verhält, so sind es einfache Dinge: Ich hole sie zur Tafel, wenn es an der Zeit ist, und ich gebe ihr zu verstehen, dass ein bestimmtes Kleid, das sie zu tragen wünscht, gerade gewaschen wird. Ihre Geheimnisse, an denen ich teilhabe, sind so gut wie nie Gegenstand unserer »Gespräche«, und falls es notwendig wird, schreibe ich ihr eine kurze Bemerkung, die ich ihr überreiche.

Ich stelle mir vor, wie eine solche Bemerkung am vergangenen Abend hätte aussehen können. Vielleicht: »Verzeiht die späte Störung, Herrin, Eurem Gemahl wurde die Kehle aufgeschlitzt.« Oder: »Während Euer Gemahl ein Bad mit einer wunderschönen jungen Frau nahm, lebte er ab.« Oder: »Er hat einer Frau seinen Prügel zwischen die Schenkel gestoßen, und das hat ihr anscheinend nicht gefallen, also hat sie ihm ihren Dolch in den Hals gestoßen.«

Eben kam Raimund zu mir. Der alte Sack, der mein Mann ist, fragte, warum ich lachte – denn lachen, das kann ich –, und er wies mich darauf hin, dass es mitten in der Nacht sei und zudem Trauer herrsche. Ich gab ihm mit einer eindeutigen Geste zu verstehen, dass er sich zum Teufel scheren solle. Etwas Ähnliches, nur ungleich höflicher, gab ich auch Baldur zu verstehen, als er mich als Unglücksbotin zur Gräfin schicken wollte. Ich nahm ihn an der Hand und zog ihn hinter mir her bis vor die Tür zum Gemach der Gräfin.

Claire

MEIN SCHWIEGERSOHN BALDUR teilte mir im Beisein von Bilhildis und unserem Burggeistlichen zu später Stunde mit, dass mein Gemahl einem tückischen Angriff zum Opfer gefallen war.

»Kannst du das bitte wiederholen, Baldur?«

»Er wurde ermordet – im Bad – wir – wir nehmen an – er hatte – es sieht so aus, als hätte eine Barbarin – er hat sie in den Feldzügen erbeutet – und vielleicht hat sie ihm den – den Rücken gebürstet – und ihn dann von hinten heimtückisch …«

Ich fiel sofort auf die Knie, faltete die Hände, führte sie an die Lippen, küsste die Fingerspitzen und schloss die Augen. Jeder der Anwesenden erwartete von mir, dass ich das tat, und ich gab es ihnen. Wie alle Menschen zu jeder Zeit, so hatte auch ich über Jahre und Jahre ein Bild von mir gestochen, ein ganz bestimmtes Bild, das den Leuten, wenn sie den Namen »Gräfin Claire« hörten, sofort in den Sinn kam. Es ist dies die wahre Signatur des Menschen, bedeutender und fortwährender als alles, was man sagt. Dabei kann es sich um ein gewisses Lächeln handeln, um ein Stirnrunzeln, eine pochende Ader an der Schläfe, eine aufreizende Gangart, eine zupackende Hand, aber immer nur um etwas, das einem entspricht, also in einem größeren Zusammenhang mit der Gesinnung steht. Ich bin für meine Frömmigkeit bekannt, und zehntausendmal und öfter hat man mich gesehen, wie ich niederkniete, auf eine bestimmte Art meine Hände faltete und die Fingerspitzen küsste. Das ist meine Signatur, das gestochene Bild von Gottesfurcht. Wie alle guten Bilder ist es für andere ebenso gemacht wie für mich selbst. Ich, die ich es erschaffen habe, glaube an seine Wahrheit, an meine Frömmigkeit, und doch ist es nur ein kleines Stück aus einem großen Ganzen, das von dem Bild nicht eingefangen wird.

Die anderen taten es mir gezwungenermaßen nach und knieten nieder. Der Riese Baldur konnte sich vor Trunkenheit kaum aufrecht halten, er musste sich mehrmals mit der rechten Hand abstützen. Außerdem roch er stark, und zwar nicht nur nach Bier, sondern auch nach Latrine. Pater Nikolaus, mein kleiner, rundlicher, glatzköpfiger Beichtvater, hatte Schluckauf, da auch er auf dem Fest Schluckviel betrieben hatte. Und Bilhildis … Sie hat mit Gott nicht viel zu tun, aber ich nahm ihr ab, dass sie nicht nur mir zuliebe betete.

Als ich mich erhob, sagte Baldur: »Ich werde das ungarische Weib befragen. So bald wie möglich.«

»Ja, mach das.«

»Es tut mir so – ich kann gar nicht sagen …«

»Danke, Baldur.«

»Er war ein großer Mann. Wir werden ihm ein ehrendes Andenken bewahren.«

»Ja.«

»Es ist tragisch, dass auch er ermordet wurde, nachdem – Ihr wisst schon …«

»Gewiss.«

»Ich werde Euch beschützen. So etwas wird nie wieder passieren. Ihr und Elicia werdet ein Leben in Sicherheit führen.«

»Sehr beruhigend. Vielen Dank. Wie geht es Elicia? Das arme Kind ist gewiss völlig durcheinander.«

»Ja, sie – sie …«

»Ich möchte zu ihr.«

»Sie will im Moment niemanden sehen, noch nicht einmal mich. Jedenfalls hat Bilhildis das angedeutet.«

Bilhildis nickte, und da ich das Wesen meiner Tochter gut kannte, wusste ich, dass es sinnlos wäre, mich ihr in diesen Stunden aufzudrängen.

»Falls du sie wach antriffst, Baldur, so richte ihr bitte aus, dass ich in Gedanken bei ihr bin.«

Als Baldur gegangen war, setzte ich mich auf eine Truhe. Noch war ich nicht allein. Bilhildis betrachtete mich. Stumme betrachten einen auf andere Weise als Menschen, die eine Zunge haben. Intensiver und durchdringender. Sie wissen, dass man sie nicht einfach fragen kann, was sie denken. Und sie müssen nicht lügen. Das ist ihre größte Gnade, das macht so manchen Nachteil, den sie erleiden, wieder wett. Nicht lügen zu müssen macht sie uns überlegen. Bilhildis weiß das. Sie weiß um so manche meiner Lügen und Geheimnisse.

Nachdem sie gegangen war, ließ ich eine Weile verstreichen, in der ich in meinem Gemach auf und ab schritt. Dann griff ich mir eine Öllampe, schlich durch die zweite Tür hinaus, den niedrigen Gang entlang ins Nebengebäude und dort in Aistulfs Gemach. Er lag mit dem Rücken zur Tür auf seinem Lager nahe dem Fenster. Da es eine laue Nacht war, war das Fenster nicht mit Tierhäuten bespannt, sodass ein wenig Mondlicht in das Gemach fiel. Ich schmiegte mich von hinten an Aistulf an, wobei ich seine Körperhaltung einnahm. Er wachte auf.

»Claire?«, fragte er mit verschlafener Stimme. »Was tust du hier?«

»Dasselbe, was ich seit Monaten hier tue.«

»Wir waren uns einig, dass wir noch vorsichtiger sein müssen, jetzt, wo Agapet zurückgekommen ist.«

»Du hast ja ganz kalte Füße, was ist denn los?«

»Ich war auf dem Abort. Es hat ein bisschen länger gedauert.«

Ich verzog das Gesicht. »Hu, nicht gerade ein anregendes Thema.«

»Du hast gefragt.«

»Und wo warst du während des Festes? Ich habe dich vermisst. Ich sehe dir gerne dabei zu, wenn du dich vergnügst.«

Er wandte mir wieder den Hinterkopf zu. »Ich war nur kurz dort, ich hätte mich nicht vergnügt. Du dort, ich da, kaum ein Wort möglich und jeder Blick zu viel.« Er gähnte. »Entschuldige, ich bin sehr müde.«

»Ist gut, schlaf weiter«, sagte ich und lehnte mich auf das Lager zurück.

Ich liebe diese Nächte, es sind Liebesnächte, selbst dann, wenn wir nur nebeneinanderliegen, den Atem des anderen hören, gelegentlich die Haut des anderen unter den Fingerkuppen spüren. Nächte, die ich erst seit einem knappen halben Jahr kenne, seit Agapet auf Feldzug gen Osten ging und ich den Mut fand, mich mit Aistulf des Nachts zu vereinen.

Ich vergrub meine Nase in Aistulfs langen Locken, seinem vollen, knisternden Haar, das er auf meinen Wunsch hin ein Mal wöchentlich mit Lauge wäscht. In der Burg und in der gesamten Domäne bringt ihm das so manches kopfschüttelnde Belächeln ein, aber Aistulf ist viel zu beliebt, als dass das seinem Ansehen ernstlich schaden würde.

Nach einer Weile flüsterte ich in sein Ohr: »Agapet ist tot.«

Zeit verstrich.

Ich sagte: »Das ändert alles.«

Ich bin mir nicht sicher, ob er mich hörte oder ob er schlief. Ich glaube nicht, dass er schlief.

Zeit verstrich.

In der Dunkelheit forschte ich nach unserer Zukunft.

Kara

ICH WOLLTE BLOSS baden. Mit entsprechenden Gesten – denn Ungarisch hätten sie nicht verstanden – bat ich um ein bisschen Wasser, damit ich meinen Körper waschen könnte. Ich hatte immerhin eine ganze Weile in einem Becken mit Blut gelegen. Alles, was ich wollte, war, dieses Blut von meinem Körper zu entfernen, aber man stieß mich in eine Ecke. Die Tropfen rannen an mir herunter, ich stand in völliger Nacktheit im Raum, beäugt von Wachen, deren Begehren mit Verachtung sich mischte und um die Herrschaft kämpfte. Ich widerte sie an – und zog sie an, das wussten sie, dafür verachteten und begehrten sie mich noch mehr. Als man endlich Decken brachte, gab man sie dem Toten und hatte keine einzige Decke, keinen noch so kleinen Fetzen Tuch für mich übrig. Ich wollte mich einem von ihnen sogar an die Brust werfen, um mich an seinem Mantel reibend zu reinigen, doch er umklammerte meine Handgelenke und stieß mich fort. Ich versuchte, das rötliche Wasser mit meinen eigenen Händen von meinem Körper abzustreifen, zuerst mithilfe von Staub, dann mit meinem Speichel, aber sosehr ich auch wischte, es gelang mir nicht gut, und so verkrustete ich im Blut des Feindes.

Ich sollte nicht weinen. Die Götter mögen Tränen nicht. Mein Volk ist stolz und tapfer, nicht nur die Männer, auch die Frauen und sogar die Kinder. Manchmal denke ich, es ist ein bisschen zu früh für Kinder, die Tränen zu unterdrücken, man sollte sie in jungen Jahren herauslassen. Aber wenn dann einer meiner drei Lieblinge weint, fürchte ich, dass in dem Trost, den ich ihnen spende, auch ein wenig Tadel mitschwingt.

Ich sehne mich nach ihnen. Alles will ich an ihnen besser machen als in der Vergangenheit, und noch mehr will ich sie lieben. Wo sind sie jetzt, meine Söhne Zoltán und Levdi, meine Tochter Emese? Was tun sie gerade? Denken sie an mich? Und Lehel, der Vater meiner Kinder und Gefährte Tausender Nächte – denkt auch er noch an mich? Zweifel sind wie Menschen: Sie wachsen mit der Zeit und kriegen ihren eigenen Kopf. Drei Monate sind vergangen, durch eine ganze Welt hat man mich geschleppt. Werde ich je wieder bei den Meinen sein?

Die Zukunft ist ein schwarzes, Angst machendes Loch, das ich mit Schreiben fülle. Ich schreibe auf eine Mauer, die mein Kerker ist.

Bilhildis

DAS ERSTE, WAS ich morgens tue, ist, nach dem Gewächs zu fühlen. Es ist in meinem Bauch, auf der rechten Seite gleich unterhalb der Rippen. Drei Kinder sind in mir gewachsen, gute Söhne, das ist lange her. Was nun heranwächst, ist ein Monster. Es verursacht Übelkeit, und manchmal gluckert es in meinem Innern, als würde etwas gären. Jeden Morgen reibe ich die Stelle mit Ölen ein, seit zwanzig Monden. Mir ist, als täte ich dem Ding sogar noch Gutes, und so bin ich vor einiger Zeit dazu übergegangen, mir abends zum Schlafengehen eine Zwiebel auf den Bauch zu legen, die mir feuchte Augen macht. Was für eine Narretei. Ich sollte es besser wissen: Das Schlechte lässt sich durch Tränen nicht besänftigen.

Noch nicht einmal am heutigen Morgen, wo es viel zu tun gab, habe ich das Gewächs vergessen. So wie sich Augen an die Nacht gewöhnen, gewöhne ich mich an das räudige Ding, das meine Finger täglich streicheln. Ich spreche mit ihm. Wieso auch nicht mit dem Tod reden? Der Verlust meiner Sprache vor vielen Jahren hat mir einen Gewinn an Gespür gebracht, und ich spüre, dass dieses Ding es ernst meint.

Das Aufstehen fiel mir – die ich mir zugutehalte, sommers wie winters vor der Sonne aufzustehen – schwerer als sonst. Aber wohl nicht nur mir. Über der Burg lag die gewöhnliche Ruhe eines Morgens nach einem Gelage, vermischt mit der außergewöhnlichen Ruhe eines Morgens nach einem Mord. Auch Raimund, ein paar Schritte entfernt auf seinem eigenen Lager, schlief noch. Ich wusch mir Hände und Gesicht und hörte mich dabei zwei- oder dreimal ächzen. Es kam mir vor, als hätte ich verschlafen, aber als ich die Ziegenhaut vom Fenster nahm, sah ich, dass die Welt noch grau war, so wie ich es kannte.

Ich ging in die Burgküche, in der zu dieser Stunde normalerweise bereits eine Köchin zugange war, die Getreidebrei für das Gesinde anrührte. Sie war jedoch nicht da, also aß ich eine kleine Schale Birnenkompott, die vom Fest übrig geblieben war, und packte einige weitere Speisen für die Gräfin und für Elicia in einen Korb, denn ich diene ihnen beiden.

Zunächst suchte ich Elicia auf. Sie lag neben ihrem schnarchenden Gemahl und warf ihr Haupt unruhig hin und her. Ich dachte, sie würde fiebern, aber sie hatte wohl nur einen schlechten Traum – keine Überraschung nach der vergangenen Nacht.

Ich nutzte die seltene Gelegenheit, mir Baldur in seiner Gänze anzusehen. Ich hielt mich schadlos an den Muskeln, Ambosshänden, Goliath-Beinen, der Samson-Brust, dem Bullengeschlecht, an all den Säften und Kräften, die für die Liebe und den Krieg gemacht sind und deren Anblick mir, einer alten Dörrpflaume, immer noch guttut. Auf dem Schlaflager liegend scheint Baldur der ideale Gatte, und auf dem Pferd sitzend der ideale Krieger. Doch wehe, er spricht mit etwas anderem als dem Schwert, wehe, er benutzt Zunge und Kopf. Er rühmt sich, einen festen Apfel zwischen seinen Knien zerdrücken zu können und mit seiner Faust aus einem Rettich Saft zu pressen. Wofür das gut sein soll – außer wenn man Rettichsaft mag –, sagt er nicht. Er trinkt jeden Abend, egal, wo er sich befindet, und er braucht auch nicht eigens ein großes Gelage dazu. Bier und Wein versickern in ihm, als wäre er aus Rheinsand gemacht. Zumindest was die Füllung seines Kopfes angeht, trifft das unbedingt zu.

Wird er der neue Graf? Wer sonst dürfte Anspruch darauf erheben? Die Gräfin hat keinen männlichen Erben mehr, Agapet hatte keine Brüder und Neffen. Und wenn Baldur der neue Graf ist, wie lange wird es wohl dauern, bis er sich in blutige Händel verstrickt und, wo auch immer, erbärmlich endet. Denn so trifft es viele aus dem Geschlecht der Agapiden. Agapets Urgroßvater, der ebenfalls Agapet hieß, lockte einen Feind unter Bruch des Rechts in einen Hinterhalt und metzelte ihn und dessen Söhne nieder. Manche sagen, dass da das Elend des Geschlechts begann. Der besagte Urgroßvater starb bald darauf in der Schlacht, zusammen mit seinem Sohn. Dieser hatte zwei Söhne, beide erst halb erwachsen, und schon bald tötete der eine den anderen – versehentlich im Spiel, wie er sagte. Seine Mutter glaubte ihm das nicht, sie wünschte ihm die Pest an den Hals und verhungerte freiwillig. Dieser junge Mann war Agapets Vater.

Eines Tages, als Vater und Sohn einen Ausritt unternahmen, geriet der Vater nicht weit von hier in ein Moor, das ihn verschluckte. So zumindest sagte Agapet, der Sohn und neue Graf, welcher nun seinen Tod im Bad gefunden hat, des Blutes seiner Ahnen beraubt, auf das er so viel Wert legte und das doch so wenig in der Gunst des Schicksals steht.

Es gibt Stimmen im Volk, die sagen, dass das Elend viel früher begann und sich nicht auf die Agapiden beschränkt, dass es die Burg ist, die vor Jahrhunderten ein Fluch getroffen hat.

Ha! Fluch! Mögen sie es Fluch nennen, das ist mir gleichgültig. Doch dann ist es ein Fluch, der nicht von oben oder unten kommt, der nicht das Siegel Gottes oder Satans braucht.

Anschließend ging ich zur Gräfin. Ich staunte nicht schlecht, als ich sie wach und angekleidet vorfand. Sie trug, wie es die Trauerzeit vorsah, ein weißes Kleid, das sie mit ihrer blassen Haut und dem blonden Haar fast wie ein Engel aussehen ließ. Meinen Augen entnahm sie die Frage: Herrin, wieso habt Ihr Euch allein angekleidet? Doch sie antwortete nicht darauf. Es ist traditionell das Vorrecht einer Edlen, die dir die Suppe bezahlt, nur dann Stellung zu beziehen, wenn es ihr beliebt, und es ist zusätzlich das Vorrecht einer Sprechenden, so zu tun, als hätte sie die Frage der Stummen nicht verstanden.

Ich flocht ihre Haare zu einem Kranz, wie sie es gern hat und wie es dem Anlass geziemte. Dann bereitete ich das Rosenwasser zu, mit dem sie ihren Mund spülte. Sie wirkte gefasst, überhaupt nicht müde oder angeschlagen, daher wusste ich, dass sie nicht im Mindesten trauerte. In meiner Gegenwart – und nur dann – hatte sie sich stets gegeben, wie sie sich fühlte, hatte jeder Träne, jedem Lächeln, jeder Klage, jeder Freude ihren Lauf gelassen, während ich von jeher Gesten und Mimik mit dem Bedacht einer Schaustellerin setzte.

»Bilhildis, warst du schon bei Elicia? Wie geht es ihr?«

Ich bedeutete ihr, dass sie unruhig schlafe.

Wir wechselten einen langen Blick.

»Ja, so hat sie schon als kleines Kind auf schlimme Ereignisse reagiert. Jedes Mal, wenn ihr Vater auf Reisen oder Feldzüge aufgebrochen ist, hat sie darum gebettelt, mit ihm gehen zu dürfen, und als es ihr verwehrt wurde, hat sie sich im Schlaf hin und her geworfen bis zum Mittag. Und dieses Mal ist es ein endgültiger Abschied, da wird alles noch weit schwieriger für sie. Wir müssen ihr helfen, wo immer wir können. Ich glaube, die Bestattung wird sie kaum überstehen. Sie wird zusammenbrechen.«

Die Gräfin geriet ins Grübeln.

»Vielleicht ist es eine glückliche Fügung, dass sie noch schläft. Wir nehmen die Bestattung sofort vor. Bitte bereite die Kapelle vor, Bilhildis, und gebe Pater Nikolaus Nachricht. Ich bitte Aistulf, die übrigen Vorbereitungen zu übernehmen.«

Aistulf! Das fand ich sogleich bemerkenswert. Er war der Verweser der Burg in Abwesenheit des Grafen und Baldurs, des Hauptmanns der Wache. Aber mit der Rückkehr Agapets und Baldurs vom Feldzug galt er eigentlich als dieses Amtes verlustig, und die Tatsache, dass Agapet nun tot war, änderte nichts daran. Baldur war der Hauptmann und zudem Agapets Schwiegersohn. Es wäre an ihm gewesen, die Bestattung in die Wege zu leiten, und die Gräfin wusste das sehr gut. Entsprechende Belehrungen durch mich, auf welche Weise auch immer nahegebracht, wären also überflüssig.

»Ach, noch etwas, Bilhildis. Bitte beeile dich. Es soll alles sehr schnell vonstattengehen.«

Das tat es. Ich ließ das Gesinde zusammentreiben, die kleine Kapelle reinigen und notdürftig schmücken, den Geistlichen herbeiholen und den Weg bis zum Friedhof kehren. Aistulf ließ die Wache antreten – die ihm im Grunde nicht unterstand –, das Grab ausheben und den Leichnam umkleiden. Niemand stellte seine Anordnungen infrage, denn er ist äußerst beliebt, und es gibt nur zwei Gesichtspunkte, die stärker sind als die Autorität des Rechts, und das sind die starke Angst vor und die starke Hinwendung zu einem Menschen. Als Baldur aus seinem tiefen Schlaf, der halb dem Bier und halb der durchwachten Nacht geschuldet war, erwachte, war die Zeremonie bereits im Gange. Der Leichnam wurde von der Kapelle in den Hof getragen, von dort in den Vorhof, durch das Tor einen schmalen Weg entlang bis zum Friedhof am Fuße der Ostmauer. Soweit ich es mitbekam, hat sich Baldur weder während noch nach der Grablege bei seiner Schwiegermutter beschwert, dass er und Elicia nicht geholt worden sind. Die Gräfin, nunmehr ganz Witwe, flüsterte ihm einige brüchige Worte zu, die ich nicht verstand, und damit gab er sich wohl zufrieden. Er ist eben ein Tor.

Es wäre falsch, die Zeremonie schmuck- oder würdelos zu nennen, es wurde allen Bräuchen Genüge getan. Und doch fehlte etwas. Ich musste eine Weile überlegen, bis ich den richtigen Begriff dafür fand: die große Klage. Gewiss, es gab einige Traurigkeit, doch nur unter denen im Gesinde, für die Traurigkeit eine Lebenseinstellung ist. Auf Baldur trifft weder das eine noch das andere zu; die Gräfin hat keinen Grund, ihrem bisherigen Leben nachzuweinen; für die Mehrzahl des Gesindes ist ein Herr wie der andere. Entsetzen trat an die Stelle des Grams. Eine aufgeschlitzte Kehle und ein Blutbad waren die rechten Zutaten für Todesangst und abergläubischen Schrecken.

Man stellte schließlich einen Schemel auf das Grab, auf dem die Gräfin Platz nahm, und dann ließ man sie entsprechend dem Brauch allein die Trauerwache halten.

Wenn ich aus meinem Fenster blicke, sehe ich sie dort sitzen, aufrecht, unbeweglich, den Blick aufs Tal gerichtet, ein weißer Punkt im schweren Grün des Septembers, und ich beneide sie. Ja, noch immer, verborgen in all dem Hass, beneide ich sie.

Elicia

ALS ICH AM heutigen Morgen – ich sollte eher Mittag sagen – aufwachte, fühlte ich mich leer, wie ausgewrungen, es war nichts mehr in mir drin, gar nichts. Ich konnte nicht weinen, und es war mir eine Qual, aufzustehen. Nach zwei Weintrauben war ich satt. Ich dachte an gar nichts, notwendige Bewegungen machte mein Körper ohne mich, jedenfalls ohne dass ich eine Absicht mit den Bewegungen verknüpfte. Eine Weile lang saß ich einfach nur da.

Der erste Gedanke, an den ich mich erinnere, beschäftigte sich mit einer Haarnadel und war noch völlig wirr. Kurzzeitig erweckte sie in mir den Wunsch, mich damit zu verletzen, und das war unheimlich, weil ich diese Gefühle zuletzt als Kind spürte. Dann, als ich sie in der Hand hielt, wollte ich jemand anderen damit verletzen, ich weiß auch nicht, wen, irgendjemanden, den Täter, vermute ich. Aber nach wenigen Augenblicken, in denen die Haarnadel eine Waffe gegen mich und andere gewesen war, erinnerte sie mich nur noch an Bilhildis. Sie steckt mir mit Nadeln wie dieser jeden Tag die Haare, aber ich glaube nicht, dass ich deswegen an sie dachte.

Bilhildis ist für mich der Inbegriff der Trostlosigkeit. Ich mag sie, sie war meine Amme, und ich erinnere mich nicht, dass sie je gemein zu mir gewesen ist. Aber sie war immer schon ... Das Wort, das mir hierzu einfällt, klingt reichlich merkwürdig: unbewohnt. Ja, sie macht auf mich denselben Eindruck wie ein verlassenes Haus. Ihre Wesensart hängt sicherlich mit den furchtbaren Ereignissen in ihrer Jugend zusammen, die zu ihrer Stummheit geführt haben. Wie viel Trostlosigkeit seit damals in ihr steckt, lässt sich daran ermessen, dass der Tod ihrer drei Söhne ihren Zustand nicht verschlimmert hat. Sie schlurft heute wie seit jeher von hier nach dort, treibt die Zofen zur Arbeit an, kämmt mein Haar, kämmt Mutters Haar, bindet ihr eigenes zu einem Knoten, der wie ein glatter, grauer, uralter Flussstein auf ihrem Kopf liegt, und trägt schmucklose Kleider. Ich musste wohl an sie denken, weil mein Zustand mich an den ihren erinnerte. Würde ich fortan so sein wie sie? Würde Vater eine solche Tochter wollen?

In diesem Augenblick begann sich die Leere in mir langsam zu füllen. Vaters Tod empörte mich. Es wäre für mich ebenso traurig gewesen, aber weniger unerträglich, wenn er im Kampf gestorben oder dem Fieber erlegen oder einfach tot umgefallen wäre. Dass er einen gewaltsamen, wenngleich nutzlosen Tod gestorben war und dass ich in seinem Blut gestanden hatte …

Ich erbrach die beiden Weintrauben. Ich spülte mir den Mund mit einem ganzen Krug voll Wasser aus, ließ mich auf mein Lager fallen und versuchte mit aller Kraft, zu weinen. Erneut misslang es mir. Dafür beschimpfte ich mich, und über all dieser Verzweiflung muss ich wohl eingeschlafen sein, denn das Nächste, an das ich mich erinnere, ist, wie Baldur in unser Gemach hereinkam.

Er trug eine herbe Miene. Baldur verfügt bloß über zwei Mienen: die herbe des Kriegers vor der Schlacht, mit Stirnfalten und Adlerblick, und die gelöste des Kriegers am Abend nach der Schlacht, ausgelassen lachend.

»Du bist wach«, sagte er.

Zu sprechen machte mir Mühe. Ich hatte auch keine Lust dazu. »Seit gerade eben.«

»Hat der Schlaf dir gutgetan?«

»Ich bin mir nicht sicher. Er war wohl nötig, aber ich fürchte mich, das nächste Mal einzuschlafen.«

Mit dieser Bemerkung konnte er vermutlich nichts anfangen, was mir sehr entgegenkam. Ich setzte mich vor das polierte Metall und kämmte meine Haare.

»Soll ich deine Zofen rufen?«, fragte er.

»Nein.«

»Soll ich Bilhildis rufen?«

»Lass nur.«

»Willst du nicht das Gemach verlassen?«

»Doch.«

»Dann wirst du jemanden brauchen, um dein Haar zu stecken.«

»Ich gehe mit offenem Haar. Vater hat es gemocht, mich mit offenem Haar zu sehen. Wenn ich das letzte Mal bei ihm bin, möchte ich so aussehen, wie er es gewollt hätte.«

»Wir haben ihn vorhin bestattet.«

Es dauerte einen Augenblick, bis diese Worte mich erreicht hatten. Ich riss meinen Kopf zu Baldur herum.

»Du meinst doch nicht – nein, du meinst, ihr habt ihn aufgebahrt.«

»Ich kenne den Unterschied zwischen aufgebahrt und bestattet. Dein Vater ist unter der Erde, Elicia. Sie hielt es für das Beste.«

»Sie hielt es – wer ist ›sie‹?«

»Deine Mutter. Sie hat alles veranlasst.«

Ich warf den Kamm zu Boden; er zerbrach. »Oh, das hätte ich mir denken können. So eine gemeine, bösartige, heimtückische, hinterhältige, missgünstige, eifersüchtige …«

»Elicia.«

»Sie war immer schon eifersüchtig, weil ich lieber mit

Vater als mit ihr zusammen war. Aber das hat sie sich selbst zuzuschreiben. Sie hat meinen Bruder immer viel, viel mehr geliebt als mich, sie hat mich jahrelang kaum beachtet, und plötzlich, als sie Orendel verlor, erinnerte sie sich daran, dass sie eine Tochter hatte. Aber sie konnte mir nichts vormachen. Ich war nebensächlich für sie, und das habe ich sie spüren lassen, und deswegen hat sie nun ...«

»Ich stimme ihr zu.«

»Wie bitte?«

»Ich stimme ihr zu, dass die Bestattung zu viel für dich gewesen wäre. Deine Gesundheit hätte darunter gelitten.«

»Wie du sagst: Es ist meine Gesundheit, sie gehört nur mir allein und ein kleines bisschen noch Gott. Alles, was meine Gesundheit betrifft, mache ich mit ihm aus. Außerdem war das bloß ein Vorwand meiner Mutter. Sie wollte meinem Vater einen letzten Hieb versetzen. Es wäre sein Wille gewesen, dass ich ihn bei seinem letzten Gang begleite, aber sie hat ihn zeit ihrer Ehe verletzt, wo sie nur konnte.«

»So oder so, es war richtig, den Leichnam rasch zu beerdigen. Denk bitte daran, wie spätsommerlich warm der Tag heute ist.«

»Du bist geschmacklos, widerwärtig.«

»Ich bin Soldat und denke praktisch. Nach einer Schlacht zum Beispiel ...«

»Wir befinden uns in unserem Schlafgemach, und du sprichst von einem Schlachtfeld?«

»Dein Vater hätte mich verstanden.«

»Er hätte eher ein Wiesel verstanden als dich.«

»Mit dir ist heute nicht zu reden. Morgen gehen wir gemeinsam an deines Vaters Grab, dann kannst du Abschied nehmen.«

»Ich werde bestimmt nicht bis morgen damit warten.«

»Gemäß dem Brauch hält deine Mutter alleinige Totenwache am Grab, und zwar bis zum morgigen Sonnenaufgang. Keiner darf sie dabei stören.«

Ich versuchte, mich an ihm vorbei zur Tür zu drücken, aber er blockierte sie.

Ich sagte: »Sie hat sich, als er noch lebte, einen Dreck um meinen Vater geschert, das wird sich nach seinem Tod nicht ändern, und deswegen ist es ihr auch völlig gleichgültig, ob ich sie störe.«

»Mir ist es jedoch nicht gleichgültig.«

»Und warum, wenn ich fragen darf?«

»Nur aus einem Grund: Du bist nicht die Witwe Agapets, sondern die Waise.«

Ich geriet völlig aus der Fassung, ich schrie, trat einen Stuhl um, nahm das Schlaflager aus Fellen auseinander, warf einen Wasserkrug gegen die Wand, öffnete die Truhen, zerriss ein Kleid …

Schlimm. Ich benahm mich wie eine Wahnsinnige und gab vor meinem Gemahl ein furchtbares Bild ab. Das war falsch und – was kann ich noch dazu sagen, mir fehlen die Worte. Trotzdem versuche ich, mich zu verstehen. Es war mir verwehrt worden, mich von Vater zu verabschieden. Unsere letzte Begegnung, die letzte Berührung wird auf ewig diejenige sein, wo ich sein blutiges Haupt in meinen Händen hielt, und nie wird dieses Erlebnis, das tief in mich eingeschrieben ist, von einem sanfteren Abschied überschrieben werden. Dazu kam, dass mir von Baldur sogar die Trauer an seinem Grab verwehrt wurde, wenn auch nur für einen, nämlich den heutigen Tag. Das alles war zu viel für mich, die ich ohnehin genug zu tragen hatte, auch ohne dass mir mehr oder weniger liebmeinende Menschen noch weitere Unbill hinzupackten.

Die Leere in mir füllte sich mit Zorn.

Als ich mich ausgetobt hatte, sank ich erschöpft zu Boden. Wieder versuchte ich, zu weinen, doch erneut gelang es mir nicht. Ich muss sagen, dass Baldur sich in dieser Stunde ritterlich zeigte, denn er zog mich vom Boden hoch, legte mich auf mein Lager und verbrachte einige Zeit schweigend am Fenster. Er ließ mich in Ruhe durchatmen, und tatsächlich spürte ich, wie in mir eine innere Kraft entstand, die ich mir noch nicht ganz erklären konnte und von der es mir schwerfiel, sie zu akzeptieren. So rasch aufzuleben, das bedeutete für mich, Verrat an meinem Vater zu begehen. Dann aber begriff ich, dass ich diese Kraft erhielt – oder mir selbst zum Geschenk machte –, um sie in meines Vaters Dienste zu stellen. Was würde er von mir erwarten? Dass ich seinen Mörder fände!

»Hast du die Ungarin bereits verhört?«, fragte ich Baldur.

Er sah, am Fenster verharrend, zu mir herüber und sagte kein Wort.

Ich schlug die Augen nieder. »Es tut mir leid, was ich gesagt und wie ich mich verhalten habe. Es tut mir ehrlich leid.«

Obwohl es mir ein bisschen widerstrebte, las ich die Scherben vom Boden auf, stellte den Stuhl wieder an seinen Platz und räumte die Kleider wieder in die Truhen – all das natürlich als Zeichen meiner Entschuldigung und Unterwerfung. Manchmal muss man nun einmal Dreck fressen, um die Absolution zu erhalten.

Mitten in meiner Arbeit sagte Baldur: »Nein, habe ich nicht.«

Das hatte ich mir gedacht.

»Ich wäre gerne dabei, wenn du sie befragst. Wie wäre es jetzt gleich?«

»Es ist Brauch, dass die Familie am Tage der Bestattung als Ehrerbietung an den Toten nicht arbeitet.«

Mit seinen ständig zitierten Bräuchen machte er mich rasend, aber dieses Mal ließ ich mir nichts anmerken. Mir lagen eine ganze Reihe Erwiderungen auf der Zunge, die ich allesamt hinunterschluckte. Baldur war ganz Krieger: Auf ein Zücken des Schwertes reagierte er mit einem Heben des Schildes; auf eine weiße Fahne reagierte er mit Entgegenkommen.

»Ich könnte mir vorstellen, dass die schnellstmögliche Bestrafung der Mörderin die größte Ehre ist, die man meinem Vater erweisen kann. Arbeit würde ich das nicht nennen. Eher Pflicht. Aber bestraft werden kann sie erst, wenn ihre Schuld feststeht.«

Er nickte. »Also gut, einverstanden. Aber du wirst dich zurückhalten.«

»Selbstverständlich.«

Ich dachte: Zum Teufel damit.

Das Verhör fand im Bad statt, wo ich mich sehr unwohl fühlte. Das Becken war noch immer nicht abgelassen worden, und im Raum hing ein süßlicher, ekelhafter Geruch. Baldur war ihn vermutlich gewöhnt – man kann die Schlachten, die er geschlagen hat, nur noch mit drei Händen zählen. Als man die Heidin hereinführte, machte sie einen verunsicherten Eindruck. Sie war ohne Zweifel die Hauptverdächtige, und ich fühlte den Hass in mir, der sich gegen sie richtete. Zugleich aber – und ich merke, wie widersprüchlich sich das liest – war sie mir dennoch ein wenig angenehm. Sie war ungefähr in meinem Alter und sehr schön, schien mir jedoch nicht zu jenen Schönen zu gehören, die viel Aufhebens um sich machen. Und sie konnte bei aller Verunsicherung eine gewisse Wildheit ihres Wesens nicht verbergen, von der ich glaube, dass sie auch mir zu eigen ist.

Das Verhör verlief zunächst nicht zufriedenstellend. Die

Ungarin sprach Ungarisch – was auch sonst? Baldur stellte ihr Fragen, die sie mit einem Schulterzucken beantwortete, und wenn sie von sich aus etwas sagte, verstanden wir nicht, was sie meinte.

»Habt ihr noch andere Ungarn gefangen genommen?«, fragte ich Baldur.

»Nein, sie war die Einzige. Nachdem das herzogliche Heer die Heiden an der Mur geschlagen hatte, drangen wir ziemlich schnell und weit in ungarisches Gebiet vor. Wir plünderten. Gefangene hätten uns nur aufgehalten. Aber sie ... Sie schöpfte Wasser aus einem Bach. Als dein Vater sie bemerkte, befahl er mir, sie zu ergreifen. Bald darauf kehrten wir um. Den Rest kennst du. Dass die Heidin eine fremde Sprache spricht, hat deinen Vater nicht gestört. Wieso auch? Er hat sie bestimmt nicht zu sich ins Bad geholt, um sich mit ihr zu unterhalten.«

Und er fügte lachend hinzu: »Wenngleich ihr Mund vielleicht nicht ganz unbeteiligt bleiben sollte.«

An Baldurs Geschmacklosigkeiten werde ich mich wohl nie gewöhnen. Aber ich riss mich zusammen und ging nicht auf ihn ein.

»Und nun?«, fragte ich.

»Es sieht nicht gut für sie aus. Sie hat neben einem Ermordeten im Bad gesessen.« Er hörte sich nicht so an, als wäre er von ihrer Schuld überzeugt, aber auch nicht, als habe er vor, sie zu verschonen.

Da fing die Heidin an, mit Händen und Füßen zu reden. Es war ein wenig mühsam, sie zu verstehen, aber schließlich ergab sich, dass Bilhildis sie irgendwann aus ihrem Gemach geholt und in den Vorraum des Bades gebracht haben musste. Dort war sie von ihr ausgekleidet und ins Bad geschubst worden, wo – wie sie uns verdeutlichte – nur ein einziges Öllämpchen brannte.

»Und du bist ins Becken gegangen?«, fragte ich die Heidin, wobei ich die Frage gestisch darstellte.

Sie bejahte dies. Nach etlichen Fragen und Nachfragen Baldurs ergab sich das Bild, dass die Ungarin sich langsam ins Becken hatte gleiten lassen, wo sie im Wasser, das ihr bis zum Hals stand, verharrte, auf den Kopf meines Vaters starrend, der sich jedoch nicht bewegte. Im Halbdunkel nahm sie an, er würde sie ebenfalls anstarren. Erst später hat sie gemerkt, dass sie mit einem Toten im Bad sitzt, und geschrien. Daraufhin war ich gekommen.

Sollten wir ihr glauben? Tatsächlich stellte Baldur fest, dass die Öllampe leer war. Aber was besagte das schon? Die Ungarin hätte, nachdem sie Vater getötet hatte, das Öl ins Becken gießen können. Dass eine verschleppte Frau sich zunächst an den Beckenrand drückt und nicht von sich aus den ersten Schritt macht, erscheint mir verständlich. Dass eine verschleppte Frau den Mann, der sie verschleppt hat, bei erster Gelegenheit tötet, erscheint mir jedoch nicht weniger verständlich.

Plötzlich fiel mir auf, dass der Pegel des ekelhaften Blutwassers im Becken sank. Zum Ablaufen gab es eine Vorrichtung in Form eines kleinen Kanals, der quer durch das Mauerwerk bis zur äußeren Burgmauer verlief und den wir – so wie das Bad und die ganze Burg – dem königlichen Geschlecht der Merowinger verdankten, das vor dreihundert Jahren hier gebaut, gelebt und gebadet hat und das vor bald zweihundert Jahren so elendiglich untergegangen ist. Man musste nur einen Hebel bedienen, und schon lief das Wasser langsam ab.

»Wer hat den Hebel betätigt?«, fragte ich. »Du, Baldur? Die Ungarin vielleicht?«

»Sie hat nichts angefasst«, sagte Baldur, »das weiß ich genau.«

»Dann muss noch jemand hier gewesen sein, kurz bevor wir kamen. Anders ist es nicht zu erklären. Wie auch immer, gleich werden wir der Wahrheit einen kleinen Schritt näher gekommen sein.«

»Wieso das?«

»Falls die Ungarin Vater getötet hat«, sagte ich, »muss sie die Waffe irgendwo gelassen haben. Du sagst, sie war völlig nackt, als die Wachen hier eintrafen, also hatte sie die Waffe da schon nicht mehr bei sich. Ihr habt das Bad, den Vorraum und die Gänge vergeblich abgesucht. Und das nächste Fenster ist in Vaters Gemach, die Tierhaut wurde nicht abgenommen. Es gibt also nur einen Ort, wo die Waffe abgeblieben sein kann, und zwar das Becken.«

»Angenommen, wir finden nichts. Was dann?«

»In diesem Fall steht fest, dass die Ungarin nicht die Mörderin ist, denn wo soll sie die Waffe gelassen haben?«

Baldur, die Heidin und ich starrten ins ablaufende Blutwasser, wo sich unsere Gesichter spiegelten, und wurden magisch vom Grund des Beckens angezogen, dem sich unsere Oberkörper langsam zuneigten, zehn, zwanzig, dreißig, vierzig Atemzüge lang.

Da – ein Gegenstand. Zunächst nur ein Schemen, ein heller Schimmer wie ein kleiner Haufen Münzen auf dem Grund eines dunklen Brunnens, und dann sich verformend, deutlicher werdend, ein länglicher Gegenstand, ein silberner Griff, eine Klinge, ein ganzer Dolch. Die Waffe.

Baldur, die Heidin und ich schwiegen. Ich beugte mich über den Beckenrand und fischte nach dem Dolch. Als ich ihn zu fassen bekam, durchzog mich ein Schauer. Ich bewegte mich nicht und war drauf und dran, das kalte Metall fallen zu lassen, doch es war nur ein kurzer Moment, dann zog ich den ausgestreckten Arm langsam zurück, richtete mich auf und betrachtete das Fundstück eingehend: Silbergriff, feine Ornamente, eine Inschrift, drei winzige blaue Edelsteine, eine schöne Arbeit.

Ich war beinahe atemlos, denn ich hatte diese Waffe schon einmal gesehen.

Ehe ich mich versah, hatte Baldur den Haarschopf der Ungarin mit der linken Hand ergriffen und schlug mit der flachen rechten Hand in ihr Gesicht. Die Heidin, halb benommen, blutete aus der Nase.

»Gestehe!«, rief er, beschimpfte sie mit üblen Worten und schlug zu. Es war ein grauenhafter Anblick. Ich war völlig verdutzt. So hatte ich Baldur noch nie gesehen. Er war im Allgemeinen ein grober Klotz, der sich mit Männern alle möglichen Scharmützel lieferte und vor keinem Schlag zurückschreckte. Aber gegenüber Frauen war er immer zurückhaltend gewesen, weder Galan noch Wüstling, sondern eher scheu. Und nun wie aus dem Nichts diese Gewalt. Er war völlig außer sich.

Ich fiel Baldur in den Arm.

»Nicht, das tut mir weh«, rief ich.

»Dir? Ihr soll's wehtun.«

Seltsamerweise – das berührt mich auch jetzt noch – standen ihm die Tränen in den Augen, und wenn man genau in seine Stimme hineinhörte, schwang dort ein leises Schluchzen mit.

»Was ist mit dir?«, fragte ich.

»Was mit mir ist? Sie hat deinen Vater umgebracht.«

Mir war entgangen, dass Baldur meinen Vater geliebt hatte. Gewiss, er hatte großen Respekt vor ihm gehabt, aber man weint nicht aus Respekt.

»Das wissen wir nicht sicher«, sagte ich. »Ihre Geschichte könnte stimmen.«

»Dort ist der Dolch. Sie hat ihn die ganze Zeit bei sich getragen.«

»Sie wurde doch gewiss durchsucht, als sie auf dem Feldzug gefangen genommen wurde. Du musst es wissen, du warst dabei.«

»Ja, natürlich hat man sie durchsucht, aber …« Er wurde ungeduldig, und er ließ den Schopf der Ungarin nicht los. »Ist doch gleichgültig. Dann hat sie den Dolch eben vom Tross gestohlen, dazu hatte sie mehrere Wochen lang Gelegenheit. Sie muss getötet werden.«

»Wir sind hier nicht auf der Jagd, Baldur. Sag mir bitte, ob gewöhnliche Waffenträger und Gesinde des Trosses einen derart kostbaren Dolch besitzen.«

Ich zeigte ihm den Dolch, aber er betrachtete ihn nur kurz.

»Beutegut«, sagte er und zuckte mit den Achseln. »Wir haben den Ungarn einiges abnehmen können.«

»Das ist eindeutig ein im Reich gefertigter Dolch.«

»Also haben die Ungarn diesen Dolch auf ihren Raubzügen im Reich gestohlen. Was glaubst du, warum wir den Feldzug geführt haben? Um unsere Sachen zurückzuholen und es ihnen mit gleicher Münze heimzuzahlen.«

»Bitte sieh dir die Inschrift an.«

»Wozu?«

»Sieh sie dir an.«

Widerstrebend sah er sie sich an. »Ich kann nicht lesen, das weißt du doch.«

»Konradus Rex«, las ich ihm vor.

»Und?«

»König Konrad herrscht erst seit einem guten halben Jahr, und in diesem Jahr haben die Ungarn keinen Raubzug ins Reich unternommen. Woher also soll die Ungarin die Waffe bekommen haben? Wenn ich ihn mir genau betrachte … Das scheint der Dolch zu sein, den Vater im Frühling vom König geschickt bekommen hat. Erinnerst du dich, ich hatte dir damals von ihm erzählt. Ein kostbarer silberner Ring und ein ebenso kostbarer, silbern verzierter Dolch in einer silbernen Kassette. Vater schenkte mir den Ring. Die Kassette mit dem Dolch wurde meines Wissens während Vaters Feldzug in der Schatzkammer aufbewahrt.«

»Bist du sicher?«

»Dir wäre ein solcher Dolch doch bestimmt aufgefallen, wenn Vater ihn getragen hätte.«

»Ja, aber ...«

»Er hat ihn nicht getragen. Er hat die Kassette am Tag, nachdem er sie bekommen hatte, in die Schatzkammer neben seinem Gemach gelegt. Wie hätte die Ungarin an den Schlüssel zur Schatzkammer kommen sollen? Und wieso, wenn sie nicht wusste, dass sich dort drin eine Waffe befindet? Das ergibt keinen Sinn, Baldur.«

Er ließ – halbwegs überzeugt und auch ein wenig erleichtert – von der Ungarin ab. Sie glitt zu Boden, geschwächt von den Schlägen. Baldur lehnte sich erschöpft gegen die Wand, so als wäre er selbst gemartert worden.

Was war nur mit ihm?

»Trotzdem bleibt sie im Arrest«, bestimmte er.

»Wieso? Sie hat es nicht getan.«

»Sie ist Ungarin. Sie ist unsere Gefangene.«

»Nenne mir einen besseren Grund.«

»Wie du willst. Ahnst du, welche Unruhe und Gerüchte es auslösen würde, wenn feststünde, dass der Mörder deines Vaters noch frei herumläuft? Die Heidin muss hinter Schloss und Riegel bleiben, auch wenn sie den Mord nicht begangen hat, und zwar so lange, bis der Mörder aufgespürt ist.«

Widerwillig musste ich ihm beipflichten.

Baldur veranlasste, dass man sie in das Quartier zurückbrachte, das mein Vater ihr zugebilligt hatte, wo sie weiterhin unter Arrest steht.

Baldur ist gewiss noch nicht mit ihr fertig. Und ich bin es, ehrlich gesagt, auch nicht. Über vieles bin ich mir noch nicht im Klaren, über eines jedoch schon: Ich werde den Mörder selbst suchen, finden und anklagen. Das ist es, was mein Vater von mir, seinem einzigen Fleisch und Blut, erwarten würde. Und wenn es mir gelungen ist, dann werde ich die Kraft finden, zu weinen.

Claire

DER TOTENWACHE KONNTE ich mich nicht entziehen. Einen Tag und eine Nacht lang war es mir aufgegeben, auf einem Schemel auf Agapets frischem Grab zu sitzen, ich allein mit ihm, er drei Ellen unter mir verwesend. Zum Schutz vor der Spätsommersonne hatte man einen Baldachin für mich aufgespannt, ein riesiges Leichentuch über meinem Haupt, das mich zu ersticken suchte, während Agapets Nähe mich von unten erstickte. Dazu raubten die schreienden Zikaden mir fast den Verstand. Ich hielt mir die Ohren zu und wäre am liebsten aufgesprungen und fortgerannt. Man sollte nicht glauben, wie erdrückend die Luft und die Zeit auf einer Burg hoch über dem Rhein sein können; man sollte meinen, der Thron über einem weiten Land voller Sonne und Wein garantiere Reinheit, Frieden und Frische. Doch die Luft stand still, so wie die Zeit, siebenundzwanzig Jahre lang und ein letztes Mal.

Dort saß ich also Stunde um Stunde und wartete auf das Ende meines bisherigen und den Beginn eines anderen Lebens. Ein fremdes Terrain. Ich hatte noch nie viel Zeit auf diesem Friedhof zu Füßen der Burg verbracht. Auf meinen Spaziergängen hatte ich ihn stets gemieden, und musste ich, was selten vorkam, an einer Bestattung teilnehmen, starrte ich fast immer nur auf das Grab und entfernte mich so schnell wie möglich. Zu meiner Überraschung bemerkte ich jedoch, dass der von Hagebuttensträuchern umgebene Friedhof der schönste Fleck des Areals um die Burg ist.

Der Blick geht – anders als auf der hügeligen, bewaldeten Westseite – weit über das rheinische Land bis zum östlichen Horizont. Es gibt um den Friedhof herum weder blühende Wiesen noch Weinreben wie auf der flach abfallenden Südseite, sondern bloß wuchernde Gräser, aber dafür stört nicht der Wirtschaftsweg, auf dem von morgens bis abends Wagen rattern und Pferdehufe klappern. Der Hang ist nicht so steil und spektakulär wie auf der Nord- und Teilen der Westseite, wo die Schroffen in die Tiefe stürzen, aber zum Nachmittag hin verwandelt sich der Fluss im Tal zu einem goldglühenden Band, welches das Licht hangaufwärts gegen die Ostmauer wirft und der Burg und dem Friedhof eine schillernde, beinahe traumhafte Erscheinung gibt, deren Teil ich in diesem Augenblick war. Wie oft habe ich den Rhein von meinem Fenster oder den Burgmauern aus betrachtet, doch nie hatte er diese Wirkung auf mich wie in jenen Stunden, über die ich schreiben muss, um sie festzuhalten. Früher habe ich nie geschrieben. Erst an Agapets Tod hat sich der Funke entzündet.

Zum Abend hin hörte ich die Gesänge meiner drei Zofen Frida, Franka und Ferhild, die ich mir mit Elicia teile. Sie singen seit jeher gern, aber seit ihre Verlobten im Krieg gefallen sind, sind ihre Lieder oft traurig und ahnungsvoll, sodass manche in der Burg glauben, sie hätten seherische Fähigkeiten. Verse hallten heran: *Des Hauses Träumerin, aufgeschreckt im Schlaf, das Grauen erblickt, mitternächtgen Angstschrei ausgestoßen, zu uns ins Gemach taumelwild sich hineingestürzt. Sonnenlos umhüllt tiefes Dunkel das Haus, in dem drinnen ward der Herr erschlagen.*

Als sie verstummten, wurden die Zikaden mir langsam lieb, dann wurde es bald still, und durch die Stille kam ich zur Ruhe und zur Traurigkeit. Meine Kindheit dämmerte vor mir auf, die an meinem sechzehnten Geburtstag, dem

Tag meiner Heirat mit Agapet, zu Ende gegangen war: sieben laute Geschwister; lange Ausritte über das Plateau; die Glocken von Langres; der verdrückte Kuss eines gleichaltrigen Verehrers; ein unermüdlich Recht sprechender Vater; eine Mutter, die ein Kind nach dem anderen verheiratete; ein Krieg zwischen den Königreichen Ostfranken und Westfranken, der schwer auf dem Land lastete ... Er sollte mit einem Vertrag beendet und mit mehreren Hochzeiten zwischen hüben und drüben – unter anderem meiner Hochzeit – besiegelt werden. Für mich war Agapet vorgesehen, ein schwäbischer Edler, der besonders unbarmherzig gegen die Unseren gekämpft hatte und dabei auch einen Mann, der zu dieser Zeit um mich warb und den ich gerne zum Gemahl gehabt hätte, in einer Schlacht tötete. Ich wollte Agapet, der meinen Geliebten und meine Zukunft erschlagen hatte, nicht heiraten. Nur der Gehorsam gegenüber meinen Eltern, die auf der Hochzeit zum Wohle des Landes beharrten, zwang mich dazu. Aber als ich Agapet zum ersten Mal begegnete – vor dem Altar –, war es mir unmöglich, Ja zu sagen. Ich hasste seine Augen. Es gab Empörung – und neues Blut. Schrecklicher denn je wüteten Agapets Horden, sie drangen bis Langres vor, sie ergriffen einige unserer Diener, leider auch Bilhildis, und dann ... Eine Woche später gab ich Agapet mein Jawort.

All das zog noch einmal an mir vorbei.

Mit dem Einbruch der Nacht wurden vier Fackeln entzündet, die in der Finsternis meine einzige Gesellschaft waren. Als zur Mitte der Nacht die letzte Fackel erloschen war, erlitt ich einen Rückfall. Mir kam es plötzlich so vor, als würde die Erde sich unter mir bewegen, und ich sprang vom Schemel auf. Dann hörte ich Geräusche von allen Seiten, ich wandte mich hierhin und dorthin. Ich sah Katzenaugen leuchten. Die Mücken fielen über mich her. Die Burg war wie ein riesiger, unbelebter Felsen in meinem Rücken. Ich war allein, verlassen. Als ich mich im Gras niederließ, packte mich die Angst angesichts des gewaltigen Sternenzelts über mir, ja, ich fühlte mich dem strafenden Gott anheimgegeben, und schließlich weinte ich.

Die meinen Körper erfassende Kälte brachte die Wende. Ich erinnerte mich des Mantels, den Aistulf mir zum Schutz vor der Kühle der Nacht – doch vielleicht nicht nur deshalb – neben dem Schemel zurückgelassen hatte, und ich legte ihn mir um die Schultern. Augenblicklich besserte sich meine Lage. Um auch die letzten Geister zu vertreiben, flüsterte ich, wieder auf dem Schemel sitzend, Aistulfs Namen in die Dunkelheit, an die tausend Mal, wie man eine Erwartung beschwört. Von meinem Sohn abgesehen, dessen Gegenwart ich seit sieben Jahren schmerzlich entbehre, habe ich mir noch nie einen Menschen stärker herbeigewünscht als Aistulf.

Die Nacht zerbrach vor meinen Augen. Vom Horizont stiegen Farben auf und flossen ineinander, der Fluss nahm Konturen an, der Himmel wurde wieder blau, der Wald grün und die Felder strohgelb. Es war überstanden. Nie wieder, so sagte ich mir, würde ich mich vor Gott oder Agapet fürchten müssen. Ich war ein neuer Mensch, getauft von der Nacht.

Ich hatte Agapet endgültig verlassen. Weder ich noch ein Teil von mir würden je wieder ihm gehören. Er besaß keine Macht mehr über mein Leben, würde nur noch ein kleiner Erdhügel sein, weniger noch als eine Erinnerung. Ich würde vergessen, welche Farbe seine Augen hatten, welchen Klang seine alles beherrschende Stimme, welche Festigkeit seine kalten Umarmungen.

In die Welt hinaus hätte ich es schreien mögen, der Morgensonne entgegen, das Tal hinunter zu den Rheinwogen, über die Wipfel der Bäume und alle Dörfer hinweg: Agapet ist tot. Er ist tot. Tot.

Und wer weiß, vielleicht hätte ich es getan, wenn Elicia nicht in diesem Moment des Triumphs den Friedhof betreten hätte.

Kara

VERGANGENE NACHT HATTE ich wieder einen dieser Träume. Ich frage mich, was es mit ihnen, für die ich in meiner Heimat belächelt worden bin, auf sich hat. Vor ungefähr fünfzehn Jahren habe ich den Traum von letzter Nacht schon einmal geträumt, ich war höchstens sieben Jahre alt.

Ich sehe das flache Land vor mir. Kein Hügel und kein Wald stört die Fernsicht. Alles ist Weite, die kniehohen Gräser biegen sich im Wind, der so wohltuend in den Ohren rauscht. Am Himmel spielen die Wolken nach, was auf Erden vor sich geht, denn es sind deren tausend und mehr, unzählbare Horden, sie kommen von Osten und ziehen nach Westen wie wir. Immer wieder wende ich meinen Blick zurück und zu den Seiten, ich kann mich nicht sattsehen an den Pferden und Reitern und den kleinen Sandwolken, die sie bei ihrem gemächlichen Ritt durch das neu eroberte Land aufwirbeln. Dazwischen trotten die Ziegenherden. Unsere Familie reitet mit anderen Fürsten und ihren Familien fast an der Spitze des Volkes. Ich sitze auf dem gleichen Pferd wie mein Bruder, dessen Hüfte ich umklammere, und meine Mutter reitet nur einen Steinwurf weit von uns entfernt, sich an meinen Vater Álmos klammernd, so wie auch meine Schwestern und Kusinen sich an ihren Brüdern und Vettern festhalten, obwohl diese manchmal um Jahre jünger sind als sie. Ich verstehe nicht, wieso sie nicht selbst reiten, und nehme mir vor, so bald wie möglich ein eigenes Pferd zu bekommen.

Als jemand »Wasser, da ist Wasser« ruft, bricht Jubel aus, und von der Spitze sich langsam nach hinten fortsetzend, verbreitet sich die Nachricht. Im Galopp geht es nun voran, die ganze Ebene hinter mir ist gelber Staub, leuchtend in der Sonne. Und dort vor mir, tatsächlich, ist Wasser, ein See, so blau und groß, wie ich noch keinen gesehen habe. Kaum dass man das andere Ufer sieht. Wir trinken neben unseren Pferden aus diesem See, wir lachen, toben und baden.

Dann sehe ich den Abend. In den See fällt eine rote Sonne. Meine Mutter und ich gehen ein Stück am Ufer entlang, als mir plötzlich das Grünzeug auffällt, das in Mengen im Wasser treibt.

»Algen«, erklärt mir meine Mutter. »Nein, mein Schatz, die kann man nicht essen, wirf sie weg.«

Sie sind so seltsam glitschig, dass sie mich zum Spaßmachen anregen. Ich nehme also eine Handvoll von ihnen und versuche, meine Mutter zu treffen, was mir jedoch nicht gelingt.

»Na warte«, sagt meine Mutter und bewirft mich nun ihrerseits mit Algen, aber auch sie verfehlt mich. Es entsteht eine kleine, lustige Schlacht, die jedoch, was mich betrifft, an Ernst gewinnt. Ich setze alles daran, meine Mutter zu treffen, wohingegen sie sich nicht allzu viel Mühe gibt, was mich nur noch mehr reizt.

Schließlich gelingt es mir. Ich treffe meine Mutter mit einer ekligen, glitschigen Alge mitten ins Gesicht, und mehr noch, das Ding haftet an ihrer Haut und zieht sich wie ein grünes Geschwür von der Stirn über das linke Auge, einen Nasenflügel und die Lippen bis zum Kinn. Ein komischer Anblick, eigentlich. Doch ich erschrecke.

Meine Mutter nimmt sich die Alge vom Gesicht und lacht.

Ich eile zu ihr. »Es tut mir leid, Mama, es tut mir ja so leid, bitte verzeih mir, ich habe das nicht gewollt, bei allen Göttern …«

»Ist ja gut, mein Schatz, du hast mich nur nass gemacht, nicht umgebracht.«

Sie amüsiert sich.

Ich weine.

Ich schwöre mir selbst, ihr nie wieder etwas anzutun.

Als ich meiner Mutter damals von diesem Traum erzählte, sah sie mich erstaunt an und sagte: »Das ist kein Traum gewesen, mein Schatz, sondern es ist passiert. Vor zwei Jahren, erinnerst du dich nicht? Nein? Nun, du warst damals noch sehr, sehr jung. Doch es war genau so, wie du es geschildert hast.«

»Aber ich habe es geträumt«, beharrte ich. »Letzte Nacht.«

»Mag ja sein. Dann hast du allerdings die Wirklichkeit geträumt. Schon ein bisschen seltsam, denn normalerweise träumt man Dinge, die sich entweder nicht oder nur so ähnlich zugetragen haben und die sich manchmal mit anderen Geschehnissen vermischen. Oder – wenn die Götter ihre Hand im Spiel haben – Dinge, die sich erst noch zutragen werden. Jedenfalls sind die Priester dieser Meinung. Aber du musst dir keine Sorgen machen, du hast in diesem Traum nur das Erlebte wiederholt.«

Meine Mutter hatte recht. Fortan träumte ich in großen Abständen von Dingen, die ich erlebt hatte und an deren Verlauf ich mich genau erinnerte. Nur an das Erlebnis am See konnte ich mich nie erinnern, vermutlich weil ich damals noch so jung gewesen war. Keiner dieser Träume war bedrohlich, nach keinem von ihnen erwachte ich mit einem schlechten Gefühl. Trotzdem blieb es merkwürdig, dass ich die Wirklichkeit in allen Einzelheiten nachträumte, und das mehrmals im Verlauf meiner Jugend.

Den letzten dieser Träume hatte ich vor sieben Jahren nach dem Tod meines Vaters, und ich dachte schon, sie hätten endgültig aufgehört.

Eben kam die stumme Dienerin herein. Sie brachte mir ein großes Stück Brot und einen kleinen Krug Wasser. Ich bat sie mit Gesten um mehr Wasser, aber sie lachte bloß auf – ein schreckliches Geräusch aus ihrem Mund wie von einem Tier –, und so hatte ich mich zu entscheiden, ob ich das Wasser zum Trinken oder zum Waschen benutzen wollte. Noch immer habe ich das Blut Agapets auf meiner Haut. Ich kann es weder sehen noch riechen noch schmecken, aber ich weiß, dass es da ist, denn es juckt auf meinem Rücken, kitzelt auf meinen Brüsten und brennt auf meinen Handflächen. Das raubt mir noch den Verstand, der mich geradezu anschreit, das Wasser für eine Wäsche zu benutzen. Trotzdem habe ich es getrunken. Wenn Körper und Geist ums Überleben ringen, ist der Körper der Überlegene. Er hat länger geübt. Er kämpft vom ersten Augenblick an gegen eine gnadenlose Welt, die ihn umzubringen versucht, als der Geist noch längst nicht begriffen hat, was um ihn herum vorgeht.

Als die stumme Dienerin das Geschriebene bemerkte, das ich in den letzten Stunden mit einem scharfen Stein in die Wand geritzt hatte, stieß sie mich zur Seite und betrachtete es – Ungarisch, natürlich. Ich sah den Hass in ihren Augen. Mit einem Murren wandte sie sich ab und ging.

Keiner in dieser Burg versteht auch nur ein einziges Wort Ungarisch, und sollten diese Leute noch einen anderen Ungarn gefangen nehmen und hierherbringen, wird er mich, eine Fürstentochter, unter keinen Umständen verraten, eher stirbt er, denn die Götter würden solchen Verrat ahnden. Diese Leute hier dürfen nie erfahren, wen sie in ihre Gewalt gebracht haben. Ich glaube, das wäre mein Ende.

Elicia

ALS ICH HEUTE Morgen den Friedhof betrat, um meine Mutter mit meinen Erkenntnissen über die Mordwaffe zu konfrontieren, sah ich ihr sofort an, dass sie in der Nacht geweint hatte.

»Guten Morgen, Liebes.«

»Guten Morgen, Mutter. Deine Trauerwache ist vorüber. Wenn du gestattest, werde ich nun für den Rest des Tages deinen Platz einnehmen.«

»Natürlich, gerne. Ich möchte dir noch erklären, weshalb ich …«

»Bevor du gehst, muss ich dir eine heikle Frage stellen. Sie hat mit dem Mord zu tun.«

»Deine Lippen sind ganz schmal, Liebes. Sie können so schön sein, so voll und weich, und du lässt sie verhärten. Klage mich nicht an wegen dieser Sache mit dem Begräbnis.«

»Sache!«, stieß ich hervor. »So nennst du das?« Doch ich wollte am frischen Grab meines Vaters keinen Streit heraufbeschwören. Sie hatte eine Entscheidung getroffen, die mir nicht gefiel, und ich hatte beschlossen, künftig meine eigenen Entscheidungen zu treffen, ohne Rücksicht auf sie. Mein Vater war tot, auf ihn hatte ich gehört, und ihm zuliebe hatte ich meiner Mutter stets alle Ehre erwiesen, obwohl mir das nicht immer leichtgefallen war.

»Es gibt Wichtigeres als meine Lippen«, sagte ich. »Allem voran die Sühne des Verbrechens. Ich werde tun, was getan werden muss, und ich habe bereits damit begonnen. Dieser Dolch lag auf dem Boden des Beckens, in dem Vater starb.« Ich zog die Waffe aus meinem Gewand und gab sie ihr. »Erkennst du ihn?«

Sie sah die Waffe nur kurz und mich viel länger an. »Ich habe ihn des Öfteren im Gemach deines Vaters gesehen.«

»Nein, das stimmt nicht ganz. Einige Wochen bevor Vater auf Feldzug gegen die heidnischen Ungarn ging, wurde ihm von einem Boten König Konrads eine silberne Kassette überbracht. Darin befanden sich ein Ring und ein Dolch. Erinnerst du dich?«

»Vage.«

»Ich war sofort von dem wunderschönen Ring angetan. Vater neckte mich, er nannte mich ein gieriges Weibsbild und versprach mir das Geschenk für den Fall, dass er siegreich vom Feldzug zurückkehren würde.«

Daraufhin verschlug es ihr – ich weiß auch nicht, warum – die Sprache. Sie sagte schließlich: »Davon weiß ich nichts.«

»Wie kannst du das nur vergessen? Es kommt nicht alle Tage vor, dass ein König einem Grafen kostbare Geschenke macht. Vater hat die Kassette in die kleine Schatzkammer gebracht. Ich habe letzte Nacht einen Blick durch die Gitterstäbe in den Schatzraum geworfen. Die Kassette steht noch immer dort – allerdings geöffnet, und der Dolch fehlt.«

»Ich sagte ja, dass dein Vater den Dolch in seiner Kemenate herumliegen hatte. Jeder hätte ihn nehmen können. Deines Vaters Gemach war am Tag seiner Rückkehr wegen des Gelages nicht bewacht.«

»Dass den Dolch jeder hätte nehmen können, wenn er herumgelegen hätte, ist der Grund dafür, dass er nicht herumlag. Vater hätte etwas so Kostbares nicht für jedermann zugänglich gemacht. Und ich habe den Dolch nie bei ihm gesehen.«

»Wie solltest du auch? Agapet war auf Feldzug, du hast sein Gemach nach seinem Aufbruch nicht betreten. Ich allerdings durchaus, da Aistulf mehrmals in die Schatzkammer musste, um dort Steuergelder zu hinterlegen oder weil er Lieferanten bezahlen musste. Er bat mich des Öfteren, ihm die Schatzkammer aufzuschließen, und dabei durchquerte ich deines Vaters Gemach und der Dolch fiel mir auf.«

»Wie seltsam, ich war auch mehrmals dort, um die Tuniken hinzubringen, die ich Vater genäht habe. Gewiss wäre mir der Dolch aufgefallen. Doch das ist er nicht.«

Ich erwartete, dass sie etwas dazu sagen würde, aber sie bekam den Mund nicht auf, und ihr Blick irrlichterte umher.

»Nur zwei Menschen«, fuhr ich fort, »haben Schlüssel zur Schatzkammer: Vater und du. Nun erkläre mir, wie der Dolch aus der Kassette ins Bad kam.«

»Du willst doch damit nicht etwa behaupten ...«

»Könnte es sein, dass jemand deinen Schlüssel an sich genommen hat, den du ganz unten in einem kleinen Loch in der Wand aufbewahrst, wie sogar ich weiß?«

Wir ließen uns eine Weile nicht aus den Augen. Ihr unsicherer Blick wurde fest.

»Deine Fragerei fällt mir lästig, Elicia.«

Und mehr wollte sie dazu nicht sagen.

Vielleicht ist sie ein bisschen verstört angesichts des Nachdrucks, mit dem ich sie befragt habe. Kalte Güsse, auch mündlicher Art, hat sie noch nie vertragen. Für sie musste das Leben stets in warmes Heu gewickelt sein, damit sie sich wohlfühlte, und mit Ausnahme der Tragödie um meinen Bruder Orendel hat sie es tatsächlich geschafft, das Leben genau dazu zu bringen.

Ich gebe zu, dass in der Nacht vor diesem Gespräch ein paar böse Gedanken in mir aufblitzten, die kein gutes Licht auf meine Mutter warfen. Aber seitdem zwinge ich mich zur Gerechtigkeit. Außer der dringenden Vermutung, dass sich jemand mit einem Schlüssel Zugang zum Schatzraum verschafft und dort den Dolch entwendet hat, habe ich keine Anhaltspunkte. Es ist außerdem nicht ganz unmöglich, dass mein Vater die Waffe auf dem Feldzug bei sich trug, wenngleich Baldur sagt, dass er sie in diesem Fall bemerkt hätte. Dass mein Vater den sowohl in gegenständlicher wie in sinnbildlicher Hinsicht kostbaren Dolch einfach in seinem Gemach hat herumliegen lassen, halte ich hingegen für völlig ausgeschlossen, zumal ich ihn dort nicht gesehen habe.

Wenn es nach meiner Mutter ginge, würde sie die Untersuchung für beendet erklären und die Ungarin bestrafen. Ich jedoch werde die Untersuchung fortsetzen. Sobald Baldur als Graf eingesetzt ist, wird es einfach für mich sein, Leute zu befragen, an die ich derzeit noch nicht mit voller Autorität herantreten kann.

Die Zeit auf dem Friedhof tat mir gut. Ich ging durch die vergangenen Jahre, Tage, Stunden und Augenblicke mit meinem Vater wie in einem Garten spazieren. Geborgenheit ist ein seltsames Gefühl, das an den grässlichsten, unmöglichsten Orten eintreten kann, sofern der richtige Mensch an unserer Seite weilt, und meinem Vater gelang es, mir sogar sein Grab zu einem angenehmen Ort zu machen. Er war stets mein Mittler gewesen, der Versöhner zwischen mir und einer von mir nicht immer geliebten Welt.

Es fing damit an, dass er mir die Bewohner der Burg nahegebracht hat. Das ist meine früheste Erinnerung an ihn. Als ich sechs Jahre alt und ohne gleichaltrige Freunde war, befreite er mich vor dem Alleinsein. Mein Bruder war noch sehr klein, und die mit mir gleichaltrigen Töchter und Söhne des Gesindes mieden mich. Meine Mutter sprach einen starken westfränkischen Akzent, den – weil Bilhildis stumm und mein Vater viel unterwegs war – auch ich annahm und für den ich von den Kindern der Burg verspottet wurde. Ich litt sehr unter der Ablehnung, bis mein Vater den ältesten Sohn von Bilhildis und Raimund dazu brachte, mich als Spielgefährtin zu akzeptieren und mir meinen Akzent auszutreiben. Ich weiß noch, wie meine Mutter sich dagegen widersetzte, dass die Grafentochter mit dem Kind des Leibdieners meines Vaters spielen durfte.

Mit Erinnerungen ist es seltsam: Man weiß, dass das Erinnerte passiert ist, aber sie haben etwas Unwirkliches an sich. Dass und wie sehr ich meine Kindheit geliebt habe, habe ich erst heute am Grab begriffen, in der Zwiesprache mit demjenigen, dessen Tod die Kindheit restlos und endgültig beendete. Für die Welt – da brauche ich mir nichts vorzumachen – bin ich irgendjemand, eine beliebige kleine Edle auf einer beliebigen Burg am Rhein. Aber für meinen Vater war ich die Welt. Das ist vorbei. Für keinen anderen Menschen bin ich das nun noch. Ich bin fortan ganz auf mich allein gestellt.

Gerade eben brachte Baldur mir Neuigkeiten. Ich kann nicht glauben, dass sie *das* getan hat.

Bilhildis

VOR GENAU FÜNF Tagen starb Agapet, und seither geht es in dieser sonst so beschaulichen Burg drüber und drunter, wie ich es mir in meinen kühnsten Träumen nicht vorgestellt habe. Zwischen Elicia und der Gräfin ist ein regelrechter Krieg ausgebrochen, wer fortan die Herrin ist. Eigentlich haben wir nun zwei Gräfinnen, und ich bin das Eigentum von beiden.

Vor drei Tagen, während Elicia ihre verspätete Totenwache an Agapets Grab gehalten hat, berief die Gräfin eine Versammlung ein. Es wurden geladen und kamen: Baldur als Kommandant der Wache und Schwiegersohn des verstorbenen Grafen, der Verweser Aistulf, der Abt des Klosters St. Trudpert, die Schultheißen und Geistlichen der nächstliegenden Gemarkungen und die Markträte von Breisach, Zähringen und Kolmar. Mein Gatte Raimund und ich blieben im Hintergrund, falls jemand etwas benötigt hätte.

Die Gräfin gab die trauernde Witwe, weiß von Kopf bis Fuß, aber ich muss sagen, dass sie nicht unmäßig übertrieb. Sie rechtfertigte die überstürzte Grablege, nahm das Beileid der Versammelten entgegen und ließ es ihrerseits bei einigen wenigen Worten des Schmerzes bewenden. Alles andere wäre auch unangemessen gewesen, denn kaum dass sie Agapet gewürdigt hatte, verkündete sie: »Da meinem Gemahl und mir ein Erbe versagt geblieben ist, sehe ich es als meine Pflicht an, für eine rasche Nachfolge zu sorgen. Die Verantwortungen, die der Graf hat, sind zu groß, als dass wir sie auch nur wenige Tage vakant lassen dürften. Herzog Burchard von Schwaben wie auch König Konrad müssen sich darauf verlassen können, dass unsere wohlhabende Grafschaft mit ihrer Nähe zur Reichsgrenze verlässlich geführt wird. Daher habe ich den sicherlich ungewöhnlichen Entschluss gefasst, die Trauerzeit von einem Jahr nicht abzuwarten und noch heute erneut zu heiraten. Zu meinem Gemahl habe ich den Verweser Aistulf bestimmt. Agapet hätte, da bin ich gewiss, keine Einwände gegen meine Entscheidung. Die Grafschaft ging ihm über alles, und er selbst war es, der am Tag seiner Rückkehr mir gegenüber seine große Zufriedenheit mit Aistulfs Arbeit geäußert hat. Ich bitte euch, ehrwürdige Herren, begrüßt mit mir unseren neuen Herrn. Es lebe Aistulf.«

Das hatte die Gräfin sehr geschickt angefangen. Die anwesenden Schultheißen waren allesamt mehr oder weniger mit Aistulf befreundet und stimmten sofort ein: »Es lebe Aistulf«, das sie unentwegt wiederholten und dadurch die Markträte mit sich rissen. Die niederen Geistlichen gaben ihr Einverständnis durch ein Lächeln zu erkennen, und der Abt schlug segnend das Kreuzzeichen. Baldur wusste nicht, wie ihm geschah – er sah aus wie ein Ochs vorm Scheunentor. Ich bin sicher: Hätte er schnell gehandelt und die Gräfin unterbrochen, wäre es nie zu dieser Bestätigung gekommen. Zumindest die Markträte und die Geistlichen hätten sich zurückgehalten, und dadurch, wer weiß, wären vielleicht auch die Schultheißen verstummt. Möglicherweise hätte Baldur auch unmittelbar nach den Hochrufen die Lage noch für sich retten können, wenn er seinen Anspruch deutlich und lautstark erhoben hätte. Immerhin befehligte er die Wache. Mit einem einzigen Kommando hätte er die ganze Versammlung auflösen und damit seine Macht demonstrieren können. Jedoch, dafür hätte er Standfestigkeit jenseits des Schlachtfeldes gebraucht, und die besaß er anscheinend nicht. Einmal überrumpelt, fand er sich in der Situation nicht zurecht, wurde unsicher und kriegte seinen Mund nicht auf. Mit steinerner Miene, aber ohne ein Wort des Widerspruchs, wohnte der Tropf der anschließenden Vermählung seiner Schwiegermutter mit Aistulf bei, vorgenommen vom Abt von St. Trudpert.

Ich wäre zu gerne Mäuschen gewesen, als Baldur Elicia am Abend berichtete, was geschehen war, aber noch nicht einmal ich schaffe es, an zwei Orten gleichzeitig zu sein, und die Gräfin brauchte mich, um ihre Gäste festlich zu bewirten. Immerhin: Bei Einbruch der Dunkelheit erinnerte sie sich ihrer Tochter und schickte mich, um sie zu holen.

Könnten Gemütszustände sich unmittelbar auf die Umgebung übertragen, wären in Baldurs und Elicias Gemach die Eiszapfen von der Decke gewachsen. Die beiden hatten sich wohl schon alles gesagt. Er saß reglos, in der Haltung eines müden Kutschers, auf dem Schlaflager, und sie lief mit zerrauftem Haar hin und her.

»Bilhildis!«, rief sie, als sie mich kommen sah. Sie umfasste meine Schultern mit ihren Händen, so als würde sie einen großen Kessel vor sich hertragen, sah mich an und fragte: »Kann so etwas sein? Hat die Welt schon eine solche Dreistigkeit gesehen? Welche Schande für unser Haus! Eine feiernde Witwe! Die Erde über meinem Vater ist noch nicht trocken, und *sie* heiratet. Und während die Welt applaudiert, drehen die Ahnen sich im Grabe um. Wäre ich nur dort im Saal gewesen, ich hätte Aistulf auf seinen Platz verwiesen.«

Sie warf einen Blick zu Baldur, der noch immer mit gesenktem Kopf auf dem Nachtlager saß.

»Bilhildis, du allein verstehst, wie mir zumute ist, und ich weiß, du fühlst wie ich. Auch auf dich fällt diese Schande, auf die ganze Burg.«

Sie alle haben sich so sehr an mein stummes Wesen gewöhnt, dass sie oft, wenn sie mit mir sprechen, es im Tonfall von Selbstgesprächen tun. Im Grunde bin ich ihr Äffchen, von dem man nicht ernstlich eine Meinung erwartet, und eine Antwort schon gar nicht.

»Es gibt nur eines«, sagte Elicia. »Diese selbstherrliche Ernennung muss rückgängig gemacht werden. Du bist der Kommandant, Baldur, du hast es in der Hand.«

»Der Abt hat das Paar getraut und gesegnet«, antwortete er.

»Weil du es zugelassen hast.«

»Ja, ja, das hast du mir nun schon hundertmal gesagt. Ich hätte, ich hätte. Habe ich aber nicht. Es ging alles so schnell, und außerdem – es war ja keine ausgemachte Sache, dass ich Graf werde. Dass Agapet mich an Kindes statt annehmen wollte, war noch nicht formell.«

»Wovon sprichst du?«

»Auf dem Feldzug sagte dein Vater mir, er wolle mich bald an Kindes statt annehmen, um auf diese Weise die Nachfolge zu regeln.«

»Vater wollte *dich* …? Das ist ja …«

»Was? Unglaublich?«

»Überraschend ist es.«

»Wieso? Ich war der treueste seiner Begleiter. Ich habe Seite an Seite mit ihm gefochten.«

»Ist ja schon gut. Es ist nur … Du hast mir nichts davon gesagt.«

»Es war keine Zeit. Wir kamen vom Feldzug zurück, zogen uns rasch um, feierten … Ich hätte es dir schon noch gesagt. Aber was reden wir jetzt darüber? Ich wurde nicht an Kindes statt angenommen, ich bin also nur sein Schwiegersohn, und Schwiegersöhne sind keine Söhne.«

»Aber es sind Schwiegersöhne. Wenn es Vaters Wille war, dich als Sohn anzunehmen, wollte er dich als Nachfolger. Und wir werden, verdammt noch mal, seinen Willen erfüllen.«

»Wir drehen uns im Kreis. Die vom Abt geschlossene und gesegnete Ehe ist eine Tatsache, um die kommen wir nicht herum. Aistulf ist der Gatte deiner Mutter, der Gräfin.«

»Das macht ihn noch lange nicht zum Grafen.«

»Ich kann nicht die Truppe gegen ihn aufwiegeln, Elicia. Alle haben die Heirat und die Segnung zur Kenntnis genommen, und seine Einsetzung blieb unwidersprochen.«

»Trotzdem ist sie nicht rechtens. Wir wenden uns an den König.«

»Wir sind keine Pfalzgrafschaft. Daher unterstehen wir dem Herzog von Schwaben.«

»Und wenn wir ein Verbrechen anzeigen? Dann müsste doch ein Gericht zuständig sein. Welches ist das nächste?«

»Unser eigenes, selbstverständlich. Agapet war als Graf zugleich der höchste Vertreter der Gerichtsbarkeit, und Aistulf ist auch darin sein Nachfolger.«

»Aistulf kann ja wohl nicht über sich selbst zu Gericht sitzen.«

»Damit hast du recht. Der bedeutendste Gerichtssprengel im Herzogtum ist Konstanz.«

Sofort schrieb sie den Brief, ich half ihr sogar bei den Formulierungen, auch wenn es mir nicht passt, dass sie nicht an die Schuld von dem ungarischen Aas glaubt. So einer vom Gericht, der hätte mir hier gerade noch gefehlt. Aber wenn sich Elicia etwas in den Kopf gesetzt hat, hat es zu geschehen. Und sie setzt sich viel Unfug in den Kopf. Mein Vater wollte, mein Vater hätte, mein Vater würde …

Seit Elicia einen Boten mit dem Brief nach Konstanz geschickt hat, befragen sie und Baldur Bewaffnete und das Gesinde. Sie werden schon sehen, was sie davon haben. Adam und Eva ist die Erkenntnis einst nicht gut bekommen, bei Baldur und Elicia wird es nicht anders sein. Sie werden sich noch wünschen, sich in die Dinge gefügt zu haben. Man sollte das ungarische Aas hinrichten und fertig. Die Gräfin scheint mir geneigt zu sein, genau das zu tun, aber noch wagt sie es nicht, denn es sähe zu sehr nach der Rache eines gekränkten Eheweibes aus. Aber sollte sie sich dafür entscheiden, würde sie ausnahmsweise etwas tun, das meine Billigung findet.

Die Ungarn haben mir meine Söhne genommen. Ich kann ihnen das nicht verzeihen. Einer nach dem anderen trat diesen plündernden, brandschatzenden Barbaren entgegen, die seit vielen Jahren in unser Land eindringen, und einer nach dem anderen fiel ihnen zum Opfer. Der eine fiel weit entfernt in einem Scharmützel, der andere wurde hinterrücks von einem Pfeil durchbohrt, der dritte wurde überwältigt und massakriert. Ich hatte noch nicht einmal die Gnade, ihre Leichname zu bekommen. Meine Tränen fielen auf eine Erde, die nicht ihnen geweiht war. Wo sind ihre Gräber? Wem galten ihre letzten Worte? Als junge Männer sind sie in den Krieg gegangen, und als alte Geister kehrten sie zurück wie so viele, viele vor ihnen. Nur die Namen sind von ihnen geblieben – Gerald, Gerbert, Garet –, drei Züge wabernden Atems, das ist fast schon alles. Und, ja, drei Bräute haben sie hinterlassen, die sich ihnen versprochen hatten und nun zu Mauerblümchen und Heulsusen geworden sind. Seltsame rothaarige Gestalten, die hier in der Burg leben, halb als jüngferliche

Mägde und halb als Witwen. Frida, Franka und Ferhild heißen sie und sind die Zofen der Gräfin und Elicias. Ich habe Aufsicht über sie, obwohl sie leibeigen sind wie ich. Die drei sehen immer aus, als wüssten sie im Vorhinein, dass etwas Schlimmes passiert, aber wenn es passiert, jammern sie herum. Was meine Söhne bloß an ihnen gefunden haben … Ach, was soll's?

Ich sollte den Mut haben, zu sterben. Ich sollte. Doch das tödliche letzte Spiel fängt gerade erst an. Und das Schreiben. Ich werde mit Kohle aufs Papier drücken, was mir an Wunden zugefügt wurde, was an Härten und Gemeinheiten in mir ist, damit irgendjemand es einmal erfährt.

Claire

FÜR WEN SCHREIBST du, Claire? Für Gott? Er weiß alles. Für mich? Und was erhoffst du dir davon? Gar nichts. Das Glück ist meine Tinte. Ich schreibe, um es um seiner selbst willen zu zelebrieren, um es in die Feder und von dort auf Pergament fließen zu lassen, wo ich es dann lächelnd betrachten kann, ein Spiegelbild aus Lettern. Ich feiere mich selbst. Das Leben hat eine andere Stimmung bekommen, es ist jetzt ein mystischer Ort voller Wunder und Geheimnisse, die noch zu ergründen sind. Ich dringe vor in dieses neue, fremde Land, das Liebe heißt, und weiß nicht, was mich dort erwartet, welche Abenteuer mir bevorstehen. Wie könnte es ein schlechtes Land sein, in dem sich das Glück von innen nach außen kehrt, wo es sich plötzlich in einem schaukelnden Baumwipfel findet, in einer vorüberziehenden Wolke, in einem Atemzug, im Knirschen des Waldbodens, in dem Geschmack einer Weintraube, dem Nähen einer Tunika für meinen neuen Gemahl – allem kommt in diesem Land der Liebe eine zweite Bedeutung zu, die dem Glück eine größere Tiefe gibt.

Vielleicht schreibe ich törichten Unsinn. Das wird man – wie bei allem, was jeder sagt oder schreibt – erst in der Zukunft wissen. Derzeit ist es einfach nur wahr. Denke daran, Claire, wenn du diese Zeilen eines Tages noch einmal liest.

Am Tag freue ich mich auf die Nacht und am Morgen auf den kommenden Tag, und das nun schon seit einer guten

Woche, seit der Hochzeit. Ich hatte es vorher gewusst und bin inzwischen darin bestätigt worden, dass Aistulf nicht nur ein völlig anderer Mensch, sondern auch ein völlig anderer Graf als Agapet sein wird. In unserer Hochzeitsnacht, die für uns eine weitere Liebesnacht und die erste Liebesnacht ohne Agapets Schatten war, flüsterte Aistulf: »Du musst es mir sagen, wenn ich als Graf Dummes tue, wenn ich vielleicht zu weit gehe, wenn ich das Unmögliche will, wenn ich …«

»Unmöglich ist es nur, solange es nicht gedacht ist, Liebster. In dem Moment, wo du es denkst, ist ein Schritt gemacht, und das Unmögliche ist ein Stück weniger weit entfernt.«

Er zog mich noch fester in seine Arme, meine Lippen schlossen sich um sein glattes Kinn, dann um seinen Mund, und seine schwarzen Augen glitzerten in der Dunkelheit.

»Manchmal glaube ich, Claire, wir sind im selben Augenblick geboren worden, weil wir so oft dasselbe denken.«

»Ich bin zweiundvierzig Jahre alt, du fünfunddreißig.«

»Dann muss es eine andere Erklärung geben. Manche Mystiker sagen, dass die Seelen, bevor sie bei der Zeugung beseelt werden, in einem himmlischen Raum umherschweben, und wenn sie sich versehentlich berühren …«

»… holen sie sich eine Beule.«

Wir stießen unsere Köpfe aneinander und lachten. Unsere Beine waren miteinander verflochten, unsere Arme, Gefühle, Hoffnungen, unser Denken und unser Glück, kurz, unser Schicksal. Wenn uns das vorher nicht schon bekannt gewesen war, dann spätestens seit dieser Nacht, in der wir Mann und Frau im Angesicht des Herrn waren.

»Wir zwei angeschlagene Seelen gehen unseren Weg gemeinsam«, sagte ich, »und es soll uns nicht scheren, ob man ihn unmöglich nennt oder versponnen oder töricht. Du hast Ideen, neue Ideen, wir haben oft darüber gesprochen. Der Feuereifer in deinem Herzen war das Erste an dir, in das ich mich verliebte, vor allem, weil es ein Eifer für die Menschen ist und nicht, wie es bei Agapet der Fall war, ein Eifer für den Schlachtenruhm. Ich habe gesehen, wie du dich als Verweser um die Dörfer gekümmert hast, wie dir das Schicksal der Waisen zu Herzen gegangen ist, das der Verkrüppelten, der Armen, und ich habe bemerkt, dass du nicht bloß voller Mitleid warst, sondern auch voller Enttäuschung, weil du allzu wenig tun konntest.«

Er schwieg eine Weile. Seine Antwort kam leise: »Ich habe nie mit dir über meine Enttäuschung gesprochen.«

»Haben wir nicht soeben festgestellt, wie nahe wir uns sind? Ich habe gewusst, was ich wissen musste, und ich habe mit dir gelitten. Armer Aistulf. Gewiss hat es Tage gegeben, in denen du dir mehr als alles andere gewünscht hast, Dinge verändern zu können.«

Er runzelte die Stirn. Zögerlich sagte er: »J-ja.« Und dann, als würde er sich wegen seiner ehrlichen Antwort sorgen, küsste er mich lange und zärtlich, und am Ende des Kusses war Aistulf über mir, seine Haare fielen mir ins Gesicht, ich streichelte die seinen, erneut funkelten seine Augen, sie waren feucht. »Ist es schlimm«, fragte er, »dass ich mir genauso stark gewünscht habe, Graf zu sein, wie dich zur Frau zu haben?«

Ich lächelte mild. »Ob das schlimm ist? Ich würde dich nicht anders haben wollen. Sei als Graf so, wie du als Mann bist, und als Mann so, wie du als Graf bist. Gemeinsam machen wir deine Träume, die auch meine geworden sind, wahr. Ich weiß, was in uns steckt, Aistulf. Lass uns mutig sein. Agapet war feige, außer wenn es darum ging, für Gott und Krieg sein Leben auf die Waage zu werfen. Dass er den Tod im *Bad* gefunden hat, sähe er als schlimmer an als den Tod an sich.«

Wir lächelten beide, während wir uns kleine Küsse gaben.

»Hätte Agapet fünf Leiber gehabt«, sagte Aistulf, »er hätte sie alle bereitwillig hingegeben, unter der Bedingung, dass sie von Schwertern durchbohrt werden.«

Wir lachten.

»Er wird sich dort, wo er jetzt ist, furchtbar langweilen ohne sein Schwert«, lästerte ich.

»Deswegen habe ich es ihm ins Grab legen lassen.«

»Das hast du nicht!«

»Aber sicher. Du hast gesagt, ich soll mich um die Bestattung kümmern, und das habe ich getan. So ist er am Jüngsten Gericht gewappnet, wenn es hart auf hart kommt.«

Wir prusteten vor Lachen. Während des Hochzeitsfestes hatten wir Wein getrunken, aber der Wein allein war es nicht, der uns übermütig, böse und gottverlassen machte, sondern es war auch und vor allem das Glück, die Zukunft auf unserer Seite zu wissen. Irgendwann, als ich nach Luft schnappte, rief ich: »Der arme Agapet.«

Als wir wieder ruhig geworden waren, wiederholte Aistulf sehr leise: »Ja, der arme Agapet.«

Gleich darauf liebte mich Aistulf zum zweiten Mal in dieser Nacht, und ich feuerte ihn an, so als wollten wir gemeinsam die Geister vertreiben, die in diesen Mauern leben, die Ahnen der Agapiden, die hier geliebt, gezeugt und geboren hatten und die wir vom Thron stießen mit unseren Plänen und unseren Küssen.

Fast am Ende der Nacht, als es still geworden war, als

mein Rücken an seine Brust geschmiegt war und seine Hand träge meinen Bauch streichelte, fragte er: »Hast du keine Angst?«

»Wovor?«

»Ich weiß nicht – davor, dass es nicht so gelingt, wie wir es uns wünschen.«

»Nein.«

»Wie machst du das bloß, Claire?«

»Sehr einfach. Meine Angst ist aufgebraucht, es ist nichts mehr von ihr übrig. Den allerletzten Rest habe ich während der Trauerwache über Agapets Grab verloren. Sie ist in der Nacht aufgegangen. Wenn du Angst hast, Aistulf, dann komm zu mir, denn keiner versteht mehr und keiner hat weniger davon. Ich weiß nicht, wie viele Tage mir noch bleiben, aber sie werden weder der Angst noch Gott gehören, sondern mir.«

Am nächsten Tag, dem Tag des Herrn, gingen wir in das Dorf Argotlingen am Fuß des Sündenberges, auf dem unsere Burg steht. Es ist Tradition, dass der Graf bei besonderen Anlässen, zu denen auch seine Inauguration gehört, Almosen verteilt. Aistulf hatte jedoch mehr vor. Nach der Messe verteilte er die mitgebrachten Almosen unter die Leute, doch damit ließ er es nicht bewenden. Er bat die Bauern, ihm ihre Sorgen zu schildern, sofern es sich um solche handelte, bei denen er Abhilfe schaffen konnte. Ich habe dergleichen noch nie gesehen: Es standen etwa dreißig Männer und Frauen in einem großen Halbkreis um uns herum, aber keiner machte den Mund auf. Ich sah Frauen, die zehn Jahre älter als ich zu sein schienen, aber einen Säugling auf dem Arm trugen; Greise, klapprig wie Lazarus; tief in den Höhlen sitzende Kinderaugen; Männerarme so dünn und zerfurcht wie Rebstöcke; zerschlissene Kittel, löchrige Bundschuhe. Die Aufwendungen für den »süßen Krieg« – wie Agapet ihn gerne genannt hatte – wurden zum größten Teil von den Bauern getragen, die überdies ihre Söhne für die Feldzüge ausleihen mussten. Süß war der Krieg für sie, die ihn am ärgsten erlitten, gewiss nicht. Es hätten sich also mindestens ein Dutzend Stimmen zu Wort melden müssen, doch die Zungen der Bauern waren wie gelähmt von tausend Jahren des Schweigens.

Aistulf wiederholte seine Frage und ermutigte die Leute, zu reden, doch außer demütig gesenkten Köpfen erhielt er keine Antwort. An die Stelle der Verehrung, die sie dem leutseligen Verweser entgegengebracht hatten, war nun dem hohen Grafen gegenüber die reine Ehrfurcht getreten. Schließlich war der Dorfgeistliche der Einzige, der eine Bitte vorbrachte, und die betraf den Ankauf einer kleinen holzgeschnitzten Madonnenstatue für den Altar der windschiefen Kapelle von Argotlingen. Ausgerechnet die Mutter Kirche, die mit ihrem Zehnt wahrlich gut ausgestattet ist, ihn jedoch nicht an die kleinen Dorfkirchen weitergibt, bat um Unterstützung. Aistulf sagte sie zu, doch ich konnte spüren, wie ernüchtert er von dieser Dorfversammlung war, die er sich ganz anders vorgestellt hatte.

Wir waren bereits im Aufbruch, als Aistulf sich plötzlich umwandte und an die Bauern gerichtet sagte: »Keiner von euch kann sich heute satt essen. Noch nicht einmal am Tag des Herrn habt ihr genug, um eure Bäuche zu füllen, doch ihr schweigt. Wieso?« Und als niemand antwortete, wiederholte er laut und fordernd: »Wieso? Ich will es wissen.«

Der Dorfgeistliche wollte antworten, doch Aistulf unterbrach ihn. »Nein, ich möchte, dass einer von ihnen mir antwortet.«

Nach einer Weile fasste sich eine Bäuerin ein Herz. »Gnädigster Herr«, sagte sie, »die Ernten waren schlecht.«

»Ja«, sagte Aistulf, »das stimmt. Und gegen eine schlechte Ernte kann auch ich wenig tun. Aber Fische sind genug im Fluss.«

Die Bauern sahen sich untereinander an.

»Gnädigster Herr«, sagte einer, »die Fische gehören Euch, und Ihr habt die Genehmigung zum Fischen und dem Verkauf der Fänge an die Markträte gegeben.«

»Falsch«, sagte Aistulf. »Graf Agapet hat das getan. Und vor ihm sein Vater. Und vor diesem dessen Vater. Damit hat es jetzt ein Ende. Ich erlaube einem jeden in der Grafschaft, dessen Dorfgemarkung an den Rhein grenzt, das Fischen im Fluss zum hauseigenen Verbrauch. Forellen, Aale, Karpfen, Saiblinge, Hechte, Schleien und Äschen dürfen ab heute mit meiner Billigung gefangen und in der eigenen Familie verzehrt oder als Salzfische eingelegt werden. Der Handel mit diesen Fischen hingegen verbleibt bei den Markträten.«

Das Echo auf die Ankündigung war insofern überwältigend, als alle wie vom Donner gerührt waren. Ich glaube, sie hatten die Tragweite dieser herrschaftlichen Erlaubnis zu diesem Zeitpunkt noch nicht erfasst. Aber als Aistulf und ich auf unsere Pferde aufsaßen und mit unserem kleinen Gefolge langsam aus Argotlingen ritten, hörten wir, wie hinter uns das Gemurmel begann, und schließlich vernahmen wir, als wir schon ein ganzes Stück entfernt waren, wie ein Einzelner in helles Jauchzen ausbrach.

Ich reichte Aistulf meine Hand, und wir lächelten einander an.

Nachdem wir das Gefolge zur Burg vorausgeschickt hatten, gingen wir, die Pferde hinter uns herführend, am Fluss entlang. Die milde Septembersonne funkelte auf den Rheinwellen, purpurfarbene Fliegen standen flügelschwingend in der Luft, und über den Wiesen lag friedliches Summen. Dieser mächtige Strom, der fast geräuschlos an uns vorbeifloss, war nicht nur die Kraftquelle des Landes, das uns gehörte, sondern wurde auch zur Kraftquelle von uns beiden. Noch nie habe ich mich so unbesiegbar gefühlt – und ich scheue mich nicht, zu sagen, so unsterblich – wie in jener Stunde.

Allein für diesen Tag hatte sich mein Leben gelohnt. Die Wunden schlossen sich.

Wir sprachen wenig, rasteten hier und dort für kurze Zeit, labten uns am Wasser und betrachteten unsere Gesichter und Gestalten im Spiegel des Rheins: ein hochgewachsener, nicht mehr junger Mann mit einem Bartflaum auf den Schläfen und über der Oberlippe, mit schulterlangem braunem Haar, schwarzen Augen, auffällig schönen Lippen und einer breiten, sehr männlichen Stirn; eine zierliche, nicht mehr junge Frau mit hohen Wangenknochen, einer kleinen Nase, schwarzen ruhigen Augen, auffällig schön gestecktem blondem Haar und einem duftigen Schleier, der all das umhüllte. In diesem flüssigen Spiegel verschwammen unsere beiden Leiber bisweilen zu einem, was uns sehr gefiel.

Erst als wir ein gutes Stück gelaufen waren und in die Nähe der Sumpfwiesen kamen, wurde Aistulf gesprächig.

»Wir sollten dieses Gebiet trockenlegen«, sagte er. »Stell dir vor, es würde zu Ackerland, dann könnten wir den Bauern dreier Dörfer zusätzliche Anbauflächen zur Verfügung stellen, damit die Erträge erhöhen, die Versorgung verbessern und letztlich sogar unsere eigenen Einnahmen aufbessern, die wir dann wieder in die Verbesserung von etwas anderem fließen lassen könnten.«

»Weißt du denn, wie man so etwas macht, einen Sumpf trockenlegen?«

»Ich habe vor einigen Jahren eine Zusammenfassung über die Trockenlegung der Pontinischen Sümpfe durch die Römer gelesen. Wir brauchen einen guten Plan, der benötigt etwas Zeit. Aber im nächsten Jahr können wir dem Sumpf den Garaus machen.«

Ich hätte ihm tage- und nächtelang zuhören können. Sein Feuereifer im Dienst eines zutiefst uneigennützigen Anliegens machte diesen Mann mir, zu dessen äußerer Erscheinung ich mich ohnehin hingezogen fühlte, unwiderstehlich. Und ich spürte in jedem einzelnen Augenblick unseres Zusammenseins, dass es sich umgekehrt genauso verhielt. Ich, die ich ihn zutiefst verstand, war in jeder Hinsicht seine Erfüllung. Einen solchen Gleichklang zwischen zwei Menschen gibt es nicht oft.

Da erst, an diesem Nachmittag, beschloss ich, ihn in mein größtes Geheimnis einzuweihen.

Ich erinnere mich noch an jede Einzelheit jenes Tages vor sieben Jahren. Ich weiß, was ich aß, trank, trug und dass die Sonne kaum gegen die Kälte des Märzmorgens ankam. Ich weiß, an welcher Stelle im Burghof das Pferd stand, auf das mein Sohn aufsaß. Ich höre ihn noch rufen: bis heute Abend, Mutter. Ich spüre Agapets Blick auf mir, der mir befiehlt, ihm nicht nachzuwinken. Ich sehe meinen Sohn in Begleitung zweier Waffenträger aus dem Burgtor reiten, und ich erlebe noch einmal die Zweifel, ob mein Entschluss richtig war.

Einige Tage zuvor hatte ich versucht, Agapet von seinem Vorhaben unseren Sohn betreffend abzubringen.

»Es ist unvermeidlich«, sagte er, »dass mein Sohn das Kriegshandwerk lernt.«

»Er ist zwölf Jahre alt, Agapet.«

»Und mit dreizehn wird er mich auf den Feldzug begleiten.«

»Dafür ist er viel zu jung.«

»Ich war auch dreizehn, als mein Vater mich ausbilden ließ. Leider gab es damals keinen Krieg, in dem ich mich hätte bewähren können. Ich musste warten, bis ich neunzehn Jahre alt war.«

»Orendel ist anders als du.«

»Ich will nicht, dass du so etwas sagst. Und ich will nicht, dass du ihn Orendel nennst. Das weißt du sehr gut. Mein Sohn heißt Agapet. Er trägt meinen Namen.«

»Die ganze Burg nennt ihn Orendel. Er hat sich diesen Namen selbst gegeben.«

»Siehst du, aus genau diesem Grund soll er ab jetzt an den Waffen ausgebildet werden. Alle diese Verrücktheiten müssen ihm ausgetrieben werden: das Dichten, das Schreiben, das Singen, das Erfinden ... Orendel, das ist der Name für einen Barden, aber nicht für einen Krieger.«

»Er will nun einmal kein Krieger sein. Er ist nicht dafür geboren.«

»Da er mein Sohn ist, muss er dafür geboren sein. Und für die Verrücktheiten bist du verantwortlich. Ich habe dir zu lange erlaubt, seine Erziehung zu übernehmen. Man sieht, wohin das geführt hat. Er ist verweichlicht.«

»Das ist nicht wahr. Er hilft dem Schmied oft stundenlang bei dessen schweißtreibender Arbeit, das macht ihm in seinem Alter keiner nach. Er ist sehr geschickt mit Hammer und Amboss.«

»Ja, und was fertigt er? Bronzene Modelle für Paläste, Burgen, Kirchen und so weiter. Beim Zimmermann hat er sich eine Leier gefertigt. Wofür soll das gut sein?«

»Darin drückt sich seine Neigung für schöpferische ...«

»Wenn er, verdammt noch mal, schon schmiedet und schnitzt, dann soll er wenigstens Schwerter schmieden und Pfeile schnitzen, mit denen er seine Feinde niederstreckt.«

»Er will keine Feinde haben. Er will nicht in den Krieg.«

»Wo kämen wir hin, wenn wir uns danach richteten, was Kinder wollen? Was wäre das für eine Welt?«

Ich hatte diese Belehrungen nicht nötig. Auch mir war bekannt, dass das Leben uns oft etwas aufgibt, in das wir uns mehr oder weniger fügen müssen. Ich hatte meinen Gemahl vor meiner Hochzeit kaum gekannt und war ihm von Anfang an nicht zugetan, weshalb ich mich zunächst weigerte, ihn zu ehelichen. Aber ich hatte letztendlich akzeptiert, dass diese Ehe notwendig war, um Frieden zu schaffen. Auch war es meine Bestimmung als Frau, meinem Gemahl Kinder zu gebären. Etwas völlig anderes war es, Orendel in den Krieg zu schicken. Kriege sind der Schrecken aller Mütter, aber in Orendels Fall ein doppelter Schrecken, denn er sollte entgegen seiner Natur geformt werden. Einer wie Agapet wäre eher des Weins und der Frauen als des Krieges überdrüssig geworden. Aber Orendel war musisch begabt. Die Verse, die er schrieb, wurden gerne von den Mägden der Burg nachgesungen. Oft war die Burg voll vom Summen der Melodien, die Orendel erschaffen hat. Selbst manche Wachen zitierten meinen jungen Sohn, wenn sie Frauen beeindrucken wollten. Das alles entstand ohne meine Anleitung. Ich hatte ihm lediglich das Lesen und Schreiben beigebracht – dies bereits ein Vergehen in Agapets Augen –, und manchmal fragte er mich um Rat, wenn er unsicher war, ob ein Vers etwas taugte. Was er schuf, schöpfte er aus seinem Innern sowie aus den Beobachtungen, die er machte. Denn er war sehr aufmerksam. Oft sah man ihn an einem Fenster oder einer besonderen Stelle der Burg sitzen und stundenlang seine Umgebung betrachten. Ich sah ein, dass er irgendwann die notwendigsten Fertigkeiten im Umgang mit dem Schwert lernen musste, doch nicht bereits im Alter von zwölf Jahren. Und schon gar nicht gehörte er mit dreizehn Jahren auf ein Schlachtfeld. Doch darauf nahm Agapet keine Rücksicht. Mir war bekannt, wie schonungslos er die Söhne des Landes rekrutierte und in den Krieg mitnahm, wo sie nur allzu oft in den Gräben am Wegesrand endeten, zerhackt von Krähen. Jeden Sommer schickte er Welle auf Welle aus jungem Fleisch und Blut gen Osten und kam mit halber Mannschaft zurück.

Wie sehr Orendel unter dem Beschluss seines Vaters, ihn auszubilden, litt, konnte ich seinen Versen entnehmen. Sie klangen traurig, manche wütend. In Erinnerung geblieben ist mir jener Vers:

Wer schuf die erste tödliche Klinge?
Seine wilde Seele war gerautes Eisen.

Ich habe in meinem Leben nie stärker gelitten als in den ersten Wochen von Orendels Ausbildung. Er musste Vogelscheuchen wieder und wieder den Kopf abschlagen, mit der Lanze streunende Hunde durchbohren, mit Pfeil und Bogen Katzen jagen … Er begriff so gut wie ich, dass ihm Todesverachtung wie auch Lebensverachtung beigebracht werden sollte. Er hatte keine Mittel, sich dagegen zu wehren. Ich hatte sie auch nicht, aber ich beschaffte sie mir. Ich fasste den Entschluss, Orendel von dem Ort der Peinigungen fortzubringen.

Doch wie sollte ich eine solche Tat bewerkstelligen? An wen konnte ich mich wenden? Mein Plan einer Entführung war kühn, und bei seiner Umsetzung fühlte ich mich überfordert, weil er nichts mit meinem bisherigen Leben zu tun hatte – eine Entführung, dass ich nicht lache, meine größten Herausforderungen waren nach der Geburt meiner Kinder die Stickereien gewesen. Ich hatte noch nie die Burg verlassen, ohne von zwei von Agapets Wachen begleitet zu werden. Wie also sollte ich Männer für ein solches Vorhaben finden sowie einen Ort ausfindig machen, an den Orendel nach der Entführung gebracht werden würde? Weil ich nicht weiterwusste, weihte ich Bilhildis ein und bat sie um Hilfe. Ich war mir Bilhildis' Loyalität sicher, sie war stets meine Vertraute, aber sie gab mir zu verstehen, dass sie auch ihren Gemahl Raimund einweihen müsste, Agapets Leibdiener. Mein Plan uferte zu einer regelrechten Verschwörung aus. Ich gab Raimund mein bestes Schmuckstück, das er zu Geld machte und damit alle Unkosten bestritt. Der Rest war Schweigegeld für ihn. Ich konnte nur hoffen, dass er tatsächlich schweigen würde. Unvorstellbar, wenn Agapet je dahinterkäme. Doch die Entführung wurde ein großer Erfolg. Während eines Gewaltritts durch die Wälder wurden die beiden Ausbilder Orendels überfallen und Orendel selbst verschleppt. Die Schergen waren als Ungarn getarnt. Zwar waren die Ungarn zuletzt im Vorjahr in die ostfränkischen Länder eingefallen, aber jeder traute ihnen zu, plötzlich und überall dort zu sein, wo sie sein wollten. Auch dass sie Gefangene nahmen, war ungewöhnlich, und trotzdem schöpfte niemand Verdacht, dass jemand anderer als die Heiden dahinterstecken könnte. Orendel galt fortan als tot. Außer Bilhildis, Raimund und mir wusste niemand auf der Burg, was wirklich geschehen war. Auch Elicia weihte ich nicht ein – sie hätte es höchstwahrscheinlich ihrem Vater verraten, um sich bei ihm anzudienen. Als Agapet mir die Nachricht überbrachte, brach ich natürlich in Tränen aus, wie sich das gehörte – es waren insgeheim Tränen der Freude.

Wo war er? Wo war mein Sohn? Ich zersprang vor Neugier, ich wollte so viel wie möglich darüber wissen. Bilhildis malte mir eine Linie in den Waldboden, die den Rhein darstellte, und setzte zwei Punkte. Der eine war unsere Burg, der andere deutete auf einen Ort südlich von uns hin, ebenfalls am Fluss gelegen, ein paar Tagesreisen entfernt, irgendwo, wo man bereits Berge sehen konnte. Ich fragte, ob er bei guten Leuten untergebracht wäre. Bilhildis nickte. Ich glaube, ich stellte an die hundert Fragen, und Bilhildis beantwortete jede einzelne mit einem Nicken oder einem Kopfschütteln.

Dies alles erklärte ich Aistulf mit restloser Offenheit. »Seither weiß ich«, sagte ich zu ihm, »dass Orendel auf einem Gut vier Tagesreisen von uns entfernt lebt, zusammen mit anderen Kindern als Gefährten, dass er keine schweren Arbeiten zu verrichten hat, gut zu essen bekommt, anständig gekleidet wird und sogar ein gewisses Maß an Unterricht erhält. Wir schreiben einander. Zu Beginn einer jeden neuen Jahreszeit gebe ich Bilhildis einen langen Brief, den sie zu ihm bringt, und bald darauf kehrt sie mit Orendels Antwort zurück. Als Agapet mich eines Tages überraschend fragte, warum ich einer Leibeigenen gestatte, Reisen zu unternehmen, erfand ich kurzerhand einen wohltuenden Kräutertrunk, den Bilhildis mir vier Mal im Jahr vom Kloster St. Gallen besorgen sollte.«

Aistulf lachte. »Du bist gewitzt, das muss ich schon sagen.«

»Nicht von Natur aus, ich bin es aus der Not geworden. Hätte ich nicht gehandelt, wäre Orendel jetzt tot oder unglücklich, davon bin ich überzeugt, denn ich muss davon überzeugt sein, verstehst du?« Ich klammerte mich an seinen Arm. »Ansonsten wäre alles vergebens gewesen, was ich mir selbst und Orendel angetan habe.«

»Du hast ihm nichts angetan. So wie du ihn beschreibst,

wäre er verbogen worden und würde sich selbst nicht ausstehen können.«

»Sagst du das aus Überzeugung?«

»Du hast das Richtige getan.«

Meine Zweifel, die nur wenige Augenblicke lang gedauert hatten, verzogen sich wie Wolkenschatten.

»Weißt du, was mir der größte Trost war in diesen Jahren, in denen ich Orendel entbehrte? Der Fluss. Er hat ihn geliebt, er konnte sich nie satt an ihm sehen. Dass mein Sohn stromaufwärts lebte, weckte in mir die Vorstellung, wir seien durch dieses breite Wasserband miteinander verbunden, und ich verbrachte manchmal ganze Tage damit, am Ufer zu sitzen, ins Wasser zu starren und seine Kraft aufzufangen. Gelegentlich zog kleines Treibgut vorbei, handflächengroße Schiffchen, die irgendein Kind aus dünnen Zweigen, Binsen und einem Eichenblatt als Segel gebaut hatte, und dann tat mir die Illusion gut, Orendel könnte dieses Schiff gebaut haben.«

»Solche Illusionen hast du ab jetzt nicht mehr nötig, Claire. Du kannst Orendel in die Burg zurückholen.«

Ich lächelte. »Von diesem Moment träume ich schon seit Jahren. Ich möchte in den nächsten Tagen mit Bilhildis aufbrechen.«

»Warte lieber noch ein paar Wochen.«

»So lange?«

»Es wäre besser. In der jetzigen Situation habe ich dich gerne in der Burg, du weißt schon, wegen Elicia und Baldur. Sie haben sich noch nicht geschlagen gegeben.«

»Ich habe versucht, mit Elicia zu sprechen, aber sie geht mir aus dem Weg.«

»Baldur mir auch. Und sie stellen jedem, der ihnen über den Weg läuft, Fragen zur Mordnacht. Das sät Unruhe. Es könnte der Eindruck entstehen, wir hätten …«

»Ja?«

»... etwas zu tun mit ...«

»Das Geschwätz kann uns nichts anhaben. Und Elicia wird sich schon bald beruhigen.«

»Wieso bist du dir da so sicher?«

»Nun, sie wird nichts finden. Sie hatte immer schon Zeiten der – wie nenne ich es? – Überspanntheit. Ihre Einbildungskraft ist enorm. Vielleicht wird Orendels Rückkehr einen guten Einfluss auf sie haben.« Ich überlegte. Schweren Herzens sagte ich: »Du hast recht, ich warte mit meiner Reise, bis sich die Wogen einigermaßen geglättet haben. Ich habe sieben Jahre auf die Rückkehr meines Sohnes gewartet, da werde ich einige wenige Wochen mehr auch noch aushalten.«

»Wir könnten Raimund schicken, der Orendel holt.«

»Ich habe mir immer vorgestellt, wie ich selbst ihn von dem Ort, der sein Exil ist, nach Hause hole. Außerdem will ich, dass das böse Geschwätz über uns aufgehört hat, bevor Orendel zurückkommt.«

Wir gingen denselben Weg am Ufer zurück, den wir gekommen waren. Das Nachmittagslicht war sanft und entspannend, und das Fell meines Pferdes war angenehm warm, sodass ich meine Wange daran schmiegte. In der Ferne sahen wir die ersten Kinder mit einfachen, eilig gefertigten Angeln auf Ufersteinen sitzen, zufrieden und geduldig auf das Abendessen wartend.

Was für ein bezaubernder, friedlicher Platz die Welt doch sein kann.

Als Aistulf mir half, auf mein Pferd aufzusitzen, sagte er: »Ich staune noch immer, dass du zu einer Entführung fähig warst. Unglaublich. Ich entdecke jeden Tag neue Seiten an dir.«

»Und das missfällt dir?«

Er verbeugte sich höflich lächelnd. »Im Gegenteil, Erlaucht. Ich frage mich nur, wie viele Geheimnisse Ihr noch habt.«

Zwei, dachte ich. Aber ich sagte: »Eines ist noch übrig. Ich bekomme ein Kind von dir.«

Wir, die wir kraft königlicher Gewalt und im Namen Seiner Hoheit des gnädigen Herzogs Burchard von Schwaben das Recht im Herzogtum und dem Reiche vertreten, haben Klage erhalten, dass Agapet, Graf von Breisach, totgeschlagen ward. Der Täter ward nicht handhaft ertappt und ist zu finden. Wir entsenden Malvin von Birnau, Vikar von Konstanz, auf dass er eine Inquisitio durchführen und den Täter, diesen Feind Gottes, des Königs und des Herzogs, finden soll. Er wird nach Ermessen ein Bußverfahren einleiten, das zwischen den Seiten des Opfers und des Täters ein Urteil aushandelt, oder er wird ein Racheverfahren einleiten. In letzterem Fall wird er kraft der Lex Alamannorum Richter sein und zwei Schöffen an seine Seite berufen. Er ist befugt, das Urteil zu verkünden und durchzusetzen. Alle Freien, Halbfreien und Unfreien sind aufgefordert, seinen Anordnungen, die mit der Handhaftwerdung des Täters und dessen Verurteilung zu tun haben, Folge zu leisten.

Gezeichnet in Konstanz, am zwölften Tag des September im Jahre des Herrn neunhundertundzwölf.

Der Schultheiß und Comes von Konstanz

Malvin

WIR SCHREIBEN DEN Tag des heiligen Cornelius, den sechzehnten September im Jahre des Herrn neunhundertundzwölf. Als Vikar der Hohe Vertreter des Gerichtssprengels von Konstanz habe ich die Inquisitio des Mordes an Graf Agapet von Breisach begonnen und bin zu diesem Zweck in der Agapidenburg eingetroffen, die man in Konstanz und andernorts auch wenig schmeichelhaft die Sündenburg nennt. Ich hätte einen Stellvertreter entsenden können, und in Konstanz staunte man nicht schlecht, dass ich mich als Vikar den Mühen einer mehrtägigen Reise unterziehen will, nur begleitet von meinem jungen Gerichtsschreiber Bernhard. Tatsächlich habe ich gezögert. Es sprach mehr gegen eine Abreise als dafür. Meine Kinder sind noch sehr jung, und wenngleich sie von einer sauberen Amme gehütet werden, ist eine Trennung von einigen Wochen nicht vorteilhaft für ihre Entwicklung. Dazu kommt, dass in Konstanz viel Arbeit zu tun ist. Die Misere der letzten Jahre, die von den Überfällen der Ungarn und den Kriegen gegen dieses Volk herrührt, hat mehr Menschen als früher zu Dieben, Räubern und Schlägern gemacht. Der Schultheiß ließ mich nur ungern gehen. Wieder und wieder hat er mich gefragt, wieso ich diese Untersuchung selbst führen will, und wegen meiner ausweichenden Antworten hat er sich wohl gedacht, ich wolle mich beim Herzog von Schwaben verdient machen, indem ich höchstselbst den Mord an einem seiner wichtigsten Grafen – wenn nicht *dem* wichtigsten Graf – aufkläre. Wenn er dies wirklich vermutete, lag er gar nicht so falsch – und doch irrte er. Ehrgeiz hat tatsächlich damit zu tun, aber er ist von anderer Natur und weit davon entfernt, auf meinen Vorteil abzuzielen.

Die Agapidenburg und ihre Herren haben seit jeher einen desaströsen Ruf im Land. Es ist von einem Fluch die Rede, der auf dem Geschlecht der Agapiden liege und dafür sorge, dass ein jeder von ihnen eines gewaltsamen Todes sterbe – angeblich, weil ihr Stammvater vor zweihundert Jahren ein ruchloses Verbrechen begangen habe. In den letzten Jahren ist dieses Gerede verstummt. Agapet regierte mehr als dreißig Jahre lang seine Grafschaft, und in solch langer Zeit gerät manches in Vergessenheit. Doch mit Gerüchten verhält es sich wie mit Samen – sie können viele Jahre lang ohne Licht und Wasser in einem vergessenen Behältnis herumliegen, aber ein einziger Tropfen und ein Sonnenstrahl können sie zum Leben erwecken. Plötzlich sind sie wieder in aller Munde, die unsterblichen Flüche, die teuflischen Dämonen und die aus dem Grabe steigenden, sich rächenden Toten, die sich der Sündenburg bemächtigt haben.

Was andere abschreckt, das zieht mich an. Jedoch: Nicht Diebstahl, widernatürliche Unzucht, Ehebruch und Gotteslästerung fesseln meine Aufmerksamkeit – dergleichen verhandele und richte ich alle Tage. Morde sind das eigentliche Ereignis. Ihrer hatte ich bisher nur elf aufzuklären. Zwei von ihnen waren langweilig – räuberische Überfälle aus Geldgier. In sieben Fällen tötete ein Weib seinen Mann, in zwei Fällen war es umgekehrt, was mich zu dem Gedanken verleitet, dass nicht in erster Linie die Ehefrauen, sondern die Ehemänner schlechter sind als ihr Ruf, sonst brächte man sie schließlich nicht um. Möglicherweise hängt das aber auch damit zusammen, dass die Männer reichlich Gelegenheit haben, ihrem Verdruss über was auch immer und auf welche Weise auch immer freien Lauf zu lassen, während dies den Frauen nicht gestattet ist. Es ist eine altbekannte Tatsache: Wasser sucht sich seinen Weg und Feuer ebenso.

Kein Verbrechen ist mir fremd. Was mir in den zehn Jahren, die ich als Vikar das Böse jage, inspiziere und bestrafe, noch nicht untergekommen ist, ist ein Mord, der von einem Geist begangen wurde (wohl aber hat die Angst vor Geistern schon so manchen tot umfallen lassen), und ich lege meine Hand dafür ins Feuer, dass dies auch so bleiben wird. So faszinierend die Gerüchte um die Agapidenburg auch sind – ich halte sie für Ausgeburten fantastischen Aberglaubens. Flüche und Dämonen sind Kreaturen, die weder von Himmel noch von Hölle, sondern von Menschen erschaffen werden, indem sie sich diese so lange einbilden, bis sie Gestalt bekommen. Die Wahrheit bringt sich somit selbst hervor. Ich kenne Vikare in anderen Städten, die mit Weihwasser besprengte Lose ziehen, um den Täter zu ermitteln. Da darf man sich nicht wundern, wenn das gemeine Volk den Leibhaftigen in jedem Faltenwurf zu sehen meint. Narren allesamt. Sie verstehen nichts. Der böse Geist ist immer der menschliche Geist, und je tiefer man in den Menschen schaut, desto mehr Ablagerungen des Bösen entdeckt man.

Meine Leidenschaft ist es, die Dunkelheit auszuleuchten. Doch das bedeutet zugleich, sich inmitten von Dunkelheit zu begeben, und darin liegt auch immer eine Gefahr. Der Übergang vom Licht ins Dunkel und umgekehrt ist fließend, nicht abrupt. Das Böse zu jagen heißt, ihm nahe zu kommen, Nähe bedeutet Beeinflussung, und sich einem starken Einfluss auszusetzen ist stets ein Wagnis. Den

Abstand zum Verbrecher zu wahren und doch die Nähe zuzulassen, um ihn erkennen zu können, ist die größte Herausforderung an einen Vikar, der sein Amt so versteht, wie ich es tue. Denn was ich beim Eintreten in die Welt des Verbrechers vorfinde, ist das Menschliche. Ja, wo andere das Schicksal oder einfach nur den Teufel vermuten, erkenne ich das allzu Menschliche. Und so zieht es mich stets dorthin, wo das düstere Schicksal zugeschlagen hat.

Die Agapidenburg tut nach außen alles, um dem Eindruck eines düsteren Schicksalsorts entgegenzuwirken. In exponierter Lage erhebt sie sich stolz und stabil aus obstreichen Gründen, alten Wäldern, wogenden Weinhängen, imposanten Felsen und Abstürzen. Die Steine, aus denen sie gebaut ist, sind überraschend hell, fast gelb, und als ich in helllichter Sonne auf sie zuritt, strahlte sie schon von Weitem wie ein Bernstein, auf dem die Ziegeldächer wie rote Flecken liegen. Die Landschaft um die Burg herum ist hügelig, es gibt zahlreiche Wiesen, Äcker und Haine. Der Reichtum der Landschaft steht im Gegensatz zu der Armseligkeit der Dörfer. Die Bauersleute arbeiten mit gebeugten Rücken und Häuptern. Die großen Strohhüte machen sie zu gesichtslosen Wesen. Die Frauen unterscheiden sich von den Männern nur dadurch, dass sie ihre kleinen Kinder oder Enkel in riesige Tücher gewickelt auf dem Rücken tragen. Der Rhein ist an dieser Stelle breit und still, er gleicht einem gutmütigen Alten. Oberhalb des Dorfes Argotlingen führt ein teilweise gepflasterter Esels- und Karrenweg durch Wald und zwischen Reben hindurch zur Burg hinauf. Man durchquert das Tor eines begrünten Erdwalls, dann das Tor einer Ringmauer, den Hof der Heerburg, der von Werkstätten, Backhaus, Ställen, Schmiede, Lagerräumen und den Schlafräumen des Gesindes eingerahmt ist, und passiert ein letztes Tor zur Wohnburg. Diese weist verschiedene Wohngebäude vor, die in Hufeisenform um den Hof angeordnet und allesamt in gutem Zustand sind. Von meinem Fenster in einem dieser Wohngebäude aus blicke ich über Tausende sattgrüne Baumkronen hinweg, die sich wie ein grünes Fell vor mir erstrecken.

Meine Ankunft war nicht angekündigt. Die Sitte hätte es geboten, eine Nachricht über mein baldiges Eintreffen vorauszuschicken, aber ich hatte es für besser gehalten, recht schnell und vor allem überraschend zu erscheinen, damit man sich nicht allzu gut vorbereiten konnte.

In Konstanz waren eine Woche zuvor zwei Boten mit Briefen eingetroffen, die beide den Tod Agapets meldeten, jedoch unterschiedliche Erwartungen beinhalteten. Der eine Brief war vom neuen Graf Aistulf sowie seiner Frau, Agapets Witwe, unterzeichnet, welche darum baten, die gerichtliche Erlaubnis zu erhalten, gegen eine der Mordtat überführte Heidin ein Bußverfahren einleiten zu dürfen. Der andere, von Agapets Tochter unterzeichnete Brief bezweifelte die Schuld der besagten Heidin und war, wenn man zwischen den Zeilen las, sowohl Hilferuf als auch Anklage. Doch Anklage gegen wen? Es war dieser Brief der Tochter, der sofort mein Interesse geweckt hatte. Mein Gefühl sagte mir, dass ich diese zornige Anklägerin unbedingt kennenlernen musste.

Ich und mein Schreiber wurden im Hof von einem knöchrigen Alten empfangen: schiefes, spitzes Kinn, Augen schwarz wie Kohlen, kaum Augenweiß, sein Gesicht gebräunt und seltsam ledern, seine Finger gichtig.

»Ihr habt Euch eine ungünstige Stunde für Eure Ankunft ausgesucht, Herr.«

»Wir werden beide damit zurechtkommen müssen.«

»Es ist nur so, Herr, dass der neue Graf ausgeritten ist, und die Gräfin schläft nachmittags immer eine Weile. Soll ich sie wecken?«

»Nein. Wie ist dein Name?«

»Raimund. Seid Ihr gekommen, um die Heidin hinzurichten?«

»Ich habe gute Erfahrungen damit gemacht, ein Verbrechen zuerst zu untersuchen, bevor ich das Urteil spreche und jemandem den Kopf abschlagen lasse.«

»Eine Untersuchung ist überflüssig. Die Zauberin war's.«

»Welche Zauberin?«

»Die Heidin. In ihrer Heimat ist sie gewiss eine Zauberin.«

»Seit wann muss man zaubern können, um jemandem die Kehle durchzuschneiden?«

»Nur sie kann es gewesen sein. Wisst Ihr, warum?«

»Woher sollte ich das wissen? Oder hältst du auch mich für einen Zauberer?«

»Weil ich den Grafen ausgekleidet habe, bevor er von seinem Gemach ins Bad ging, und niemand außer mir war anwesend, und es gibt nur einen Eingang zum Bad, und zwar von Graf Agapets Gemach, und ich blieb im Gemach, und niemand außer der Heidin ...«

»Das ist interessant, nur bin ich eben erst angekommen und möchte in mein Quartier gebracht werden. Ich komme später auf deine Beobachtungen zurück.«

»Ich bin Leibeigener, Herr, mein Zeugnis wird vor Gericht nicht anerkannt.«

»Das ist wahr.« Ich hatte dieses Gesetz nicht gemacht, und ich hätte es auch nie gemacht, aber es war uralt, und ich musste mich daran halten. Um ein Urteil zu begründen, durfte ich Beobachtungen von Leibeigenen nicht heranziehen. Aber es war nicht verboten, sie zur Kenntnis zu nehmen.

»Ich glaube, du solltest mir das alles aufschreiben.«

»Ich kann nicht schreiben, Herr.«

»Wie dumm von mir, das hatte ich nicht bedacht. Wende dich an meinen Schreiber, Bernhard.«

»Meine Frau schreibt's für mich auf, wenn es Euch nichts ausmacht, Herr. Keiner aus dem Gesinde kann schreiben, außer mein Weib. Sie ist stumm. Deshalb hat sie sich vor vielen Jahren diese Fertigkeit angeeignet.«

»Gut. Dann sage deinem Weib, sie möge niederschreiben, was du zu berichten hast. Ich nehme es dann zur Kenntnis.«

Wieso ich all dies nun, nachdem ich endlich mein Quartier bezogen habe, überhaupt notiere? Es ist nicht meine Art, zu schreiben, zumindest nicht auf diese Weise. Ich schreibe nur, wenn es darum geht, einen Prozess zu führen: Tatsachen und Gründe darlegen, Urteile sprechen, Dokumente anfertigen. Das meiste erledigt ohnehin Bernhard für mich, der Schreiber des Gerichts. Er ist gewissenhaft darin.

Ich weiß nicht … Ich hatte plötzlich das Verlangen. In dem Gemach, das mir zugewiesen wurde, steht ein Tisch zwischen zwei Feuerstellen, der Platz ist warm und einladend, und als ich von einem ersten Rundgang durch die Burg zurückkam, fand ich dort auf dem Tisch plötzlich Papier, Tinte und Feder vor – sehr gutes Papier und eine herrschaftliche Feder. Irgendjemand muss sie mir dorthin gelegt haben, als ich draußen war. Ich fragte Bernhard, der eine Kammer neben meinem Gemach bezogen hat. Unter seiner immergleichen ausdruckslosen Gerichtsschreibermiene – selbst grausamste Geständnisse bringen ihn nicht dazu, den Mund zu verziehen, mit den Lidern zu zucken oder den Schreibfluss zu unterbrechen –, unter dieser Miene also meinte ich seine Empörung zu erkennen, dass ich annehmen könnte, er würde mir zumuten, ihm seine Arbeit abzunehmen.

Wie dem auch sei – das Papier war wie eine Aufforderung. Doch sie allein hätte mich nicht veranlassen können, zu schreiben, wenn es nichts gäbe, worüber ich zu schreiben wüsste.

Ich muss zugeben, dass dies ein seltsamer Ort ist. Zwar hielt ich vorhin fest, dass die Burg freundlich wirkt, wenn man sie vom Tal aus betrachtet, und auch aus der Nähe macht sie einen herausgeputzten Eindruck. Aber ich habe ein ungutes Gefühl, was bei mir selten ist. Es liegt wohl zum Teil an den Leuten hier. Viele wirken mürrisch und verschlossen. Sie sollten froh sein, dass sich ein Vikar des Verbrechens annimmt, das die Burg erschüttert hat, aber sie sind skeptisch und würden wohl lieber einen Teufelsaustreiber als einen Mörderverfolger sehen. Bei meinem Rundgang sprach mich eine Wache an. »Macht die Heidin einen Kopf kürzer«, sagte er. In der Kapelle begegnete ich einem Geistlichen namens Nikolaus. Er ist klein, rundlich und hat ein gemütliches Gesicht. Als ich dort für die Seele meiner verstorbenen Frau betete, kam er zu mir, gab mir eine Phiole und sagte: »Besprengt sie mit Weihwasser, bevor Ihr sie ersauft. Sonst kehrt sie zurück.«

Die Einzigen, von denen ich zunächst dachte, dass sie sich entgegen der allgemeinen Stimmung in der Burg verhalten, waren drei noch junge Rothaarige, Mägde offenbar, die gemeinsam ein Lied anstimmten. Gesang zu hören tat mir gut, und ich lächelte. Dann verstand ich den Text: *Die Kehle blutete heiß in tiefen Rissen, und Dämonen wurden befreit. Nun ist gekommen der Richter und Rächer, der den Mord mit Mord vergilt.*

Die Neigungen zu Aberglaube und düsterer Prophezeiung sind hier in der Landbevölkerung besonders stark verbreitet, die Vernunft ist abwesend. Unter solchen Bedingungen gedeihen Angst und Schrecken besonders gut, und diese beiden wiederum können bei Menschen alles Mögliche anrichten. Die Sündenburg ist wie eine Arena schlechter Gefühle. Mit dergleichen bin ich in dieser Form noch nie konfrontiert worden. Sehr beeindruckend und wert, festgehalten zu werden.

Bilhildis

ICH HABE DEN Ankömmling bei seinem Rundgang durch die Burg beobachtet. Keiner hat mir dazu Anweisung gegeben, es hat mich schlicht und einfach interessiert, mit wem wir alle es zu tun bekommen. Er ist ein mittelgroßer Mann, noch nicht alt an Jahren, etwa fünfunddreißig, schwarz gekleidet, stattlich, aufmerksam, nicht zu vornehm. Die Gräfin sagte zu mir: »Lade ihn für heute Abend zum Gastmahl ein. Sage auch Elicia und Baldur, sie mögen kommen. Und trage Sorge, dass der Vikar sich wohlfühlt.« Das meiste hatte er schon von Raimund bekommen, also legte ich ihm Schreibzeug auf seinen Tisch, natürlich das beste Papier, ganz anderes als das Lumpenpapier, mit dem ich mich zufriedengeben muss. Und Tinte und Feder statt eines Kohlestifts, der schwarze Hände macht, Hände wie meine, die aussehen, als würden sie verfaulen. Mit diesen Händen schreibe ich, weil es der einzige Weg ist, meine eigene Stimme zu hören. Ich erinnere mich ihres vergangenen Klanges nur beim Schreiben, daher schreibe ich, so viel ich kann.

Nikolaus, der unbedarfte Burggeistliche, sagt, dass Gott mir das Schreiben geschenkt habe. Wenn Nikolaus wüsste, was ich schreibe, würde er nicht solchen Unfug reden. Gottes Wille, Gottes Geschenk. Dann war es vor mehr als fünfundzwanzig Jahren wohl auch Gottes Geschenk gewesen, dass im Krieg zwischen Ostfranken und Westfranken die Bewaffneten der Gegenseite einer schönen jungen Frau namens Bilhildis habhaft werden sollten und dass sie sich, weil ein Hauptmann ihnen deren Schändung untersagte, sich ein anderes Vergnügen mit ihr bereiteten und ihr die Zunge herausschnitten – das nämlich war ihnen nicht verboten worden. War es auch Gottes Geschenk, dass sie sie zwangen, ihre Zunge zu fressen, sodass sie sie verdauen und scheißen musste? Wer weiß, ob nicht Teile davon noch heute in mir sind, auch wenn es Jahrzehnte her ist.

Gott kann mir gestohlen bleiben, und seine Marktschreier ebenso. Im besten Fall halte ich es für möglich, dass Gott so etwas wie ein gleichgültiger Sekretär ist, der jeden Willen niederschreibt, den man ihm vorsagt. Anderenfalls muss ich glauben, dass er Gefallen daran findet, auszuprobieren, wie weit er mit den Menschen gehen kann. Und für seine grausamen Zirkusspiele sollen wir ihn auch noch lieben. Aber nicht mit mir. Und wenn er mir dann mit der Hölle kommt, dann werde ich ihm sagen, dass ich die Hölle schon in- und auswendig kenne und dass es gar nicht so unmöglich ist, sich in ihr zurechtzufinden, ja, sogar seinen Spaß in ihr zu haben.

Wie auch immer … Als ich genug von diesem Vikar Malvin gesehen hatte, zog ich mich zurück und überlegte, ob sein Eintreffen irgendetwas an dem änderte, was ich seit Tagen vorhatte zu tun. Ich verneinte. Schnurgerade ging ich zu Elicia.

»Bilhildis, hast du es auch schon erfahren? Ein Gericht wird tagen. Nun wird alles gut, ich fühle es. Du weißt, ich wünsche meiner Mutter nichts Böses, aber sie hat sich mir gegenüber schäbig verhalten, das wirst auch du zugeben müssen, die du ihre treue Dienerin bist. Du verstehst mich.«

Ich nickte mein Äffchennicken.

»So ist das eben, man kann die Gerechtigkeit nicht ungestraft mit Füßen treten. Und was Vaters Tod angeht, so wird die Untersuchung des Vikars Licht ins Dunkle bringen, und ich, liebe Bilhildis, werde heute Abend den Zündstein dazu mitbringen, wenn du verstehst, was ich meine.«

Ich konnte es mir ungefähr vorstellen. Seit Elicia zusammen mit Baldur die Befragungen der Wachmannschaft abgeschlossen hat, ist sie in aufgeräumter Stimmung. Sie hat mich nicht eingeweiht, aber es ist unübersehbar, dass sie – außer dem gefundenen Dolch – noch auf einen anderen Hinweis gestoßen ist, der sie ihrem Ziel näherbringt. Und dieses Ziel heißt, Aistulf vom Thron zu stoßen und ihn gleichzeitig als Mörder Agapets zu überführen.

Auf diese glimmende Glut ihrer Entschlossenheit legte ich gleich noch einen Scheit drauf.

Ich deutete an, ihr etwas Wichtiges mitteilen zu müssen. Dann formte ich mit der Hand einen runden Bauch.

»Guter Hoffnung, meinst du das? Wer ist guter Hoffnung?«

Ich zeigte in Richtung des Westflügels auf der anderen Seite des Hofes.

Elicia legte beide Hände auf ihren weit aufgerissenen Mund. Als sie wieder sprechen konnte, fragte sie: »Bist du dir sicher?«

O ja. Und ob ich mir sicher bin. Die Gräfin hat es zu vertuschen versucht, indem sie sich wochenlang immer schon zumindest teilweise ankleidete, bevor ich kam. Das erregte meinen Verdacht. Einige für werdende Mütter typische Verhaltensweisen, die sie aufwies, verfestigten den Verdacht, und ein heimlicher Blick in ihre Kemenate, als sie bereits ausgekleidet war, bestätigte ihn endgültig.

»Aber sie – sie ist erst seit zwei Wochen verheiratet. Und

Vater war mehr als vier Monate lang auf Feldzug. Wie …? O mein Gott. Oh, Bilhildis, das ist – so etwas Niederträchtiges.«

Das fand ich auch – vor allem niederträchtig von mir.

Elicia

ICH HATTE DEN Dolch, den wir im Bad gefunden hatten, in die kleine Schatulle neben unserem Nachtlager gelegt. Als ich ihn vorhin, kurz bevor wir zum Gastmahl bei meiner Mutter gingen, hervorholen wollte, um ihn dem Vikar als Beweis – sozusagen als Begrüßungsgeschenk – zu überreichen, war er verschwunden. Baldur behauptet, den Dolch zuletzt gesehen zu haben, als ich ihn vor zwei Wochen in die Schatulle neben meinem Nachtlager legte. Ich selbst habe die Schatulle vor drei Tagen geöffnet, weniger um mich des Dolches zu vergewissern, als mich durch ihn zu mahnen, nicht nachzulassen in meinem Bemühen, denjenigen zu finden, der ihn benutzte, um mir den wichtigsten Menschen in meinem Leben zu nehmen.

Irgendwann in den letzten drei Tagen also ist dieser Beweis gestohlen worden. Wer hatte regelmäßig Zugang zu unseren Gemächern? Die drei F, also meine Zofen Ferhild, Franka und Frida. Ich befragte sie umgehend, aber sie schwuren, nichts entnommen zu haben. Ich merkte jedoch, dass sie mir irgendetwas verschwiegen, daher insistierte ich, und schließlich gaben sie zu, am Tag zuvor meine Mutter angetroffen zu haben, als sie mein Gemach betraten. Sie tat so, als würde sie auf mich warten, ging aber wieder, kurz nachdem die drei F sie ertappt hatten.

Mit entsprechender Laune machten Baldur und ich uns auf den Weg zum Gastmahl im großen Saal, zu dem wir anlässlich der Ankunft des Vikars von Konstanz geladen waren. Weil wir schwiegen, hatte mein Ärger Zeit, sich aufzublasen, um sich über meine Mutter zu ergießen.

Als wir ankamen, war der Vikar schon im Saal und unterhielt sich angeregt mit Aistulf und meiner Mutter. Er war weder jung noch alt, recht förmlich, und die Würden, die er um seinen Hals und an seinen Fingern trug, machten ihn zu einer imposanten Erscheinung. Wirklich interessant war die Neugier in seinen Augen, als wir einander begrüßten, und ich spürte schon nach wenigen Worten, dass ich einen guten Zugang zu ihm bekommen würde. Mutter und Aistulf versuchten natürlich, ihn mit kleinen Scherzen und einem großen Kelch Wein gleich zu Anfang auf ihre Seite zu ziehen, und wieder schalt ich mich selbst, dass wir einen Fehler gemacht hatten, indem wir zu spät eingetroffen waren. Vermutlich hatte meine Mutter den Vikar ein wenig vor der Zeit abholen lassen, um ihn in Ruhe umgarnen zu können. Sie waren als Grafenpaar nun einmal im Vorteil gegenüber Baldur und mir, weil sie in der Burg walten konnten, wie sie wollten, und ich sah ein, dass ich künftig mit größerem und vorausschauendem Geschick handeln musste, um mit ihnen mithalten zu können. Auf Baldur konnte ich in diesem Zusammenhang ohnehin nicht zählen.

Ich setzte diesen Entschluss auf der Stelle in die Tat um. Obwohl mir ihre erheiterten Mienen übel aufstießen, spielte ich mit. Ich beteiligte mich an einer unbefangenen Unterhaltung über die Historie der Burg, die mich nie gefesselt hat, von der mir aber das eine oder andere aus den Erzählungen meines Vaters in Erinnerung geblieben war. Es war seltsam, wie meine Mutter und ich plötzlich so unbefangen beieinanderstanden und miteinander sprachen – wir hatten seit dem Tod meines Vaters nur kurze und eher unerfreuliche Gespräche geführt, in denen ich ihr offen meine Meinung gesagt hatte, was ich von ihrer Eheschließung und von der Okkupation hielt. Mit Aistulf hatte ich seither kein einziges Wort gewechselt.

»Der letzte Merowingerkönig hat sich vor ungefähr zweihundert Jahren auf dieser Burg aufgehalten«, erklärte Aistulf dem Vikar, der sich für die Vergangenheit interessierte – nicht nur für die ferne Vergangenheit, wie ich hoffte. »Er versteckte sich hier. Die Karolinger, die inzwischen das Königreich an sich gerissen hatten, wollten ihn unbedingt aufspüren, da er der rechtmäßige Herrscher des Frankenreiches war, aber sie fanden ihn nicht, obwohl sie die Burg mehrmals durchsuchen ließen. Man vermutet, dass er sich als Mönch oder Diener verkleidete oder einfach gut versteckte.«

»Was ist aus ihm geworden?«, fragte der Vikar.

»Das weiß man nicht genau. Die Leute sagen, der Burgherr habe irgendwann den lästigen Gast loswerden wollen. Er wurde in seinem Versteck lebendig eingemauert. Seither wird die Burg Sündenburg genannt und der Hügel, auf dem sie steht, Sündenberg. So die Legende.«

»Irgendwo gibt es eine Chronik«, sagte meine Mutter lapidar, als wollte sie das Gespräch in eine andere Richtung lenken. »In der Schatzkammer vielleicht. Ich habe sie lange nicht gesehen, gut möglich, dass sie weggekommen ist.«

»Das wäre nichts Neues«, sagte ich und leitete vom unverfänglichen zum heiklen Teil des Gesprächs über. »Leider verschwinden von Zeit zu Zeit Gegenstände aus der Schatzkammer, so wie jener Dolch, der sogar zwei Mal verschwunden ist.«

Der Vikar fragte: »Euer Vater kam durch einen Dolch ums Leben, nicht wahr? Ein verschwundener Dolch ist ein wichtiger Hinweis.«

»Ich weiß.«

»Wie konnte er zwei Mal verschwinden?«

»Ich hatte ihn als wichtigen Beweis an mich genommen. Wichtig deshalb, weil nur mein Vater und meine Mutter einen Schlüssel zur Schatzkammer hatten.«

»Ich verstehe.«

Ich sah meine Mutter an, die jedoch meinem Blick auswich. »Irgendwann in den letzten drei Tagen«, sagte ich, »ist er aus meinem Gemach gestohlen worden.«

»Das ist bedauerlich«, sagte der Vikar. »Ich hätte ihn gerne gesehen.«

»Ich kann ihn Euch bis in die Einzelheiten hinein beschreiben.«

Meine Mutter unterbrach uns. »Setzen wir uns zu Tisch? Ich hoffe, Vikar, dass Euch die Früchte unseres Landes munden werden.«

Dadurch war es ihr – plump, doch immerhin – gelungen, vom Dolch abzulenken. Das Gesinde trug die Speisen auf, Bilhildis schenkte Wein nach. Meine Mutter erkundigte sich nach der Familie des Vikars, gerade so, als würde sie sie kennen und wäre die Patin, während ich meine Füße kaum stillhalten konnte. Wir erfuhren, dass Malvin von Birnau Witwer war und drei kleine Töchter hatte. Falls Mutter jedoch gehofft hatte, dass das für sie peinliche Thema nicht mehr zur Sprache kommen würde, hatte sie sich verrechnet, denn der Vikar kam schon bald wieder von sich aus darauf zu sprechen. Von diesem Moment an hatte er meine Achtung und Sympathie. Einer wie er, sagte ich mir, lässt sich keine Nase drehen.

Ich beschrieb ihm die Waffe.

»Meine Tochter und ich«, sagte meine Mutter, »sind uns uneinig, was den Aufbewahrungsort des Dolches angeht. Elicia glaubt, er wäre in der Schatzkammer aufbewahrt worden, aber ich bin mir sicher, ihn in Agapets Gemach gesehen zu haben, und zwar jedes Mal, wenn ich dort war, zuletzt wenige Tage vor der Rückkehr meines früheren Gemahls. Für mich steht fest, dass die Ungarin den Dolch entwendet hat, bevor sie ins Bad gebracht wurde.«

Ich nutzte meinen ersten Trumpf. »Du wurdest zufällig von zwei Wachleuten dabei beobachtet, wie du dich ins Bad geschlichen hast, und zwar kurz bevor Baldur und ich dort ankamen. Was, außer die Mordwaffe, kannst du dort gesucht haben?«

»Zunächst einmal – ich habe mich nicht hinein*geschlichen.* Ich bin die Herrin dieser Burg und habe es nicht nötig, zu schleichen.«

»Auch nicht in mein Gemach, in dem du kürzlich gesehen wurdest? Übrigens genau in dem Zeitraum, in dem der Dolch verschwand.«

»Dich habe ich besuchen wollen, um mich ein wenig mit dir zu unterhalten. Es ist viel passiert, und da dachte ich … Das Bad habe ich aufgesucht, weil dort mein Gatte gestorben ist.«

»Wenn dem so ist, wieso hast du die Vorrichtung in Gang gesetzt, um das Wasser ablaufen zu lassen? Oder leugnest du, dass du es warst?«

»Nein, keineswegs. Im Bad hat es fürchterlich nach dieser Blutbrühe gestunken. Das war ekelhaft.«

»Und warum bist du vor Baldur und mir geflohen, wenn du nichts zu verbergen hattest und von der Waffe am Grund des Beckens nichts wusstest?«

»Ist das heute eine besondere Angriffslust, die ich bei dir spüre, oder nur die übliche?«

»Bitte beantworte meine Frage.«

»Ja, ich bin tatsächlich geflohen. Als ich sah, dass ihr die Mörderin meines Gatten bei euch hattet, zog ich es vor, nicht mit euch zusammenzutreffen. Das wäre zu viel für mich gewesen.«

»Ausreden und Lügen«, rief ich und stand abrupt auf. Ich war so wütend angesichts der Komödie, welche dem Vikar vorgespielt wurde, dass ich allen Anstand vergaß. Ich ging mit großen, schnellen Schritten auf sie zu, brachte die Verblüffte dazu, aufzustehen, packte ihr weites, umständliches Gewand mit beiden Händen auf der Höhe ihres Bauches und zerriss den Stoff mit aller vom Zorn gefütterten Kraft. Ein lautes Stöhnen ging durch den Saal, die Diener schlugen das Kreuz, Aistulf sprang auf, der Vikar verschluckte sich, ein Kelch kippte um, meine Mutter erstarrte. Als sie begriff, was ich getan hatte, war es für sie schon zu spät. In zwei Fetzen hing das Gewand an ihrem Körper herunter, und darunter kam das Unterkleid zum Vorschein, das den gewölbten Bauch nur bedeckte, nicht verbarg.

Ich leugne nicht das Triumphgefühl, das mich vom Scheitel bis zur Sohle durchfloss, weil ich den dunklen Machenschaften auf dieser Burg ein Stück der Maske herunterreißen konnte.

»Da!«, rief ich. »Das ist weder ein Zwei-Wochen-Bauch noch ein Fünf-Monats-Bauch. Sie hat meinen Vater, während er auf Feldzug war, mit einem Buhlen betrogen, und dieser Buhle steht heute an ihrer Seite: Aistulf, der Verweser. Schon bald wäre dieser Betrug meinem Vater aufgefallen, und darum musste er sterben.« Ich sah meiner Mutter in die Augen. »Du hast versucht, dein Geheimnis vor uns zu verbergen, aber ich habe gute Augen, Mutter, mit denen ich in deine Kemenate gespäht habe, als du dich ausgekleidet hast. Ich denke, die Tatsachen sprechen für sich. Du bist entweder eine Mörderin oder die Frau eines Mörders. Das kannst du dir aussuchen.«

Danach, nachdem der Vikar sich aus freien Stücken zurückgezogen hatte, stritten wir erst so richtig. Es war fürchterlich. War ich zu hart zu ihr? War ich schonungslos? War das gerecht? Nur wenige Stunden nachdem wir mit eisigem Schweigen auseinandergegangen sind, weckt ein leises Stimmchen in mir Zweifel. Ich kenne es. Immer, wenn meine Mutter nicht in unmittelbarer Nähe ist, erhebt es sich und schildert mir, dass sie nicht die schlechteste Mutter ist, dass es schöne Tage mit ihr gab und dass sie nie zu streng war. Ich nehme mir dann immer wieder vor, nicht so ungestüm zu sein, doch das ist, als würde man sich vornehmen, den Durst nicht mehr zu stillen. Wenn man gerade über die Maßen getrunken hat, fällt ein solches Versprechen leicht. Sobald ich in ihre Nähe komme, wird das Stimmchen von einem gewaltigen Chor übertönt, die Hörner erschallen, mein Innerstes erbebt und das Versprechen ist vergessen. Eine kleine Geste oder ein kurzer Blick von ihr genügen, um mir all das Schlechte in Erinnerung zu rufen. Seit meines Bruders Geburt – ich war damals vier Jahre alt – kam ich mir vor, als wäre ich unter einem Schleier verborgen. Meine Mutter sah mich nicht mehr an, wenigstens nicht in der gleichen Weise wie vorher. Im ersten Jahr nach der Geburt eines Kindes, so erklärte Bilhildis mir damals, ist das nicht ungewöhnlich. Doch in meinem Fall vergingen zwei Jahre, drei Jahre, vier Jahre, sechzehn Jahre, und nichts änderte sich. Lag es daran, dass ich das Kind meines Vaters war und Orendel das Kind eines anderen, eines Buhlen? Bei dem, was ich heute über meine Mutter weiß, ist dieser Gedanke nicht abwegig. Aistulf war damals noch nicht in der Burg, aber sie kann sich in ein anderes schönes Gesicht verliebt haben.

Meinen Vater hat sie nie gern gehabt. Warum nicht? Er hat sich sehr um sie bemüht. Ich erinnere mich noch des

Schmucks, den er ihr schenkte: Armreife, Ringe, Ketten. Sie wurde mit Gold überhäuft. In der Schatzkammer liegt der Schmuck bis heute nahezu unbenutzt herum. Von einer Pilgerfahrt nach Rom, wenige Monate vor Orendels Geburt, brachte er ihr feinstes Linnen mit. Sie hat es nie getragen. Auch habe ich nie gehört, dass er sie angeschrien hätte, wohl aber sah ich, mit welcher Kälte sie ihn bisweilen betrachtete. Ich kann sie einfach nicht verstehen. Baldur ist auch kein Mann, dem ich zu Füßen liege, und ich mache es ihm nicht immer leicht mit mir, aber ich habe ihn trotz all seiner Mängel ein wenig gern.

Als ich hörte, dass Orendel bald in den Krieg geschickt werden würde, tat es mir für ihn leid, weil ich wusste, dass er sich dagegen sträubte, aber meiner Mutter gönnte ich den Schlag. Und als ich von Orendels Entführung und seinem vermuteten Tod erfuhr, trauerte auch ich, tröstete meine Mutter, so gut ich konnte, und lauerte zugleich auf ihre Zuneigung. Ich habe kaum welche erhalten, sie war wie aufgesogen. Es kam mir vor, als würde alle Liebe meiner Mutter einem unsichtbaren Engelwesen zufliegen. Ein paar Monate später heiratete ich Baldur.

Ich schrieb, dass kleine Gesten meiner Mutter genügen, um meine Wut zu entzünden. Umgekehrt gilt Ähnliches für Vater, heute mehr denn je. Der Regen, der seit dem Abend vom Himmel rauscht, bereitet mir viel Freude, höre ich doch in ihm längst vergangene Tage. Ich habe sie soeben wiederzufinden versucht, indem ich meinen Kopf aus dem Fenster streckte und mit den Händen die Tropfen auffing. Unter mir lag das große schwarze Loch der Tiefe, achthundert Fuß Leere und Dunkelheit, und darin sah ich ein lachendes Mädchen auf einem Fohlen, das von einem braunbärtigen, wettergegerbten, rüstigen Mann geführt wird, der stolz darauf ist, wie furchtlos und gut sein Mädchen reitet und wie wenig dem Mädchen der Regen ausmacht, der auf es niedergeht. Hervorragend, Elicia, sehr gut machst du das, du wirst mein bester Mann, wenn du so weitermachst. Er lacht, und ich will schneller reiten, und so rennt er vor mir und dem Fohlen her, und nun lache ich auch, und dann fällt er in den Schlamm, und ich springe erschrocken ab und gebe ihm die Hand, damit er sich daran aufrichtet, und er zieht mich zu sich hinunter, und so liegen wir beide im Schlamm, dreckig und nass von oben bis unten, und wir lachen, und er umarmt mich in jenem schweren Regen, der rauschend auf uns niederprasselt.

Meine nassen Haare tropfen auf das Pergament. Das Himmelswasser rinnt über meine Wangen, während ich schreibe, zwischendurch innehalte und über die Öllampen hinweg zum Schlaflager blicke, wo Baldur liegt. Ich fühle eine endlose Leere. Von Leere habe ich immer geglaubt, sie sei schwerelos, aber das Gegenteil ist der Fall, sie liegt wie ein Fels auf meinem Leben. Seit beinahe sieben Jahren bin ich verheiratet, kinderlos wie eine Nonne. Nun gut, Baldur hat stets seine Pflicht getan, und ich auch, entstanden ist daraus dennoch nichts, auch kein Gefühl.

Es entsteht anderweitig. Seit heute. Heute hat sich etwas verändert. Es scheint, dass der Tod meines Vaters wenigstens ein bisschen etwas Gutes hatte. Er führte jemanden hierher.

Malvin

ICH HABE DEN vielleicht merkwürdigsten und denkwürdigsten Abend meines Lebens hinter mich gebracht. Es könnte mich erheitern und beflügeln, dass eine Tochter der Mutter das Gewand vom Körper reißt, um auf ein Kind im Bauch hinzuweisen – erheitern deshalb, weil es mich an die derben Darbietungen von fahrenden Komödianten erinnert, und beflügeln, da ich innerhalb einer Stunde mit dieser köstlichen Familie so viele Hinweise auf dem Silbertablett erhalten habe, wie ich mir als Vikar sonst in Tagen mühevoller Befragungen erarbeiten muss. Doch das Erlebnis stimmt mich eher nachdenklich. Es ist nicht zu übersehen, dass der bedrohliche Geist der Unversöhnlichkeit auf dieser Burg wirkt, und aus ihm ist noch nie etwas Gutes erwachsen.

Das Überraschende ist, dass die vier Protagonisten, mit denen ich heute das zweifelhafte Vergnügen hatte, das Abendbrot zu teilen, für sich genommen durchaus anständig wirken.

Die Gräfin Claire: eine anmutige Erscheinung, von Natur aus eher still und zurückhaltend, eine leise wie Wasser auf Kieseln plätschernde Stimme, vornehme, jedoch nicht hochmütige Gesichtszüge, weder bezaubernd schön noch unschön, durch Haltung und Freundlichkeit für sich einnehmend und zusätzlich geadelt durch die späte Mutterschaft, die ihr besonders sanfte Züge verleiht. Ein wenig erinnert sie mich an meine liebe Gerda, die vor sechshundertvierundachtzig Tagen starb, als sie unserer jüngsten Tochter das Leben schenkte.

Aistulf: äußerst intelligent, wache Augen, kurzer Bart, freundliches Lächeln, ein guter Redner, nicht ohne Ehrgeiz, den er jedoch in einen höheren Dienst stellt. Er hat mich gebeten, ihm in Kürze meine Eindrücke über das Land zu schildern und was darin meiner Meinung nach im Argen liegt – schriftlich, als eine Art Denkschrift. Sehr ungewöhnlich.

Baldur: von Gestalt ein Mann mit besten Eigenschaften, Arme wie Äste, Schultern wie Atlas; ich habe ihn am Nachmittag bei meinem Rundgang über die Burgmauern von oben im Sand einen Ringkampf austragen sehen, als ich noch nicht wusste, dass er Baldur ist, und er hat einen noch größeren Gegner eingeschüchtert und niedergerungen. Er macht auf mich einen rechtschaffenen, wenngleich schlichten Eindruck. Im Beisein seiner Frau wirkt er mundfaul und geradezu hilflos, sei es aus Gleichgültigkeit oder Schwäche. Es ist allerdings schon vorgekommen, dass Männer, die offensichtlich von Frauen beherrscht werden, unter der Oberfläche ein beträchtliches Eigenleben entwickelt haben.

Oberfläche, das ist ein gutes Stichwort. Oberflächlich betrachtet haben diese Menschen ein mehr oder weniger angenehmes Wesen, dem ich jeweils etwas abgewinnen kann. Am erstaunlichsten ist dabei Elicia: Sie ist das genaue Gegenteil der Mutter, von leidenschaftlichem Feuer erfüllt, ungestüm, jedoch geradlinig, offenherzig und ursprünglich, der forsche Schritt einer von der eigenen Unbezwingbarkeit Überzeugten, von wilder und schwer erklärbarer Anziehungskraft, sie drängt und fordert, in ihren Augen liegt ein Hunger nach etwas, das ich noch nicht benennen kann. Ich würde es nicht Rache nennen, aber es hat etwas Anklagendes und passt zu dem Brief, den sie dem Gericht geschrieben hat. Ich spüre große Tiefe in ihr, eine grenzenlose Sehnsucht …

Wie auch immer, so bewundernswerte Eigenschaften diese vier Menschen auch besitzen – sobald sie zusammenkommen, wecken sie nur das Schlechte im anderen. Elicia verlor die Beherrschung, Aistulfs Blick bekam etwas Dunkles, Baldur knackte während des Streits Walnüsse mit bloßer Faust, und sogar die Gräfin machte einen leicht gereizten Eindruck, als sie auf ihre Tochter traf. Ich gestehe zu, bisher nur das Bild eines einzigen Abends zugrunde zu legen, und die Stimmung dieses heutigen Abends muss nicht, aber sie kann stellvertretend für die allgemeine Stimmung stehen.

Der Anstand gebot, dass ich mich nach dem Eklat sofort zurückzog. Eine Gräfin im zerrissenen Kleid darf nicht im Angesicht eines Fremden stehen, und es wäre überaus unhöflich von mir gewesen, von *ihr* zu verlangen, zu gehen – immerhin war sie gerade den heftigsten Vorwürfen ihrer Tochter gegenübergestellt worden. Ich hatte ohnehin wenig Neigung, dem Spektakel noch länger beizuwohnen, denn diese Angriffe machten mich, auch wenn sie nicht mir galten, irgendwie wehrlos.

Kaum war ich in meinem Gemach angekommen, hatte den Mantel abgelegt und das Feuer geschürt, klopfte jemand an die Tür. Es handelte sich um die stumme Dienerin, die mich aufforderte, ihr zu folgen, was ich auch tat. Sie brachte mich zu ihrer Herrin, der Gräfin Claire. Sie hatte sich umgezogen und stand am anderen Ende einer geräumigen, von sechs Öllampen erleuchteten Kemenate.

»Bitte, Vikar, tretet näher.«

Ein angenehmes Gemach: Wandteppiche, Bodenteppiche, zwei Kamine, kostbar beschlagene Truhen und ein großer Tisch. Alles deutete darauf hin, dass die wirtschaftliche Lage der Grafschaft gut war, wenngleich jedoch der Goldsegen allein der Burg und den Truppen zugutekam, nicht den Dörfern. Bei der Kemenate, die ich betrat, hatte ich den Eindruck, dass sie nicht zu einer Frau passte, da sie weder über einen Spiegel noch über große Gewändertruhen verfügte. Außer der Tür, durch die ich eingetreten war, gingen zwei weitere Türen von ihr ab. Die eine von ihnen war geschlossen, die andere geöffnet. Außerdem führte eine Holztreppe in eine höher gelegene Kammer.

»Wir befinden uns im Gemach meines verstorbenen Gatten«, sagte die Gräfin. »Aistulf hat es aus Respekt vor dem Toten noch nicht bezogen, aber bald wird es so weit sein. Daher – vielleicht möchtet Ihr Euch hier ein wenig umsehen? Kommt und bleibt nach Belieben.«

»Sehr gütig, Erlaucht.«

»Wollen wir die förmlichen Anreden nicht weglassen? Immerhin sind wir – ich meine Euch, Aistulf und mich – als Amtsträger auf dieser Burg unter uns. Und wir werden eine Weile miteinander zu tun haben, nicht wahr? Oder?«

In ihre ruhige Stimme mischte sich Ruhelosigkeit, in ihre stolze Haltung ein wenig Fahrigkeit.

»Ich habe nichts dagegen, Gräfin«, erwiderte ich schlicht, wobei ich auf die in ihrer Bemerkung mitschwingende Frage der Dauer meines Aufenthalts absichtlich nicht einging. Es gefiel mir nicht, gegenüber der Gräfin, die für mich eine große Dame war, so kühl distanziert zu bleiben. Ich hätte ihr gerne etwas Gutes, Aufmunterndes gesagt, aber ich musste mir jede Parteilichkeit verbieten.

Auf einen Wink der Gräfin hin trat Raimund, der alte Leibeigene, durch die geöffnete Seitentür. Er verbeugte sich und sagte: »Dies ist das Bad. Dort geschah die Tat.«

Darum also war ich hergebeten worden: Um mir die Ansichten der Gräfin und des Dieners, den Mord betreffend, anzuhören. Früher am Tag war der Diener damit gescheitert, nun versuchte er es ein zweites Mal. Mein erstes Gefühl war, die Unterhaltung abzubrechen, aber dann sagte ich mir, dass ich mich früher oder später mit dem Ort der Tat auseinandersetzen musste, und ließ mich darauf ein. Der Diener führte mich durch die Seitentür in einen kleinen, rechteckigen Vorraum des Bads, ungefähr zwei Schritte breit und vier Schritte lang, an dessen beiden Seitenwänden jeweils eine Truhe stand.

»Hier habe ich den Grafen stets ausgekleidet, bevor er ins Bad ging«, sagte Raimund. »Sechsundzwanzig Jahre lang. In diese Truhe dort habe ich die Kleider des Grafen gelegt. Die Kleider, die er am Abend seines Todes trug, liegen immer noch drin. Seht Ihr?«

Mehr gab es in dem Vorraum nicht zu entdecken, und so gingen wir ins Bad. Ein schöner Raum mit verblassenden Wandmalereien, die Badende darstellten – ein Hauch vom Luxus des vergangenen Imperium Romanum, das die Frankendynastie der Merowinger hier und anderswo nachzuahmen versucht hatte. In Kempten, früher Cambodunum, habe ich als junger Mann einst Ähnliches gesehen.

»Wie funktioniert das?«, fragte ich Raimund.

Er wurde plötzlich sehr rege, so als sei er seinem Ziel, mich zu überzeugen, näher gekommen. »Achtet auf diese Rinne, Herr, sie ist der Zulauf. Und nun folgt mir.«

Wir gingen zurück ins Grafengemach und von dort die Holztreppe hinauf in eine Kammer, in der eine monströse Vorrichtung mit großem Wasserkessel und Unterfeuerung stand.

»Hier wird das Wasser erwärmt, und wenn ich den Kessel kippe, seht Ihr – das Wasser läuft durch diese Rinne in der Wand direkt ins Bassin im Bad.«

Ich nickte, und wir gingen wieder hinunter, da die Kammer eng war.

»Am Abend des Mordes«, sagte der Leibeigene eifrig, »habe ich den Kessel auf Wunsch des Grafen befeuert. Bei Beginn des Gelages hatte er mir gesagt, dass er später noch baden wolle. Ich bereitete also alles vor. Als der Graf eintraf, befand sich keiner außer uns in diesen Räumen. Ich begleitete den Graf vom Gemach in den Vorraum, von dort ins Bad bis vor das Becken, und ich kann beschwören, dass keiner dort war. Als er in das dampfende Wasser stieg, ging ich zurück ins Gemach und schloss die Tür zum Bad hinter mir. Ich blieb im Gemach. Ich verließ es die ganze Zeit über nicht, und einen anderen Zugang zum Bad gibt es nicht. Wer also hätte ihn in dieser Zeit ermorden sollen?«

»Du bist gewiss für einen Moment in die Kesselkammer gegangen, um warmes Wasser nachlaufen zu lassen.«

»Ja, das ist wahr, Herr. Aber erst, als man die Heidin gebracht hatte. Mein Weib, Bilhildis, führte sie herein, ich unterhielt mich kurz mit Bilhildis, dann kleidete sie die Heidin im Vorraum aus und stieß sie ins Bad. Bilhildis ging fort. Erst danach ging ich nach oben in die Kesselkammer, um warmes Wasser nachlaufen zu lassen. Freilich, für eine kleine Weile hätte jemand das Gemach und das Bad betreten können, doch die Heidin hätte denjenigen bemerken müssen, denn sie war ja bereits im Bad. Dasselbe gilt für die Zeit, nachdem ich das Gemach des Grafen schließlich verlassen hatte. Ich wusste, der Graf würde nach dem Bad ungestört sein wollen, da er – Ihr wisst schon – dieses Weib bei sich hatte. Da hat sie ihn umgebracht. Ich bin mir sicher. Sie sagt ja selbst, dass sie mit Graf Agapet allein im Bad saß. Da war sonst keiner. Keiner. Als die Herrin Elicia ihn fand, war der Graf schon tot. Daher kann nur die verfluchte Heidin meinen Herrn getötet haben.«

Ich führte den Satz im Stillen fort: ... wenn man nicht annimmt, dass er sich selbst oder dass Raimund ihn getötet hat.

Ja, der Graf selbst oder der Leibeigene hätte es getan haben können.

»Wie lange stehst du in den Diensten deines Herrn?«

»Ihr denkt doch nicht etwa, dass ich ...«

»Das ist ausgeschlossen«, mischte die Gräfin sich ein. »Allein der Gedanke ist abwegig.«

Ich entgegnete: »Bevor eine Strecke erkundet wird, Gräfin, ist sie immer abwegig. Nun also, Raimund. Wie lange?«

»Seit mehr als dreißig Jahren, seit er Graf wurde, diente ich meinem Herrn. Bilhildis kam vor sechsundzwanzig Jahren im Gefolge der Gräfin aus dem Westfränkischen Reich herüber, und wir heirateten mit dem Einverständnis des Grafen. Danach wurde ich der Leibdiener des Grafen und Bilhildis die erste Zofe der Herrin, später die Amme ihrer Kinder.«

Was war das für eine Wahl: Der erfolgreich vom Feldzug heimgekehrte Graf, der soeben noch rauschend seine Rückkehr gefeiert und sich ein Weib ins Bad bestellt hatte, schneidet sich selbst die Kehle durch; oder der seit dreißig Jahren treue Diener tötet seinen Herrn mit kühler Berechnung und ohne erkennbaren Grund; oder die erbeutete ungarische Heidin, die kurz vor dem unfreiwilligen Beischlaf durch den Grafen stand, beging die Tat. Jedes Gericht würde sich für die dritte Möglichkeit entscheiden.

Ich gab es nicht gerne zu, denn ich mochte vorgefertigte Meinungen nicht, aber was Raimund mir unterbreitete, entbehrte nicht der Vernunft. Ich ging sogar noch einmal zu den Truhen, um nachzusehen, ob sich dort jemand versteckt haben könnte, aber schließlich sah ich ein, dass das unmöglich gewesen wäre, denn sie waren weder breit noch lang noch tief genug. Allenfalls ein kleines Kind hätte dort hineingepasst.

Zurück im gräflichen Gemach fragte ich: »Was ist mit dieser Seitentür dort? Hätte durch sie jemand das Gemach des Grafen betreten und von dort ins Bad gelangen können?«

»Hinter der Tür befindet sich die Schatzkammer«, antwortete die Gräfin, die sich eine Weile im Hintergrund gehalten hatte. »Dort werden die Steuereinnahmen, der Sold für die Waffenträger und der Lohn für das freie Gesinde aufbewahrt. Außerdem der Schmuck, den wir besitzen.«

Hinter der nicht verriegelbaren Tür befand sich eine verschlossene, schwere Gittertür, die die Gräfin mit einem klobigen Schlüssel öffnete. Die Schatzkammer war ungefähr so groß wie eine begehbare Speisekammer. Einige Gestelle beherbergten Schatullen, Beutel und größere Kassetten, darunter ein besonders kostbar gearbeitetes Stück mit den Initialen »K.R.«: Konradus Rex. Ich nahm sie in Augenschein: schweres Silber, reich ornamentiert, der Deckel gewölbt, das Innere mit Hermelin gepolstert.

»Man kann sich in der Schatzkammer verbergen«, stellte ich fest.

»Nun ja …«

»Natürlich nur jemand, der den Schlüssel hat.«

Die Gräfin wurde auffällig still.

»An jenem Abend konnte sich niemand dort verbergen«, wandte Raimund ein. »Als der Graf das Gemach, vom Fest kommend, betrat, ging er zur Schatzkammer, öffnete sie und warf einen Blick hinein.«

»Wieso hat er sie geöffnet?«, fragte ich. »Hat er etwas entnommen oder hineingelegt?«

»Das habe ich nicht erkennen können. Aber wenn sich jemand in der Schatzkammer verborgen hätte, dann hätte er ihn entdeckt.«

Wieder musste ich dem Diener insgeheim zustimmen – vorausgesetzt, er sagte die Wahrheit. Auch wenn mich die den Dolch betreffenden Widersprüche, die Elicia während des Essens angesprochen hatte, nachdenklich machten, so kam ich an einer Tatsache nicht vorbei: Ohne dass Raimund oder die Ungarin es bemerkt hätten, wäre keiner zu Graf Agapet ins Bad vorgedrungen, weder die Gräfin noch Aistulf noch irgendjemand sonst. Trotzdem blieb das Verhalten der Gräfin am Tag nach der Tat seltsam, als sie das Wasser aus dem Becken im Bad hatte ablaufen lassen. Hatte sie die Mordwaffe an sich nehmen wollen? Wenn ja, zu welchem Zweck?

»Habt Ihr noch Fragen an Raimund?«, fragte sie.

»Ja. Hast du während Graf Agapets Feldzug einen Dolch in diesem Gemach herumliegen sehen?«

»Ja, Herr, dort auf dem Tisch. Ein Dolch mit silbernem Griff. Ich denke es mir so, dass die Heidin in dem Moment, in dem ich mich mit meinem Weib Bilhildis unterhielt und wir nicht aufpassten …«

»Es ist gut. Du darfst gehen«, sagte ich.

Mit einem Wink schickte die Gräfin den Diener fort, wartete, bis Stille eingekehrt war, und sagte: »Nun, nachdem das geklärt ist, wollte ich noch … Ihr habt gewiss … Es tut mir leid, dass Ihr vorhin Zeuge des unsäglichen Streits werden musstet. Ihr müsst einen schrecklichen Eindruck von unserer Familie bekommen haben, und zu allem Übel stimmt dieser Eindruck.« Sie lachte erregt auf. »Ein aufgeschlitzter Graf, seine heidnische Konkubine, seine neuerlich verheiratete Witwe in guter Hoffnung, deren aufgebrachte Tochter … Was für eine Familie! Man hält sie fast nicht für wahr.«

Ich lächelte. »Soweit ich weiß, hatte auch der große Alexander ein schlimmes Familienleben, von Klytämnestra ganz zu schweigen.«

Damit brachte ich sie und mich selbst zum Lachen. Das lockerte die Ernsthaftigkeit des vorherigen Gesprächs auf und tat uns gut.

»Ja, so gesehen, Vikar, habt Ihr recht. Mir wäre es trotzdem lieber, mein Familienleben nicht auf einer Stufe mit einer griechischen Tragödie leben zu müssen.«

In dem Dreivierteldunkel der Schatzkammer suchte ich ihre Augen und fand zwei schwarze, mattglänzende Perlen. »Noch ist es nur ein Drama, Gräfin, nicht mehr. An einer Tragödie wirken viele mit, und keiner ist unschuldig. Ihr habt es also selbst in der Hand.«

Sie schwieg eine Weile, dann sagte sie: »Jedenfalls ist mir jetzt leichter. Ich würde keine Nachtruhe finden, wenn ich mich nicht bei Euch entschuldigt hätte – und Euch um Verschwiegenheit bitten würde.«

»Hier liegt ein Missverständnis vor, Gräfin. Ihr habt Euch für nichts zu entschuldigen und um nichts zu bitten, das selbstverständlich ist. Der Streit mit Eurer Tochter ist für mich nicht von Wichtigkeit. Ich sammele Tatsachen, keine üblen Nachreden. Eure Mutterwerdung beispielsweise interessiert mich keineswegs aus moralischen, sondern lediglich aus den Anlass des Mordes betreffenden Gründen. Ich komme nicht umhin, Euch danach zu fragen. Das versteht Ihr sicherlich.«

Dass wir uns kaum sehen konnten, erleichterte uns das Gespräch. Die Dunkelheit ist ein gutes Versteck für den Austausch von allerlei Peinlichkeiten, Sünden und Bosheiten, die man sich Auge in Auge nie gestehen würde. Sich nicht zu sehen bedeutet, sich einreden zu können, es sei alles gar nicht so schlimm.

»Das Kind ist von Agapet«, sagte sie mit großer Entschiedenheit. Es verbot sich daher für mich, eine Nachfrage zu stellen wie: Seid Ihr sicher? Ihr Bauch hatte allerdings nicht danach ausgesehen, als würde sie dieser Tage im sechsten Monat sein. Und sollte das Kind auch nur drei Wochen zu spät zur Welt kommen …

»Man wird vielleicht die Rechtmäßigkeit anfechten«, sagte ich nüchtern.

»Aber wenn ich Euch doch sage …«

»Ich sagte nicht, dass *ich* sie anfechte. Die Tatsachen sind: Euer Gatte wurde ermordet, zwei Tage danach heiratet Ihr einen anderen Mann, obwohl Ihr wisst, dass Ihr ein Kind erwartet, und dann übernimmt dieser Mann mir nichts, dir nichts das hohe Amt des Grafen. Das kommt einer Besitzanmaßung gleich. Dazu kommt, dass Ihr geheim hieltet, guter Hoffnung zu sein. Das alles wiegt schwer, Gräfin, bedeutet jedoch nicht, dass die Anfechtung in jedem Fall erfolgreich wäre.«

»Was kann ich tun, Vikar?«

»Dass das Kind zur richtigen Zeit zur Welt kommt, würde sehr helfen, Gräfin.« Da mir das zu zynisch klang, fügte ich hinzu: »Überdies könnte ein Reinheitseid sehr nützlich sein, vielleicht sogar den Ausschlag geben.«

»Ein Reinheitseid?«

»Er ist im vollen Licht des Tages zu leisten, vor so vielen Menschen wie möglich, die Hand auf dem Kreuz. Gott wird als Zeuge angerufen, dass das Kind von Graf Agapet stammt.«

Über die strengen Strafen bei Meineid schwieg ich. Es wäre mir boshaft vorgekommen, in diesem Moment über abgehackte Schwurhände und herausgerissene Zungen zu sprechen.

»Überlegt es Euch«, sagte ich, willens, das Gespräch zu beenden und ein anderes anzufangen. »Das Gemach wird mit Kette und Schloss versehen, der Graf wird es vorläufig nicht beziehen können, es tut mir leid.«

»Aber – ich verstehe das nicht. Wozu?«

»In diesen Räumen wurde der Mord begangen und die Mordwaffe aufbewahrt. Ich werde dieses Gemach für meine Verhöre benutzen.«

»Verhöre?«

»Gewiss. Jedoch keine peinlichen Verhöre. Im Gegensatz zu anderen Vikaren halte ich mit Werkzeugen erzwungene Aussagen für kaum bedenkenswert und für sehr bedenklich.«

»Meiner Meinung nach sind Verhöre in diesem Fall überflüssig.«

»Ich bin der Letzte, der Euch eine eigene Meinung abspricht. Jedoch ist die meine ausschlaggebend.«

»Ihr habt doch selbst von Raimund gehört ...«

»Erstens ist er ein Leibeigener, und ich darf seine Aussage nicht als Begründung für ein mögliches Urteil heranziehen. Und zweitens scheinen mir einige Fragen ungeklärt.«

»Der Dolch lag dort drüben auf dem Tisch. Die Ungarin wurde von Bilhildis hereingebracht, und in einem günstigen Moment ...«

»Das versuchte mir der Diener bereits zu erklären. Bitte, Gräfin, nicht jetzt. Ihr habt Gelegenheit, Eure Anschuldigung vorzubringen, wenn Ihr verhört werdet.«

»Ich?«

»Ihr, Euer Gemahl, Eure Tochter, Euer Schwiegersohn, das Gesinde, die Wachen – alle.«

»Warum dieser Aufwand, diese Belästigung? Es geht

doch nur um die Ungarin. Sie hat Agapet getötet. Ich bitte Euch lediglich, ein Bußverfahren zu genehmigen, sodass ich mit der Ungarin über eine angemessene Strafe für sie verhandeln kann.«

»Ich werde Euer Ansinnen prüfen. Selbstverständlich wird auch die Ungarin verhört. Wenn Ihr mich jetzt entschuldigen wollt, Gräfin. Ich habe eine lange Reise hinter mir. Bitte ruft jemanden, der die Tür verkettet. Den Schlüssel behalte ich. Solltet Ihr Zugang zur Schatzkammer brauchen – deren Schlüssel ich selbstverständlich nicht benötige –, so lasst mich rufen, Tag oder Nacht, und ich werde das Gemach öffnen.«

Ich verneigte mich zum Abschied. »Habt Dank, Gräfin, für Eure Offenheit und Zeit.«

Ich hatte die Wahl gehabt. Ich hätte mich unverbindlich höflich äußern können, aber ich zog es vor, höflich bissig zu wirken. Die allgemein vorherrschende Stimmung der Burg gab ich willentlich, jedoch ohne böse Absicht weiter.

Kara

ES FING MIT einem leichten, göttlichen Wind an. Er weckte mich aus einem wahren Traum, indem er meine Schultern streichelte wie ein junger Mann mit zarten Händen. Im Halbschlaf fühlte ich mich geliebt. Ich wurde fortgetragen und befand mich wieder in der Heimat, in den Steppen rund um den großen See, wo die Gräser sich biegen und die wilden Pferde weiden, wo mächtige Vögel ihre Kreise ziehen, wo ein Zelt steht, wo ich ohne Scham nackt sein kann, wo mein Mann mich an sich presst, wo er mich auf Fellen besteigt, wo sich seine und meine Schreie umeinanderwinden, wo die Machtlosigkeit nur eine Nacht lang dauert, wo ich sein Blut in der Kraft seines Glieds spüre, wo ich ihn mit geschlossenen Augen sehe, wo ich durchbohrt werde von Lust, wo unsere Körper wirbeln, wo sie erschaffen, wo sie erschlaffen, wo ich sterben möchte. Und dann wurde der Wind stärker, er sog mich an sich, ich stand von meinem Lager auf und ging zum Fenster. Es ist bloß ein Schlitz, gerade so breit, dass mein Arm hindurchpasst. Ich streckte ihn aus, fing den Wind auf, der von Osten kam, und Regen kam hinzu, den ich mir von der Hand leckte. Der Wind verstärkte sich abermals, er schlug mir ins Gesicht, ich atmete ihn ein. Er umwickelte mich, schüttelte mich, er drückte gegen das Mauerwerk und ließ den Raum erbeben.

Dort, vor dem Fensterschlitz, schlief ich wieder ein, zusammengekauert auf dem Boden, mit Haaren, die mir auf der Brust klebten und deren Nässe bis zu meinen Schenkeln rann.

Das Nächste, woran ich mich erinnere, war, dass dieser Mann in meinem Kerker stand.

Ich bin, seit ich geraubt wurde, vielen verschiedenen Blicken begegnet. Agapets Begierde verdanke ich, dass ich noch lebe, denn seine Männer machten alles nieder, was ihnen nicht gefiel, wie ich als Gefangene auf dem Weg aus meinem Land in das fremde Land mit eigenen Augen sah. Überall verkohlte Dörfer der anderen Stämme meines Volkes, schwarze Leichen, Wasserleichen, teilnahmslos im Gras sitzende Kleinkinder, erhängte Greisenpaare. Ich kann von Glück sagen, dass Agapet und seine Leute nicht bis zu meiner Siedlung kamen, dass ich, die Geraubte vom Bach, die letzte Trophäe ihres Feldzuges geworden bin. Agapet sah mich und entschied, dass ich leben sollte – als sein Eigentum. Während der vier Wochen, die ich mal laufend und mal auf einem Karren kauernd verbrachte, betrachtete er mich von seinem Ross aus wie eine Belohnung, die er sich in Ruhe gönnen wollte. Die meisten anderen in seinem Tross übersahen oder verachteten mich, einige wenige hätten mich gerne auf der Stelle genommen, wagten es jedoch nicht, mir auch nur nahe zu kommen. Als wir in den Hof der Burg einfuhren, zog Agapet mich höchstpersönlich an den Handgelenken vom Wagen, und oben auf der Treppe stand eine Frau, älter als ich, jünger als er, in einem schönen Gewand, das die Farbe geronnenen Blutes hatte, beinahe das Gewand einer Königin, und ich wusste, dass sie seine Frau war, und ich wusste, dass sie wusste, wer ich in Kürze sein würde. Seltsam war, dass sie mir einen entschuldigenden Blick zuwarf, so als würde nicht ihr Gemahl, sondern sie mir etwas antun. Und dann kam seine Tochter und umarmte ihn, doch er hatte fast nur Augen für mich. Laut genug, dass ein paar Umstehende es hören konnten, sagte er: Bringt dieses Weib heute Abend ins Bad, richtet sie mir gut her, hört ihr? Es folgten die neugierigen, ein wenig lästigen Blicke der einfachen Frauen, die mich herzurichten hatten, und dann – nach Agapets Tod – die geifernden Blicke der Wachen im Bad und dann der hasserfüllte Blick der stummen Alten, die seit meiner Ankunft immer wieder plötzlich und unerwartet wie ein Gespenst für wenige Augenblicke erscheint und verschwindet, und dann die Tochter Agapets, die mich mit Skepsis ansah, weil sie unschlüssig war, was sie von mir halten, wie sie mit mir umgehen sollte … Keiner dieser hundert Blicke hat mir irgendetwas Gutes, Tröstliches gegeben.

Und dann steht da unvermittelt dieser Mann im Raum, und alles ist anders.

Er hatte, als ich noch nackt auf dem Boden kauernd schlief, eine einfache Decke vom Lager genommen und damit meinen Körper bedeckt, denn ich war mir sicher, dass ich mir in der Nacht keine Decke mit vor das Fenster genommen hatte. Ich war nahe daran gewesen, ihm in seiner Sprache zu danken, doch ich tat es nicht. Stattdessen zog ich mir die Decke enger um die Schultern und nickte ihm knapp und vorsichtig zu.

Er lächelte mich auf eine Art an, die mir unmissverständlich zu verstehen gab, dass er Anteil nahm an meinem Schicksal. Mein Verstand blieb misstrauisch, als mein Herz sich schon entschieden hatte, vertrauensvoll zu sein.

»Ich bin Malvin von Birnau, Vikar aus Konstanz, und das ist mein Schreiber, Bernhard.«

Er wies auf einen pickeligen jungen Mann, der mit einem Brett und einer Feder in Händen darauf wartete, dass ich etwas sagte.

»Der Titel des Vikars wird dir nicht viel sagen. Mancherorts bezeichnet er einen hohen Geistlichen, aber bei uns ist er ein Gerichtsvorsteher. Ich bin also so etwas wie ein Richter. Man hat mich beauftragt, die Wahrheit über den Tod des Grafen herauszufinden. Ein Teil der Wahrheit ist in deinem Besitz. Wie heißt du?«

Ich machte mir klar: Würde ich auch nur ein einziges Mal an der richtigen Stelle den Mund öffnen – ich musste noch nicht einmal etwas sagen –, dann wüsste er, dass ich seine Sprache verstand. Vertrauen und Verstand rangen miteinander. Um mich von diesem Kampf abzulenken, stand ich auf und bedeutete ihm, er möge mir mit der Decke einen Schutz geben, hinter dem ich mich ankleiden könnte. Er tat es.

»Sicherlich gibt es auch bei deinem Volk Richter«, sagte er auf der anderen Seite der Decke. »Du weißt also, dass sie möglichst unvoreingenommen urteilen. Ich jedenfalls bemühe mich sehr darum.«

Eine Weile war er still. Dann: »Kannst du mir sagen, ob du in deiner Heimat – bist du irgendwie gebunden? Ich meine, gibt es so etwas Ähnliches wie Mann und Frau bei euch? Eheleute? Oder anders gefragt – gehörst du einem Mann?«

Kurze Zeit später fragte er: »Welche Gefühle hattest du für Agapet? Hat er deine Ehre verletzt?«

Inzwischen war ich angezogen und trat hinter der Decke hervor. Nun, im Schutz meiner Bekleidung, sah ich den Mann zum ersten Mal in seiner Gänze an. In seinen schwarzen Gewändern und mit dem schwarzen Umhang, der ihm fast bis zu den Stiefeln ging, hätte er etwas Bedrohliches an sich haben können, wäre nicht sein Gesicht gewesen. Es war überraschend hell, ich meine damit nicht nur die Haut, ich meine den Ausdruck darin, ohne jede Überlegenheit, ohne Häme – ich habe hier eine Weile überlegen müssen, um das, was das Gesicht des Mannes ausmachte, treffend wiederzugeben: Was ich sah, war die Abwesenheit des Bösen. Weder Lehel, mein Mann, noch ich selbst noch irgendeiner meines oder des hiesigen Volkes, den ich kenne, kann dies von sich sagen – ein so reines Gesicht zu haben. Irgendwo sind bei uns allen Schatten zu erkennen – beispielsweise von Lügen, von Kämpfen, von der Gier nach Vorteilen, von der Jagd nach Besitz, von Gedanken der Vergeltung. Nicht bei ihm. Seine großen grünen Augen, in denen Witz lag, die etwas zu kleine Nase, die weiche Rundung des Kinns, kurz, das Fehlen jeglicher Strenge machte ihn zu einem Richter, wie ihn sich jede Beschuldigte wünscht, und zu einem Mann, der jenen Frauen gefällt, die vom Ungebändigten, Kühnen, Stolzen und daher Selbstsüchtigen ein für alle Mal genug haben oder selbst so viel davon besitzen, dass es für zwei reicht.

»Du verstehst mich nicht? Das habe ich befürchtet. Es macht die Angelegenheit nicht leichter, für mich nicht und für dich leider auch nicht.«

Er betrachtete die Wand mit dem Geschriebenen darauf.

»Das ist dein Werk? Du schreibst? Sind das Beschwörungsformeln? Doch wieso schreibst du an die Wände? Soll ich dir Lumpenpapier bringen lassen?«

Ich wollte sein Papier nicht, aber das durfte ich ihm nicht sagen, denn dann hätte er gewusst, dass ich seine Sprache verstehe. Trotzdem hätte ich ihm gerne erklärt, warum ich den Stein seinem Papier vorzog. Ich hätte ihm gesagt, dass vielleicht nur das von mir bleiben wird: Furchen an der Wand. Und dass diese Worte für mich wie Tränen wären, wie Regen, der aus dem Wind herausfällt.

Und dass ich hier drin, wo ich nicht frei sein könne, den Sog der Erde fühle, in die man mich vergraben wird. Und dass ich gegen die Angst anschriebe, so wie man gegen den Strom schwimmt, um nicht mitgerissen zu werden, und so wie man dann, wenn man doch mitgerissen wird, unter Wasser zu atmen versucht bis zuletzt.

Ich habe geschwiegen.

Er ging eine Weile ziellos im Raum umher. Anfangs folgte ihm mein Blick, dann wandte ich mich ab, und genau diesen Moment nutzte er, um mich hereinzulegen. Er sagte: »Heute Abend wirst du hingerichtet. Vorher hacken wir dir die Füße ab.«

Ich wirbelte herum und starrte ihn voller Entsetzen an.

Er sagte: »Tut mir leid, aber ich musste diesen Kniff anwenden. Verzeihst du mir?«

Er schickte seinen Schreiber aus der Kammer. Ich bekam ein wenig Angst.

Er sagte: »Ich möchte dir erzählen, was vor ungefähr drei Jahren geschah. Die Ungarn überrannten zunächst die Mark Kärnten, dann Baiern. Sie zogen die Donau entlang nach Schwaben, überquerten sogar den Rhein und fielen in Lothringen ein. Auf diesem Weg ließen sie Konstanz Gott sei Dank außer Acht. Aber das Umland war verwüstet, und von überall her strömten elende Menschen in unsere kleine Stadt. Ihre Kornernten waren verbrannt, ihr Vieh geschlachtet oder geraubt, ihre Priester niedergemetzelt, ihre Burgen geschleift, manche ihrer Frauen geschändet, manche ihrer Männer verschollen, manche ihrer Kinder auf der Flucht verhungert. Meine Frau und ich nahmen zwei Greise und vier Waisenkinder in unser Haus auf, aber trotz all unserer Mühe starben die Alten sehr bald, und eines von den Kindern hatte seine Sprache verloren und war zum Narren geworden. Im Jahr davor, so hörten wir, war es in einem anderen Teil des Reiches, in Thüringen, dasselbe gewesen, und im Jahr danach wiederholte es sich in Baiern und Franken. Jeden Sommer kamen die Ungarn, verbreiteten Schrecken und hinterließen Hunger. Manchmal blieben sie sogar über Winter und setzten ihr übles Werk im Frühling fort. Die Leute, die vor ihnen geflohen waren, berichteten uns, dass die Ungarn nicht nur mit ihren Männern in unser Land kamen, nein, sie brachten Frauen und sogar Kinder mit, sie ließen sich mit all ihrem Hausstand nieder und lebten in Zelten oder erbeuteten Hütten. Es soll vorgekommen sein, dass einige Frauen, Männer und Kinder der Ungarn auf diesen jahrelangen Raubzügen die Sprache der Einheimischen lernten.«

Ich hatte, als er zu erzählen begonnen hatte, meinen Blick zu Boden gerichtet und beließ ihn dort, als er sagte: »Meine Frau, die guter Hoffnung war, überlebte jenes entbehrungsreiche Jahr nicht. Sie starb entkräftet an den Folgen des Hungers und des Leids, an den Folgen der ungarischen Invasion. Unser jüngstes Kind in ihrem Leib starb mit ihr.«

Nach einer Weile sagte er mit leiser Stimme: »Du hast gut daran getan, nichts zu verstehen, Frau mit unbekanntem Namen.«

Wieder schwieg er eine Weile, bevor er sagte: »Aber damit ist nun Schluss. Folge mir zum Verhör. Ich habe Fragen, und du wirst sie mir beantworten. Gott stehe dir bei, wenn du es nicht tust.«

Protokoll eines Verhörs unter Ausschluss von peinlichen Befragungsmitteln

Befragte: Eine Ungarin, die sich Kara nennt

Anwesend: Malvin von Birnau, Vikar; Bernhard vom Teich, Gerichtsschreiber

MvB: Dein Name und deine Herkunft?

K: Kara. Ich bin eine Magyarin vom Stamm der Keszi.

MvB: Du bist also eine Ungarin, eine Feindin. Du warst beteiligt an den Überfällen deines Volkes auf Kärnten, Baiern, Schwaben, Franken und Thüringen. Wie viele Sommer waren es? Sechs? Sieben? Acht? Es müssen viele gewesen sein, wenn du unsere Sprache lernen konntest.

K: Gegen das, was man ist, wenn man zur Welt kommt, ist man wehrlos. Man kann es vergraben, aber es bricht durch wie die alten Knochen, die der Boden wieder freigibt. Was immer mein Volk getan hat, kann ich nicht ungeschehen machen, und was immer ich gesehen habe, kann ich nicht ungesehen machen, und was immer ich dabei gedacht habe oder nicht gedacht habe, hilft und schadet niemandem. Ich habe keinen von euch umgebracht.

MvB: Erzähle mir von deinem Zorn auf Agapet. Er muss gewaltig gewesen sein.

K: Man hat mich aus meiner Heimat entführt, einfach so, vom Bach weg. Man hat mich angefasst …

MvB: Wenn du ›man‹ sagst, meinst du Agapet.

K: Ja. Er konnte die Hände nicht von mir lassen, noch nicht einmal dann, als seine Frau nur ein paar Schritte von uns entfernt am anderen Ende der Tafel saß.

MvB: Das war auf dem Gelage. Erzähle mir von jenem Abend.

K: Agapet bestand darauf, dass ich neben ihm saß. Jeder sollte sehen, wen er erbeutet hatte, und jeder wusste, was er mit mir vorhatte. Er trank sehr viel, er war nur noch halb bei Sinnen.

MvB: Wie hat seine Frau darauf reagiert?

K: Gar nicht. Sie saß würdevoll an der Tafel in ihrem tiefroten Gewand, das ich nie vergessen werde. Sie sprach mit niemandem, und keiner sprach sie an. Ich konnte keine Regung auf ihrem Gesicht erkennen. Oder doch, ein einziges Mal, als Agapet mit seiner Tochter tanzte. Die Tochter hatte ihn darum gebeten. Da wirkte Agapets Frau sehr bekümmert und angespannt, was ich überhaupt nicht verstanden habe, weil der Tanz nur wenige Augenblicke dauerte, kaum genug, um zweimal tief durchzuatmen. Danach torkelte Agapet wieder zu mir, riss mich an sich, drückte mir einen harten Kuss auf und befahl einem Diener, ein Bad einzulassen. Da wusste ich, was mir bevorstehen würde.

MvB: War der Befehl für alle hörbar?

K: Ja. Er rief ihn voller Stolz und Anzüglichkeit, und seine Soldaten verstanden ihn, denn sie grölten und lachten. Agapets Tochter wurde dieses Spektakel wohl zu viel, sie verließ das Gelage, und nach einer Weile verabschiedete sich auch die Gräfin. Danach ging das Treiben noch ungehemmter als zuvor weiter. Mir war zum Weinen, doch ich verbot mir die Tränen. Irgendwann brachte eine stumme Dienerin mich in die Kammer, in der ich noch immer gefangen gehalten werde, schloss mich ein und kehrte erst eine ganze Weile später zurück. Sie geleitete mich ins Bad …

MvB: Vergiss nicht, den Dolch zu erwähnen.

K: Wie gesagt, die stumme Dienerin brachte mich hierher in dieses Gemach ihres Herrn. Sie riss mir die Kleider vom Leib herunter und stieß mich unsanft ins Bad. Dort war es düster. Ich konnte die Tränen nicht mehr zurückhalten. Der stummen Dienerin war das gleichgültig. Sie ging fort, und ich stieg ins Becken. Ich habe keinen Dolch gesehen.

MvB: Agapet war also bereits im Wasser.

K: Ja.

MvB: Und du behauptest, er war schon tot gewesen?

K: Ja, aber das konnte ich nicht sehen. Ich habe nur den Geruch bemerkt.

MvB: Er kam dir bekannt vor. Von euren Überfällen. Es war der Geruch von Blut. Demnach bist du in ein Blutbad gestiegen.

K: Ja, in ein Blutbad. Ich habe zwar den Geruch erkannt, aber ich habe mir noch nichts dabei gedacht. Ich war abgelenkt, ich hatte Angst, ich glaubte, ich bilde mir den Geruch nur ein. Ich war froh, dass der Mann sich nicht bewegte. Ich glaubte, er wäre eingeschlafen. Er war alt, ein langer Tag lag hinter ihm, er hatte viel Wein getrunken, das Bad war heiß, da kommt so etwas vor, auch wenn man auf eine junge Frau wartet.

MvB: Schön und gut, aber irgendwann musst du bemerkt haben, dass ein Toter neben dir im Becken liegt.

K: Als mir ein paar Tropfen von dem Wasser die Lippen benetzten, da begriff ich, dass das Wasser tatsächlich voller Blut war. Ich habe nach der Öllampe gegriffen, die ein Stück weiter am

Rand des Beckens stand, und dann habe ich die durchgeschnittene Kehle gesehen. Das Blut quoll immer noch aus der Wunde heraus, stoßweise … Ich bin sofort aus dem Becken gestiegen und habe geschrien.

MvB: Wie viel Zeit war vergangen zwischen dem Moment, als du in das Becken stiegst, und dem Moment, als du Agapets Tod bemerkt hast?

K: Keine kurze Weile. Es dauerte … Ich habe zu den Göttern gebetet, an meinen Mann gedacht, an mein Leben, ich hatte viel Zeit, an all das zu denken.

MvB: Und du hast in dieser Zeit niemanden gesehen und nichts gehört?

K: Nachdem ich eine Weile im Becken gewesen war, wurde heißes Wasser nachgefüllt. Es kam aus einer Rinne oberhalb des Beckens. Das dauerte nicht lange. Und dann, einige Zeit später, hörte ich Geräusche, vielleicht Schritte, aber sehr leise. Im Hof war noch das Fest im Gange, dort wurde laut gerufen und gelacht, und etwas davon drang bis ins Bad, aber ich konnte diese anderen Geräusche von denen vom Hof unterscheiden. Ich glaubte, sie kämen von nebenan, aus Agapets Gemach, wo der Diener war. Und ein leises Knarren hörte ich ebenfalls.

MvB: Gesehen hast du niemanden?

K: Das Becken ist in einen Winkel des Bades eingelassen, und ich war im hintersten Winkel dieses Winkels. Wenn jemand ins Bad gekommen wäre, hätte ich ihn nicht gesehen. Aber ich hätte es gesehen, wenn jemand Agapet getötet hätte, während ich im Becken war.

MvB: Was ist passiert, nachdem du geschrien hast?

K: Zunächst gar nichts. Ich weiß nur, dass mir kalt wurde.

MvB: Kalt? Im von warmen Dämpfen erfüllten Bad?

K: Jetzt fällt es mir wieder ein. Ich war aus dem Bad gerannt, hier herein, in dieses Gemach, Agapets Gemach. Ich habe laut geschrien, bin aber nicht hinausgelaufen. Ich war unbekleidet … Ich sank irgendwo hier zusammen, an einer Wand. Nach einiger Zeit, kam diese junge Frau, von der ich inzwischen weiß, dass es die Tochter des Grafen war. Sie trug eine Fackel. Sie hat mich gesehen, sie rief nach ihrem Vater, dann ist sie ins Bad gegangen, und kurz darauf hat sie angefangen zu schreien, so wie ich zuvor, aber noch viel lauter, und sie ist weggelaufen. Eine Weile später kamen Wachleute, dann die stumme Dienerin. Mehr weiß ich nicht. Ich habe den Graf nicht umgebracht, und den Dolch habe ich zum ersten Mal gesehen, als wir ihn im Becken gefunden haben. Ich möchte zurück in meine Heimat. Aber Ihr werdet mich nicht gehen lassen. Ihr werdet mich töten.

Kara

NACH DER BEFRAGUNG des Vikars war ich traurig und müde. Traurig, weil ich spürte, dass ich von nun an nichts mehr für mich tun konnte. Was ich hatte tun können, war getan worden. Müde, weil ich in der Nacht zuvor unruhig geschlafen hatte.

Der Wind hatte inzwischen nachgelassen, aber der Regen hielt immer noch an, und ich legte mich nieder. Ich träumte den wahren Traum der letzten Nacht, der unterbrochen worden war, weiter.

Ich sehe die fliegende Mähne des Rosses im Galopp. Ich halte die Zügel in beiden Händen, ziehe mal mit der linken und mal mit der rechten Hand daran. Vor mir, in einiger Entfernung, reiten meine drei Brüder, die zwei, drei und vier Jahre älter sind als ich, der älteste von ihnen ist sechzehn. Sie jagen, lange Fangseile schwingend, einer Herde von wilden Pferden nach und kämpfen darum, wer von ihnen als Erster erfolgreich ist. Immer wieder werfen sie die Seile aus, doch die wilden Pferde sind schneller und geschickter als sie.

Ich halte mich im Hintergrund. Ich dürfte noch nicht einmal allein auf einem Pferd sitzen, aber ich habe mir heimlich das Reiten selbst beigebracht.

Dann greife ich doch noch ein. Ich presche vor, überhole den vierzehnjährigen und den fünfzehnjährigen Bruder, jetzt wetteifere ich mit dem Sechzehnjährigen. Er sieht mich und schimpft, ich solle mich davonmachen. Ich werfe mein Fangseil – vorbei. Mein Bruder wirft das seine – vorbei. Wir reiten beide mitten in die Herde, die Rösser stieben auseinander. In dem Gewirr ist es schwierig, den Überblick zu behalten. Manche Rösser sind plötzlich ganz dicht bei mir, dann sehe ich wieder gar nichts außer dem gelben Staub der Steppe.

Da – mein Bruder. Er hat sich dasselbe Pferd wie ich ausgesucht, einen jungen Schimmel, wir nähern uns sowohl einander an als auch dem gemeinsamen Ziel. Er wirft – vorbei. Ich werfe – und es gelingt.

Meine Brüder weigern sich, mir dabei zu helfen, den Schimmel endgültig festzuhalten und zu bändigen. So wäre es üblich, doch sie stehen nur daneben und sehen zu, wie das Ross sich aufbäumt, sich wehrt, wie es zieht und auszubrechen versucht. Allein schaffe ich es nicht, und so reißt es sich schließlich los und entkommt.

Ich mache meinen Brüdern Vorwürfe, ich bin sehr erregt. Der Ältere gibt mir eine schallende Ohrfeige und schubst mich zu Boden.

Da kommt mein Vater, der aus der Ferne alles beobachtet hat. Zunächst schilt sein Blick meine Brüder, weil sie gescheitert sind, und sie senken beschämt ihre Köpfe. Dann tadelt er den Ältesten: Ein Mädchen schlägt man nicht. Schließlich wendet er sich mir zu. Komm mit, sagt er, kommt alle mit.

Wir reiten zusammen zum See. Dort, am Ufer, ergreift mein Vater meine Handgelenke und zerrt mich ins Wasser. Ich habe Angst, ich kann nicht schwimmen. Er zerrt mich so weit in den See hinein, dass ich nicht mehr stehen kann, und dann lässt er mich los.

Ich schreie. Ich zappele. Ich sehe das Wasser vor meinen Augen spritzen. Ich sehe es über mir zusammenschlagen, ich sehe nur noch Wasser. Ich versuche zu atmen, ich atme den See, er dringt in mich ein. Ich spüre, wie ich sinke, meine Füße berühren den Boden, und ich versuche, mich an die Wasseroberfläche zu stoßen. Es gelingt nicht. Ich spüre gar nichts mehr. Es wird schlagartig dunkel und kalt.

Das Nächste ist, dass ich auf dem warmen Ufersand liege, das Erbrochene vor mir, von Brüdern umringt, und mein Vater beugt sich zu mir hinunter und sagt: Das wird dir eine Lehre sein.

Claire

ICH HATTE EINE schwierige Entscheidung zu treffen, die mir erstaunlich leichtgefallen ist. Heute Morgen, zwei Tage nachdem Malvin von Birnau mir die Möglichkeit des Reinheitseides aufgezeigt hat, hatte ich beschlossen, den Eid abzulegen, und ich ließ umgehend alle Männer und Frauen der Burg sich im Haupthof versammeln. Der Zeitpunkt erschien mir geeignet. Nach tagelangem Regen war es endlich wieder trocken, das Morgenlicht gab mir Zutrauen, die Sonne kam hervor, brachte die Tropfen an den Mauerrändern zum Blitzen, und ein leichter Wind blies den schweren Dunstschleier über dem Fluss fort.

Aistulf äußerte Bedenken. »Auf die Bibel zu lügen, Claire, ist in mehrfacher Hinsicht gefährlich.«

»Moses hat auch gelogen, als er seinem Volk sagte: Wir sind bald da.«

»Er tat nur, was Gott ihm aufgab.«

»Da siehst du es: Gott nimmt es auch nicht immer so genau mit der Wahrheit.«

»Bitte, Claire, das ist eine ernste Sache.«

»Wenn ich nicht lüge, wird man dich als Graf absetzen. Der Mann, der die Ehe des Vorgängers gebrochen hat, kann nicht sein Nachfolger im Amt werden, das würden weder Herzog noch Geistlichkeit tolerieren. All deine guten Pläne wären am Ende, bevor sie auch nur ansatzweise umgesetzt wären.«

»Mit den Menschen zu hadern ist eine Sache, mit Gott

zu hadern eine andere«, sagte Aistulf. »Wo ist nur deine Frömmigkeit geblieben?«

»Ich kann sie mir nicht mehr leisten.«

Ich war Gott lange ergeben gewesen, und das Ergebnis war desaströs. Zum ersten Mal in meinem Leben hatte ich Leichtigkeit gefunden, ein leichtes Herz schlug in meiner Brust, ich hatte eine Amour mit meinem Leben, und das alles nur, weil ich andere Götter anrief: die Liebe, das Leben ... Sterbliche Götter, gewiss, doch zurzeit äußerst lebendig. Aistulf war im Grunde nicht fromm. Aber sein Gewissen plagte ihn, weil ich einen Meineid für ihn auf mich nahm, und deshalb meinte er, mir Gegenargumente liefern zu müssen. So ein lieber, dummer Junge! Zum einen ist es für mich kein Opfer, dem Mann, der dasselbe für mich tun würde, meine Ehrlichkeit hinzugeben. Ich *habe* in der Vergangenheit Opfer gebracht: Agapet gab ich meine Unbeflecktheit hin, dann meine Jugend, meine Freiheit und meine Klugheit. Zum anderen lüge ich nicht nur für Aistulf, sondern auch für jene wunderbare Blume, die sich im Dunkel meines Körpers entfaltet. Ich lüge für das Kind, das ein Anrecht darauf hat, nicht mit dem Kainsmal der Sünde auf die Welt zu kommen und allezeit damit leben zu müssen. Wenn ich die Wahl habe zwischen der jenseitigen Hölle für mich oder der diesseitigen Hölle für mein Kind, wähle ich das Erste.

»Nicht ich habe Himmel und Erde, Ehe und Eid erschaffen, also bin ich auch zu nichts verpflichtet«, sagte ich. »Gott kann unmöglich das Unglück wollen, das daraus entsteht, wenn ich die Wahrheit sage.«

»Gott zu interpretieren ist überheblich.«

»Überheblich ist es nur, wenn ich falschliege, ansonsten ist es scharfsinnig. Und dass ich falschliege, soll mir erst einmal jemand beweisen.«

»Ich bezweifle, dass der Vikar sich auf einen Disput mit dir einlassen würde. Er lässt dir die Zunge herausreißen, hackt deine Schwurhand ab und fertig.«

Aistulf wollte mich erschrecken, aber in seinem tiefsten Innern hoffte er, dass ich bei meiner Meinung bliebe. Und ich, die ich dabeiblieb, baute darauf, dass er mich genug liebte, um mir meinen Willen zu lassen, aber nicht genug liebte, um mein persönliches Wohl über das des Kindes zu stellen.

»Wir haben an unser Kind zu denken«, sagte ich. »Und wir haben eine Verantwortung gegenüber den Armen, die auf uns hoffen, ohne es zu wissen, weil sie sich keine Hoffnung mehr erlauben. Was wiegen eine Zunge und eine Hand gegen die Leichname der Verhungerten und am Sumpffieber Verendeten? Du weißt es.«

Unsere Blicke trafen sich für lange, und in dieser Zeit brach sein Widerstand zusammen. Wir küssten und umarmten einander, dann trat ich an Aistulfs Seite in den Hof, wo sich alle versammelt hatten.

Es hatte bereits wieder angefangen zu regnen. Ein grauer Wolkenteppich hing über dem ganzen Land, ein kalter Wind blies und die Burg sah nackt und feucht wie ein von Wogen überspülter uralter Felsen aus. Aus dem nahen Wald drangen das Röhren der Hirsche, das Bellen der Wildhunde und das Kreischen der Krähen, ohne dass man die Tiere gesehen hätte.

Ich sprach unter der Anleitung Malvins die Eidesformel und rief Gott als meinen Zeugen an: Das Kind war Agapets Kind.

Die Leute – außer Elicia und Baldur – jubelten, und innerlich jubelte auch ich. Mir war leicht ums Herz, ähnlich wie nach Agapets Tod. Es gab kein Zurück mehr. Darin lag ein großes Glück, eine ungeheure Freiheit.

Noch eine kleine Begebenheit, bevor ich schließe: Als ich in meine Kemenate zurückkehrte, ging ich zum Fenster, um über das Land zu schauen, dessen Anblick mir vertraut war. Ein Zwitschern riss mich aus meinen Gedanken. In einer Kuhle des Fenstersockels saß ein kleiner Vogel. Er schien zurückgelassen worden zu sein. Ich fand, dass er traurig aussah, aber von Nahem sehen alle Vögel traurig aus, nicht wahr? Er hatte einen rötlichen Schwanz und winzige schwarze Augen, kaum größer als ein grobes Salzkorn. Ich sprach mit ihm. Ich fragte ihn, was er dort tue, und suchte nach einer Möglichkeit, ihm zu helfen, bevor mir gewahr wurde, dass etwas mit seinem linken Flügel nicht stimmte. Es war ihm unmöglich, zu fliegen. Er war ein Gefangener auf diesem schmalen Sockel, der ihn vom Absturz trennte. Ich gab ihm Brotkrumen, die er nicht anrührte, und dann schickte ich Frida, Franka und Ferhild, die drei jungfräulichen Witwen der Burg, in die Wiesen, um dort Fliegen und Käfer zu sammeln. Diese mochte der Vogel. Und seither nähre ich ihn.

Elicia

VATER, O VATER, so kann es nicht weitergehen. Es liegt mir nicht im Blut, die Hände in den Schoß zu legen und ergeben zu warten, in welche Richtung sich das Schicksal entwickelt. Ich weiß, dass man das im Allgemeinen von Frauen erwartet – die Männer erwarten es, die Priester erwarten es (es sind Männer), die Mächtigen erwarten es (es sind Männer), ja, sogar die Frauen erwarten es (ihre Meinung darüber ist von Gatten, Priestern, Mächtigen und Vätern geprägt worden). Der Vater, der du warst, war anders. Du ermutigtest mich, eine eigene Meinung zu haben und für sie einzustehen, und du ermutigtest mich, zu handeln, wenn mir danach ist. Ich bin dein Blut.

Nach dem Eid meiner Mutter wollte ich handeln. Ich wusste, dass sie log. Zugegeben, ich war nicht dabei, als Aistulf ihr das Kind gemacht hat, und ich habe zurzeit keinen Beweis dafür, dass das Kind nicht Vaters Kind ist, aber ich weiß dennoch, dass sie Gott und die Welt belogen hat. Unmittelbar nach diesem Schauspiel zog ich mich erregt in meine Kemenate zurück. Wie eine Schwachsinnige saß ich auf der Kante meines Lagers, ohne mich zu rühren. Würde Bitterkeit die Eigenschaft besitzen, das Gesicht zu färben, wäre das meine grün wie Waldmeister gewesen. Wie konnte sie mir das nur antun! Sie brachte mich durch diesen Eid in eine unmögliche Situation, denn von da an war jeder Schritt, den ich für meinen eigenen Anspruch unternahm, gleichbedeutend mit einem Hinarbeiten auf die Verstümmelung meiner Mutter. Gewiss, ich war nicht zimperlich gewesen, als es um die Aufdeckung ihrer Mutterwerdung ging, und ihr neuer Gemahl Aistulf war nach wie vor mein Hauptverdächtiger als Mörder – wenngleich ich noch nicht wusste, wie er an Raimund vorbei unbemerkt ins Bad hatte gelangen können, und Mitwisserschaft wollte ich dem treuen Raimund nicht unterstellen. Wie auch immer, bei allem Tadel an meiner Mutter war ich nie so weit gegangen, etwas zu tun, was ihr schadete. Durch ihren Eid stürzte sie mich in einen schrecklichen Gewissenskonflikt.

Ich wandte mich an Malvin von Birnau, denn er war der Einzige, der mir in dieser Sache raten und helfen konnte (so sehr ich Bilhildis vertraue, so begrenzt sind die Möglichkeiten einer Leibeigenen, die überdies stumm ist). Außerdem hatte Malvin bei mir einen guten Eindruck hinterlassen, ohne dass ich hätte sagen können, was genau er eigentlich getan hatte, um dieses günstige Urteil über ihn zu rechtfertigen. Seine Untersuchung des Mordes hatte gerade erst begonnen. Ein Teil meiner Wertschätzung für Malvin speiste sich sicherlich aus der Tatsache, dass Baldur ihn nicht mochte und Aistulf und meine Mutter ihn fürchteten. Ein weiterer Teil speiste sich aus der Hoffnung, die ich in ihn setzte. Das genügte mir fürs Erste als Erklärung für das Vertrauen, das ich ihm entgegenbrachte.

Ich traf ihn in seinem Gemach an, wo er etwas schrieb. Als er mich sah, ließ er alles stehen und liegen und ging mir entgegen.

»Störe ich Euch?«, fragte ich.

»Keineswegs. Im Übrigen habe ich erwartet, dass Ihr mich dieser Tage aufsucht.«

»Wieso das?«

»Es ist zu viel passiert, als dass jemand wie Ihr sich untätig verhält.«

»Ihr seid ein großer Menschenkenner.«

»Angesichts dessen, dass Ihr in der Öffentlichkeit das Kleid Eurer Mutter entzweigerissen habt, um ihren Bauch zu entblößen, würde jeder Tropf Euch für wenig zurückhaltend halten.«

Er lächelte, und das brachte mich zum Lächeln. »Ich mache so etwas nicht jeden Tag, wisst Ihr?«

»Heißt das, mein Gewand ist vor Euch sicher?«

»Gebt mir kurze Bedenkzeit ... Ich meine – ja, ihm geschieht nichts.«

»Ein Glückstag.«

»Würdet Ihr ...« Ich kämpfte gegen das Lächeln an, das mir hartnäckig auf den Lippen lag. »Würdet Ihr mich auf einem kurzen Streifzug begleiten, Vikar? Ich hätte einige Fragen an Euch.«

»Für Beobachtungen, die mit dem Mord zusammenhängen, benötige ich meinen Schreiber. Soll ich ihn holen?

»Nein, bitte. Es geht nicht um den Mord – zumindest nicht unmittelbar.«

»Wohin gehen wir?«

»In den Weinberg.«

Die Weinlese war vorbei. Auf den Böden zu beiden Seiten des Pfades lagen die verschmähten, überreifen Früchte, deren schwerer Duft alle anderen Düfte des Herbstes überlagerte. In den Bienenkörben herrschte noch reger Betrieb, doch in wenigen Wochen würden sie verlassen schweigen. Ich erzählte Malvin, wie ich vor sechzehn Jahren, als sechsjähriges Kind, bei der Lese geholfen hatte, indem ich die unteren Reben aberntete, und welchen Spaß ich dabei hatte, bis meine Mutter kam und mich von dort wegholte, weil ich angeblich zu gut für solche niederen Arbeiten war. Malvin hörte geduldig zu, ohne mich zu unterbrechen.

»Ich hatte noch nie eine gute Beziehung zu meiner Mutter. Wir kamen miteinander aus, aber das war auch schon alles. Seit Jahren haben wir kein längeres Gespräch miteinander geführt, sie hat mir nie aus ihrem Leben vor der Heirat erzählt, sie ist stets jeder vertraulichen Frage ausgewichen, sie hat sich vor mir verborgen, manchmal habe ich sie wochenlang nicht gesehen. Meine Amme Bilhildis war mir mehr eine Mutter als sie, aber Bilhildis ist – nun, sie ist ein wenig derb, und ich glaube, das kommt manchmal in meiner Sprache und meinem Benehmen zum Vorschein. Es gibt Stunden, in denen mein Ungestüm mir mehr schadet als hilft. Zum Beispiel, wenn ich bei Gästen den Eindruck einer Furie hinterlasse.«

»Habt Ihr mich deswegen sprechen wollen? Um Euch zu entschuldigen? In Eurer Familie entschuldigt man sich gerne und viel, wie mir scheint. Eure Mutter hat es bereits hinter sich gebracht.«

»Ich will mich nicht entschuldigen. Das heißt, nicht in erster Linie. Ich will ganz offen sein: Ich weiß nicht, wo ich stehe, Vikar, und welche Hoffnungen ich mir machen kann. Ihr weilt nun schon ein paar Tage in der Burg, und Ihr habt Euch einen Überblick verschafft. Es liegt mir fern, Euch zu drängen …«

»Aber Ihr wollt lieber heute als morgen Gräfin werden, indem ich Aistulf verurteile.«

»Ich verhehle es nicht. Die Nachfolge steht mir und meinem Gemahl zu.«

»Jeder Rechtsgelehrte würde Euren Anspruch mit Wohlwollen prüfen, so auch der Vikar in mir. Das ist jedoch nicht die Frage, mit der ich mich hier zu beschäftigen habe. Ich behandele ausschließlich den Tod Eures Vaters, nicht die Nachfolgefrage.«

»Doch Ihr könnt mir eine Einschätzung meiner Lage geben.«

»Gerne. Das Reich ist geschwächt, die Ungarneinfälle in Sachsen, Thüringen, Baiern und Schwaben haben Volk und Land schwer mitgenommen, die militärische Lage ist bedrohlich, die finanzielle Lage ist misslich, die Ordnung löst sich auf, und was die Krone angeht, so wurde sie elf Jahre lang von einem schwächlichen Kind getragen, dem in Konrad I. erst kürzlich ein reifer Mann folgte. Die Krone hat in diesen elf Jahren an Macht zugunsten der Herzöge verloren, unter anderem das alleinige Recht, die Grafen zu ernennen. Dieses Recht ist nun umstritten, und wie immer, wenn etwas umstritten ist, wird es uneinheitlich und willfährig. Es hat in den letzten Jahren eine Reihe von Machtergreifungen gegeben, gegen die der frühere König, Ludwig das Kind, nicht fähig war, vorzugehen, und gegen die der Herzog nicht willens war, vorzugehen. Herzog Burchard wird sich so lange nicht einmischen, wie er keinen Nachteil in Aistulf als Graf sieht. Das ist der Sachverhalt, und ihn zu leugnen wäre töricht.«

»Baldur ist ein entschiedener Streiter gegen die Ungarn, er hat an jedem Feldzug teilgenommen, zu dem der Herzog aufgerufen hat. Seine Ergebenheit und sein Mut stehen außer Zweifel.«

»Dafür ist Aistulf nach allem, was ich höre, ein erfahrener Landverweser, und er ist außerdem äußerst beliebt bei den Leuten. Herzöge schätzen es, wenn ihre Grenzregion von einer Bevölkerung bewohnt wird, die sich nicht nach einem anderen Herrn sehnt. Ihr seht, es ist nicht so einfach. Zudem …«

»Warum zögert Ihr?«

»Eigentlich steht es mir nicht zu.«

»Sprecht freiheraus. Ich wüsste keine Verletzung, die Ihr mir zufügen könntet.«

»Es geht um die Nachfolge der jetzigen Nachfolge.«

»Um Kinder geht es. Ich habe keine«, sagte ich mit einer Deutlichkeit, als wolle ich diese Botschaft hinter mich bringen. »Trotz sechsjähriger Ehe bin ich kinderlos. Aber ich bin jung.«

Ich sah Malvin an, dass er das, was er sagte, nicht gerne sagte: »Ich kann meine Einschätzung Eurer Möglichkeiten, Gräfin zu werden, nur auf der Grundlage der Gegenwart treffen. Eure Mutter hat zwei Kindern das Leben geschenkt, und nun ist sie erneut guter Hoffnung. Sie hat beeidet, dass das noch ungeborene Kind von Agapet abstammt. Sollte es ein Sohn werden, gehen Eure Ansprüche vermutlich verloren. Aber selbst wenn es eine Tochter wird … Solange Ihr selbst ohne Söhne seid, halten sich Eure Ansprüche mit denen Eurer Mutter die Waage.«

Nun war ich doch ein wenig verletzt, und Malvin sah es mir an.

»Ich hätte diese Angelegenheit nicht ansprechen sollen.«

»Ihr habt nur getan, worum ich bat, und gesagt, was der Wahrheit entspricht.«

»Ja, aber …«

»Kein Aber. Es ist, wie es ist, und damit muss ich zurechtkommen.«

»Ich bin ein Esel.«

»Wenn überhaupt, dann ein überaus mitfühlender und freundlicher.«

»Oh, vielen Dank.«

»So habe ich das nicht gemeint.«

»Ich weiß. Selbstredend«, sagte er wie zum Trost, »ist

alles, worüber ich soeben sprach, unter den Vorbehalt gestellt, was bei der Untersuchung des Mordes herauskommt. Falls ein Familienmitglied etwas mit dem Tod des Grafen zu tun hatte, beispielsweise Euer Stiefvater …«

»Gott, wie ich dieses Wort hasse.«

»… so würfe das ein völlig anderes Licht auf die Frage der Nachfolge.«

»Würde man Aistulf hinrichten?«

»Wollt Ihr das denn?«

»Wenn er den Mord begangen hat – ja. Es gibt keine andere Sühne für ein solches Verbrechen.«

»Da irrt Ihr Euch. Es kommt darauf an, ob ein Bußverfahren oder ein Racheverfahren eingeleitet wird.«

Er sah mir an, dass ich nicht verstand, worüber er sprach.

»Das Bußverfahren«, erklärte er, »stammt aus alter Zeit. Die Familie des Opfers handelt etwas mit der Familie des Täters aus: eine hohe Geldzahlung etwa oder die Blendung des Täters, oder der Täter begibt sich für den Rest seines Lebens in die Leibeigenschaft der Hinterbliebenen des Opfers. Sind sowohl Opfer als auch Täter Mitglied einer Familie, obliegt der Richtspruch ganz der Familie. Zu Hinrichtungen kommt es bei solchen Verfahren nur sehr selten, meistens dann, wenn die Familie des Täters zu arm ist, um etwas anbieten zu können. Den Reichen und Edlen einschließlich des Herzogs ist das Bußverfahren sehr lieb, und sie empfinden es als eine üble Einmischung, dass König Konrad, wie schon einige seiner Vorgänger, versucht, das Bußverfahren abzuschaffen und das Racheverfahren an seine Stelle zu setzen. Beim Racheverfahren urteilt nämlich ein unabhängiges Gericht und setzt ein Strafmaß nach eigenem Gutdünken fest. Die einflussreichen Sippen fürchten, dass ihre Söhne allzu oft für ihre Übeltaten gehenkt werden.«

»Und welches Verfahren wird gegen den Mörder meines Vaters eingeleitet?«

»Es steht mir frei, darüber zu entscheiden. Wir haben derzeit die merkwürdige Konstellation, dass der Herzog auf Bußverfahren beharrt, während der König auf Racheverfahren besteht. Die Folge ist, dass wir beides anwenden, je nach Fall. Sollte die Ungarin die Täterin sein, was ich nicht glaube …«

»Ihr haltet die Ungarin nicht für schuldig?«

»Nein.«

»Das ist eine gute Nachricht«, sagte ich hochzufrieden.

»Bitte bedenkt, dass ich nur meine Meinung nach heutigem Stand geäußert und nicht das abschließende Urteil gefällt habe. Falls die Ungarin die Täterin ist, verhält sie sich ziemlich töricht, da sie bekräftigt, dass sie keinem anderen lebenden Menschen als Raimund und Bilhildis im Gemach des Grafen beziehungsweise im Bad begegnet war. Damit belastet sie sich im Grunde selbst, das weiß sie, und ebendies macht mich stutzig. Wenn sie die Mörderin wäre, würde sie entweder versuchen, sich mit falschen Aussagen zu entlasten, oder zu der Tat stehen. Aber sie tut weder das eine noch das andere. Das spricht für sie. Trotzdem hilft ihr das wenig, solange kein anderer überführt werden kann.«

»Ich glaube, Aistulf hat meinen Vater getötet, um das zu werden, was er inzwischen geworden ist – oder besser, zu dem er sich gemacht hat. Aber ich verstehe natürlich, dass das für Euch nicht mehr als eine leere Beschuldigung ist. In Euren Augen bin ich nicht weniger verdächtig als Aistulf, und deswegen bitte ich Euch, mich zu verhören.«

Er lachte. »Eine solche Bitte ist mir noch nicht untergekommen. Gewöhnlich erzittern die Menschen, wenn ich von Verhören spreche.«

»Bitte verhört mich, so lange Ihr wollt, haltet Euch nicht zurück, unterstellt mir das Allerschlimmste, und wenn das vorüber ist und Ihr zum Schluss gekommen seid, dass ich die ruchlose Tat nicht begangen habe, dann nehmt Euch Aistulfs an.«

Er lächelte. »Ihr seid eine sehr kampfeslustige Frau, Elicia von Breisach.«

»Ich bin Agapets Tochter.«

Protokoll eines Verhörs unter Ausschluss von peinlichen Befragungsmitteln

Befragte: Elicia von Breisach, Tochter des Ermordeten

Anwesend: Malvin von Birnau, Vikar; Bernhard vom Teich, Gerichtsschreiber

MvB: Erzählt mir von dem Abend vor dem Mord. Beginnt mit dem Gelage.

E: Ich hielt mich nur kurz dort auf. Mein Vater sieht – er sah es nicht gerne, wenn die Frauen der Burg lange bei Gelagen anwesend waren, ausgenommen die weiblichen Bediensteten. Die Männer lassen sich dort zu späterer Stunde gehen, der Wein macht sie allzu unbefangen. An jenem Tag kamen sie von einem kräftezehrenden, erfolgreichen Feldzug zurück und hatten sich einen ausgelassenen Abend verdient. Diese Feste am Ende des Sommers haben sich in den vergangenen Jahren zu einer Tradition entwickelt und laufen immer nach demselben Muster ab. Ich wusste, wann ich mich zu verabschieden hatte. Das war gleich nach dem Tanz mit meinem Vater.

MvB: Brachte Euer Vater viele Schätze mit?

E: Einen ganzen Wagen voll erbeuteter Waffen und Werkzeuge, Schätze würde ich das nicht nennen.

MvB: Er brachte auch ein ungarisches Weib mit.

E: Ich habe sie kaum wahrgenommen.

MvB: Wann habt Ihr mit Eurem Vater sprechen können?

E: Bei seiner Ankunft in der Burg war der Tumult zu groß gewesen, um mehr als eine Umarmung von ihm zu bekommen. Aber am Abend konnten wir endlich reden. Er forderte mich im Burghof zum Tanz auf und fragte, wie es mir ergangen sei, und ich erkundigte mich nach seinen Erlebnissen. Wir kamen dann auch auf die königliche Kassette zu sprechen.

MvB: Wie das?

E: Ich fragte ihn, ob sein Feldzug erfolgreich gewesen war. Er bejahte dies. Daraufhin sagte ich: Dann wirst du dich an dein Versprechen halten, das du mir vor einem halben Jahr gegeben hast, und mir den Ring schenken? Er lachte und sagte: Ihr Frauen seid wie Elstern – wenn etwas glitzert, wollt ihr es haben. Mit einem Zwinkern steckte er ihn mir an den Finger.

MvB: Er hatte Euch also die königliche Kassette gezeigt, bevor er zum Feldzug aufbrach?

E: Ja, kurz vorher. Die Preziosen waren von solcher Schönheit, dass ich mir nicht versagen konnte, ihn um den Ring zu bitten. Er nannte mich lachend ein gieriges Weibsbild und vertröstete mich auf das Ende des Sommers. Ich nahm es ihm nicht übel. Seine Feldzüge kosteten viel Geld, aber ich wusste, dass er sich bemühen würde, mir den Ring doch noch zu schenken. Wir hatten ein besonderes Verhältnis zueinander, das sich schwer in Worte fassen lässt. Er erkannte, dass ich so mutig und entschlossen war wie er, und wenn ich sein Sohn gewesen wäre … Aber wir sprachen über die Kassette, nicht wahr?

MvB: Ja. Der Dolch war also Inhalt der Kassette, zusammen mit dem Ring?

E: Ja, so war es. Wenn dieser Dolch mehrere Monate lang im Gemach meines Vaters offen auf dem Tisch gelegen hätte, hätte ich ihn dort bemerkt. Ich war gelegentlich dort, um Tuniken, die ich meinem Vater genäht hatte, auf sein Schlaflager zu legen.

MvB: Wann zuletzt?

E: Am Tag vor seiner Rückkehr. Ich hatte ihm eine königsblaue Tunika genäht, die ich zu den zwei anderen legte, die ich zuvor schon in sein Gemach gebracht hatte.

MvB: Eure Mutter behauptet, sie habe den Dolch dort auf dem Tisch liegen sehen.

E: Dann unterliegt sie einer Sinnestrübung.

MvB: Oder sie lügt.

E: Das habt Ihr gesagt.

MvB: Es wäre eine Option. Zurück zum Abend des Mordes. Nach dem Tanz mit Eurem Vater habt Ihr das Fest verlassen. Wohin seid Ihr gegangen?

E: In mein Gemach. Meine Zofen Frida, Franka und Ferhild haben mich zur Nacht umgekleidet. Dann sind sie gegangen, und ich habe mich schlafen gelegt.

MvB: Ohne Euren Gemahl?

E: Baldur ist immer einer der Letzten, die ein Gelage verlassen. Ich schlafe häufig allein. Ich meine - ich wollte sagen - ich schlafe häufig allein ein.

MvB: Wie oft finden solche Gelage statt?

E: Solche großen Gelage, bei denen die ganze Burg feiert, nur zwei- oder dreimal im Jahr. Aber Baldur ist Hauptmann der Wache, er sitzt oft mit seinen Männern bis spät in der Nacht beisammen. Sie würfeln und trinken und - was Männer so tun.

MvB: Ihr habt Baldur also nicht mehr gesehen, bevor Ihr eingeschlafen seid?

E: Falls Ihr andeuten wollt, er hätte etwas mit der Ermordung meines Vaters zu tun … Er hatte keinen Grund, ihn umzubringen. Baldur hat nur Nachteile von seines Schwiegervaters Tod. Sie kämpften seit Jahren Seite an Seite. Mein Vater hat ihm meine Hand gegeben, und er wollte ihn am Tag nach seiner Rückkehr an Kindes statt annehmen und damit zu seinem unbestreitbaren Nachfolger ernennen. Es ist fast so, als hätte mein Vater vorausgesehen, dass ein dahergelaufener Günstling sich der Burg und der Grafschaft bemächtigt.

MvB: Aber Agapet hat Aistulf doch nicht weniger vertraut als seinem Schwiegersohn. Immerhin legte er ihm, dem Verweser, das Wohl des Landes anheim - und das seiner Familie.

E: Aistulf mag ein guter Verweser sein. Aber wie weit das Vertrauen meines Vaters wirklich ging, könnt Ihr daran ermessen, dass Aistulf keinen Schlüssel zur Schatzkammer besaß, anders als meine Mutter.

MvB: Baldur hatte ebenfalls keinen Schlüssel.

E: Das hatte einen simplen Grund: Baldur war immer dann abwesend, wenn auch mein Vater abwesend war. Sie gingen stets gemeinsam auf Feldzug. Wozu hätte Baldur einen Schlüssel gebraucht?

MvB: Ihr schlieft also allein ein. Was ist das Nächste, woran Ihr Euch erinnert?

E: Die Schreie. Ich erwachte von den Schreien einer Frau. Sofort ergriff ich eine Fackel und lief in Richtung der Schreie. Ich fand die Ungarin in meines Vaters Gemach auf dem Boden kauernd vor, sie weinte, und im Bad schließlich … Schrecklich, ich mag nicht mehr daran denken.

MvB: Ich nehme an, Euer Gemach ist nicht weit von diesem hier entfernt. Ist Euch trotzdem jemand auf diesem kurzen Weg begegnet?

E: Seit ich verheiratet bin, sind meine und Baldurs Gemächer im gegenüberliegenden Flügel, dem Ostflügel, auf der anderen Seite des Hofes mit Blick zum Rhein. Ich musste den langen Verbindungsgang zwischen dem Ost- und dem Westflügel entlangrennen, aber mir ist dort niemand begegnet. Das Fest war noch in vollem Gang, die Männer feierten, und die Frauen bedienten oder – wie meine Mutter und ich – befanden sich in ihren Gemächern. Im Übrigen befinden sich die Kammern des Gesindes um den Vorhof herum, ausgenommen jene von Raimund, Bilhildis und meinen drei Zofen, die ich mir mit meiner Mutter teile und deren Kammern sich deswegen entlang des Verbindungsgangs befinden. Ich hätte also allenfalls einen von diesen fünf dort antreffen können – oder Aistulf. Seine Gemächer liegen nicht weit von denen meines Vaters und meiner Mutter entfernt, ein Stockwerk unter ihnen.

MvB: Was geschah, nachdem Ihr Euren Vater gefunden habt?

E: Ich verlor die Beherrschung und lief schreiend aufs Geratewohl durch die Burg. Ich glaube, als Erstes bin ich in die Kammer der Zofen gerannt und habe mich wie eine Verrückte benommen. Erst Bilhildis brachte mich wieder halbwegs zur Besinnung.

MvB: Wieso habt Ihr das Gericht zu Konstanz hinzugezogen? Die Tatsachen hätten Euch eigentlich zu dem Schluss bringen können, den alle in der Burg gezogen haben. Eine erbeutete Ungarin – Fremde, Feindin und Heidin –, die von Eurem Vater zur Liebe gezwungen werden sollte und die erste Gelegenheit ergriff, um …

E: Er hat sie nicht zur Liebe zwingen wollen, jedenfalls nicht in dem Sinne, wie Ihr das meint.

MvB: Nun, er hat …

K: Er hat neben ihr im Bad sein wollen, ja, das ist wahr. Aber er hätte ihr nie körperlich wehgetan. Dazu war er viel zu anständig. Fragt, ob er irgendeine Frau hier in der Burg jemals schlecht behandelt hat. Fragt, ob er sich Frauen genommen hat. Ihr werdet von allen ein Nein hören. Das mit dieser Ungarin, das war ein – das war bedauerlich. Aber er hat so wenig Liebe bekommen von der Frau, die dazu da war, sie ihm zu geben, und da hat er wohl – da ist er wohl zu weit gegangen. Er war ein guter Mann. Als Graf musste er manchmal hart sein, aber alles in allem … Wer hat den größten Vorteil von seinem Tod? Wer hat die Frau des Grafen nur drei Tage nach dessen Tod geehelicht? Das Ganze stinkt zum Himmel, und ich verlange Gerechtigkeit. Ich verlange, dass …

(An dieser Stelle wurde es unmöglich, die erregten Worte der Befragten schriftlich niederzulegen. Der Vikar versuchte vergeblich, die Befragte zu beruhigen. Sie brach schließlich zusammen.)

Bilhildis

ES WAR SCHON harte Arbeit, die mein gelenkiger Verstand da zu tun hatte. Ich musste der Gräfin eine Sache ausreden und Elicia eine Sache einreden. Und das alles neben meinen sonstigen Pflichten. Ist ja nicht so, dass ich nichts zu tun hätte. Ich muss dafür sorgen, dass die drei Heulsusen Frida, Franka und Ferhild ihre Arbeit tun, anstatt nur tragische Balladen zu singen. Die würden über ihren jämmerlichen, düsteren Versen doch tatsächlich vergessen, dass die getragenen Kleider der Gräfin und Elicias zu den Wäscherinnen gebracht werden müssen, dass der Tisch geputzt, die Wolle gesponnen, der Boden geschrubbt und das Stroh in den Winkeln und Kanten der Gemächer erneuert werden muss. Ich bin nicht mehr die Jüngste – aber wer fragt je danach? Ich gebe zu, dass man mir nie Strapazen zugemutet hat. Meine Hände sind nicht wund wie die der Wäscherinnen, nicht zerfurcht wie die der kleinen Gehilfinnen, sie sind nur starr und gekrümmt vom Alter. Trotzdem ist mein Tag ausgefüllt. Elicia braucht mich zudem als Kummeräffchen. Und die Gräfin sagt, geh hierhin, geh dorthin, überbringe dies, hole mir solches, schaffe mir jenes fort. Und jetzt versorgt sie auch noch einen Vogel. Einen Vogel! Was heißt, sie versorgt ihn? Ich versorge ihn. Die Gräfin sagt: Bilhildis, lasse die Zofen Fliegen fangen. Die Gräfin sagt: Bilhildis, gehe zum Zimmermann, es wird kühl draußen und der Vogel braucht ein Gehäuse. Jeden Tag fällt ihr etwas

Neues ein, um es dem Vogel auf seiner Elle Land gut gehen zu lassen. Der Vogel lebt bald besser als ich.

Doch ich komme vom Eigentlichen ab.

»Bilhildis«, sagte die Gräfin zu mir, »du reist zu Orendel und bringst ihn auf die Burg zurück. Raimund soll euch mit dem Kutschwagen fahren. Es hat viel geregnet, die Wege sind schlecht, ihr werdet mindestens zehn Tage brauchen. In der Zwischenzeit bereite ich Elicia und die ganze Burg auf das festliche Ereignis vor.«

Ich schüttelte heftig den Kopf und gestikulierte – für Leibeigene sind es eigentlich nicht zu empfehlende Bewegungen. Ich bin die einzige Dienerin in der Burg, die sich so etwas herausnehmen konnte, ohne zwanzig Peitschenhiebe zu kriegen.

»Nein?«

Nein.

»Aber – warum denn nicht? Was hast du einzuwenden, Bilhildis?«

Wenn du wüsstest, dachte ich, dann würde ich jetzt nicht mehr vor dir stehen, sondern auf deinen Befehl hin im Kerker verschimmeln – bestenfalls.

Ich schrieb unter den Augen der Gräfin auf ein Papier, dass Orendels Rückkehr eine große Gefahr darstellen würde. Welchen Eindruck würde es auf den Vikar machen, wenn er erführe, dass die Gräfin ihren Gemahl Agapet viele Jahre lang belogen hatte, mehr noch, dass sie sich aktiv gegen seinen Willen gestellt hatte. Dass die Gräfin ihren Sohn und Erben hatte entführen lassen, würde nicht nur als eine Erschütterung ihrer Glaubwürdigkeit angesehen werden, sondern auch als weiterer Grund für einen Mord, denn die Sehnsucht nach dem eigenen Kind könnte übermächtig geworden sein.

»Das ist sie auch«, antwortete sie. »Sieben Jahre, Bilhildis. Mehr als zweitausend Tage, an denen ich ihm morgens den ersten Gedanken und abends den letzten Gedanken widmete, an denen ich zwanzig Mal täglich an ihn dachte. Kein Gottesdienst, in dem ich nicht dafür betete, dass es ihm gut ginge, kein Fest und kein Essen, bei dem ich mir nicht wünschte, er säße an meiner Seite. Und niemandem konnte ich mich anvertrauen, weder Elicia noch dem Beichtvater. Nur dir, Bilhildis. Du warst für mich da.«

Ja, Bilhildis, die Beichtmutter. In mich kippt man alle Schweinereien hinein, die man angerichtet hat, und kann sich sicher sein, dass sie dort auch bleiben. In meiner Kehle bleiben die Worte stecken, die ohnehin nichts gelten würden, weil ich eine Leibeigene, ein Nichts bin. Ich bin die Jauchegrube der Burg. Kommt her, werft es mir zu, Euer Vergorenes, Verschimmeltes, Verfaultes, Verschmutztes, Verstunkenes, Vergammeltes, Verfluchtes, Verruchtes, Verdammtes, Verschlammtes. Immer rein damit, kübelweise, im Vorbeigehen.

»Aber der größte Trost waren die Briefe, die du mir von Orendel gebracht hast. Ich habe sie alle aufbewahrt, trotz der Gefahr, dass Agapet sie entdecken könnte. Wenn ich mich allein gefühlt habe, waren sie mir Gesellschaft. Und nun sagst du mir, dass ich mich weiterhin mit ihnen begnügen soll? Nein, Bilhildis. Nein, das bringe ich nicht fertig. Ich weiß, du bist mir eine Freundin und meinst es gut …«

Ich habe die sogenannte Freundschaft der Gräfin nicht gesucht, sondern ertragen. Und ich habe es noch nie gut mit ihr gemeint. Es ist zwar richtig, dass die Gräfin von meinem Ratschlag profitierte – weil sie Orendels Auftauchen tatsächlich ins Zwielicht rücken und es Elicia in die

Hände spielen würde –, aber das war Zufall. Mir ging es allein um mich.

Daher wandte ich mich an Aistulf. Er war der Einzige, der die Gräfin überzeugen konnte, denn er ist das Fundament ihres Glücks. Mit Raimund als meinem Sprachrohr unterbreitete ich Aistulf die Gefahren, die Orendels sofortige Rückkehr für die Gräfin und ihn bedeuten würden. Er ist ein kluger Mann, vielleicht der klügste Mensch in der Burg, weit klüger als ich, nur weit weniger schlau.

»Gut, dass du zu mir gekommen bist, Bilhildis. Du bist deiner Herrin die beste Dienerin, weil du sie vor ihren eigenen Schwächen beschützt.«

So erwarb ich mir ganz nebenbei sogar sein Vertrauen, das ich bis dahin nicht besessen hatte. Bis in meine Haar- und Fingerspitzen hatte ich fühlen können, dass er die Stellung, die ich bei der Gräfin genoss, umso skeptischer beäugte, je mehr er erfuhr, wie weit das Vertrauen der Gräfin in mich ging. Indem ich Aistulf von mir aus aufsuchte, nahm ich ihn für mich ein.

(Mir ist es einerlei, was er von mir denkt, aber man kann nie wissen, ob und wofür mir seine Huld noch einmal von Nutzen sein wird.)

Aistulf ging mit Raimund und mir zur Gräfin, und er verteidigte mich gegen ihre Vorwürfe, ich hätte treulos gehandelt, mich an ihn zu wenden. Nach kurzer Aufregung beruhigte sie sich und nahm mir mein Verhalten nicht mehr übel.

Zu viert hielten wir dann Rat, wie wir weiter vorgehen sollten. Gab es eine Möglichkeit, die Gräfin zufriedenzustellen, ohne den Vikar gegen die Gräfin aufzubringen? Das schien zueinander im Widerspruch zu stehen. Entweder kehrte Orendel zurück, oder er kehrte nicht zurück. Dazwischen gab es nichts.

Dazwischen gab es nichts? O doch. Und es war Raimunds Verdienst, dass wir die Lösung fanden. Er hatte tatsächlich eine Idee. Das kam nicht gerade oft vor und war eine Preziose aus dem Mund eines Mannes, der bisher immer von *meinen* Ideen profitiert hat. All die kleinen Betrügereien, mit denen er sich heimlich kleines Geld zusammenspart – um uns damit eines Tages freikaufen zu können –, sind nur winzige Triebe der großen Täuschungen und Niedertrachten, die auf meinem Mist gewachsen sind. Wenn es ums Geld geht, wird er einfallsreich und entblödet sich nicht, Gott dem Herrn für diesen Einfallsreichtum zu danken – das wäre so, als würde man dem Teufel danken, weil man ein selbstloser, gütiger Mensch ist, doch dieser Widersinn fällt Raimund nicht auf. Seit er vor elf Jahren ein schweres Fieber überlebt hat, ist er gläubig wie der wiederauferstandene Lazarus. Mich lässt es kalt. Weder Gottes Schein noch Geldes Schimmer fallen in ein Herz, wo die Vergeltung wohnt.

Raimunds Geldgier hatte immerhin ihr Gutes, denn der Vorschlag, den er Aistulf und der Gräfin unterbreitete, passte auch in mein Konzept: Ich soll in Kürze zu Orendel reisen und ihn in einem verlassenen Gehöft in der Nähe der Burg unterbringen, das Aistulf in der Zwischenzeit herrichten lässt. Die Gräfin wird das Gehöft von ihrem Fenster aus in der Ferne sehen können und ihrem Sohn auf diese Weise näher als bisher sein. Sobald die Gefahr, die vom Vikar beziehungsweise von Baldur und Elicia ausgeht, gebannt ist, wird Orendel in die Burg zurückkehren.

So weit die herzbewegende Darstellung für Aistulf und die Gräfin. Sie fand nach einigem Hin und Her die Zustimmung des gräflichen Paares und brachte der Gräfin jene Seligkeit ins Gesicht zurück, die bei mir die Galle aufsteigen lassen würde, wenn ich nicht wüsste, dass der letzte Teil von Raimunds Vorschlag niemals in die Tat umgesetzt wird.

Etwa zur selben Zeit wandte sich Elicia in einer vertraulichen Angelegenheit an mich. Ich fand sie in diesen Tagen mal bedrückt und mal seltsam aufgewühlt. Die Mutterwerdung und der Eid der Gräfin machten Elicia zu schaffen. Sie magerte ab, und während eines Verhörs dieses rabenschwarzen Aushorchers und Topfguckers vom Bodensee brach sie zusammen. Sie fieberte drei Tage lang. Ich brachte sie wieder auf die Beine.

Am vierten Tag, als es wieder besser ging, sagte sie ein wenig traurig: »Ich habe daran gedacht, endlich ein Kind zu kriegen. Was meinst du dazu, Bilhildis?«

Ich gab ihr zu verstehen, dass man nicht Mutter werde, indem man daran denke.

»Meine gute Bilhildis ist heute recht witzig. Aber so einfach, wie du meinst, ist es nun auch wieder nicht.«

Wieso? Baldur muss ihn nur reinkriegen. Also? Kriegt er ihn rein?

Dass sie nicht zart besaitet ist, ist einer ihrer wenigen Vorzüge. Das habe ich ihr beigebracht. Sie antwortete ohne Umschweife.

»Doch, doch. Aber …«

Aber was?

»Ich bin mir nicht sicher, ob er es richtig macht.«

Ich dachte: Wenn man Gelehrter sein müsste, um es richtig zu machen, wäre die Menschheit schon vom Erdboden verschwunden. Man muss ihn reinkriegen, das ist nun wirklich nicht schwierig.

»Es dauert nie sehr lange.«

Was genau heißt: nicht sehr lange?

»Ungefähr – ich könnte bis zehn zählen. Ich könnte auch

nebenher sticken, denn was Baldur tut, ist nicht besonders aufregend, obwohl ich das Gefühl habe, dass es aufregend sein müsste. Stimmt das? Wie war das bei dir, Bilhildis? Du hast drei Söhne – ich meine, du hattest drei Söhne, tut mir leid, dass ich davon angefangen habe, es war unhöflich.«

Ich schrieb ihr ein paar Worte auf Lumpenpapier: Nein, das macht nichts. Es war das Schlimmste, die Kinder zu verlieren, aber das Schönste, sie zu empfangen. Darüber spreche ich gerne. Es dauerte jeweils die halbe Nacht und war durchaus aufregend.

»Da, siehst du, Bilhildis, das meine ich. Baldur macht irgendetwas falsch, ohne es zu wissen. Und selbst, falls er nichts falsch machen sollte – was würde das ändern? Wir liegen seit Jahren beieinander. Bisher hat es mich nicht gestört, keine Kinder zu haben, aber jetzt ... Ist das Gottes Wille? Liegt es am Ende an mir? Ich weiß mir keinen Rat. Vielleicht könntest du mal mit ihm reden?«

Mit wem? Mit Gott?

»Nein, natürlich mit Baldur.«

Nicht gut. Gar nicht gut.

»Ja, du hast recht, das war eine dumme Idee von mir.«

Fürwahr.

»Gibt es auf Gottes weiter Erde denn kein Mittel, das mir dabei hilft, ein Kind zu bekommen? So etwas müsste doch zu finden sein. Man munkelt, dass fahrende Händler dergleichen feilbieten. Auch soll es wurzelkundige Frauen geben, die Rat wissen. Bilhildis, kannst du dich bitte erkundigen?«

Als ich Elicia versprach, mich darum zu kümmern, hatte ich bereits eine Ahnung, wonach ich suchen musste.

Ich erkundigte mich – selbstverständlich heimlich – in den umliegenden Dörfern und wurde binnen sechs Tagen fündig. Das fruchtbarkeitsfördernde Mittel, das ich fand, hieß Norbert, war neunzehn Jahre alt, unverheiratet, verführerisch wie die Todsünde, hatte das Schneiderhandwerk gelernt und war gerade dabei, sich in unserer Gegend niederzulassen. Er hatte noch alle Zähne, seine Hände waren zwar ein wenig zerstochen, aber dennoch bezaubernd und geschickt, und sein Blick ließ selbst mich saftloses altes Weib noch einmal erröten – was ich als Anstrengung wegen des langen Weges zu ihm tarnte. Ich sah ihm an, dass er mir nicht glaubte, und das gefiel mir. Demnach war er sich seiner Wirkung bewusst. Solche Menschen setzen meiner Erfahrung nach alles daran, zu wirken, und sie genießen es. So jemanden brauchte ich.

Auf dem Papier, das ich bei mir führte, stand alles, was er wissen musste. Glücklicherweise konnte er lesen, was ich ihm aufgeschrieben hatte, wenngleich es mir vorkam, als brauche er noch das ganze restliche Jahr dafür, so unzureichend waren seine Kenntnisse.

»Erstens: Eine Frau ist irgendwann in den kommenden Nächten zu beglücken. Es werden keine Fragen gestellt, vor allem nicht nach dem Namen der Frau.

Zweitens: Er erhält zwanzig Goldstücke, drei im Voraus, siebzehn danach.

Drittens: Er hält sich für eventuelle weitere Beglückungen zur Verfügung, sie werden mit je fünf Goldstücken entlohnt.

Viertens: Auf Befehl hat er sich umgehend aus der Gegend zu entfernen, mit der Auflage, nie wieder zurückzukehren.«

Das alles las er sich selbst vor, stotternd zwar, doch ohne erkennbare Verwunderung, was mir bewies, dass er mit allen Wassern gewaschen war.

Er erklärte sich sogleich einverstanden. Mit mindestens

zwanzig, vielleicht sogar dreißig Goldstücken kann er sich eine schmucke Schneiderwerkstatt einrichten und drei Jahre lang gut leben.

Zwei Hindernisse galt es noch zu beseitigen. Ich musste Elicia davon überzeugen, dass ein gewisser Norbert das weit bessere Mittel zur Steigerung der Fruchtbarkeit war als geschmorte Eselsbacken, Samen der Saubohne und geriebener, auf die Scheide aufgetragener Rosenquarz. Ferner musste ein Weg gefunden werden, Baldur vom Nachtlager fernzuhalten. Und dann kam noch ein drittes Hindernis hinzu, das ich zunächst nicht bedacht hatte.

Ich wuchs in diesen Tagen über mich selbst hinaus. Die Gräfin drängte mich zum Aufbruch, um Orendel abzuholen, also schützte ich schlimme Schmerzen im Bein vor, die es mir nicht erlaubten, zu reisen. Ich humpelte wie eine einbeinige Taube. Aber ich machte mir nichts vor – lange würde ich dieses Spiel nicht durchhalten. Die Gräfin erkundigte sich täglich nach meinem Befinden, und irgendwann müsste es sich bessern, irgendwann würde die Gräfin die Geduld verlieren. Dass ich die Schmerzen auf das feuchte Wetter geschoben hatte, stellte sich als Fehler heraus, da sich das Wetter wider Erwarten besserte. Baldur war in der ganzen Zeit in der Burg gewesen, und solange sich das nicht änderte, wollte ich mit Elicia nicht über Norbert und sein hervorragendes Fruchtbarkeitselixier, das er aus seinen Lenden presste, reden. Mein Plan sah einen Überraschungsangriff vor. Damit dieser gelingen konnte, hatte ich Norbert in die Burg geholt. Er hielt sich Tag und Nacht in meinem und Raimunds kleinem kargen Gelass zur Verfügung, doch Tage und Nächte verstrichen tatenlos, weil Elicias Bulle nie weit genug weg war. Ich war so verzweifelt, dass ich mich fragte, ob Baldur, der einen tiefen Schlaf hat, wohl davon aufwachen würde, wenn seine Frau neben ihm von Norbert beschlafen würde. Auch die Variante, es Elicia und Norbert auf meinem Nachtlager tun zu lassen, ging mir durch den Kopf. Doch ich hatte mir überflüssige Sorgen gemacht, wie sich herausstellte.

Es geschah ein infernalisches Wunder: Der Fluss schwoll Elle um Elle an. Von hier oben war gut zu beobachten, wie er die Uferzone überflutete, dann die Wiesen und Weiden, Felder und Äcker, die Wege, Gräber, Scheunen und Hütten. Treibende Kadaver von Schafen, Ziegen und Rindern verfingen sich in den Ästen der Bäume, wo sie verwesten. Ein pestilenzartiger Gestank strömte den Hügel herauf. Die Menschen im Tal flohen in den Wald auf höheres Gebiet, und viele wurden auf Aistulfs Geheiß hin in der Vorburg untergebracht. Sie drängten sich in den Ställen und im Vorhof, ja, sogar im Kerker. Und ein heiterer Himmel, der so tat, als wisse er von nichts, ließ mitten in der Apokalypse eine hämische Sonne leuchten.

In der Burg kam es zu einem heftigen Streit zwischen Baldur und Aistulf, dem ich aber keine Beachtung schenkte, weil ich genug damit zu tun hatte, Elicia ein Kind zu machen. Das Hochwasser bewirkte viererlei für mich: Meine Reise zu Orendel verschob sich; unter den vielen fremden Gesichtern in der Burg fiel das von Norbert nicht auf, ich konnte ihn also, ohne Argwohn zu erregen, an jeden Ort innerhalb der Burg bringen; Baldur war von Aistulf mit Maßnahmen zur Eindämmung der Flut beauftragt worden, die ihn stark beanspruchten; und es sollte eine besondere Messe mit Bittgebeten gelesen werden, zu deren Teilnahme alle Bewohner und Gäste der Burg angehalten wurden. Das war meine Gelegenheit.

Am Abend der Messe ging ich zu Elicia. Sie war allein. Baldur beaufsichtigte die Errichtung eines Deichs im

Tal, der Schlimmeres verhüten und dessen Bau die ganze Nacht andauern sollte.

Ich führte ein kleines Stück Papier mit mir, auf dem stand: Ich habe Eure Teilnahme an der heutigen Messe bei Aistulf und der Gräfin abgesagt.

»Wieso denn das? Das war nicht recht von dir. Außerdem bin ich den beiden keine Auskunft schuldig. Was soll das heißen, Bilhildis? Was hat dieser Zettel zu bedeuten?«

Sie stöberte in meinem vielsagenden Gesicht nach der Lösung des Rätsels und war gescheit genug, diese dort zu finden.

»Du meinst – hat es etwas mit dem Gespräch zu tun, das wir unlängst führten?«

Es hat.

Mit weit geöffneten, hoffnungsvollen Augen fragte sie: »Und? Hast du es mitgebracht?«

Ich löschte alle Öllampen bis auf zwei, sodass genug Licht übrig blieb, damit Elicia sich für mein Mittel begeistern konnte, und genug Dunkelheit eintrat, damit sie zu einer Gestalt der Nacht wurde. Nachdem das getan war, gab ich ihr zu verstehen, zu warten. Ich öffnete die Tür und winkte Norbert heran. Er trug eine Tunika, die am unteren Ende nur die halben Oberschenkel bedeckte und am oberen Ende einen breiten, vertikalen Schlitz aufwies, der seine glatte, von Öl glänzende Brust erahnen ließ. Ich muss sagen, dass Norbert sein zweites, neuestes Handwerk – jenes der Verführung – verstand und dass, falls er eine Moral besaß, diese nirgendwo zu erkennen war. Ich beglückwünschte mich noch einmal zu meiner getroffenen Wahl.

Elicia fragte mich flüsternd: »Und dieser Bursche führt das Mittel mit sich?«

Ich nickte. Gewissermaßen führte er es mit sich.

»Ist es ein Trunk?«

Ich wiegte unentschieden den Kopf. Kein Trunk. Dennoch wird es eingeflößt.

»Bilhildis, bitte, ich platze vor Neugier.« Sie betrachtete sich ihn näher. »Er sieht nicht aus wie ein Medicus oder Kräuterkundiger.«

Nein, gab ich zu verstehen, er sieht aus wie jemand, der dafür sorgt, dass Ihr ein Kind bekommen werdet.

Wieder forschte sie eine Weile in meinem Gesicht, und dass sie erneut begriff, bewies mir, dass sie früher schon selbst an eine solche Möglichkeit gedacht hatte.

»Bilhildis«, rief sie mit kunstvoll erschreckter und bemüht unterdrückter Stimme. »Bilhildis, das ... Ist das dein Ernst? Wir reden hier von ... vom ... Unaussprechlichen.«

Vom Unaussprechlichen! Für mich ist alles unaussprechlich, ob Ehegelübde oder Ehebruch. Die Unaussprechlichkeit hat auch ihr Gutes, weil alles, worüber nicht gesprochen wird, im Laufe der Zeit ins Vage abgleitet, dort zersetzt wird und schließlich seine Form und Wahrheit einbüßt. Das Feste wird flüssig, das Flüssige wird nebulös, das Nebulöse verliert sich. Nur drei Menschen würden je vom Unaussprechlichen wissen: Elicia selbst, Norbert und ich. Die Dreieinigkeit der Sprachlosen. Bilhildis stumm, Norbert fort. Und was Elicia anging, so besaß sie schon von Kindheit an die Gabe des Selbstbetrugs. Vielleicht würde sie während der Mutterwerdung noch Skrupel empfinden, aber spätestens wenn sie das Kind im Arm hielte, wäre seine Zeugung vergessen.

Ich rechnete damit, dass der anerzogene Widerstand gegen Ehebruch im Nu in sich zusammenfallen würde wie verkohltes Holz und dass die glimmenden Reste der Moral von Norbert zertreten würden. Seine Augen hätten so manche gottesfürchtige Nonne gefügig gemacht, wieso also nicht eine unbefriedigte, sich nach Liebe sehnende und nicht gerade zimperliche junge Frau? Ich stieß Norbert in Elicias Gemach und schloss die Tür hinter dem Paar. Dann brach ich auf zur heiligen Messe.

Ich hatte richtig gerechnet. Die Höfe und Gänge waren menschenleer, alle waren in der Messe oder beim Deichbau, keiner würde die Zeugung des Balgs stören. Immer lauter drangen die biblischen Gesänge an mein Ohr, und als ich in der Kapelle eintraf, erhob sich das Kyrie, ein mächtiger Schwall von Tönen gegen die ansteigende Flut, während die Rufe von Baldur und seinen gegen das Wasser kämpfenden Mannen vom Tal her erschallten und während Elicia – so malte ich mir aus – in ihrem Sündenbett seufzte und stöhnte. Norbert hatte von mir die Anweisung erhalten, es wieder und wieder zu tun. Oh, was für eine Nacht, die durchwoben war von Schreien, welche in meinem Ohr zusammenliefen und verschmolzen, Hilfeschreien der Demut, der Lust und des Kampfes, die alle in die gleiche Finsternis unter dem Himmelszelt aufstiegen: Herr, vergib uns unsere Sünden, Herr, lasse diese prächtige Nacht nicht enden, ohne mir einen Sohn geschenkt zu haben, Herr, gib unseren Händen Kraft, den Damm gegen die Flut zu halten. Immer lauter wurden die Gesänge, immer verzweifelter das Kampfgeschrei aus dem Tal und immer machtvoller die Stöße in meiner Vorstellung.

Norbert war erfolgreich gewesen, das las ich in Elicias Miene, doch ich fragte nicht nach, und sie redete nicht von sich aus. Von nun an wird sie so tun, als hätte es unsere kleine Verschwörung nie gegeben. So ist Elicia. Sie vergisst und verdreht gerne.

Baldurs Mannen und die Gebete haben Argotlingen und ein paar wichtige Wege vor den Fluten gerettet. Ich habe von der sehnsuchtsvollen, ungeduldigen Gräfin den Auftrag erhalten, mich mit Raimund auf den Weg zu Orendel zu machen, und da es meinem Bein nun auf wundersame Weise wieder besser geht, breche ich noch in dieser Stunde auf, um ein weiteres Kapitel zu beginnen.

Malvin

DASS SO ETWAS entstehen kann, hier, in dieser Zeit voller Schrecken! Wie ist das möglich? Ich dachte immer, es gäbe so etwas wie eine Sicherheit. Dass ein einzelnes Wort mir nicht mehr aus dem Kopf geht: Elicia. Wer ist sie überhaupt? Ich weiß fast nichts von ihr. Sie ist einfach da. Ich sehe sie an, und ich möchte nirgendwo anders sein als dort, wo mein Blick den ihren trifft.

Ich hatte mir verboten, sie nach meiner unglücklich verlaufenen Befragung wiederzusehen. Zumindest nicht, wenn wir allein wären. Ich hatte sie nach ihrem Zusammenbruch auf das Schlaflager ihres Vaters gebettet, während mein Schreiber ihre stumme Dienerin holte. Wir waren allein gewesen. Sie war halb erwacht, hatte mich auf eine äußerst dankbare – wie mir schien, verführerische – Weise angesehen, und ich, von oben auf sie hinabblickend, hätte sie am liebsten geküsst. Wir sagten kein Wort. Dann kam auch schon die stumme Alte.

Einige Tage lang hielt ich mich an das mir auferlegte Verbot. Ich befand mich täglich in der Nähe ihres Gemachs, stand vier oder fünf Mal vor ihrer Tür, hätte ein Mal beinahe angeklopft, aber wie schon bei unserem Augenblick sagte ich mir gerade noch rechtzeitig: Sie ist verheiratet, du hast eine Stellung, du hast eine Mission zu erledigen, du musst unvoreingenommen bleiben, dich zurückhalten.

Gott weiß, dass ich es versucht habe.

Ich kann nicht weiter darüber schreiben, nicht jetzt. Die

Scham ist zu groß. Seit heute trage ich das Geschriebene stets bei mir, damit weder mein Schreiber noch sonst jemand es zufällig finden und lesen könnte. Es befindet sich unter meinem Gewand auf der linken Brustseite, wo es raschelt.

Der Fluss stieg an, er überschwemmte Dorf um Dorf, wie es offenbar seit vielen Generationen, vielleicht seit jeher, in diesen Landen geschieht. Er breitete sich immer mehr aus, ins Endlose, und keine Gewalt der Erde schien ihn aufhalten zu können. Aistulf berief eine Besprechung ein, an der die Gräfin, Baldur und Elicia teilnahmen und zu der ich mich selbst einlud.

Aistulf sagte: »Ich will, dass wir einen Damm bauen, und zwar von hier bis dort.« Er fuhr mit seinem Zeigefinger quer über eine Zeichnung, die er angefertigt hatte.

Baldur sah ihn ungläubig an. »Warum?«

»Aus dem einzigen Grund, weil wir Menschen großen Spaß daran finden, im Dreck zu wühlen, Baldur. Herrgott, was ist denn das für eine Frage. Mit dem Damm schützen wir das letzte Dorf, das noch nicht untergegangen ist, unser Argotlingen. Für die anderen Dörfer konnten wir nichts tun, die Flut kam zu schnell, aber dieses Dorf westlich des Flusses und der entsprechende Versorgungsweg können noch erhalten werden.«

»Wozu? Das Dorf hat kaum Ertrag.«

»Du hast ebenfalls kaum Ertrag, und trotzdem würde ich dich nicht absaufen lassen.«

»So, meinst du? Und wer, bitte, soll den Damm bauen?«

»Ich dachte da an die vier Erzengel, unterstützt von ein paar Gnomen aus dem Wald.«

»Bekomme ich eine ernsthafte Antwort?«

»Die Bauern werden selbstverständlich ...«

»Die Hälfte von ihnen ist alt oder schwach.«

»Die andere Hälfte ist es nicht.«

»Das sind viel zu wenige.«

»Ich weiß, deswegen schicken wir unsere Männer ins Tal.«

»Welche Männer?«

»Wenn du solche Fragen stellst, brauchst du dich nicht zu wundern, wenn ich dich nicht ernst nehme. Ich spreche von den Waffenträgern. Viele von ihnen sind Söhne oder Brüder der Bauern.«

»Falsch. Sie waren Söhne und Brüder von Bauern. Jetzt sind sie Kämpfer. Wir haben sie rekrutiert, damit sie Burg und Land vor unseren Feinden verteidigen, nicht damit sie Dämme bauen.«

»Du bist also der Meinung, sie stehen lieber auf der Burgmauer und sehen dabei zu, wie ihre Mütter ersaufen?«

»Die meisten Mütter sind längst im Wald in Sicherheit gebracht worden.«

»Das ist auch so eine Sache. Ich will nicht, dass die Leute wie Gesindel im Wald hausen. Sie sollen in der Vorburg untergebracht werden.«

»Mach, was du willst. Aber die Waffenträger unterstehen meiner Verantwortung. Ich sage es noch einmal: Diese Männer sind Kämpfer, Mann gegen Mann.«

»Von nun an Mann gegen Flut. Die Flut ist ein Feind, gegen den es anzukämpfen gilt wie gegen einen Krieger.«

»Graf Agapet hat niemals Waffenträger, die ihm ruhmreich in die Schlacht gefolgt sind, wegen einigen Strohhütten tagelang in der Erde wühlen lassen.«

»Dass mein Vorgänger anderer Meinung war, ist bedauerlich.«

»Ich werde stolze, kriegserprobte Männer nicht ins Tal schicken, um gegen Wasser zu kämpfen.«

»Das musst du auch nicht, weil ich sie ins Tal schicken werde, und dich und mich dazu.«

Ich möchte das, was ich nun schreiben werde, nicht glauben, aber es ist nur die Dokumentation schändlicher Wahrheit: Es fiel mir schwer, am Elend all der Menschen im Tal teilzuhaben. Von der Burgmauer aus sah ich die Zerstörung, die vorübertreibenden Strohdächer, die ersoffenen Viecher, die umgerissenen Bäume, die Giebel der Scheunen, ich sah Wasser, wo zuvor Felder gewesen waren, und ich sah das Gesinde und die Waffenträger teils mutig und teils ängstlich den Berg hinunterziehen, um den Kampf gegen die Gewalten aufzunehmen. Aber all das hatte etwas Fernes und Unwirkliches. Häuser waren Spielzeug, Menschen Ameisen. Seit meiner Ankunft hatte ich den Burghügel nicht verlassen und nahm langsam und wie selbstverständlich eine alles überragende Perspektive ein, so als lese ich eine Geschichte. Ich fühlte mich allein, als ein durch Rang und Aufgabe entrücktes Wesen, ohne menschlichen Kontakt, der jenseits meiner Mission lag. Ich hörte das Blut in meinen Adern rauschen, nicht aber die Flut im Tal, und ich gestehe, ich hörte stärker den Jammer meines entflammten Herzens als das Jammern der Flüchtlinge im Vorhof. Mit einiger Anstrengung gelang es mir, meinen Aufgaben nachzugehen, doch was über allem lag und alles durchdrang, war Elicia. Sie war überall anwesend. Kein Gespräch, kein Gedanke und kein Gebet, ohne dass ich dachte: Elicia. Sie war der Nebel, durch den sich Mitleid, Scharfsinn und Pflichtbewusstsein hindurchzukämpfen hatten, um noch zu mir vorzudringen.

Solange eine helle Sonne am Himmel stand, war der Zustand, in dem ich mich befand, noch einigermaßen erträglich. Doch der Himmel wurde grau und hing tief, während der Fluss zum gurgelnden Meer anwuchs. Mir zog sich mit jedem Tag ein wenig mehr die Kehle zusammen, ganz so, als würde der Raum um mich immer kleiner. Nachts wachte ich regelmäßig von einer solchen, im wahrsten Sinn des Wortes bedrückenden Vorstellung auf. Bald fühlte ich mich krank, ohne äußere Merkmale einer Krankheit zu haben, vergleichbar mit den Berichten von Aussätzigen, welche den Befall spüren, noch bevor er in Erscheinung tritt. Eine ganze Woche lang zog ich mich – unter dem lächerlichen Vorwand, die gesammelten Hinweise eingehend prüfen zu müssen – von meinen Ermittlungen zurück und gab meinem Schreiber frei. Ich betete. Ich fastete. Ich ließ keinen Menschen zu mir vor, denn jede menschliche Gegenwart wäre mir zuwider gewesen. Kaltes Wasser und warme Brühe waren alles, was ich mir aus der Küche bringen ließ. Von den Vorgängen außerhalb meines Gemachs erfuhr ich nichts, bis mir am siebten Tag ein von der Gräfin geschickter Diener mitteilte, dass man am Abend eine Messe lesen lasse, weil sich nun entscheiden würde, ob der Damm der Flut standhalten würde. Ich ließ mich entschuldigen. In der Kapelle war nicht mein Platz. Dort versuchte man Gott zu besänftigen, gegen den man im Tal ankämpfte. Wenn überhaupt irgendwo anders als dort, wo ich mich verkrochen hatte, wäre mein Platz bei den Streitern am Damm gewesen.

Am Mittag vor der Messe suchte mich ein Fieber heim, wie ich es noch nie erlebt und auch bei keinem anderen je gesehen habe. Meine Körpertemperatur blieb gleich, und dennoch schüttelte mich irgendetwas, meine Hände zitterten, und der Schweiß tränkte meine Tunika. Meine Gedanken drehten sich in meinem Kopf, wie auch die Gegenstände um mich herum sich vor meinen Augen drehten. Ich verlor jegliches Zeitgefühl. Das Erste, woran ich mich wieder deutlich erinnere, waren die Gesänge. Sie schwappten heran, zuerst Geflüster, zärtlich und schmeichelnd, übergehend in kraftvoll anbrandende Litaneien und schließlich mündend in überbordendem Tosen, das auch noch anhielt, als ich mir die Ohren mit den Händen zuhielt. Ich fiel von meinem Lager. Voll bei Sinnen und trotzdem nicht Herr meines Handelns, taumelte ich aus dem Gemach, durch leere Gänge und vereinsamte Hallen, immer die Choräle im Ohr.

Als ich in die Nähe von Elicias Kemenate kam, hörte ich ihre Stimme. Ich hatte damit gerechnet, dass sie bei der Messe wäre. Nur deswegen hatte ich überhaupt mein Gemach verlassen, um ihr in ihrer verlassenen Kemenate ein wenig näher zu sein, ohne ihr wirklich nahe zu kommen, und vielleicht, um etwas aus ihrem Besitz an mich zu nehmen, einen Kamm oder ein Tuch. Lächerlich, gewiss. Ich bin nun einmal kein großer Eroberer, kein mutiger Held der Liebe. Meine Leidenschaft ist das Verbrechen. Meine liebe Gerda wurde mir, als ich sechzehn Jahre alt war, zugeführt, und Gott weiß, nach ihrem Tod habe ich keine andere Frau mehr zärtlich angesehen, keiner anderen Frau zärtlich gedacht. Bis dieser Tage.

Vorsichtig streckte ich meinen Kopf um die Ecke und beobachtete, wie die stumme Dienerin einen mir unbekannten, leicht bekleideten Mann in Elicias Gemach führte. Atemlos sah ich zu, wie sich die Tür hinter ihnen schloss und wie die Dienerin mit einem Lächeln auf den grauen, blutleeren Lippen dicht an mir vorbeiging. Ich stand glücklicherweise in einem dunklen Winkel hinter einer Gabelung des Gangs, sonst hätte sie mich bemerkt.

Auch nachdem sie gegangen war, rührte ich mich nicht von der Stelle. Ich konnte es nicht, eine kalte Wut machte meine Glieder steif. Oder war es Enttäuschung? Gar

Schmerz? Entsteht Wut nicht aus Schmerz? Ist Schmerz nicht die Ursache allen Übels wie auch aller Seligkeit, da die Suche nach dem Guten im Leben nichts anderes ist als die Flucht vor dem Schmerz? Wie auch immer – den Rücken an die Wand gepresst, ballte ich die Fäuste und schlug sie gegen das Mauerwerk.

Ungefähr zehn Atemzüge später fand ich die Fähigkeit zur Bewegung wieder und schlich bis vor Elicias Gemach, wo ich mein Ohr an die Tür presste. Doch es war zu laut. Die Menschen in der Kapelle wiederholten viele Male NIMM HINWEG DIE SÜNDEN DER WELT. Kurz darauf bemerkte ich, wie die Tür sich langsam öffnete, und eilte auf Zehenspitzen in meinen Winkel zurück.

»Geh«, hörte ich Elicia flüstern. »Hier ist das Doppelte dessen, was dir versprochen wurde, unter der Bedingung, dass du sofort die Burg verlässt, Hochwasser hin oder her, und gleichgültig, was Bilhildis dir sagte. Lass dich nie wieder hier blicken.«

»Aber ich habe ja noch fast gar nichts getan«, sagte der Unbekannte in einem, wie ich fand, beinahe traurigen Tonfall, so wie ihn ein Gehilfe anschlagen würde, der zwar die Gesellenprüfung bestanden hatte, jedoch ohne dass man sein Gesellenstück begutachtete.

»Tu, was ich sagte. Geh.«

Er ging. Ich sah ihn in Richtung des Vorhofs verschwinden und hörte, wie sich Elicias Tür wieder schloss.

Ich kehrte zur Tür zurück, wartete eine kleine Weile ab und betätigte vorsichtig die Klinke. Die Kemenate wurde von zwei Öllampen nur wenig erhellt, ich sah Elicias Schemen auf dem Nachtlager kauern, und ihre kurzen, leisen Schluchzer drangen unmittelbar in mein Herz. Ohne zu wissen, was vor sich gegangen war, ahnte ich die Größe des Dramas.

Ich hatte das Gemach betreten und hinter mir verschlossen, ohne dass Elicia es bemerkt hatte. Ich stand mitten im Raum, nur wenige Schritte von ihr entfernt, und verharrte … ich weiß nicht mehr, wie lange … eine ganze Weile. Das Blut in meinem Körper schien schneller zu fließen, ich spürte es.

Ich machte einen Schritt vorwärts, und in diesem Moment hob Elicia ihren Kopf aus dem Kissen, in das sie geweint hatte. Sie wandte mir ihr Gesicht zu, wie sie es in meinen Hoffnungen, die ich vor mir selbst zu verbergen versucht hatte, schon tausendmal getan hatte. Mit einem Erstaunen und einem Geheimnis, wie Eva es vor Adam gehabt haben mochte, trat sie mir entgegen.

Elicia

ICH HABE NICHT bei ihm gelegen, diesem fremden jungen Mann, von dem ich nichts anderes wusste, als dass er der Vater meines Kindes werden sollte. Ich fürchtete mich nicht vor ihm, in keinster Weise, ich bin keine scheue Jungfrau. Ich habe im Alter von fünfzehn Jahren die Stallburschen im Heu schlafen sehen, habe sie eingehend betrachtet und mich später mit einem von ihnen amüsiert, ohne allerdings zu weit zu gehen. Die erregende Nähe fremder Männer beunruhigt mich nicht, und ich habe mich vor Bilhildis, als sie diesen Vorschlag machte, nur deshalb erschreckt gegeben, weil sie nicht alles wissen muss. Sie meint es gut, und sie weiß viel, wirklich viel, aber einiges wird sie nie erfahren.

Er zeigte mir seinen Körper. Er war der schönste Mann der Welt, aber er war mir gleichgültig. Also hätte ich es geschehen lassen können. Es wäre eine Sünde gewesen, das Sakrament zu brechen, und ich hätte schwer daran getragen, aber das hätte es nicht verhindert, denn die großen Dinge im Leben lassen sich nicht mit der Angst vor Strafe im Jenseits verhindern. Mit dieser Angst kann man vielleicht Diebstahl unterbinden und manchmal – nur manchmal – auch die kleinen schmutzigen Sehnsüchte, die wie Flechten auf unseren Herzen wachsen, wie die Gier nach dem Körper der Nachbarsfrau und die Missgunst über das Glück der Konkurrenten. Aber die grundlegenden Sehnsüchte sind zu stark: der Wunsch nach menschlicher

Wärme im Leben, der Wunsch nach Liebe, der Wunsch nach einer Bestimmung, die Notwendigkeit, zu essen und zu trinken ... Ein Dürstender hätte sich nach einem Marsch durch die Wüste zu keiner Zeit von keinem Gott verbieten lassen, zu trinken. Nicht weniger dürste ich, mein Leben mit einem Sinn zu füllen. Ich bin nicht bloß meines Gatten Weib, meines Gottes Mensch, ich will selbst zur Schöpferin werden, zur Mutter und zur Herrin meines Lebens, und sei es um den Preis einer Sünde. Die sakralen Choräle aus der Kapelle hätten mich nicht davon abhalten können, die Ehe zu brechen.

Jedoch als der fremde junge Mann mich küsste, zum Lager drängte und zur Tat schreiten wollte, schrie etwas in mir auf. Nein, nicht der Gedanke an Baldur, nicht der Ruf des Gewissens, denn ich hatte nicht das Gefühl, Baldur zu betrügen. Ich hatte das Gefühl, Malvin zu betrügen.

Ich habe mir etwas vorgemacht. Mich stachelt nicht nur der Wille auf, den Tod meines Vaters aufzuklären, mich reizt nicht nur der Wunsch, Aistulf überführt zu wissen. Ich habe Malvins Nähe auch um seiner selbst willen gesucht, weil sein Anblick mir wichtig war. Ich bin mit ihm Seite an Seite durch die Weinberge gegangen, weil ich seine Stimme und Worte hören wollte.

Das, was in mir aufschrie, als der schöne Fremde mich zu verführen versuchte, war die Liebe. Ihre Stimme war sogar lauter als die Rufe nach einem Kind in meinem Leben. Was wäre das für eine Liebe gewesen, die ich zu überhören versucht hätte, und was wäre ich für eine Frau gewesen, wenn ich nicht zu lieben versucht hätte? Durfte ich mir den einen Wunsch erfüllen und dabei den anderen schimpflich hintergehen?

Nein.

So sah und hörte ich mich den Fremden fortschicken, ganz so, als stünde ich neben mir, zugleich beeindruckt und betroffen von meiner Entschlossenheit. Ich war wieder allein. Allein in meiner Kemenate, allein in meinem Leben. Vater war tot, Baldur war ein Tropf, Malvin war unerreichbar. Ich saß in einem schummrigen Dämmerlicht, spielte mit der Holzperlenkette, die mir mein Vater zum siebten Geburtstag geschenkt hatte, und ergab mich in mein Elend.

Wir suchen Gott immer in der Moral. Aber wer sagt, dass das Schöne nicht auch in der Unmoral, das Göttliche nicht auch im Verbotenen, das Gute nicht auch im Halbdunkel zu finden ist? Als Malvin plötzlich zu mir kam, eine Silhouette wie aus einem Traum kommend, war das ein Wunder. Dass Menschen einander zutiefst begehren, ist so alt wie die Welt und unfasslich immer aufs Neue. Welcher Bund darf sich stärker nennen als der der Liebe?

Ich ging auf Malvin zu und berührte ihn. Er war da. Er war kein Traum. Von da an wusste ich, dass nichts mehr zwischen uns stand und dass Unerreichbarkeit kein Begriff für uns war. Wir zogen uns gegenseitig aus. Wir liebten uns. Wir gehörten zusammen. Wie ich, so war auch er ein einsamer Mensch, zutiefst verschieden von den anderen Menschen der Burg, ein Gefangener seiner Fremdartigkeit, allein auf diesem Sündenberg, von Zweifeln und Fragen wie von Herbstwinden umtost.

Er hatte sich mir gegenüber bis dahin nicht geöffnet. Er tat es in dieser Nacht. Nachdem wir uns geliebt hatten, lagen wir beieinander, verschlungen wie Wurzeln, und er erzählte mir von seiner Einsamkeit und von der Arbeit eines Vikars, der Jagd nach dem Verbrecher, die auch zu einer

Jagd gegen das eigene Selbst werden kann. Wir richteten uns aneinander auf. Kein Wort mehr von unserer missglückten ersten Zweisamkeit im Weinberg, die unter den gleichzeitig wirkenden Kräften von Anziehung und Abwehr ins Wirre abgedriftet war. Kein Gedanke auch an das Kommende, an die Unmöglichkeit einer Zukunft und daran, dass nichts mehr sein würde wie vorher, für ihn nicht wie für mich nicht. Der Augenblick war unsere Welt, das Nachtlager war unsere Welt, und es war die schönste Stunde meines Lebens.

Dann erklang das letzte Amen, und es wurde still. Malvin musste gehen. Ich bat ihn trotzdem, noch zu bleiben. Ich sagte, dass es wohl noch eine Weile dauern würde, bis Baldur aus dem Tal zurückkäme, vermutlich bis zum Morgengrauen, und dass Bilhildis genug Anstand besitzen würde, mich mit Norbert, den sie bei mir wähnte, allein zu lassen.

Ich hatte unsere Stunde verlängern wollen. Aber das Glück lässt sich nicht verlängern, nur verhindern, ja, es scheint, als habe es seine festen Maße wie Tag, Dämmerung und Nacht, die man in gewisser Weise ignorieren, jedoch nicht herbeiführen kann. Malvin ging, und Vergangenheit und Zukunft waren wieder angekommen in meiner Kemenate, in der ich lag.

Ich fiel in eine Art Halbschlaf. Ich wurde immer wieder wach, ja, es war, als schliefe ich für die Dauer eines Atemzugs, und dann, als erwachte ich für die Dauer eines Atemzugs, und immer so weiter. Es war äußerst wirr und irgendwie beunruhigend. Ich meinte – ohne zu erfassen, ob ich gerade wachte oder schlief – abwechselnd meine im Halbdunkel liegende Kemenate, dann Malvin und die Ungarin zu sehen. Ich erinnere mich, dass ich dachte, es habe seine Richtigkeit, zusammen in einem Traum aufzutauchen, haben wir drei doch so viel gemeinsam, wir, die wir mehr oder weniger einsam und ängstlich sind auf dieser von Winden und Tragödien umtosten Burg. Doch ich sah noch mehr. Zwischen diesen Bildern tauchte mehrmals wiederkehrend ein kleiner Raum auf. Er war rechteckig und fensterlos wie eine Gruft. Mein Vater stand darin. Er lachte, als er mich den Raum betreten sah, und zeigte auf etwas, das in der Ecke stand, wiederum etwas Rechteckiges, ich konnte aber nicht erkennen, was es war, vielleicht ein Sarkophag. Dieses Bild des mir unbekannten Raumes schien mir nicht zu den anderen Bildern zu passen, und ich wollte, dass es verschwindet.

Irgendwann in tiefster Nacht fand ich aus meinem leichten, wirren Halbschlaf in den Zustand äußerster Wachheit zurück, weil ich meinte, das leise knarrende Geräusch der Tür gehört zu haben. Ich hob gleichgültig den Kopf, vermutete Baldur. Durch die dünne Ziegenhaut am Fenster fiel schwaches, gefiltertes Mondlicht, und ich bemerkte, dass Baldur nicht neben mir lag, also schien sich meine Annahme, das Geräusch sei von ihm verursacht worden, zu bestätigen. Ich wollte meinen Kopf bereits wieder auf das Kissen betten, als sich aus dem Dunkel der Kemenate ein Schemen langsam auf mich zubewegte.

Es war nicht Baldurs Schemen. Ich kenne ihn, seine breiten Schultern, seinen stämmigen Körper … Nein, keinesfalls.

Der Schemen hob den Arm, und ich erkannte den Umriss eines Dolches.

Ich schrie. Ich kann mich nicht erinnern, jemals derart aus Leibeskräften geschrien zu haben, auch nicht, als ich Vater ermordet auffand. Die Gewalt meiner Schreie entsprach der Todesangst, die mich von einem zum anderen Augenblick gepackt hatte. Ich warf die Kissen nach der Gestalt. Ich sprang auf und verdrückte mich in den äußersten Winkel des Raumes, und die Gestalt, offensichtlich überrascht, bemerkt worden zu sein, eilte davon. Völlig entkräftet sackte ich in der Ecke zusammen.

Ich weiß nicht, wie lange ich dort auf dem Boden saß. Irgendwann sprang ich auf und lief geradewegs durch den Verbindungsgang in den gegenüberliegenden Flügel und zum Gemach meines Vaters. Eine schwere Kette verhinderte den Eintritt. Ich weiß nicht, wieso ich überhaupt hineinwollte. Vielleicht … Ein Rest von Todesangst war noch immer in mir, und ich wollte irgendwohin, wo ich mich beschützt fühlte. Ich rüttelte an der Kette, pochte an die Tür, und ich erinnere mich, dass ich böse auf meinen Vater war, weil er sich hatte umbringen lassen und mich schutzlos zurückließ, allen Verbrechern des Sündenberges ausgeliefert.

Plötzlich kam meine Mutter aus der Dunkelheit.

»Liebes, ich habe dich gehört. Was ist passiert?«

»Da … da war jemand in meiner Kemenate … vor meinem Bett. Er trug einen Dolch bei sich. Er sah aus wie … wie …«

»Wo ist Baldur?«, fragte sie. »Ist er etwa noch im Tal?«

»Ich weiß nicht, wo er ist«, flüsterte ich kraftlos. Es war mir gleichgültig, wo Baldur war. Man hatte mich umbringen wollen.

»Du hast geträumt«, sagte sie. »Ein schlimmer Albtraum war das, sonst nichts. So etwas kommt vor. Beruhige dich.«

Sie sprach mit mir wie mit einem kleinen Kind, und für den Moment hatte ich nichts dagegen, wenngleich ich den Tonfall unangemessen fand.

»Ich habe nicht geträumt«, sagte ich. »Da war jemand. Er trug einen Dolch bei sich. Wo ist Aistulf?«

»Nun, wo wird er schon sein, im Tal nehme ich an, beim Damm. Es mag allerdings sein, dass er gerade den Dolch wetzt oder im Wald mit finsteren Mächten Zwiesprache hält. Manchmal verspeist er in seinem Gemach kleine Kinder. Wusstest du das nicht?«

»Dein Sarkasmus ist unangebracht.«

»Deine Beschuldigungen sind es auch.«

»Man hat mich umbringen wollen.«

»Du bist erschöpft, mein Kind. Du isst zu wenig, du siehst nicht gut aus in diesen Tagen. Neulich bist du beim Vikar zusammengebrochen. Daran müssen wir etwas ändern. Leg dich hin, leg dich in mein Bett, wenn du magst. Iss dich mal wieder satt. Ich lasse dir Hammelfleisch und Rüben bringen.«

Als würde Hammelfleisch Meuchler fernhalten! Trotzdem hätte ich ihr Angebot beinahe angenommen, so erschreckt hatte mich das Erlebnis. Aber der Gedanke, dass sie in dem Bett, in das sie mich legen wollte, womöglich schon mit Aistulf gelegen hatte, machte mir meine eigene Kemenate wieder etwas erträglicher. Sie begleitete mich dorthin. Als wir ankamen, trafen wir auf Baldur. Er war verdreckt vom Dammbau und blickte ziemlich verwirrt drein. Meine Mutter erklärte ihm alles, wobei sie ihrer Deutung des Vorfalls den Vorrang gab. Ich ließ es geschehen, aber als sie gegangen war, sagte ich in todernstem Ton zu Baldur: »Jemand ist hier eingedrungen und wollte mich töten. Vielleicht auch dich, wer weiß.«

»Ich glaube dir«, sagte er.

»Wir müssen etwas unternehmen. Wieso stand keine Wache vor der Tür? Wir hatten doch nach dem Verschwinden des Dolches besprochen, dass …«

»Ganz recht. Und ich habe alles umgesetzt. Deine eigenmächtige Dienerin Bilhildis hat den Wachmann am Abend fortgeschickt. Wegen der Messe und dem Dammbau, sagte sie ihm.«

Daran hatte ich gar nicht mehr gedacht. Bilhildis hatte die Messe natürlich nur als Vorwand benutzt, um die Wache zu entfernen.

»Gut, belassen wir es dabei«, sagte ich kleinlaut. »Ich will nicht, dass du Bilhildis deswegen Vorwürfe machst.«

»Wie könnte ich? Schon ihr bedeutender Rang als Leibeigene macht sie über jede Kritik erhaben.«

»Mir steht der Sinn nicht nach Streit. Schlafen wir jetzt.«

Natürlich habe ich in Betracht gezogen, geträumt zu haben. Der düstere Raum, der Mond, der wirre Halbschlaf, die seltsamen Bilder, die Nachwirkungen eines aufwühlenden, überwältigenden Abends – hat all das sich zu einem Trugbild verschworen?

Nein. Mit aller Deutlichkeit: Nein. Die Gestalt, die ich sah, war nicht der Schatten eines Traumes, keine wabernde Fantasie.

Ich habe auch in Betracht gezogen, einer nicht mehr menschlichen, einer dämonischen, geisterhaften Gestalt begegnet zu sein. Denn … es fällt mir schwer, das zu Papier zu bringen … die Gestalt hatte etwas an sich, das mich an Vater erinnert. Es klingt verrückt. Was mich auf diesen verrückten Gedanken brachte, ist die Form des Helms, den die schemenhafte Gestalt trug, diese spezielle Krümmung mit dem Dachshaarbüschel auf der Spitze. Einen solchen Helm hat Vater früher getragen, er nannte ihn seinen Glückshelm, weil er zwei Schwerthieben standgehalten hatte. Kein anderer Mann der Burg trug je einen solchen Helm. Inzwischen ist Vaters Helm längst außer Dienst gestellt, denn er rostete. Ich habe ihn seit Jahren nicht mehr gesehen und weiß nicht, ob es ihn überhaupt noch gibt. Doch auch wenn ich an die Geister der Ahnen glauben würde – wieso sollte Vater *mich* bedrohen? Und wieso sollte ein Geist vor meinen Schreien flüchten? Das ergibt für mich keinen Sinn.

Ich bleibe dabei. Irgendjemand, der äußerst bösartig ist, will mir und vielleicht auch Baldur ans Leben.

Ich muss mit Malvin darüber sprechen.

Kara

ICH BLICKE AUF einen kalten, eisgrauen Nebel hinab. Wie eine riesige Spinnwebe aus Dampf hat er sich unterhalb der Burg bis zum Horizont über das Land gelegt. Es ist früher Morgen. Der Morgen danach.

Der Morgen nach den Gebeten. Ich erinnere mich an die Gesänge, die an mein Ohr schwappten, als ich halb wachte und halb schlief, Gesänge wie aus einer anderen Welt, dazwischen das Murmeln monotoner Beschwörungen, die als etwas Düsteres und Drohendes in meinen friedlosen Schlaf krochen. Als die Stille einsetzte, kam auch ich zur Ruhe. Dann, irgendwann, ging die Tür auf.

Der Morgen nach dem Knarren der Tür in der Nacht. Ich erwachte, und da stand er. Hoch ragte er vor mir auf, zunächst nur ein Umriss, ein dunkler Schatten inmitten der Dunkelheit meines Gefängnisses. Doch dann, als er sich zu mir beugte, ein Mann, jener Mann, der mich im Beisein seiner Frau und der Stummen verhört hatte: Baldur, so glaube ich, war sein Name. Im schwachen Mondlicht, das durch das winzige Fenster fiel, war sein Gesicht wie aus weißem Holz geschnitzt, hart und ohne Leben. Er packte mich an den Händen.

Der Morgen nach dem Eindringen eines Fremden in meinen Körper. Ich schrie. Von den kahlen, beschriebenen

Wänden hallte mein Schreien wider, brach sich, verreckte. Ob ich schrie oder nicht schrie, das bedeutete dasselbe, nämlich gar nichts. Den Mann störte es nicht. Er sagte kein Wort. Es war ein gewalttätiges Schweigen, grausam, gleichgültig. Er hat das nachgeholt, was sein Schwiegervater vorgehabt hatte, wozu dieser jedoch nicht mehr kam. Bevor er ging, beugte er sich ein einziges Mal zu meinem Gesicht und küsste meine Lippen, die von Tränen salzig und wund waren.

Der Morgen nach der völligen Kraftlosigkeit. Ich konnte nur auf dem Boden sitzen, sonst gar nichts. Ich konnte nicht aufstehen. Ich konnte den Arm nicht heben. Nicht trinken. Nicht denken. Nichts fühlen, außer dem pochenden Schmerz in meinem Leib. Ich konnte nicht weinen. Mich nicht sauber halten. Ich pinkelte dorthin, wo ich saß. Ich schlief dort ein.

Der Morgen nach einem wahren Traum.

> Ich bin siebzehn Jahre alt. Von unserer Siedlung am Großen See in jenem Land, das wir inzwischen das Land der Magyaren nennen, ziehen wir im Frühling nach Westen. Die Männer rücken zu Scharmützeln und Schlachten aus, die Frauen ziehen die Kinder groß, sie heiraten und kochen, sie bleiben außerhalb der Orte, die von den Männern erobert werden. Alles, was die Frauen wissen, ist, dass die Männer ihnen karrenweise Nahrung, Felle und nützliche Gegenstände mitbringen, wenn sie ins Lager zurückkehren. Das Gold verwahren die Männer selbst.
>
> Wir ziehen wochenlang durch Täler, bevor wir in hügelige Ebenen gelangen. Die eindrucksvollen Berge

liegen nun zu unserer Linken im Süden. Es ist schon Spätsommer, als wir zu einem breiten Fluss kommen, an dem entlang es von Siedlungen und Städten nur so wimmelt. Die Männer machen reiche Beute.

Eines Tages, als mein Vater und meine Brüder zusammen mit anderen Männern wieder einmal in ein Dorf reiten, um es zu plündern, reite ich heimlich hinter ihnen her. Ich treffe eine Weile nach ihnen dort ein. Ich sehe tote Leiber, vier oder fünf an der Zahl, im Dreck liegen. Und dann sehe ich meinen Vater, der im Beisein meiner Brüder und von ihnen angefeuert einer Frau Gewalt antut. Ich höre sie schreien und weinen, und ich wende mich ab und kehre ins Lager zurück. Von meiner Mutter gefragt, wo ich war, antworte ich: Ich weiß es nicht.

Die Vergangenheit ist nicht vergangen. Kaum etwas ist gegenwärtiger als sie.

Die Nacht liegt, da ich nun diese Worte schreibe, bereits viele Stunden zurück. Ich habe fast einen Tag gebraucht, um ein paar Sätze in die Wände zu ritzen. Manches von meinem Geschriebenen steht so weit oben, dass meine Hand gerade noch hinreicht, manches andere im letzten, untersten Winkel, manches an dieser und manches an jener Wand. Der Nebel hat sich gelichtet. Mein Blick fällt, wenn ich aus dem schmalen Fenster sehe, auf den See, der eigentlich ein Fluss ist. Ich sehe die Sonne auf dem Wasserspiegel zittern. Ein dreistimmiges Lied dringt an mein Ohr, gesungen von jungen Frauen: *Es ist ein Gesetz, dass der Strom des Bluts Blut wieder verlangt. Es fordert Unheil, das neues Unheil gebiert.*

Protokoll eines Verhörs unter Ausschluss von peinlichen Befragungsmitteln

Befragte: Claire von Langres, Gräfin von Breisach, Witwe des Ermordeten

Anwesend: Malvin von Birnau, Vikar; Bernhard vom Teich, Gerichtsschreiber

MvB: Wie lange wart Ihr mit Agapet verheiratet?

CvL: Sechsundzwanzig Jahre, zwei Monate und vier Tage.

MvB: Unter welchen Umständen habt Ihr Agapet kennengelernt?

CvL: Es herrschte Krieg zwischen Westfranken und Ostfranken. Unsere Heirat half, einen Frieden zu besiegeln.

MvB: Habt Ihr es je bedauert, ihn geheiratet zu haben?

CvL: Das ist eine sehr dreiste Frage, Vikar.

MvB: Mord ist ein sehr dreistes Verbrechen, Gräfin. Vor Eurer Heirat war Agapet Euer Feind, nicht wahr?

CvL: Gewissermaßen.

MvB: Vor der Ehe Feind und in der Ehe Freund? Wie geht das?

CvL: Wenn es umgekehrt geht, wieso nicht auch so?

MvB: Das ist eine gute Antwort. Eure Tochter hat die Schlagfertigkeit von Euch geerbt.

CvL: Sie würde es empört zurückweisen, irgendetwas mit mir gemeinsam zu haben. Was Agapet angeht … Er war der Vater meiner Kinder, und als solchen habe ich ihn geachtet, wie es ihm zukam.

MvB: Auch wenn er sich eine ungarische Schönheit auf den Schoß setzte?

CvL: Es ist das Los der Frauen, über die Schwächen und Sünden der Männer hinwegzusehen. Man kann lange darüber klagen, doch es hilft nichts.

MvB: Wie ich erfahren habe, hattet Ihr einen Sohn, der während seiner Ausbildung zum Krieger von Ungarn überfallen, verschleppt und vermutlich getötet wurde. Man könnte also sagen, er fiel dem Krieg zum Opfer, einem Krieg, den Agapet mit großer Beharrlichkeit verfolgte.

CvL: Ist das eine Frage?

MvB: Ich finde den Zufall bemerkenswert: Der Mann, der Euren Sohn zur Waffe zwang, wird im Bad ermordet, und die Tochter jenes Volkes, das

Euren Sohn verschleppte, soll nach Eurem Willen für den Mord im Bad sühnen. Das sieht wie eine äußerst schlaue Vergeltung aus.

CvL: Agapet ist seiner Verblendung zum Opfer gefallen. Er glaubte, den Feind zähmen und beugen zu können. Er irrte sich gewaltig.

MvB: Sprecht Ihr von Euch?

CvL: Von der Ungarin. Sie hatte sich nur verteidigen wollen. Sie hatte nur die Wahl, sich entehren zu lassen oder sich ihres Peinigers zu entledigen. Sie tut mir leid. Ich schließe sie jeden Tag in meine Gebete ein. Dennoch … In einem Bußverfahren würden Aistulf und ich uns eine Strafe ausdenken, die wir für angemessen halten.

MvB: Falls ich ein Bußverfahren einleite, würde es tatsächlich Eurer Familie obliegen, die Buße zu bestimmen. Ich könnte jedoch auch ein Racheverfahren einleiten, dann obliegt es mir und den Schöffen. Aber so weit sind wir noch lange nicht, Gräfin. Ist es Euch nicht merkwürdig vorgekommen, dass die Ungarin schrie, nachdem sie die Tat begangen hatte? Üblicherweise ist ein solches Verhalten entweder Ausdruck des Entsetzens oder das Verlangen nach Hilfe.

CvL: Von Schreien weiß ich nichts.

MvB: Ihr habt nicht gehört, dass die Ungarin in

der Nacht von Agapets Tod schrie? Wo habt Ihr Euch zu dieser Zeit aufgehalten?

CvL: Ich war in meinem Gemach.

MvB: Das ist nur wenige Schritte von Agapets Gemach entfernt, in dem wir uns im Moment befinden. Habt Ihr geschlafen?

CvL: Nein, ich war wach. Ich konnte wegen des Lärms im Burghof nicht einschlafen. Die Männer waren zu laut. Es mag sein, dass ich einen Aufschrei gehört habe, aber wenn es so war, habe ich ihn dem Gelage zugeschrieben. Die leibeigenen Frauen, die die Männer bedienen, werden bei solchen Gelegenheiten oft unschicklich angefasst. Im Übrigen, Vikar, würde ich ebenfalls entsetzt schreien und so tun, als habe ich eine Leiche gefunden, wenn ich eine Ungarin wäre, die einen Mann erdolcht hat und nicht gehenkt werden will.

MvB: Ich möchte auf den Dolch zu sprechen kommen. Wieso erhielt Agapet solche wertvollen Geschenke vom König? Kannten sie sich?

CvL: Nein, soviel ich weiß, sind sie sich nie begegnet. Ich weiß nichts über den Grund des Geschenks. Agapet hat nie mit mir über die Angelegenheiten der Grafschaft oder seines Amtes gesprochen. Ich habe nur mitbekommen, dass ein königlicher Bote das Geschenk überbrachte. Als ich Agapet fragte, was es damit auf sich habe, erwiderte er, das gehe mich nichts an. Danach war in meinem Beisein nie wieder die Rede davon.

MvB: Von einer schriftlichen Botschaft, die dem Geschenk beigefügt war, wisst Ihr nichts?

CvL: Nein. Agapet konnte nicht lesen. Jemand hätte ihm die Botschaft vorlesen müssen. Üblicherweise wandte er sich an Aistulf, der seit drei Jahren sein Verweser war.

MvB: Hätte er ihn auch hinzugezogen, wenn es sich bei der Botschaft um etwas Vertrauliches oder Heikles gehandelt haben würde?

CvL: Wohl nicht.

MvB: An wen hätte er sich gewandt? An Euch?

CvL: Mein Gemahl hat mir in sechsundzwanzig Jahren nichts anvertraut, was nicht ohnehin der halben Burg bekannt war.

MvB: Immerhin besitzt Ihr einen Schlüssel zur Schatzkammer.

CvL: Nur, weil Agapet während des Sommers nicht umhinkam, irgendjemandem den Zugang zur Schatzkammer zu gestatten. Die Angelegenheiten der Grafschaft erforderten dies, und Agapet vertraute mir mehr als Aistulf. Ich hätte ihm den Schlüssel am Tag nach seiner Rückkehr wieder zurückgeben müssen.

MvB: Wenn er Euch nicht völlig vertraute, wieso gab er Euch überhaupt einen Schlüssel? Zu Elicia hatte Agapet ein inniges Vertrauensverhältnis. Wieso gab er den Schlüssel nicht seiner Tochter?

CvL: Elicia? Nun, weil … weil Elicia noch sehr jung und …

MvB: Und? Sprecht weiter.

CvL: … manchmal ein wenig sprunghaft ist. Im Übrigen wäre das eine ungewöhnliche Maßnahme gewesen, denn die Herrin der Burg bin ich, nicht Elicia. Ich vermute, dies alles bewog ihn dazu, den Schlüssel in meiner Obhut zu lassen, und er hatte in all den Jahren keinen Grund zur Klage. Ich bewahrte ihn sicher in einem kleinen Loch in der Wand auf.

MvB: Nun, vielleicht hätte Agapet in diesem Jahr einen Grund zur Klage gehabt.

CvL: Wie darf ich das verstehen?

MvB: Wie ich vom Schmied erfahren habe, gabt Ihr wenige Tage nach dem Tod Agapets die Anfertigung eines weiteren Schlüssels für die Schatzkammer in Auftrag. Ist das richtig?

Gräfin? Ich habe Euch eine Frage gestellt.

CvL: Gewiss, ich … ich gab einen entsprechenden Auftrag.

MvB: Demnach müsste es nun drei Schlüssel geben: jenen, der Eurem Gemahl Agapet gehörte, jenen zweiten, der über den Sommer in Eurem Besitz war, und jenen dritten, den Ihr habt anfertigen lassen. Wenn ich Euch nun bitte, alle drei Schlüssel zusammenzutragen …

CvL: Das ist unmöglich, denn … Agapets Schlüssel ist verloren gegangen. Es gibt davon also nach wie vor nur zwei Ausfertigungen.

MvB: Wieso erfahre ich das erst jetzt?

CvL: Für Eure Untersuchung ist der Verlust des Schlüssels ohne Belang, da er erst nach der Tat erfolgte. Wie Euch Raimund sagte, öffnete Agapet am Abend seines Todes die Schatzkammer, bevor er ins Bad ging. Ich händigte Agapets Schlüssel Aistulf am Tag unserer Hochzeit aus, doch er verlegte ihn. Wieso stellt Ihr mir all diese Fragen, die mit dem Verbrechen, so scheint mir, nichts zu tun haben?

MvB: Einem Mord geht meist vieles voraus, Gräfin. Die Tat an sich ist nur der Gipfel, doch einen Gipfel ohne Anstieg gibt es nicht. Seht Ihr, Gräfin, in der Burg wimmelt es von Waffen - Messer in der Küche, Messer beim Schmied, Jagdmesser in den Satteltaschen -, aber die Tat passierte mit einer außergewöhnlichen Waffe. Demnach könnte dieser bestimmte Dolch eine große symbolische Bedeutung für den Mörder oder das Opfer gehabt haben, da jemand sich die Mühe machte, einen Schlüssel zu stehlen, um die Schatzkammer zu öffnen, den Dolch zu entnehmen und …

CvL: So ein Unfug! Es wurde kein Schlüssel gestohlen, wozu sollte ihn jemand stehlen wollen? Der Dolch lag offen herum, und zwar genau dort drüben auf dem Tisch, an dem Euer Schreiber sitzt. Ich sage das, Aistulf sagt das, Raimund sagt das …

MvB: Elicia sagt es nicht.

MvB: Hat ihr Wort mehr Gewicht als das meine? Ich frage Euch: Welches Wort wiegt mehr?

Vikar? Ich habe Euch eine Frage gestellt. Über kurz oder lang werdet Ihr nicht um die Antwort herumkommen.

Bilhildis

DA IST MAN mal ein paar Tage fort, schon geht es drüber und drunter, und ich verpasse das Beste. Zwischen Aistulf und Baldur ist es zu einem gewaltigen Donnerschlag gekommen, der auch die Gräfin und Elicia entzweit hat, und weder ich noch Raimund waren hier, um es mitzuerleben. Ich war auf die drei rothaarigen Heulsusen angewiesen, um alles haarklein erzählt zu bekommen. Bei Gott, das war eine feuchte Angelegenheit, die eine heulte in meinen rechten Ärmel, die andere in meinen linken und die dritte auf meine Brust. Ich war wie ein Schwamm im Solebad. Aber wenigstens bin ich nun wieder auf dem Laufenden, denn Elicia gibt sich wortkarg, und die Gräfin konnte ich nicht fragen. Ich habe sie noch nie um Auskunft gebeten und werde heute ganz bestimmt nicht damit anfangen. Ich will ihr, wenn es auf das Ende zugeht, nichts schuldig sein, nicht den allerkleinsten Gefallen, gar nichts. Nur das, was mir zusteht: ihr Leben.

Nun zu meiner Reise. Gewiss, sie war anstrengend. In meinem Alter sitzt man nicht straflos zehn Tage lang auf einem holprigen Karren und lässt sich auf den schlechten Wegen, die hundertmal älter als ich sind, durchschütteln. Wäre ich als Fass Sauerrahm abgefahren, wäre ich jetzt steinharte Butter. Ich spüre jeden Knochen, selbst solche, von denen ich nicht wusste, dass es sie gibt. Und dann die Leute, die man zwangsläufig in den Wirts- und Gasthäusern trifft –

grässlich. Die meisten von ihnen sind Pilger, die nun, im Herbst, aus Rom zurückkehren, wo sie himmlische Reichtümer erwartet, aber betrügerische Händler und geldgierige Bettelmönche vorgefunden haben und wo sie in den Schlafsälen der Pilgerquartiere, in denen sie des Nachts bestohlen wurden, den Glauben an das Gute im Menschen verloren, aber dafür die Krätze bekommen haben. Mit solchen Leuten zusammensitzen zu müssen ist ekelhaft. Nicht wegen der Krätze, sondern wegen des Leuchtens in ihren Augen, weil sie glauben, sich mit ihrer Pilgerfahrt ein Pfund verdient zu haben, mit dem es sich dereinst vor den Allmächtigen treten lässt, so als kassiere er Eintrittsgeld wie der Besitzer eines Wanderzirkus. Die meisten von ihnen wirken wie leicht berauscht, dabei haben sie Flöhe auf dem Kopf, und ich will nicht wissen, wo sonst noch. Sie haben Grinden auf den Händen, blutige Füße und von Räubern ausgeschlagene Zähne, die sie im Beutel mit sich herumtragen, den sie noch ins Grab mitnehmen werden als Beweis für den Wanderzirkusgott, und überdies haben sie kein Geld mehr für Brot und Bier und wollen, dass ich – ICH! – ihnen welches ausgebe. Ihr Glück, dass ich stumm bin, sonst hätte ich ihnen einiges gesagt, was sie bis ans Lebensende nicht vergessen hätten. So aber beschränkte ich mich auf Gesten mit Armen, Händen und Fingern, die sie nicht verstanden und von denen Raimund ihnen weismachte, sie seien Ausdruck meiner Bewunderung. Und was mein eindeutiges Mienenspiel anging, so behauptete Raimund vor den Leuten, dies sei mir so angeboren, und das glaubten diese Toren. Später, auf dem holprigen Wagen, lachten Raimund und ich, bis uns der Bauch wehtat. Das sind Momente, in denen ich anfange, ein bisschen an Raimund zu hängen. Glücklicherweise dauern sie nie sehr lange.

Der alte Sack!

Als ich auf dem kleinen Gehöft ankam, hockte Orendel wie üblich wie ein flügellahmes Taubenküken in seinem Verschlag. Er hat dort einen Baumstumpf zum Draufsetzen, einen zweiten Baumstumpf mit einer Tischplatte darauf, eine Pritsche mit Stroh zum Schlafen und ein kopfgroßes Loch in der Mauer zum Rausgucken. Er tut nichts anderes dort drin als schreiben und in der Nase bohren, am liebsten beides gleichzeitig. Was soll er auch sonst tun? Ich habe den Bauersleuten vor sieben Jahren eingebläut, dass ihre Kinder nicht mit Orendel spielen dürfen, so wie Agapet einst Orendel und Elicia verboten hatte, mit den Kindern des Gesindes zu spielen, einschließlich meinen. Anfangs guckten diese vier hässlichen, dreckigen Bauernbälger noch manchmal durch das Loch in den Pferch hinein, wie mir Orendel bei meinen Besuchen erzählte; die einen sprachen mit ihm, die anderen lachten über ihn, was Orendel nicht störte, denn er war über jede kleine Abwechslung dankbar, selbst wenn sie ihn kränkte. Er begann, ihnen Geschichten zu erzählen, die er erfunden hatte. Aber nach einer gewissen Zeit fand er sein Talent wohl an die Drecksbälger verschwendet und zog es vor, seine Geschichten auf das Lumpenpapier, das ich ihm gab, niederzuschreiben. Daraufhin verloren die Bälger das Interesse an ihm, weil Orendel ihnen nichts mehr zu erzählen hatte und stumm wurde, stumm wie die Sau im Stall. Es wurde zunehmend ruhig um ihn. Man brachte ihm morgens eine Schale Hafergrütze und abends das, was gerade so verfügbar war – eine Scheibe Brot, einen Apfel, eine Möhre, ein Stück Trockenfleisch oder Salzfisch, ein daumengroßes Stück Käse oder, wenn gar nichts anderes da war, eine weitere Schale Hafergrütze. Ich brachte den Bauersleuten immer dann, wenn ich zu Besuch kam, das Verpflegungs- und Schweigegeld für die nächsten Monate. Die

Gräfin gab mir stets, wenn ich zu Orendel aufbrach, zwei Goldstücke mit, womit er hätte ausgiebig bewirtet werden können. Von diesen zwei Goldstücken jedoch knapste Raimund ein Goldstück für uns ab, was natürlich niemand außer uns wusste, und das verbleibende Goldstück gab der schäbige Bauer zum größten Teil für Bier im Wirtshaus aus. Nur der allerkleinste Teil erreichte Orendels Magen.

Wie immer, wenn ich eintraf, umarmte Orendel mich. Er liebte mich abgöttisch von dem Tag an, da er ein Eremit geworden war, ein Gefangener. Man könnte nun einwenden, das sei keine große Leistung von mir gewesen, denn Orendel hätte vermutlich sogar eine Marionette geliebt, wenn diese ihm ein bisschen Zuwendung und Freundlichkeit gegeben hätte. Aber ganz so war es nicht. Ich habe schon ein bisschen mehr dafür getan. Obwohl ich ihm kein Wort zu schenken vermochte, war ich beste Gesellschaft für ihn, und obwohl mein Herz kalt war, meinte er Wärme zu spüren. Zu Anfang war es mir gleichgültig gewesen, was er spürte oder nicht, und ich strengte mich nicht an, geliebt zu werden. Bald jedoch fand ich Gefallen daran, dass er mich mehr als seine eigene Mutter liebte. Es war, als würde zwischen der Gräfin und mir eine Schlacht in dieser Jungmannesbrust ausgetragen und als gewänne ich langsam die Oberhand. Ich muss sagen, dass mich das nicht unberührt ließ. Der Kampf um Orendels Zuneigung war eine der wenigen Vergnügungen, die ich mir gönnte.

Ich merke gerade, dass, wenn ich es so oberflächlich beschreibe, wie ich es getan habe, keiner versteht, wie dieser Kampf ablief – was schade ist, da ich längst nicht mehr nur für mich schreibe, nein, im Grunde von Anfang an nicht für mich geschrieben habe, sondern ohne es gleich zu begreifen für den Leser einer anderen Zeit. Ob in zwanzig, hundert oder tausend Jahren, das ist mir einerlei, damit wische ich mir den Hintern ab. Irgendwann soll irgendjemand lesen, was ich getan habe, was ich noch tun werde und warum ich es getan habe.

Orendel … Das erste Jahr im Pferch … Der Barde verstand natürlich erst einmal gar nichts. So behütet, wie er aufgewachsen ist – und dann geraubt wie ein Sack Mehl und nur wenig später in einen Hühnerverschlag gesperrt, der von einer hohen Steinmauer umgeben wurde. Da würde sich wohl jedem der Kopf drehen. Mein Geheimauftrag von der Gräfin war gewesen, das Kind nach der Entführung eine Wochenreise entfernt bei freundlichen, guten, verschwiegenen und nicht zu armen Leuten mit Kindern in Orendels Alter unterzubringen. Dort sollte er in einer Umgebung aufwachsen, die seinem Naturell entsprach und ihn über die Trennung von der Familie und der Heimat zu trösten vermochte. Anrührend, nicht wahr? Ich scherte mich einen Dreck um den Auftrag und brachte Orendel dorthin, wo ich ihn haben wollte, und zwar zu armen, harten Bauersleuten, die froh über das Geld waren und noch froher darüber, dass sie kaum einen Finger dafür krumm machen mussten.

Selbstverständlich schrieb ihm die Gräfin Briefe, die sie mir mitgab, die aber ebenso selbstverständlich nie bei Orendel ankamen. Ich las sie, sobald ich unterwegs war, und warf sie dann weg. Orendel litt schrecklich unter seiner Einsamkeit und den Lebensumständen im Verschlag und fragte sich, wie seine Mutter ihm das antun konnte, ihn an einen derart schrecklichen Ort entführen zu lassen, selbst wenn es aus bester Absicht heraus geschehe. Mehrmals unternahm er Ausbruchsversuche, die an der hohen Mauer scheiterten. Wenn er fragte, warum er nichts von seiner Mutter hörte, und wenn er wissen wollte, warum man ihn so schlecht unterbringe, dann zuckte ich bloß mit den Schultern. (Wenn ich will, kann ich auch als Stumme beredt sein, aber wenn ich nicht will, kann ich nicht beredter als ein Löffel sein.) Orendel wunderte sich über meine Veränderung. Als Amme war ich stets fürsorglich gewesen – ich *musste* fürsorglich sein, es war mir befohlen –, und nun plötzlich verhielt ich mich wie ein Kerkerknecht. Er bestand bald darauf, seiner Mutter zu schreiben, und ich ließ ihn schreiben, las die Briefe, sobald ich unterwegs war, und warf sie dann weg. Noch auf dem Weg zurück schrieb ich neue Briefe – Handschriften fälschen hatte ich vor vielen Jahren zusammen mit dem Schreiben gelernt –, in denen Orendel sich überschwänglich für seine Errettung bedankte, seine Unterbringung lobte, von den Spielgefährten erzählte und als einzigen traurigen Umstand seines neuen Lebens die Sehnsucht nach der Heimat und der Familie nannte. Beim Erhalt dieser Briefe weinte die Gräfin vor Glück.

Ich rechnete damit, dass dieses Spielchen allenfalls ein Jahr andauerte, weil Orendel den ersten Winter im Verschlag nicht überleben würde, und malte mir immer wieder aus, dass ich von einer meiner Reisen zurückkehrte mit der Nachricht, Orendel sei gestorben. Ich würde nicht die wahre Todesursache nennen, das versteht sich von selbst, ich würde nicht gestehen, dass er an durch mangelnde Ernährung und große Kälte bedingter Schwäche verreckt sei, sondern behaupten, was weiß ich, dass er die Blattern bekommen habe und dass die braven Leute ihn eilig hatten verscharren müssen, worüber sie tief betroffen seien. Mir wäre schon etwas Schönes eingefallen. Das wäre ein Fest gewesen, der Gräfin unter vier Augen den Tod Orendels zu melden, und das Beste wäre gewesen, dass die Gräfin außer mir und Raimund keinem anderen Menschen ihre Trauer hätte zeigen dürfen, weil sie ansonsten die Entführung hätte eingestehen müssen, und das hätte böses Blut gegeben. Agapet konnte respektvoll, aber auch sehr grausam sein. Nun, was die Geheimnistuerei angeht, ist die Gräfin inzwischen so gut wie aus dem Gröbsten raus, da Agapet im Grabe fault, aber was das Übrige angeht, so wäre sie durchaus zutiefst verwundet, falls Orendel etwas zustieße. (Warum schreibe ich eigentlich in einer Form, die andere Möglichkeiten zulässt? Nein, es wird passieren, dieses Fest, von dem ich sprach, wird mir vergönnt sein. Aber ich will nicht vorgreifen.)

Orendel überstand den ersten Winter. Ich weiß nicht, wie er das schaffte, er, der früher zwischen zwei Kaminen und unter warmen Fellen gebettete Stammhalter. Er hustete ein bisschen, er schnupfte, und das war's, Schlimmeres widerfuhr ihm nicht. Als ich ihn im ersten April nach der Entführung auf Geheiß der Gräfin aufsuchte, entdeckte ich in seinem Gesicht etwas, das ich niemals in ihm vermutet hätte, eine gewisse Resistenz, etwas Trotziges, Festes. Es war noch schwach ausgeprägt, aber dennoch vorhanden, erwachsen aus dem eisigen Boden des harten Winters.

Verflucht, dachte ich, er wird ewig leben.

Raimund war froh darüber. Er rechnete mir vor, dass uns jedes Jahr, das er weiterlebte, vier Goldstücke brachte, weil er im Quartal ein Goldstück für uns abzweigte. Er sagte: In fünf Jahren wären das zwanzig Goldstücke, damit würden wir uns freikaufen, ein kleines Gut erwerben und uns noch ein paar schöne Jahre im Alter bedienen lassen. Dieser Narr! Er dachte nur so weit, wie er pissen konnte. Zum einen, erklärte ich ihm mit handfesten Gesten, konnten wir das Geld auch abzweigen, wenn Orendel tot war, denn die Gräfin musste davon ja nichts erfahren. Und zum anderen musste er es erst einmal schaffen, Graf Agapet zu erklären, wie er an zwanzig Goldstücke gekommen war. Alles konnte aufgedeckt werden, und der Ort, wo man ihn dann bedienen würde, wäre ein finsteres, feuchtes Kerkerloch, gegen das Orendels Verschlag eine Königspfalz war. Nur auf das erste Argument eingehend, fragte er: Wieso lassen wir ihn denn überhaupt noch am Leben, wenn wir das Geld sowieso kriegen? Wieso bringen wir ihn nicht einfach um?

Die meisten Fragen, die in Raimunds Holzkopf entstehen, sind töricht, aber manchmal, sehr selten, stellt er gute Fragen. Das war so eine gute Frage. Ich war bis zu dieser Frage tatsächlich nie auf die Idee gekommen, Orendel zu töten, zumindest nicht unmittelbar zu töten. Es ist eine Sache, jemanden in einen Verschlag zu sperren und darauf zu warten, dass der Januar die Angelegenheit erledigt; aber es ist eine ganz andere Sache, ein Seil zu nehmen oder ein Messer oder festes Astholz ... Wirklich, etwas völlig anderes ist das. Ich weiß, wovon ich rede. Raimund hätte mir diese schmutzige Arbeit ohne weiteres abgenommen. Ich habe ihm ein paarmal zufällig dabei zugesehen, wie er Gänsen den Kopf ab- und Forellen den Kopf eingeschlagen hat. Er tut es nicht nur einfach so, er hat Lust dabei, und wenngleich die Tötung eines Menschen etwas anderes ist, bin ich mir sicher, dass Raimund sehr gut funktioniert, wenn es so weit ist.

Wieso brachten wir Orendel nicht in jenem April nach dem ersten Winter um, als Raimund die Frage aufwarf? Ein Kopfnicken von mir hätte genügt. Und ich hätte genickt, zweifellos, denn es wäre meiner eigentlichen Absicht sehr entgegengekommen. Mir war es nie darum gegangen, Orendel wehzutun, mir war es immer nur darum gegangen, der Gräfin wehzutun, und solange Orendel lebte, blieb mir dieser Wunsch unerfüllt. Schlimmer noch, die Gräfin lebte durch die Briefe, die ich ihr zwangsläufig unter Orendels Namen schrieb, im Glauben, ihm gehe es prächtig, und das steigerte ihr Glück, anstatt es zu vernichten. Die Wahrheit konnte ich ihr nicht schreiben, ohne mich selbst zu gefährden, und die Lüge war bestes Seelenfutter für meine Feindin. Das war eine Klemme, aus der nur Orendels Tod mich befreien konnte, sei er nun von Gevatter Winter oder Gatte Raimund herbeigeführt.

Wieso also nickte ich nicht? Weil ich da schon das Trotzige, Harte in Orendels Gesicht gesehen hatte, von dem ich sprach. Und das brachte mich auf eine ganz andere Idee. Wie wäre es wohl, diesen Jungen für mich zu gewinnen, ihn der Gräfin sozusagen zu entwinden, ihn nach meinem Belieben zu formen, ihn zu meiner Kreatur zu machen, nur zu dem einen und einzigen Zweck, der Gräfin eines Tages zu berichten oder sonst wie vor Augen zu führen, was aus dem Sohn von einst geworden war und wie sehr er seine Mutter hasste. Von diesem neuen Plan war ich dreimal stärker angetan als von dem alten, vor allem, weil der Grad des Schadens, den er anrichtete, höher sein würde, als wenn Orendel einfach nur gestorben wäre. Es ist leichter zu verwinden, einen Menschen an den Tod zu verlieren als an den Hass, denn mit Trauer und Traurigkeit lässt sich leben lernen, wohingegen das Gefühl, von jemandem, den man liebt, zutiefst verabscheut zu werden, sich jeden Tag aufs Neue ins Innerste des Herzens bohrt und dort sein langsames, qualvolles und vor allem unheilbares Vernichtungswerk tut. Kein Trost der Welt ist stark genug, sich den größten Fehler des Lebens zu vergeben, wenn er dazu führte, dass das Geliebte durch eigenes Zutun zerstört wurde. Ich war mir nach einem Blick in Orendels Augen sicher, dass es mir gelingen würde, ihn dorthin zu bringen, wo ich ihn haben wollte, allerdings nur um den Preis, dass meine

Vergeltung noch eine Weile warten musste. Ich zahlte zähneknirschend, aber ich zahlte.

Von jenem April vor sechseinhalb Jahren an bemühte ich mich um Orendel, mimte wieder die gute Amme und schüttete ihm nach und nach jenen reinen Wein ein, der in Wahrheit eine trübe Giftbrühe aus meiner eigenen Küche war. Ich änderte meine Absicht, keine Briefe der Gräfin an Orendel zu übergeben, dahingehend, dass er zwar Briefe seiner Mutter erhielt, diese jedoch aus meiner Feder stammten. Beklagte Orendel sich über seine Unterbringung, antwortete »die Gräfin« ihm, er solle sich nicht so anstellen, schließlich habe sie ihn vor dem Krieg bewahrt, und schrieb Orendel daraufhin, dass er lieber ins Kloster ginge, als in einem Hühnerpferch zu leben, bestand die Reaktion »der Gräfin« darin, ihm zu schreiben, dass es wichtig gewesen sei, Orendels selbstherrlichem, tyrannischem Vater eine Lektion zu erteilen, dass es nicht immer nach seinem Kopf gehe.

Orendel konnte kaum glauben, was er da las, fragte immer wieder bei mir nach, was im Kopf seiner Mutter vorgehe, die früher so gutherzig war, und so ließ ich mir »die Wahrheit« nach und nach wohldosiert aus der Nase ziehen. Ich schrieb ihm Zettel: dass die Gräfin Claire nur noch ein Ziel habe, nämlich Rache an Graf Agapet zu nehmen, der sie unglücklich mache, und dass ihr dafür jedes Mittel – und jedes Kind – recht sei. Gewiss, das war dick aufgetragen, im Grunde unglaubwürdig. Doch jeder herzlose Brief, jede lieblose Antwort »der Gräfin« und jedes schlechte Wort meinerseits über die Gräfin war wie ein Katapultgeschoss gegen das Bollwerk von Orendels Überzeugung, eine wohlmeinende Mutter zu haben. All die Monate im Verschlag und der zweite Winter taten ihr Werk bei Orendel, und sein Widerstand gegen die Vorstellung, seine

Mutter sei eigentlich ein selbstsüchtiger, rücksichtsloser Mensch, wurde durch die Gegebenheiten und die Lügen zum Einsturz gebracht.

Zugleich nahmen mein Ansehen und meine Wichtigkeit bei Orendel zu. Mehr und mehr schüttete ich ihm – tausend Zettel schreibend – mein Herz aus, gestand ihm, wie sehr mir die Aufträge der Gräfin widerstrebten, dichtete der Gräfin eine Liebschaft und so mancherlei anderes an, was dazu taugte, sie langsam in ein Ungeheuer zu verwandeln. Und ich schilderte Elicias Empörung über den neuen Lebenswandel der Mutter. Dass ich damit einiges von dem vorwegnahm, was dann später tatsächlich eintrat, war Zufall. Ich gebrauchte lediglich meine Erfindungsgabe, jammerte und klagte, was das Zeug hielt, und errang die Stellung einer Leidenskameradin und alleinigen Verbündeten. Meine Geschenke für Orendel taten ihr Übriges. Mal brachte ich ihm ein Fell, mal einen Würfelbecher, einen Käse, ein Kissen, ein Paar Stiefel. Solche Kleinigkeiten, die er früher verachtet hatte, waren plötzlich die Welt für ihn, zumal ich sie ihm »von Herzen« überreichte. Am wichtigsten jedoch waren ihm das Lumpenpapier und die Kohlestifte, die er brauchte, um seine Geschichten zu schreiben, wodurch seine Dankbarkeit stetig zunahm und immer wieder erneuert wurde. Er widmete mir Verse, fragte nach meiner Herkunft, meinen Eltern, was ich über dieses oder jenes denke, und wenngleich mir die Zunge fehlte, so fehlte es mir nicht an Möglichkeiten, ihn für ein paar Tage gut zu unterhalten. Bevor ich ihn wieder verließ, überreichte ich ihm jedes Mal einen kleinen Stapel Briefe, ungefähr zwölf, die ich zuvor verfasst hatte, und gab ihm zu verstehen, jede Woche einen dieser Briefe zu öffnen, sodass ich viel öfter als bisher bei ihm sein könnte, nämlich mittels meiner Worte. Das gefiel ihm gut.

Es blieb nicht aus, dass er mich darum bat, ihn zu befreien. Längst waren sein Verschlag und die Mauer weiter verstärkt worden – auf unsere Kosten, was Raimund schmerzte –, da mit Orendels gefühlsmäßiger Entfernung von seiner Mutter auch sein Ungehorsam gegenüber dem Willen »der Gräfin« zunahm. Zudem wurde Orendel älter und, wenngleich er schlank und in Anbetracht seiner kargen Ernährung eher schwächlich war, wuchs mit seinem Alter auch die Gefahr seiner Flucht. Als ich ihm jedoch berichtete, dass für den Fall seiner Flucht die Gräfin gedroht hatte, einen Weg zu finden, Raimund und mich auspeitschen und ins Verlies werfen zu lassen, ließ er von Fluchtplänen jeder Art ab. Es war wirklich eine Wonne für mich, mit anzusehen, wie dieses Kind zunehmend von mir abhängig wurde, und zwar in jeder Hinsicht, ganz anders als meine Söhne, die als halbwüchsige Soldaten schon früh selbstständig geworden waren. Ich konnte es jedes Mal kaum noch erwarten, Orendel wieder zu besuchen, und beinahe wäre ich in die Falle getappt, dieses Kind wirklich lieben zu lernen und meinen Plan um seinetwillen aufzugeben. Wäre es mir häufiger vergönnt gewesen, Orendel zu sehen, wäre es vielleicht um mich geschehen gewesen. Doch die Abstände waren zu groß. Nur wenige Tage auf der Burg, im Angesicht der Gräfin, genügten mir, mich wieder zu fangen und mit jener Galle zu füllen, die notwendig war, um den Plan wie vorgesehen durchzuführen. Orendel war dann nur wieder ein Werkzeug. Er war für mich also das, von dem ich Orendel vorlog, es für die Gräfin zu sein.

Das Harte, Feste, Zornige, das anfangs nur eine Andeutung gewesen war, wurde zu einem konstanten Bestandteil von Orendels Wesen. Er war sich darüber nicht im Klaren. Ich jedoch nahm es wahr. Es war mir schon bald gegeben, es in Wallung zu bringen und wieder zu besänftigen, ganz so wie ein Gott die Wogen. Orendel konnte – entsprechend seines stillen Daseins – äußerst zurückhaltend und sanft sein, ein Bräutigam der Einsamkeit, und niemand wäre auf die Idee gekommen, dass eine Art Fäulnis den Charakter des jungen Mannes befallen hatte. Mit seinem Äußeren verhielt es sich ganz genauso. An sich von einer Schönheit und Anmut, denen sogar das entsagungsvolle Leben nichts hat anhaben können (blonde Locken, blaue Augen, grazile Hände), findet sich für den Menschenkenner in seinen Augen und vor allem um seinen Mund herum jene Bitterkeit, die ich ihm im Bündnis mit der Lüge und der Zeit eingetrichtert habe. Es bedurfte nur weniger wohlausgesuchter Worte von mir, um das Böse in ihm zu erwecken, am leichtesten dadurch, dass ich ihm weinend eine weitere Gemeinheit der Gräfin unterbreitete, oder aber indem ich Sehnsüchte in ihm ansprach, die mit seinem früheren Leben zu tun hatten. Doch erst auf der letzten Fahrt zu Orendel, von der ich gestern zurückgekehrt bin, entstand in allen seinen Einzelheiten jener Plan, der sich nun, da ich diese Zeilen schreibe, bereits im Gange befindet. Endlich ist Fleisch geworden, was allzu lange bloß als vage Idee in mir geisterte, und es war – was für eine Ironie! – die Gräfin selbst, die mit ihrem Wunsch, Orendel zu sich zu holen, ohne es zu ahnen, ihren eigenen Untergang beschlossen hat. Ich werde sie erledigen. Es wird auf eine Weise geschehen, die schmerzvoller nicht sein könnte.

Mit tiefbetrübter Miene trat ich vor wenigen Tagen in Orendels Klause ein, in meinen Händen einen selbst geschriebenen Brief haltend. Nach dem Augenblick der ersten Freude, mich wiederzusehen, bemerkte er, dass etwas anders war als sonst, und ich übergab ihm den Brief.

»Sofort?« Er öffnete mit zitternder Hand den Brief und las ihn. »Oh, Bilhildis, ist das wahr? Vater ist tot, ermordet von meiner Mutter und ihrem Buhlen?«

Ich deutete auf die Zeile, in der stand, dass Elicia und die ganze Burg daran glauben, jedoch keinen Beweis haben, weil die Gräfin und ihr Buhle die Tat klug geplant und die Spuren verwischt hatten, und dass Elicia nun um ihr Leben fürchtete.

Zu meiner Überraschung sagte er: »Nein. Nein, das kann nicht wahr sein. All die kleinen und größeren Bosheiten meiner Mutter, von denen du mir berichtet hast und die in ihren eigenen Briefen stehen, ja, an die muss ich glauben, und an die Selbstsucht und an den Buhlen und daran, dass sie Vater gehasst hat, ja, all das glaube ich. Ein bisschen kann ich Mutter sogar verstehen. Vater war hart und lieblos, er hat die Menschen schlecht behandelt, auch seine Kinder. Weißt du noch, wie er mich verprügelte, weil ich im Hufeisenwerfen schlechter war als die Kinder anderer edler Familien? Und wie er Elicia auslachte, als sie im Regen vom Fohlen fiel und mit dem Kopf hart auf dem Boden aufschlug? Mutter hat versucht, ihre Traurigkeit zu verbergen, aber ich habe sie ihr angemerkt. Doch dies ... ein Mord ... das schlimmste aller Verbrechen ... und die Art und Weise ... nein, Bilhildis ... Und nun soll sie Elicia ans Leben wollen? Nein, ihr müsst euch irren. Die ganze Burg muss sich irren. Zu so etwas wäre die Frau, die ich gekannt habe, nicht fähig.«

Armer Wicht. Seine Liebesverse hatten ihn verblödet. Wenn er wüsste, wozu Menschen, die wahrhaft lieben, fähig sind. Wenn er wüsste, dass die Lichtgestalt der Liebe, die in das Herz tritt, in ihren Händen unbemerkt eine Saat des Teufels mit sich trägt. Aber wie sollte er solches wissen, da er Jahr um Jahr, Monat um Monat, Tag um Tag in seinem Pferch hockte, allein, und die Welt sich so darstellte, wie er, ein neunzehnjähriger Barde, sie sich wünschte.

Ich würde ihn schon noch überzeugen, sagte ich mir und ging nicht näher auf die Schuld der Gräfin ein. Ich überreichte ihm einen Zettel, auf dem stand, dass ich beschlossen hatte, ihn zu befreien, dass jedoch die Gräfin davon nichts erfahren dürfte.

»Willst du es wirklich wagen, Bilhildis? Du bist eine so herzensgute Frau.«

Ja, dachte ich. Ich und Salome sind herzensgute Frauen, die besten von allen.

Ich schenkte den Bauersleuten alles, was sich in Orendels Pferch im Lauf der Jahre angesammelt hatte, machte ihnen eine Schlusszahlung, die Raimund zu hoch fand, und noch in derselben Stunde meiner Ankunft fuhren wir auf Raimunds Karren Richtung Heimat.

»Sieh, Bilhildis, wie hoch die Vögel am Himmel fliegen … sieh, Bilhildis, wie das Gras wogt … sieh, Bilhildis, ein Herbstwald.«

So ging es unentwegt, und während Orendel nach siebenjähriger Gefangenschaft die Welt wiederentdeckte, feilte ich im Stillen an meinem Plan. Als Raimund und ich einmal ungestört waren, fragte er: »Dir ist doch hoffentlich klar, dass wir ihn loswerden müssen? Wenn die Gräfin je erfährt, was wir die ganzen Jahre getan haben, ist es mit uns vorbei. Also bringen wir es hinter uns, verscharren ihn, und dann sagen wir, er hätte auf der Fahrt ein tödliches Fieber bekommen. Oder noch besser, er wäre wenige Tage vor unserer Ankunft bei den guten, braven Leuten, wo er untergebracht war, tragisch verstorben, von allen beweint. Wie hört sich das an?«

Wie die Achse eines morschen Karrens. Ich gab Raimund mehr als eindeutig zu verstehen, dass, wenn er es wagen sollte, Orendel auch nur anzurühren, sein Schädel die Bekanntschaft mit einem Scheit machen würde und man dann sehen werde, welches Holz härter sei, das des Scheits oder das seines Kopfes.

Er brummte in sich hinein und gab nach. (Ich mache mir wegen Raimund Sorgen, denn ich traue ihm zu, ohne mich zu handeln. Seine Ziele und meine sind anderer Art. Doch immerhin: Solange er an Orendel verdient, ist die Gefahr, dass er sich gegen mich stellt, nicht allzu groß, und vorläufig ist das der Fall, denn Raimund soll für Orendel das Gehöft in Sichtweite der Burg kaufen, es instand setzen und verwalten. Er wird einen guten Schnitt dabei machen, da bin ich mir sicher. Erst wenn Raimund den Braten riecht und den Plan, den ich habe, auch nur ahnt, werde ich ihn nicht mehr kontrollieren können, und das wird früher oder später passieren. Da muss ich mir, was Raimund angeht, noch etwas ausdenken. Von ihm jedenfalls lasse ich mir meine Rache nicht kaputtmachen.)

Wir brachten Orendel also in dem verlassenen Gehöft unter, das ziemlich heruntergekommen ist, jedoch eine nutzbare Kemenate mit zwei Kaminen hat, zwischen denen es sich aushalten lässt. Ich gab ihm zu verstehen, dass ich nach Einbruch der Dunkelheit auf der Burgmauer stehen und eine Fackel schwenken werde, dass er entsprechend antworten solle und dass wir dies zum Zeichen, dass wir aneinander denken, jeden Abend wiederholen wollen. Er war sofort einverstanden. Was auch sonst? Solcher Unfug passiert in seinen Versen andauernd.

»Werde ich bald meine Schwester treffen?«

Ich nickte. Es galt, ihn hinzuhalten.

»Und was meinst du, wie soll es mit mir weitergehen?«

Ich deutete ihm an, dass Elicia sich gewiss für ihn verwenden und seine Einsetzung als Graf verlangen würde.

»Ich glaube, ich möchte nicht Graf werden.«

Und wenn er damit seine Schwester retten könnte, die unter dem Joch des Stiefvaters zu leiden hatte?

»Nun, dann vielleicht schon – für eine Weile.«

Damit habe ich erst einmal Zeit gewonnen, die ich brauche, um mein Vorhaben in die Tat umzusetzen.

Vor einer Stunde, bevor ich dies geschrieben habe, ging ich mit der Gräfin auf die Burgmauer und reichte ihr eine Fackel. Sie schwenkte die Fackel, und siehe da, als wäre ein Stern im fernen Tal aufgegangen, sahen wir ungefähr dort, wo das Gehöft lag, einen hellen Lichtpunkt in der Dunkelheit, so weit entfernt, dass man kaum seine Bewegung bemerkte. Die Gräfin geriet völlig außer sich vor Freude, und ich stand nebendran und versuchte angestrengt, mir das Grinsen zu verkneifen.

»Bilhildis, da ist er, siehst du? Bilhildis, das ist ... nach all den Jahren ... ein Zeichen. Es gibt Orendels Briefe, aber ... zu wissen, dass dieser Lichtpunkt mein Junge ist und dass es ihm gut geht, dass er mich erwartet, wie ich ihn erwarte ... Oh, Bilhildis, ich komme dir sicher albern vor. Oder nicht? Du weißt, wie es ist, an ein fernes Kind zu denken, deine Söhne waren allesamt in der Fremde, im Krieg. Eine Mutter fragt immerzu: Gibt es irgendetwas, das ich hätte tun können, damit das Kind in meiner Nähe wäre statt an Orten, die ich nie gesehen habe? Und bedenke, ich habe tausendmal mehr Grund, mich von dieser Frage quälen zu lassen, da ich es damals war, die Orendel in dieses Abenteuer geschickt hat ... Sieh nur, jetzt hat das Licht sich deutlich bewegt. Er schwenkt die Fackel so wie ich.«

Es war erstaunlich, wie lange die Gräfin sich der Tätigkeit des Fackelschwenkens hingab. Es ist ja nicht so, dass Wörter oder Sätze damit ausgetauscht wurden, und nach einer Weile des Schwenkens hätte die Gräfin es gut sein lassen können. Aber nein, sie hätte vermutlich bis Sonnenaufgang dort auf der Burgmauer gestanden, fackelschwenkend, eine Idiotin der Nacht, wenn ich nicht zu bedenken gegeben hätte, dass der Junge seinen Schlaf brauche.

»Du hast recht«, sagte sie mild lächelnd und fügte nach einer Weile, in der sie mich eingehend betrachtete, hinzu: »Wie gut dein Einfluss ist, Bilhildis, und das seit so vielen Jahren. Ich denke, es ist an der Zeit, dass du und dein Mann Raimund aus der Leibeigenschaft befreit werdet. Mit Agapet war über so etwas grundsätzlich nicht zu sprechen, aber Aistulf denkt anders darüber. Verlass dich auf mich, du wirst bald etwas zurückbekommen von dem, was du uns in all den Jahren gegeben hast.«

Zu spät, dachte ich. Zu wenig und zu spät.

Claire

ICH HABE NIE gewollt, dass es zum Zerwürfnis kommt. Aber vielleicht habe ich es in Kauf genommen.

Es begann mit einer weiteren Zusammenkunft in der großen Halle, die zwar unsinnig groß ist, um dort eine Besprechung zu fünft abzuhalten (zudem auch viel zu kalt), aber von Baldur anscheinend für so etwas wie neutraler und rechtsfreier Boden gehalten wird, auf dem er sich gebärden darf, wie es ihm beliebt. Und so trafen Aistulf, Baldur, Elicia und ich uns in der Halle. Der Vikar kam ebenfalls, verhielt sich jedoch wie ein Schatten, der zwar anwesend, nicht jedoch ansprechbar war.

Es ging zunächst um die Beseitigung der Flutschäden, und Aistulf erwähnte in diesem Zusammenhang, dass er plane, die Sümpfe trockenzulegen, dadurch neues Ackerland zu gewinnen und zugleich die Gesundheit der Bauern zu verbessern. Baldur hatte – freundlicherweise – nichts dagegen, dass unsere Bauern ein wenig länger leben und größere Ernteerträge einfahren, aber er war auch nicht gerade der Fahnenträger der Idee. Die Angelegenheit erpichte ihn wenig, er verharrte in leidenschaftslosem Schweigen – bis die Sprache auf das Geld kam, das die Maßnahmen zunächst kosten würden. Aistulf erläuterte, dass wir nicht über die entsprechenden Reserven verfügten, um ein Vorhaben zur Landgewinnung umzusetzen, und dass er sich ungern so viel Geld leihen wolle, weshalb wir die Zahl unserer Waffenträger halbieren müssten. Plötzlich war es, als habe jemand bei Baldur einen Hebel betätigt, der aus einem starren, aus Holz gefertigten Apparat, von dem man nicht recht weiß, wofür es ihn gibt, ein Katapult macht. Baldur schleuderte Aistulf sein »Nein« entgegen.

»Das wird niemals geschehen. Wir brauchen unsere Waffenträger. Sie sind unser Schutz.«

»Vor wem?«

»Vor unseren Feinden. Vor den Ungarn, zum Beispiel. Sie können jederzeit in Schwaben einfallen. Das haben sie schon oft getan.«

»Vielleicht sollten wir anfangen, mit ihnen zu verhandeln.«

Dieses letzte Wort hatte auf Baldur eine ähnliche Wirkung, wie Maden sie auf Menschen haben. »Verhandeln«, rief er. »Ich habe in meinem ganzen Leben noch nie verhandelt.«

Aistulf erwiderte ruhig, jedoch mit ironischem Unterton: »Daran wird es wohl liegen, dass ich nicht zuvorderst an dich als Parlamentär gedacht habe.«

»Noch keiner hat mit den Ungarn verhandelt. Wir wären die Ersten und Einzigen.«

»Noah war auch der Erste und Einzige, der inmitten von Hügeln und Weiden ein Schiff baute. Das Ergebnis ist bekannt. Wenn alle darauf warten würden, dass ein anderer ein Beispiel schafft, würde nie etwas vorangehen. Im Übrigen höre ich, dass der neue König Konrad sehr gerne mit den Ungarn ins Gespräch kommen würde, nur fehlt es ihm an Unterstützung der Herzöge.«

»Mit Ungarn kann man nicht reden.«

»Weil sie weder Ohren noch Münder haben?«

»Weil sie nur an eines denken: Krieg und Zerstörung.«

»Falls das zutrifft, wären sie damit nicht allein auf der Welt, wie mir scheint.«

»Du kannst noch so lange schlau daherreden und kommst trotzdem nicht daran vorbei, dass es die Ungarn waren, die mit den Überfällen angefangen haben.«

»Schuldfragen sind wie Strudel, sie bewegen sich im Kreis und ziehen alles mit sich in die Tiefe. Ich habe nicht die Absicht, eine historische Abhandlung über die Ursache der Heidenkriege am Übergang des neunten zum zehnten Jahrhundert nach der Geburt des Heilands zu verfassen. Ich habe die Absicht, Ackerland zu erschließen, die Mückenplage loszuwerden, die Zahl der Pächter zu verdoppeln, damit das Steueraufkommen zu erhöhen und dadurch wiederum das Fundament eines breiten Wohlstands zu legen, der sowohl der Burg, den Pächtern, der Grafschaft, dem Herzogtum und dem Reich zugutekommt. Wenn der Preis dafür ist, die Frage der Schuld an den Kriegen in die Zukunft zu verlagern, so bin ich bereit, ihn zu zahlen.«

»Das ist würdelos.«

»Der Hunger, den unsere Bauern leiden, ist würdelos. Hast du dir je die Zumutung auferlegt, im Winter ins Tal hinabzusteigen und den Kindern ins Gesicht zu sehen?«

»Ich war im Tal, schon vergessen? Ich habe den Damm gebaut.«

»Seite an Seite haben wir ihn gebaut, und ich habe dir für deine gute Arbeit gedankt. Mit der Flut sind wir fertiggeworden. Nun möchte ich, dass wir mit dem Hunger fertigwerden.«

»Du kümmerst dich um den Hunger, und ich kümmere mich um die Ungarn. Im Mai gehe ich auf Feldzug, so wie in den letzten Jahren. In diesem Jahr machen wir den heidnischen Hunden den Garaus.«

»Das ist dein gutes Recht, du bist ein freier Mann. Meinetwegen kannst du bis nach Jerusalem marschieren. Aber nicht mit meinem Geld, sprich, mit meinen Männern.«

»Es sind meine Männer.«

»Dann bezahle sie. Aber das kannst du nicht, weil du nichts hast. Also sind es meine Männer, und ich verringere ihre Zahl auf die Hälfte, und die Entlassenen sollen sich entweder in den Dienst eines anderen Kriegsherrn stellen oder auf den neuen Feldern im Tal arbeiten. Die meisten von ihnen werden sich für Letzteres entscheiden, weil sie ohnehin aus dem Tal stammen. Keiner geht gerne in den Krieg, wenn er die Wahl hat.«

»Ich schon.«

»Ich bitte um Entschuldigung, für einen kurzen Moment hatte ich vergessen, mit wem ich dieses Streitgespräch führe. Daher berichtige ich mich: Fast keiner geht gerne in den Krieg.«

»Die Männer da draußen auf den Mauern stehen auf meiner Seite, du wirst schon sehen.«

»Das klingt wie eine Drohung.«

»Jetzt ist es an mir, um Entschuldigung zu bitten: Es sollte nicht wie eine Drohung klingen – es sollte eine Drohung sein.«

»Dann lässt du mir keine Wahl. Ich entlasse dich hiermit als Hauptmann der Wache und entziehe dir jegliches Kommando. Als Familienmitglied bleibt es dir selbstverständlich gestattet, weiter auf der Burg zu leben, aber du wirst kein Salär mehr erhalten. Die Besprechung ist für dich beendet. Guten Tag, Baldur.«

Nach diesem Eklat war nichts mehr wie vorher. Baldur ging, nach einem Augenblick der Verblüffung, wütend von dannen, und obwohl Aistulf ausdrücklich nicht Elicia angesprochen hatte, entschloss sie sich dazu, sich angesprochen zu fühlen, und verließ ebenfalls die Halle. Der Medusenblick, den sie mir dabei zuwarf, ließ mein Blut für eine Weile gefrieren.

Was in den nächsten zwei Tagen passierte, hatten wohl weder Aistulf noch ich vorausgesehen, nein, noch nicht einmal für möglich gehalten. Baldur propagierte in der Burg gegen Aistulf, nannte ihn einen Usurpator, einen des schlimmsten Verbrechens Verdächtigen, einen Heidenfreund. Er versuchte, die Leute aufzuwiegeln und auf seine Seite zu ziehen. Er ging auf die Burgmauern, in die Küche, in die Schlafsäle der Waffenträger, und es würde mich nicht überraschen, wenn er in der Latrine auf jene eingeredet hätte, die ihre Notdurft dort verrichten. Daran gemessen, mit welcher Wucht er versucht hat, Aistulf schlechtzumachen, war sein Erfolg bescheiden: Es stellten sich zwölf von vierzig Waffenträgern hinter ihn, das Gesinde hielt sich heraus. Doch Zahlen sind hier kein guter Maßstab. Die Stimmung in der Burg ist vergiftet, und meine Tochter hat sich an einen Ort begeben, an dem ich sie nicht mehr erreiche, an den Ort der Unversöhnlichkeit. Ich weiß nicht, inwieweit das, was Baldur tut, ihre Billigung findet, ich weiß nur, dass ich seit Tagen versuche, mit Elicia ins Gespräch zu kommen, doch sie weist mich immer wieder an ihrer Tür ab, als wäre ich eine lästige Bettlerin. Und ich – ich bin nicht willens genug, mich nicht abweisen zu lassen. Ja, ich lasse mich widerstandslos fortschicken, und es regt mich kaum auf. Ich kann nicht genau sagen, warum. Gewiss gäbe es Gründe, viele sogar.

Ein Grund könnte sein, dass ich immer schon versucht habe, allem, was geschieht, Verständnis entgegenzubringen, auch und gerade, wenn es sich gegen mich oder meine Interessen richtet. Man kann nicht gut mit mir streiten, darüber haben sich vor dreißig Jahren schon meine Geschwister beklagt. Elicia verabscheut Aistulf, den Mann, den ich liebe. Und wenn schon. Ich wiederum kann Baldur nicht leiden. Er hat alle Fehler Agapets, ohne dessen wenige Vorzüge zu haben. (Deshalb glaube ich Baldur, wenn er sagt, dass Agapet ihn an Sohnes statt annehmen wollte; Agapet hat in ihm jemanden von seinem Schlag gesehen, der ihm dennoch nicht das Wasser reichen konnte. Väter sind eitel. Sie sagen immer, dass ihre Söhne so werden sollen wie sie, und das meinen sie auch – insgeheim hoffen sie aber, dass die Söhne nicht genauso stark werden wie sie, und schon gar nicht stärker. So jemanden hat Agapet in Baldur gesehen.) Wenn Elicia also unbedingt darauf besteht, in Aistulf einen grässlichen Menschen zu sehen, kann ich das in Kauf nehmen, und dass sie gerne Gräfin werden möchte, finde ich verständlich. Habe ich nicht immer schon Elicias Launen erduldet, ihre Eigenheiten einschließlich der Anbetung ihres Vaters verziehen? Habe ich nicht immer schon fast widerspruchslos hingenommen, dass Elicia – wie sage ich es? – lieber in Vorstellungswelten lebte als in der Welt, die sie morgens beim Aufwachen vorfand? Habe ich je etwas dagegen unternommen? Habe ich um Elicia gefochten? Nein, ich dachte immer, das gibt sich schon, irgendwann werden wir uns sehr nahe sein, wir werden einander mögen und beste Mutter und beste Tochter sein, der Tag wird kommen. Er ist nie gekommen. Er ist ferner denn je. Es gibt ihn vermutlich gar nicht, so wie es das Elysium nicht gibt. Insofern habe auch ich in einer Vorstellungswelt gelebt, und nun merke ich, dass es zu spät ist und dass ein Gutteil Schuld daran auf meinen Schultern liegt. Vielleicht ist das der Grund meiner heutigen Zaghaftigkeit, wenn es darum geht, Elicia davon zu überzeugen, dass ich weniger schlimm bin, als sie denkt: dass ich sie nur allzu gut verstehe und dass nicht alles falsch ist, was sie mir vorwirft.

So gesehen ist es ein bitterer Spott und eine boshafte

Lust des Schicksals, dass ausgerechnet zu dem Zeitpunkt, als die Tochter mir abhandenkommt und sich im gegenüberliegenden Flügel der Burg verschanzt, der allzu lange entbehrte Sohn zurückkehrt, jener Junge, auf den Elicia stets ein wenig eifersüchtig war. Gewiss ist Orendel eine der Ursachen der Entfremdung zwischen Elicia und mir. Orendel, ein zunächst kränkliches Kind, erforderte den Großteil meiner Sorge, und später, als er mit fünf, sechs Jahren die körperlichen Schwächen überwunden hatte, wurde er durch seine Verse und Lieder zum Liebling der Burg (was Agapet missfiel, da Männer, auch wenn sie erst zwölf sind, in seinen Augen nicht beliebt, sondern gefürchtet sein müssen). Als Orendel fort war, war seine Abwesenheit wie ein Schleier, durch den hindurch ich auf die getrübte Welt blickte, und wieder stand nicht Elicia, sondern Orendel im Fokus meiner Gedanken. Kinder spüren so etwas. Elicia hat sich nie bei mir darüber beklagt, und ich habe auch von niemandem gehört, dass sie sich bei anderen darüber beklagte – auch bei Agapet nicht –, doch ich fürchte, dass sie tief in sich die Gewissheit vergraben hat, für allezeit in der zweiten Reihe zu stehen. Daher ist es besonders tragisch, dass dies nun wieder einmal zuzutreffen scheint. Ich habe wirklich versucht, mich Elicias und Baldurs Streit mit Aistulf zu widmen, doch angesichts der von mir sehnlich erwarteten Rückkehr Orendels verblasste alles andere zu törichtem Spuk. Ein Fackelzeichen meines Sohnes bei Nacht genügte, um das Zerwürfnis mit Elicia mehr als auszugleichen. Ich brauche die Liebe in meinem Leben, aber ich habe nicht mehr die Kraft, ihr hinterherzulaufen. Ich bin darauf angewiesen, dass sie zu mir kommt, um meine Liebe zu empfangen, so wie Aistulfs Liebe es getan hat, so wie die Liebe des Kindes, das ich in mir trage, es jeden Tag tut, und so wie Orendels Liebe es bald tun wird. Das mag Elicia gegenüber grausam sein. Aber wenn es doch wahr ist!

Das Symbol meiner Verbindung zu Elicia war stets, dass ich in ihren Augen meine Mutterschaft erkennen konnte, nicht anhand irgendwelcher Ähnlichkeiten, sondern allein durch die Art, wie sie mich ansah. In diesen Augen lag – sogar im Streit – immer auch eine Ahnung von Liebe. Als Elicia mir jedoch nach dem Streit in der Halle diesen bösesten aller Blicke zuwarf, zerbrach etwas in mir, ein Teil meiner Mutterschaft. Sie ist nach wie vor mein Kind, ich wünsche ihr nur das Allerbeste. Ich habe sie immer beschützt, so gut ich konnte, und ich beschütze sie weiterhin, so gut ich kann. Doch ich will Aistulf, den besten aller Männer, nicht für sie opfern.

Und was, wenn sie mich zu wählen zwingt? Es würde der schrecklichste Tag auf Erden werden.

Elicia

MIR ZU SAGEN, es sei meine Mutter, sie habe mich geboren, man müsste sich doch irgendwie wieder zusammenfinden können, das ist, wie von einer Erwachsenen zu verlangen, in den Schoß zurückzukriechen. Ich bin nicht mehr ihr Kind, nicht in dem Sinn jedenfalls, dass sie nach Belieben Honig geben und Strafe verhängen kann. Nun gut, es ist ihr neuer Mann, der das tut, aber sie steht daneben und sagt kein Wort. Ihr ganzes Wesen ist voller Liebe für Aistulf, sie hat sich regelrecht besoffen an dieser Liebe, und nun ist ihr Blick auf das Geschehen um sie herum verzerrt. Ihre Handlungen und Unterlassungen sind von Sinnestrübung bestimmt, allerdings bei gleichzeitiger Lust an der Wahrheit. Ja, ich glaube tatsächlich, dass die Frau, die sich meine Mutter nennt, auszuleben beginnt, was sie all die Jahre in sich verschlossen hielt. Dazu gehört, ihrem Geliebten die Welt zu Füßen zu legen, und dazu gehört genauso, mich beiseitezudrängen. Vielleicht ist sie sich darüber nicht im Klaren: Ich stand ihr stets im Weg. Ich war die erste Frucht einer Verbindung, die sie jeden Tag aufs Neue bereute, und vielleicht hatte sie in den ersten Jahren der Ehe mit Vater die heimliche, sogar vor sich selbst verborgene Hoffnung, ich möge plötzlich sterben, sodass Gott selbst sein gleichlautendes Urteil über die glücklose Ehe gesprochen haben würde. Sie wollte immer schon einer Meinung mit Gott sein. Und sie wollte glücklich sein. Beides macht aus Menschen Tyrannen.

Daher ist es wohlfeil, mich zur Versöhnung zu drängen. Meine drei F waren die Ersten, die nach dem großen Zerwürfnis zu mir kamen. Sie gebärdeten sich gleichermaßen als Klageweiber und Prophetinnen. Zuerst bejammerten sie die zerbrochene Beziehung zwischen Mutter und Tochter und flehten mich an, den ersten Schritt zur Beilegung des Streits zu tun. Und als ich das ablehnte, verkündeten sie düster, dass das kein gutes Ende nehmen würde. Seither haben sie ein neues Lied: *Vorwurf erhebt sich rasch gegen Vorwurf, gefährlich wächst die Vergeltung, zorngemischt.* Ich nehme das nicht allzu ernst; sie sind harmoniebedürftig und tragödiengeküsst, seit ihre Verlobten, Bilhildis' Söhne, in den Kriegen gestorben sind. In jedem nahenden Gewitter sehen sie den aufziehenden Untergang, und in der Nacht, als die Flut am höchsten stand, waren sie diejenigen, die in der Kapelle am eifrigsten sangen. Ich hörte ihre Stimmen aus dem Chor heraus bis zu mir in mein Gemach, in dem ich Malvin liebte.

Mein Wohlwollen für Baldurs schwertrasselndes Gehabe bei der Besprechung war sehr begrenzt. Ich kann mich erinnern, dass mich dergleichen vor fünf Jahren beeindruckt hätte, als ich noch nicht erkannt hatte – oder als mir nicht wichtig gewesen war –, dass er nichts im Kopf hatte. Ich war damals siebzehn, ein Alter, in dem Muskeln, Brusthaare und ein markantes Lächeln die Welt bedeuten und die Zukunft etwas Ähnliches ist wie ein fernes Land: Man weiß, es existiert, aber es spielt überhaupt keine Rolle. Darüber, dass Baldur eines Tages Graf werden sollte, machte ich mir keinerlei Gedanken, zumal mein Vater mir unsterblich schien. Die Tuniken, die ich nähte, nähte ich für meinen Vater, nicht für Baldur. Heute ist Baldurs Anspruch auf den Grafentitel unsere einzige Gemeinsamkeit. Gerade deshalb verstand ich nicht, wie er uns mit seinem Verhalten derart schaden konnte. Daher stellte ich ihn zur Rede – und wurde von ihm verblüfft. Was wirklich nicht oft vorkommt.

»Von jetzt an ist alles, was Aistulf tut oder lässt, allein seine Verantwortung. Wie er seine Truppe einsetzt, wofür er das Geld ausgibt, ob er lieber Sümpfe trockenlegt oder Rüstungen schmieden lässt – er entscheidet.«

»Weißt du eigentlich, was uns dein kindischer Stolz kostet? Nur damit du Aistulfs Entscheidungen nicht mittragen musst, hast du uns auf den Status von Gästen degradiert.«

»Das sind wir jetzt tatsächlich.«

»Oh, das hast du schon gemerkt? Entschuldige bitte, ich hatte kurzzeitig vergessen, dass du eine schnelle Auffassungsgabe hast.«

»Die habe ich tatsächlich. Die braucht man in der Schlacht.«

Ich raufte mir die Haare. »Und was hast du dir gedacht, wie es weitergehen soll?«, rief ich, fest davon überzeugt, dass er nicht die geringste Vorstellung hatte.

»Manchmal«, sagte er, »kann man die Tore einer Festung nicht aufbrechen. Sie sind zu gut befestigt, oder die Bogenschützen machen einem zu schaffen ...«

»Was du nicht sagst. Ich hatte schon immer einmal die Taktiken der Festungseroberung mit dir erläutern wollen, und das ist genau der richtige Moment dafür.«

»Dann«, fuhr er unbeirrt fort, »muss man sich auf eine langwierige, im Winter ungemütliche Belagerung vor den Mauern einstellen. Man schläft in Zelten, man friert, die Nässe steigt in den Stiefeln auf, die Waffen rosten ...«

»Sprechen wir noch über dieselbe Angelegenheit, oder bilde ich mir diese Unterhaltung am Ende nur ein?«

»Aber all das erträgt man in dem Wissen, dass man im

Frühling sein Ziel erreicht haben, die weiße Fahne des Feindes steigen und die Zugbrücke vor sich sinken sehen wird.«

Seine Angewohnheit, in Kriegsmetaphern zu reden, war mir immer schon lästig. »Und das bedeutet was, wenn man es in eine zivile – oder sollte ich sagen, zivilisierte – Sprache übersetzt?«

»Dass wir uns damit abfinden müssen, im Moment nicht Herr der Geschehnisse zu sein, auch wenn uns das nicht passt.«

»Und um diese Erkenntnis zu erlangen, musstest du dir sämtliche Weisheiten eines Veteranen in Erinnerung rufen? Das darf doch nicht wahr sein.«

»Elicia, es geht darum, dass Aistulf sich nicht mehr auf meine Unterstützung berufen kann, wenn er seine Entscheidungen trifft.«

»Und was ist daran so großartig?«

»Dass er die falschen Entscheidungen trifft.«

»Das ist eine Frage der Sichtweise.«

»Und welche Sichtweise entscheidet letztendlich? Die des Herzogs. Burchard schickt seit Jahren ein Heer nach dem anderen in den Krieg, und nun kommt Aistulf daher und stellt ihm keine Truppe mehr oder nur noch eine kleine. Ein Graf kann wie jeder andere sein Geld nur ein Mal ausgeben, entweder hierfür oder dafür, entweder für den Krieg gegen die Mücken oder für den Krieg gegen die Ungarn. Nein, Elicia, das geht für Aistulf nicht gut aus, und dann bin ich da, der im Kampf Erprobte, der Heidentöter.«

Baldurs selbst verliehene Adelstitel aus dem Reich des Krieges waren prahlerisch. Aber ich musste zugeben, dass er gar nicht so falschlag, was seine Einschätzung des Herzogs anging. Und sein merkwürdiger Plan war, soweit ich es beurteilen konnte, nicht ohne Aussicht auf Erfolg. Der

Herzog würde gewiss versuchen, Einfluss zu nehmen, und sich dafür auch Malvins bedienen.

Malvin: Unsere heimlichen Zusammenkünfte finden fast täglich statt, nun, wo Baldur mit seiner vielen Zeit glücklicherweise nichts anderes anzufangen weiß, als von morgens bis abends auszureiten oder auf Jagd zu gehen. Ich habe keine Ahnung, was genau er auf seinen Ausritten tut, meinetwegen kann er alle Wildschweine Schwabens erledigen oder sonst etwas mit ihnen machen, die Hauptsache ist, Malvin und ich können zusammen sein. Auch anderweitig werden wir nicht gestört. Ich bin innerhalb der Burg weitgehend abgeschnitten, und außer Bilhildis, die mich ein Mal am Tag besucht, und den drei F habe ich keine Getreuen. Diese Sonderung, das Fernbleiben von aller Geschäftigkeit der Burg, gehört zu Baldurs Plan.

Mein Plan heißt Malvin. Und dafür verabscheue ich mich. Malvin sollte nur das für mich sein: der Mann, den ich liebe. Doch wie schaffe ich es, den von mir geliebten Mann von dem anderen Mann gleichen Namens zu trennen, der den Mörder meines Vaters jagt und der meines Vaters Willen mit mir gemeinsam vollstreckt? Als ich Malvin erzählte, dass jemand in mein Gemach eingedrungen und drauf und dran gewesen war, mich umzubringen, tat mir seine ehrliche Sorge um mein Leben unsagbar gut, und ich war glücklich, weil er sich an mich hängte und sein Befinden mit dem meinen verknüpfte. Zugleich – und das fand ich grässlich – schwang in meinem Hinterkopf auch immer mit, dass mir dieses misslungene Attentat durchaus nutzte, wenn es darum ging, Malvin gegen Aistulf einzunehmen. Ich will Malvin nicht beeinflussen, das würde mir wie eine Verschmutzung dessen vorkommen, was wir füreinander empfinden. Doch ich komme nicht umhin, auf Malvin sehr weltliche Hoffnungen zu setzen, die ihm nicht entgehen. Und so kreisen, wenn wir uns zärtlich lieben, immer auch die zwei Fragen um unsere Leiber, ob er Aistulf davonkommen lässt und ob ich ihm das würde verzeihen können. So hat uns schließlich doch noch die Zukunft eingeholt, der wir anfangs so wunderbar entkamen.

In den vergangenen Stunden jedoch ist die Welt noch einmal eine andere geworden. Ich bin zwei Dingen auf die Spur gekommen, die mich seit einiger Zeit beunruhigen, ohne dass ich sie näher hätte beschreiben können. Die eine Erkenntnis betrifft diese seltsame Erinnerung an die fensterlose Kammer, in der ich meinen Vater stehen sehe. Ich nenne dieses Bild Erinnerung, nicht Traum, obwohl ich es zum ersten Mal während des Halbschlafs vor einigen Wochen sah. Seither sah ich es wiederholt vor mir, manchmal auch am Tage, während ich mich mit gewöhnlichen Tätigkeiten wie dem Weben beschäftigte. Wieder und wieder blitzte dieses Bild auf, und ich fragte mich, warum. Das ließ mir eine Zeit lang keine Ruhe, bis ich den Gedanken wieder vergaß. Meistens dauerte es nicht lange, und erneut kam mir diese Kammer in den Sinn. Ich wurde sie einfach nicht mehr los. Und heute Morgen nach dem Aufwachen wusste ich plötzlich, was es mit ihr auf sich hatte, dass sie kein Hirngespinst ist, nein, dass es diese Kammer in unserer Burg gibt und dass ihre Lage den Mord an meinem Vater in ein neues Licht rücken wird.

Die zweite Erkenntnis betrifft Malvin. Seit heute ist er nicht nur mein Liebhaber, mein innig Geliebter, er wird nicht nur der Rächer meines Vaters sein, sondern auch der Vater meines Kindes.

Ich bin guter Hoffnung. Ich spürte eine Veränderung meines Körpers schon vor Tagen, aber erst seit heute bin ich mir sicher. Ich wünschte, Malvin würde der Erste sein, dem ich es erzähle, aber vorhin sprach ich mit Bilhildis darüber. Sie glaubte, dass der Mann, den sie mir geschickt hat, der Vater sei, und da musste ich ihr die Wahrheit sagen. Wenn ich jemandem vertraue, dann ihr.

Was wird Malvin sagen? Und was wird dieses Kind aus uns machen? Wie wird Baldur reagieren? Obwohl er nicht ahnen kann, dass das Kind nicht von ihm ist, kommt es mir so vor, als wäre mein Geheimnis für alle offensichtlich, sogar für meinen Mann, der von sich selbst über alle Maßen überzeugt ist. Ich habe nicht die geringste Ahnung, was das, was derzeit in mir heranwächst, aus Malvin, Baldur und mir machen wird. Mein Glück könnte nicht größer sein und meine Verwirrung auch nicht. Ich weiß, ich muss vorsichtig sein. Zugleich möchte ich mich Malvin in die Arme werfen – im Angesicht der Welt. Es ist die Eigenart jeder Liebe, bis zum Letzten um ihr Überleben zu kämpfen, mit allen Mitteln.

Malvin

ELICIA FÜHRTE MICH zu einem Geheimgemach. Sie machte es, dem Anlass entsprechend, spannend, indem sie mir vorher nicht sagte, wo dieses fragliche Gemach lag. Ihrem Gesicht nach zu urteilen, machte ihr der kleine Ausflug in die Eingeweide der Burg großen Spaß, so als sei es ein Spiel. Natürlich war ich klug genug, um zu wissen, dass Elicia klug genug war, um zu wissen, dass dies alles andere als ein Spiel war und dass sie dabei war, mir einen – vielleicht den entscheidenden – Hinweis zur Aufklärung des Mordes an ihrem Vater zu liefern. Daher nahm ich ihr die kindliche Unbefangenheit, die sie an den Tag legte, nur zum Teil ab.

Zunächst betraten wir Agapets Gemach. Ich war oft in diesem Gemach gewesen, immer auf der Suche nach Agapets Korrespondenz oder irgendetwas Verdächtigem, und ich bin auch mehrmals von dort nach nebenan in den Vorraum zum Bad und ins Bad gegangen, wo ich den Ort des Verbrechens genau untersuchte. Und doch war ich jedes Mal an jenem Einstieg vorbeigegangen, der einen Teil des Rätsels löste. Als Elicia im Vorraum eine der beiden Truhen öffnete, mich vielsagend ansah und schließlich aufforderte, einen Blick hineinzuwerfen, dachte ich, jetzt habe sie den Verstand verloren. Denn da war nichts zu sehen, nichts als eine leere Truhe, die wenig größer als ein Kindersarg war.

»Was soll das?«, fragte ich verunsichert lachend. »Machst du dich über meine Arbeit lustig?«

Sie zeigte eine lustvolle Verschwörermiene, beugte sich über die Truhe und drückte mit beiden Händen auf deren Boden, was, gelinde gesagt, wirklich nicht ganz normal aussah. Doch dann klappte der Boden nach unten auf, und es stellte sich heraus, dass der Truhenboden die Tür zu einer dunklen Welt war. Eine Leiter führte nach unten. Nach einem bewundernden Nicken zu meiner Geliebten sowie deren damenhafter Verbeugung ging ich mit einer Fackel voraus. Elicia folgte mir.

Man konnte sich nicht verlaufen. Vom Fuß der Leiter führte ein einziger Weg weiter, der Gang war schmal und nicht höher als ein halbwüchsiger Knabe. Die bedrückende Enge war nur deshalb erträglich, weil der Gang lediglich zehn Schritte lang war. Als sich eine Tür vor mir auftat, war das in mehrfacher Hinsicht wie eine Verheißung für mich. Ich sehnte mich danach, mich aufzurichten und tief durchzuatmen, und ich sehnte mich nach der Antwort auf viele Fragen.

Ich wurde nicht enttäuscht. Hinter der Tür, die sich auf einen Stoß hin lautlos öffnete, tat sich ein in Dunkelheit liegendes Gemach vor mir auf. Es war ungefähr vier mal fünf Schritte groß, ohne Fenster. Die Frischluft kam durch drei faustgroße Löcher im Mauerwerk, die – wie ich nach einem Blick feststellte – schätzungsweise zwei Armeslängen lang waren und ins Freie führten. Im Geiste rekonstruierte ich rasch die Lage des Gemachs. Es musste unterhalb des Bades, also an der nördlichen Außenmauer liegen, die mit dem Fels abschließt und steil und tief ins Tal abfällt.

Die Ausstattung war karg. Ein Drittel des Geheimgemachs wurde vom Schlaflager eingenommen: fünfzehn oder gar an die zwanzig weiche Felle von Bären und Wisenten übereinandergestapelt, Entenfederkissen und Schafwollwebdecken. Gleich daneben ein kleiner Kamin mit Rauchabzug, auf dem Boden Ziegenhäute, Kaninchenfelle und Stroh. An der Wand die Halterungen für zwei Fackeln. In der Ecke ein kleiner Tisch, zwei Schemel. Auf dem Tisch eine Karaffe, darin altes Bier, daneben zwei Tonbecher, drei Öllampen, ein alter, rostiger Helm und eine recht große Holzschatulle, grobes Schnitzwerk, nicht kostbar. Darin Korrespondenz …

Endlich, endlich war ich einen Schritt weitergekommen, und zwar einen großen. Das spürte ich, das ahnte ich. Ohne eine einzige Zeile der Korrespondenz gelesen zu haben, war mir klar, dass ich darin etwas entdecken würde, das wichtig für meine Arbeit war. Dieses Gemach war der Durchbruch.

Ich wandte mich zu Elicia, um ihr zu danken – und da erst bemerkte ich, dass sie zusammengesunken war und luftknapp auf dem Boden saß.

»Allmächtiger Gott«, rief ich. »Was ist mit dir, Elicia?«

»Ich weiß nicht … Es ist … Mit war plötzlich schwarz vor Augen, und ich hatte ein beklemmendes Gefühl.«

»Das hat mit dem engen Gang und diesem merkwürdigen Raum zu tun. Er ist irgendwie bedrückend, wie eine Gruft, nicht wahr? Komm, ich helfe dir wieder auf die Beine. Geht es dir jetzt besser?«

»Ja, ein wenig besser. Ich will mich aber auf das Lager setzen.«

Eine kleine Weile saßen wir einfach nur, ohne zu reden, nebeneinander. Ich hielt ihre Hände.

»Möchtest du, dass ich dich hier herausbringe?«

»Nein, ich möchte, dass du endlich an die Arbeit gehst und nicht bei mir hockst wie ein junges, betrübtes Hündchen. Ich komme sehr gut zurecht.«

Ich lächelte. »Wenn du so redest, merke ich, dass du von

einer derben Amme aufgezogen wurdest und nicht von deiner feinsinnigen Mutter.«

»Oh, sprich bitte nicht von meiner Mutter, das kann ich im Augenblick gar nicht vertragen.«

Ich ließ Elicia also in Ruhe und begab mich zurück an den Tisch, wo ich die Briefe zur Hand nahm und sie zu lesen begann, einen nach dem anderen. Es waren ihrer sieben. Als ich die Lektüre des letzten Briefes abgeschlossen hatte, fragte ich Elicia, woher sie von dem Geheimgemach wusste. Ich las weiter, während sie antwortete.

»Im Grunde kann man nicht sagen, dass ich hiervon *wusste«,* antwortete sie nachdenklich. »Die Erinnerung an diesen Raum drängte sich mir geradezu auf, und zuerst begriff ich nicht, dass es eine Erinnerung war. Aber dann kam Bild auf Bild hinzu, und schließlich … Alles sehr undeutlich, aber immerhin. Ich war noch ein kleines Mädchen, ungefähr vier oder fünf Jahre alt, da versteckte ich mich in Vaters Kemenate. Er kam herein und ging schnurstracks in den Vorraum des Bades, also schlich ich hinter ihm her und sah, dass er in die Truhe stieg. Es muss wohl ein beeindruckendes Erlebnis gewesen sein für das Mädchen, das ich damals war, als der Vater in eine kleine Truhe stieg und nicht mehr herauskam, und vor allem, dass er, als das Mädchen in die Truhe hineinsah, sich nicht dort befand. Ich muss wohl herausbekommen haben, dass der Boden sich nach unten aufklappen ließ. Das Nächste, woran ich mich erinnere, ist, dass ich Vater in diesem Raum überraschte. Er lachte, nahm mich in die Arme und nannte mich sein freches, neugieriges Mädchen. Ich weiß noch, dass ich auf seinem Schoß saß, wo er mich kitzelte, und dass ich auf dem Lager aus weichen Fellen herumtobte. Ich meine auch, dass er mir, bevor wir gingen, das Versprechen abnahm, mit niemandem über das Geheimversteck zu sprechen. Ich hatte das alles völlig vergessen, bis zu diesen seltsamen Erinnerungen im Halbschlaf. Es ist ein großer Zufall, dass mir das alles jetzt, wo es dir von Nutzen sein kann, wieder einfällt.«

Ich widersprach ihr nicht, obwohl ich ihr das Wort vom Zufall nicht abnahm. Nicht, dass Elicia log, nein, das in keinem Fall. Doch ist es zufällig, dass Elicia sich an das Geheimgemach erinnert, ausgerechnet zu einem Zeitpunkt, als es für meine Ermittlungen wichtig wird? Und vor allem: Ist es zufällig, dass diese neue Entdeckung allem Anschein nach die Gräfin und ihren neuen Gemahl Aistulf auf das Schwerste belastet? Denn die Existenz dieses Gemachs ist die Antwort auf die wohl wichtigste Frage: Wie hätte irgendjemand anderer als die Ungarin den Mord begehen sollen, da doch der Diener Raimund bezeugte, dass sich weder im gräflichen Gemach noch im Vorraum, im Bad oder im Kesselraum eine Person aufgehalten hat? Das wäre schlechterdings unmöglich gewesen, es sei denn, man hätte Raimund der Tat verdächtigt, wofür es jedoch nicht den geringsten Anhaltspunkt gab. Die Entdeckung des Geheimgemachs jedoch stellte alle bisherigen Überlegungen auf den Kopf.

»Für mich ergibt sich folgendes Bild«, sagte Elicia. »Der Mörder verbarg sich einige Zeit vor dem Eintreffen meines Vaters und Raimunds in diesem Geheimgemach oder im engen Gang. Du hast mir erzählt, dass Raimund, nachdem er meinen Vater ausgekleidet und ins Bad geleitet hatte, die Tür zwischen Vorraum und Bad hinter sich schloss. Die Ungarin war noch nicht gebracht worden. Als der Mörder hörte, dass es im Bad still geworden war, erkannte er den richtigen Moment. Er stieg die Leiter hoch, kroch aus der Truhe in den Vorraum, ging ins Bad, überraschte meinen Vater, tötete ihn und verschwand wieder durch die Truhe ins Geheimgemach, wo er blieb, bis er meine Schreie hörte. Vermutlich hat er zu der Zeit bereits sein Versteck verlassen, denn während ich alle Aufmerksamkeit auf mich zog, konnte er entwischen, seine nasse Kleidung wechseln und so weiter und so weiter.«

»Von deinem Eintreffen im Bad konnte er nichts wissen.«

»Jeder, der meinen Vater tot aufgefunden hätte, wäre als Allererstes in den Hof gerannt, um Alarm zu schlagen. An diesem Abend standen nirgendwo Wachen, die ganze Burg feierte. Er hätte jede Gelegenheit gehabt, zu entwischen.«

»Und wie hätte der besagte Mörder wissen können, dass dein Vater ein Bad nehmen würde?«

»Er hat gehört, wie mein Vater anordnete, das Bad vorzubereiten.«

»Und falls dein Vater kein Bad hätte nehmen wollen?«

»Auf das Bad kommt es nicht an, Malvin. Der Mörder hätte sein Versteck auch nutzen können, um meinen Vater im Schlaf zu ermorden. Seine größte Schwierigkeit bestand nicht darin, den Ort des Verbrechens unentdeckt zu verlassen, sondern sich unentdeckt am Ort des Verbrechens zu verbergen, bis Raimund meinen Vater allein gelassen hatte. Dafür war das Geheimgemach ideal.«

Elicias Überlegungen stimmten mit meinen überein. Sie hatte den Tathergang genauso beschrieben, wie ich es auch getan hätte.

»Du würdest eine gute Vikarin abgeben«, sagte ich.

»Ach, hör schon auf.« Sie winkte mit halber Bescheidenheit und halbem Stolz ab. »Vikarin – da lachen ja die Hühner. Ich habe nur das Offensichtliche erkannt.«

»Jetzt bliebe nur noch die Frage zu klären, wer der Mörder ist.«

Sie zuckte mit den Achseln. »Aistulf natürlich. Wer denn sonst?«

Ich schmunzelte. Diese Antwort hatte ich erwartet.

»Dazu müsste er zunächst einmal von diesem Geheimgemach gewusst haben.«

»Er war der Verweser der Burg. Irgendwo gibt es gewiss einen Grundriss, in dem …«

»… das Geheimgemach mit ziemlicher Sicherheit nicht eingezeichnet ist, Elicia. Da hätte dein Vater auch gleich Wegweiser in das Mauerwerk markieren können. Es ist das Wesen eines Geheimnisses, dass man es nicht für jedermann kenntlich macht. Sonst hieße es Bekanntmachung.«

Sie streckte mir die Zunge heraus, und wir lachten. »Zugestanden«, sagte sie. »Doch Aistulf ist, wie du weißt, an Historie interessiert. Hat er dir am Tag deiner Ankunft bei unserem verunglückten Abendbrot nicht erzählt, dass sich der letzte Merowinger auf dieser Burg mehrere Jahre verborgen hielt und dass die Karolinger ihn nicht fanden, obwohl sie in der Burg mehrmals nach ihm suchten? Das könnte alles auf das Geheimgemach passen.«

»Ins Schwarze getroffen.« Ich nickte bewundernd, und dieses Mal übertraf meine Hochachtung für Elicias Vermutung bezüglich des Mörders meine vorherige Hochachtung bezüglich des Tathergangs, da Elicia hierbei einen Zusammenhang erkannt hatte, der mir verborgen geblieben war. Ein auf Geschichte erpichter Mann wie Aistulf könnte sich mit dem Versteck des letzten Merowingers beschäftigt und es auf eine Weise, die noch zu ergründen wäre, tatsächlich gefunden haben, vielleicht Jahre, vielleicht auch erst wenige Wochen vor dem Mord.

Und doch irrte Elicia an einer Stelle entscheidend, und zwar darin, dass, unterstellt, Aistulf hätte vom Geheimgemach gewusst, sich dadurch ganz von selbst seine Täterschaft ergab. Das war keineswegs der Fall. Erstens: Ich hatte inzwischen herumgefragt und erfahren, dass Aistulf keinem Fest lange beiwohnte. Er war zwar nicht gerade ein Griesgram, aber er hielt Maß in allen Dingen, offensichtlich auch in Sachen Fröhlichkeit, und auf ausgelassenen Festen fühlte er sich unwohl. Dass er sich am Abend des Mordes früh zurückzog, war demnach glaubwürdig. Zweitens: Nicht nur Aistulf hatte das Fest vorzeitig verlassen. Meine Befragungen hatten ergeben, dass sich die Gräfin angeblich allein in ihren Gemächern befunden hatte, Baldur angeblich mehrmals auf dem Abort gewesen war, und schließlich – ich muss es erwähnen – war auch Elicia zum vermuteten Zeitpunkt des Mordes allein und ohne Zeugen. Drittens: Es hätten noch andere vom Geheimgemach erfahren können. Die Gräfin? Sie lebte seit vielen Jahren auf der Burg. Baldur? Er war Hauptmann der Wache, es gehörte zu seinen Aufgaben, die Burg besser zu kennen als irgendjemand sonst. Raimund? Er war der Leibdiener des Grafen und wusste gewiss um so manches Geheimnis. Wenngleich ihn das der Tat nicht verdächtiger machte, weil er in jedem Fall eine Gelegenheit gehabt hätte, so hätte er seine Kenntnis vom Geheimgemach jedermann verraten können, beispielsweise seiner Frau, die zwar stumm, aber nicht taub oder schwachsinnig war. Und schließlich könnte der beschuldigte Aistulf argumentieren, dass auch Elicia vom Geheimgemach wusste, immerhin hatte sie es mir gezeigt. Es galt, gerecht zu sein, und ich musste einräumen, dass nahezu jeder in der Burg von dem Geheimgemach gewusst haben könnte, zumal sich die Frage stellte, weshalb Graf Agapet es überhaupt aufsuchte. Welchem Zweck diente es? Gewiss nicht nur der Aufbewahrung der Briefe.

»Sicherlich«, antwortete sie traurig, von mir auf den Boden der Tatsachen zurückgeholt. »Es hätte sich auch ein anderer hier drin verbergen können. Aber keiner hatte einen so guten Beweggrund wie Aistulf. Er wollte zum Graf aufsteigen, und das hat er erreicht. Gewiss, meine Mutter hätte auch … Aber ich will ihr noch immer und trotz allem zugutehalten, dass sie blind gegenüber Aistulfs wahrem Charakter ist und nicht ahnt, was er getan hat. Und falls sie es ahnt, will sie nichts davon wissen. Und falls sie doch an der Tat beteiligt war, dann nur als stillschweigende Gönnerin, nicht als Täterin. Ich bin nach wie vor davon überzeugt, dass Aistulf der Mörder ist.«

Aus genau diesem Grund war ich nicht der Ansicht, dass Elicias Erinnerung an die Begebenheit in der Kindheit zufällig war. Sie wollte Aistulf als Täter sehen, und ich konnte ihr das nicht verübeln. Sie hatte sehr an ihrem Vater gehangen, und ihr Stiefvater hatte nicht nur den Platz an der Seite ihrer Mutter eingenommen, sondern auch den Platz als Herr über Burg und Land. Elicia hatte ihr Ziel teilweise erreicht. Indem sie das Geheimgemach wiederentdeckt hatte – geschürft aus den Tiefen des Vergessenen –, galt die Ungarin nicht mehr als die einzig mögliche Täterin, und der Schatten des Verdachts fiel nun auch auf Aistulf und die Gräfin.

Ich fand es bemerkenswert, und ich finde es immer noch bemerkenswert, während ich diese Zeilen schreibe, welch enorme verborgene Kraft in unserem Innern wohl walten muss, dass sie uns, ohne dass wir es bemerken, mit genau den Argumenten und Mitteln versorgt, die unser Denken und Tun bestätigen. Elicia wünscht sich nichts mehr, als Aistulf und ihre Mutter bestraft zu sehen, und etwas in ihr – eine geheimnisvolle Kraft – leitet sie weiter auf diesem Weg. Ich kann nur beten, dass sie damit nicht in die Irre und auf einen Abgrund zugeht.

Und ich mit ihr. Denn was tue ich, seit ich Elicia kenne, seit ich bei Elicia liege, seit ich mein Leben auf den Kopf stelle? Eben nur dies: mit Elicia zusammen zu sein und mein bisheriges Leben auf den Kopf und infrage zu stellen. Wenn ich bei Elicia bin, gibt es keine Moral mehr, und wenn ich nicht bei ihr bin, denke ich an uns, an unsere Geschichte, unsere Gespräche, an unsere Körper, an das, was zwischen uns stattfindet, an mein Eindringen in sie, an ihren Blick, wenn ich es tue, an die Tausende Male, an denen ich diesen Blick noch sehen möchte; ich denke an die Freude an der Wollust, die Freude am Verbotenen, an die Schönheit der Sünde, an alles, was ich kürzlich noch – im wahrsten Sinne des Wortes – verurteilt habe. Wie viele Buhlen habe ich schuldig gesprochen, und nun bin ich selbst einer. Ich riskiere viel, sehr viel, vielleicht alles. Und das Schlimme ist, dass es mich die meiste Zeit nicht kümmert. Ich habe meine Untersuchungen vernachlässigt. Meinem Schreiber kann ich ansehen, dass er sich fragt, was ich hier überhaupt noch tue. Auch Aistulf und die Gräfin werfen mir zweifelnde Blicke zu, so als wäre ich überfordert von der Aufgabe, die mein Amt mit sich bringt. Nur mein Rang schützt mich davor, mich rechtfertigen zu müssen. Ich habe nicht mehr entschlossen ermittelt, weil ich an nichts anderes denken konnte als an das, was mein ruhiges, gleichmäßiges, ein wenig trauriges und leidendes Dasein getroffen hat, mit der Plötzlichkeit, mit der ein Sterbender noch einmal tief durchatmet, bevor sein Atem versiegt.

Ich höre mich furchtbar fatal an. Am liebsten würde ich das Geschriebene verbrennen, doch es ist Beleg meiner derzeitigen Verfassung und insofern so etwas wie ein Zeuge. Überhaupt kann man alles, was ich bisher auf dieser Burg geschrieben habe, das Protokoll eines Prozesses nennen, und ich verwende das Wort Prozess hier absichtlich in seiner doppelten Bedeutung – und lasse offen, von wem und gegen wen dieser Prozess betrieben wird.

Die Entdeckung des Geheimgemachs brachte neue Bewegung in meine Inquisitio, und dass es Elicia gewesen war, die mir diese Bewegung verschaffte, machte mir Freude, weil es ihr Freude machte. Was mich anging, so mischte sich ein gehöriger Schuss Bitternis in den süßen Erfolg. Denn während ich in der muffigen Kammer mit Elicia den Mordfall erörterte, wurde mir übel beim Gedanken an das näher rückende Ende meiner Ermittlung. (Vielleicht habe ich auch deshalb wochenlang keine Hand im Mordfall gerührt, weil ich nicht will, dass diese Untersuchung jemals endet. Da wäre ich wieder bei der verborgenen Kraft, die uns stärker beeinflusst, als wir ahnen.) Jeder Schritt, den ich vorwärts machte, war ein Schritt auf das Finale hin, das ich inzwischen fürchtete wie nichts anderes, bedeutete es doch die Trennung von Elicia. Und noch etwas anderes kam in diese Gefühlsbrühe hinzu, etwas weit Schlimmeres als Bitternis, ja, ich möchte es Gift nennen. Böse Gedanken, die mir unweigerlich in den Sinn kamen und sich damit beschäftigten, welches Urteil mir und Elicia am meisten nutzen würde.

Es schmerzt, das zu schreiben, aber Baldur stand mir im Weg, und es war mir unmöglich, nicht in Gedanken durchzuspielen, was geschehen würde, wenn Baldur Graf Agapet getötet hätte – ich spreche nicht davon, ihn falsch zu beschuldigen. Doch immerhin wäre es möglich. Elicia wäre frei. Andererseits, wenn man Baldur als Mörder hinrichten würde, bliebe mir nur übrig, Aistulf als Graf zu empfehlen, und das wäre für Elicia ein schwerer Schlag. Würde sie an der Seite eines Vikars glücklich werden? Ertrüge sie es, dass der verhasste Stiefvater über die Burg, an der sie so hängt, herrschte? Und fiele auf mich nicht der Ruch, den Gatten verurteilt zu haben, um die Witwe zu kriegen?

Doch was, wenn ich Elicia die ersehnte Rache verschaffte, Aistulf dem Henker und Baldur die Burg übergeben würde? Dann wäre Elicia einen Monat lang zufrieden und ein Leben lang vergrämt, denn mit der Rache ist es wie mit den meisten Ehen: Ist sie erst einmal vollzogen, hat man das Schönste schon hinter sich. Auf Rache baut sich ein Leben nur so lange auf, wie die Vorfreude es trägt. Was danach kommt, ist morsch und brüchig. Kann Elicia sich ein Leben ohne Liebe überhaupt noch vorstellen? Kann sich *irgendjemand,* der geliebt hat, ein Leben ohne Liebe noch vorstellen?

Wer also nutzt mir und Elicia mehr? Graf Baldur oder Graf Aistulf? Gräfin Claire oder Gräfin Elicia? Konnte ich überhaupt gewinnen? Würde Elicia nicht in jedem Fall etwas verlieren?

Diese Fragen irrlichterten durch meinen Kopf, ich konnte mich ihnen nur entziehen, indem ich alle Disziplin aufbot, die ich mir in Jahren zugelegt hatte. Zumindest zeitweise war es mir gelungen, mich zur Ordnung zu rufen und die Wahrheitsfindung allein meinem Verstand und Gott dem Herrn zu unterstellen. Doch als wollte mir jemand einen anderen Plan aufdrängen, als lachte sich jemand halb tot über meine Bemühungen, ein zumindest halbwegs gewissenhafter Mensch zu sein, hörte ich Elicia sagen: »Ich erwarte ein Kind, Malvin. Es ist unseres.«

Ich las in dem Augenblick, als Elicia das sagte, noch einmal den siebten und letzten Brief (der sich übrigens als Fragment herausstellte, verfasst in einer anderen Handschrift als die übrigen Briefe, in dem zudem mehrere Wörter gestrichen waren und der demzufolge als misslungener

Antwortbrief zu werten ist). Obwohl ich mit der Fähigkeit ausgestattet bin, mehrere Dinge gleichzeitig erledigen und aufnehmen zu können, brauchte es eine Weile, bis Elicias Worte von meinem Ohr in meinen Verstand eingesickert waren.

Zu beschreiben versuchen, was in diesem Augenblick, da die Worte mich erreicht hatten, mit mir geschah, ist ein hoffnungsloses Unterfangen. Nur so viel: Es war, als prallten das größte Glück und der größte Schmerz auf Erden mit aller Wucht aufeinander.

Ich freute mich. Ich lächelte. Ich nahm Elicia in die Arme. Ich küsste sie. Ich berührte ihren Bauch. Ich streichelte ihr Haar. Ich buchstabierte das gesamte Alphabet der glückseligen Vaterschaft, und zwar aus voller Überzeugung.

Zugleich wusste ich, dass kein Ort sinnfälliger für die Verkündung einer solchen Nachricht war als jenes Geheimgemach im Innersten einer Feste.

Das Kind, von dem Elicia sprach, das sie als unser Kind bezeichnete, wird im Licht des Tages niemals das meine sein. So Gott will.

Kara

ICH WURDE ZU Elicia gebracht. Sie sagte lächelnd: Du bist frei, ich habe mit Malvin gesprochen, dem Mann, der in diesen Tagen das Recht auf unserer Burg spricht, und ich habe ihn davon überzeugt, dass du dich frei in der Burg bewegen darfst. Es spricht einiges dafür, dass nicht du meinen Vater getötet hast, und in meinen Augen giltst du jetzt schon als unschuldig. Nun, was sagst du, versprichst du Malvin und mir, keinen Fluchtversuch zu unternehmen? Zier dich nicht, zu sprechen. Malvin hat mir gesagt, dass du unsere Sprache verstehst. Ich grolle dir nicht, weil du an den Überfällen deines Volkes auf unser Reich beteiligt warst. Und wegen deiner Götter grolle ich dir schon gar nicht. Christus wird noch zu euch kommen, irgendwann, da bin ich mir ziemlich sicher.

Sie stand vor mir: Schön, ihr Gesicht eine wilde Rose, ihre Haare kräuseln sich ungezähmt um ihre rötlich schimmernden Wangen, und ihre Augen sind mit Stolz gefüllt, weil sie es ist, die mich befreit, die sich durchgesetzt hat gegen die Zweifler, die Richter, die Männer, die Welt.

Ich antwortete ihr nicht. Vorsicht hatte nichts damit zu tun. Ich hatte das Sprechen verlernt. Ohnehin galt ich den Menschen dieses Landes als Wilde, weil ich in Wäldern und Steppen gelebt habe. Dort habe ich viel gesprochen und gelacht. Erst seit ich mitten unter jenen lebte, die sich gesittet nannten, schwieg ich wie ein Tier, das Tier, das sie in mir sahen und als das sie mich behandelten, und ich kriegte auch eine Woche nach meiner sogenannten Befreiung keine Silbe über die Lippen. Ich sprach ausschließlich mittels meiner Hände, in der Sprache meiner Kindheit, die sich in den Stein der Wände einkerbte. Die Frau, die glaubt, meine Befreierin zu sein, bot mir ein anderes Gemach an. Es war heller und hatte eine Feuerstelle. Ich lehnte es ab. Es lag nicht nach Osten, und ich wäre dort nicht umgeben gewesen von meinem Geschriebenen, das mein Erlebtes ist. Inzwischen ist die Hälfte der Wand beschrieben.

Mir zu sagen, ich bin frei innerhalb der Burg, ist, wie einem Vogel zu sagen, er wäre frei innerhalb des Käfigs. Ich bin nicht dort, wohin ich gehöre. Ich kann keinen Schritt tun, ohne angestarrt zu werden. Einige fürchten, andere ekeln sich vor mir, einige nennen mich eine heidnische Zauberin, andere eine Barbarin, einige weichen vor mir zurück, andere laufen mir nach, einige sprechen leise hinter vorgehaltener Hand über mich, andere sprechen absichtlich so laut, dass ich hören muss, wie sie mich nennen. Es ist ihnen von Malvin verboten worden, mich anzuspucken oder mich zu beschimpfen, also sagen sie mir auf andere Art, was sie von mir halten. Da ich meinerseits wenig von ihnen halte, kann mich ihr Benehmen weder schmerzen noch ängstigen, nur ärgern. Aber es gibt vier Frauen in der Burg, vor denen ich zittere.

Die eine Frau ist jene stumme Alte, die anders ist als die anderen Weiber. Unfähig, all ihren Hass in das gesprochene Wort zu legen, nähert sie sich mir nie. Sie scheint vorauszuahnen, wohin ich gehen werde, jedenfalls sehe ich sie immer an einem mir weit entfernten Punkt der Burg stehen – oben an einem Fenster, auf einer Mauer, am anderen Ende eines langen Ganges –, von wo sie mir einen Blick zuwirft, der Kochendes gefrieren lassen würde.

Drei rothaarige Frauen setzten bekümmerte Mienen auf, sobald sie mich sahen. Etwas Unheimliches ging von diesen Frauen aus. Der Vikar erklärte mir, dass die drei rothaarigen Frauen mit Männern verlobt waren, die in den Ungarnkriegen fielen, und diese Männer waren der stummen Dienerin Söhne. Ist es das, was sie mir unheimlich macht? Gewiss, seit ich das weiß, bin ich beklommen, wenn ich die Rothaarigen sehe, die immer beisammen sind, als wären sie untrennbar vereint.

Ich überlege mir, dass mein Mann Lehel die drei Verlobten getötet haben könnte, da er doch so erfahren mit dem Schwert ist, oder meine Brüder, die mit ihren gepanzerten Rössern schon so manchen Gegner überrannt haben. Auch wenn ich weiß, dass es wohl kaum so war, macht der Gedanke, dass es so gewesen sein könnte, mich traurig. Doch das erklärte nicht, wieso diese Frauen mir unheimlich waren. Es waren ihre Lieder. *Nicht schwer mehr zu entscheiden, wer ist's, der den fällte, der des Todes Fäller war.*

Von den Wehren aus blicke ich tagtäglich über das Land nach Osten, wo unsere Götter wohnen. Im Licht des Winters haben die Ufer des Sichtbaren sich aufgelöst, es gibt keine Horizonte mehr, keine Grenzen, und manchmal darf ich mir einbilden, ich bin nicht weit von zu Hause entfernt. Ein kalter Reif legt sich über die Zinnen, der warme Atem stößt grau in die Luft, und ich denke daran, was meine Kinder wohl gerade in diesem Augenblick tun. Zoltán ist geschickt darin, mit dem Speer Fische zu jagen, die für den Winter eingesalzen werden, und Levdi baut gerne und bessert die Hütte und den Stall für die eiskalten Monate aus. Emese ist noch zu klein für alles, außer stundenlang den Flug der Vögel zu betrachten, so als könne sie darin lesen. Im Winter habe ich ihnen und Lehel Geschichten erzählt, wenn wir um das Feuer saßen. In diesem Winter bin ich allein mit meiner Geschichte.

Mehrmals am Tag begegnete ich ihm. Er sah mich jedes Mal an. Zu Anfang war er verunsichert, mich frei herumlaufen zu sehen. Dann war er unentschlossen, ob er etwas sagen sollte. Dann überlegte er, was er sagen könnte. Dann schämte er sich. Dann lächelte er. Gestern kam er auf mich zu und sagte: »Ich will wiedergutmachen, was damals passiert ist.«

Ich glaubte ihm. Er sagte die Wahrheit, aber er verstand nichts. Zwei schlimme Irrtümer in einem Satz. Wie konnte er glauben, so etwas wiedergutzumachen? War er mir auf den Fuß getreten? Hatte er versehentlich mein Gewand beschädigt? Und wie konnte er von »damals« sprechen, wo er doch wissen oder zumindest ahnen musste, dass das, was er mir angetan hatte, jeden Tag aufs Neue passierte, weil es mir jeden Tag aufs Neue vor Augen stand?

Meine Augen schrien diesen Mann an. Heute, schrien sie, heute ist es passiert. Doch er hörte meine Schreie nicht. Er hörte nur seine eigenen Worte.

»Wie wäre es? Wir könnten bald einmal ausreiten? Ich zeige dir den Wald und den Fluss. Die Ufer werden bald zufrieren, das wird dir gefallen. Ich weiß, du sprichst nicht meine Sprache. Trotzdem spürst du doch, was ich dir sagen will, oder?«

Er wollte vergessen machen, was er getan hatte. O nein, wir sprachen tatsächlich nicht dieselbe Sprache. Ich spürte, was er mir sagen wollte, nämlich dass er mich begehrte.

Ich senkte und hob die Augenlider, eine Geste, die ihm gefiel und die er als Einverständnis wertete. Ich ließ ihn in diesem Glauben.

»Du wirst es nicht bereuen. Übrigens, ich heiße Baldur.

Baldur, verstehst du? Das ist mein Name. Und du? Wie heißt du? Ich Baldur. Bal-dur.«

Während er sich mit mir wie mit einem Vogel unterhielt, dem er etwas beizubringen versuchte, überlegte ich mir, was ich mit dieser unerwarteten Wendung wohl anfangen sollte. Der Ratschluss der Götter bleibt der Menschen ewiges Rätsel.

Zur gleichen Zeit warb seine Frau Elicia um meine Freundschaft. Ich hielt das jedoch für Zufall, denn Baldur hatte Elicia gewiss nichts von der Gewalt erzählt, die er mir angetan hatte. Im Übrigen war die Aufmerksamkeit, die sie mir schenkte, nicht von Mitleid oder Aufmunterung gespeist. Im Gegenteil, ich hatte das Gefühl, dass sie selbst Aufmerksamkeit und Aufmunterung nötig hatte. Sie schien mir nicht unglücklich, wenn auch ein wenig einsam. Und da suchte sie sich ausgerechnet mich zur Gesellschaft? Wie merkwürdig, da sie doch gemeinsam mit ihrer Mutter am meisten Grund hätte, auf mich herabzublicken. Die Gräfin sehe ich nie, ich weiß daher nicht, wie sie über mich denkt, sondern nur, dass sie meinen Tod wünscht. Elicia scheint es nichts auszumachen, dass ihr Vater mich im Bad benutzen wollte. Sie nimmt es weder ihm noch mir übel, und Letzteres ist für mich fast noch unverständlicher. Ich jedenfalls habe die vier Nebenfrauen meines Vaters immer ignoriert. Diejenigen, die meinen Vater ehrlich liebten, habe ich als Rivalinnen meiner Mutter gehasst, und diejenigen, die ihn verabscheuten, habe ich verachtet, obwohl sie mir hätten leidtun können, weil sie ein Scheusal zum Gebieter hatten. Er hat sie geritten, wann immer es ihm beliebte, er hat sie gegen ihren Willen gezwungen, er hat sie beschimpft, geschlagen und verbraucht, weil er spürte, dass sie ihn abscheulich fanden. Ich habe sie verachtet, weil keine von ihnen den Mut gehabt hatte, es ihm heimzuzahlen, ihm den Bauch aufzuschlitzen, ein Auge auszustechen, den Schwanz abzuschneiden, Giftpilze ins Essen zu mischen, irgendetwas Schlimmes anzutun, um nicht länger diese Demütigung hinnehmen zu müssen.

Elicia ist eine seltsame Frau. Sie sieht etwas in mir, doch ich weiß nicht, was es ist. Heute sagte sie: »Ich bekomme ein Kind. Und das Kind wird eine Amme brauchen. Ich möchte dich bitten, meines Kindes Amme zu werden. Sei ihm eine zweite Mutter.«

Bei den Göttern, dachte ich. Was ist bloß mit dieser Frau, dass sie von allen Frauen der Burg mich auswählt? Sie hat drei rothaarige, vollbusige, singende Zofen, sie hat Geld, sie kann sich von überall her eine Amme kommen lassen, wenn ihr keine auf dieser Burg gefällt.

Ich lehnte kopfschüttelnd ab. Aus meiner besonderen Sicht war Elicias Vorschlag noch viel elender, als er ohnehin schon war: Der Vater des Kindes, dessen Amme ich werden sollte, hatte mich beschmutzt und entehrt, und nun umwarb er mich. Und ich sollte ein Kind aufziehen, während meine eigenen Kinder ohne ihre Mutter und im Glauben aufwuchsen, ich sei tot.

»Zier dich nicht. Es ist doch das Natürlichste von der Welt.«

Ich hätte meine Wut herausschreien sollen. Mein Schicksal war ohnehin besiegelt. Aber ich konnte es nicht. Ich öffnete die Lippen und hörte mich sagen: »Ja, ich will die Amme deines Kindes werden.«

Was veranlasste mich dazu? Eine Laune? Der Wille der Götter? Oder etwas Böses, Dunkles?

Bilhildis

DAS GEWÄCHS WIRD hart, wird ein Grabstein in meinem Körper. Heute Morgen sah Raimund mich an und sagte: Was ist denn das da in deinem Mundwinkel? Ich wischte mit der Hand über die Lippen, und danach war sie nass, klebrig und rot. Ich gab ihm zu verstehen: kein Wort, zu niemandem. Danach weinte er. Man sollte meinen, dass er froh wäre, dass es mit mir zu Ende geht, ja, sogar dass er Gott gebeten hätte, mir ein Gewächs in den Bauch zu setzen, denn so wie ich mit ihm und mit Gott umspringe … Aber nein, was tut er, der alte Sack, er heult. Ich habe ihn noch nie heulen sehen, auch nicht beim Tod unserer Söhne. Mir bleibt aber auch gar nichts erspart.

Was ich in den letzten Tagen gelernt habe, ist, dass Ränkespiele viel Arbeit bedeuten, wenn man es richtig machen will. Die Gräfin schreibt nun fast täglich einen Brief an Orendel, den ich zwar wie üblich nicht aushändige, für den ich jedoch einen Antwortbrief verfassen muss, weil die Gräfin selbstverständlich erwartet, einen zu bekommen. Ich sitze also fast jeden Abend nach meiner Arbeit eine Stunde auf meinem Hintern, todmüde, und schreibe schwülstigen Kram, von dem ich meine, dass er sich nach Orendel anhört und der Gräfin gefällt. Und das tut er. Keine Übertreibung ist derzeit so groß, dass sie sie bemerken würde. Sie hat nur ihr Glück im Sinn – die Liebe zu dem Kind in ihrem Bauch, die Liebe zu Orendel, die Liebe zu Aistulf, Liebe, Liebe, Liebe. Mir wird ganz schlecht, wenn ich nur zusehe. Es ist, als schlucke die Gräfin morgens, mittags und abends eine Arznei für größeres Glück, so wie andere Leute eine Arznei für besseren Stuhlgang schlucken. Wenn sie nicht gerade mit dem ungeborenen Kind spricht, küsst und umarmt sie Aistulf, schreibt Briefe, schwenkt die Fackel oder – das ist das Schlimmste – stellt mir Fragen über Fragen über Orendel: Bilhildis, wie spricht er von mir? Schreib's mir auf. Bilhildis, wie verkraftet er, dass sein Vater tot ist? Schreib's mir auf. Bilhildis, welche Fragen stellt er? Bilhildis, wie erträgt er, dass ich so schnell wieder geheiratet habe? Bilhildis, hegt er irgendeinen Groll? Bilhildis, wie hat ihm der Mantel gefallen, den ich ihm durch dich geschickt habe? Bilhildis, welchen Wunsch möchte er als Nächstes erfüllt haben? Bilhildis ... Bilhildis ... Bilhildis. Schreib's mir auf, Bilhildis.

Und Bilhildis muss auf alles eine Antwort haben, denn schließlich darf die Gräfin nicht merken, dass Orendel mit jedem Tag ein wenig mehr gegen sie eingenommen ist. Jetzt noch nicht. Also muss ich mir etwas ausdenken, und weil das nicht immer auf die Schnelle möglich ist, muss ich auf jede denkbare Frage vorbereitet sein. Das ist unglaublich anstrengend. Ich erfinde so viele Geschichten – inzwischen mehr als Orendel –, dass ich aufpassen muss, sie alle richtig im Kopf zu behalten, denn die Gräfin hebt sich meine Antworten auf und liest sie sich immer wieder durch, und manchmal, nach ein paar Tagen, stellt sie mir die Frage ein weiteres Mal. Ich glaube nicht, dass sie misstrauisch ist. Sie ist einfach verunsichert, was ihren Sohn angeht, und kann nicht oft genug beteuert bekommen, dass sie alles richtig macht.

Ist das lästig! In seltenen Momenten, wenn es mir über

den Kopf zu wachsen droht oder ich trotz meiner Müdigkeit den Antwortbrief Orendels verfassen muss, frage ich mich: Ist das nicht Zeitverschwendung? Solltest du nicht die Brocken hinwerfen und mit deinen letzten Monaten noch etwas anderes anfangen? Solltest du nicht lieber zur Gräfin gehen, ihr mitteilen, was mit dir los ist, und sie bitten, dich für den schmalen Rest deines Lebens von Arbeit und Leibeigenschaft zu befreien? Solltest du nicht die paar Dinge, von denen du früher geträumt hast, in die Tat umsetzen: im Frühling auf einem Floß den Rhein hinunterfahren oder noch einmal das Dorf deiner Kindheit besuchen oder die Gräber deiner Söhne ausfindig machen und bei ihnen bleiben, bis es so weit ist? Ich möchte dann Ja zu mir sagen. Es ist zum Kotzen, aber etwas in mir möchte Rheinwellen, Frühlingsduft, Kindheitserinnerungen, möchte Trauer, Gefühlsseligkeit und endlich Frieden, möchte leben wie die Figuren in Orendels Geschichten. Es ist ein sehr sanftes Stimmchen, das mich manchmal vor dem Einschlafen einzulullen versteht.

Spätestens am nächsten Morgen jedoch lautet die barsche Antwort: Nein. Nein, es ist keine Zeitverschwendung, was ich tue. Jede Stunde ist es wert, dafür geopfert zu werden. All die Jahre, diese vielen, vielen Jahre müssen für etwas gut gewesen sein, wenn auch nur dafür, einen einzigen Sieg zu erringen. Und wenn ich daran denke, dann stopfe ich dem zarten Stimmchen das Maul.

Doch die Schwierigkeiten nehmen zu. Vor einer Woche sagte die Gräfin zu mir: »Bilhildis, ich möchte Orendel besuchen. Ich sehe ein, dass es zu gewagt wäre, ihn auf die Burg zu holen, solange der Vikar noch hier weilt. Aber er erweckt nicht den Eindruck, als wolle er in naher Zukunft seine Mission beenden, und ich kann nicht länger warten.

Ich erfinde eine Ausrede, ich sage, dass ich ein Kloster besuchen will, und stattdessen fahren wir zu dem Gehöft, in dem du Orendel untergebracht hast. Der Vikar wird keinen Verdacht schöpfen. Bereite alles vor, Bilhildis. Wir brechen morgen auf.«

Was also tun? Raimund, der dabei war, sagte später zu mir: »Jetzt ist es so weit, wir können nicht mehr anders, ich ertränke ihn im Rhein, sodass es aussieht, als wäre er beim Schwimmen abgesoffen.«

Ich schüttelte den Kopf.

»Was? Mit dem werde ich leicht fertig, diesem Barden. Bilhildis, sei keine Närrin, das sieht dir nicht ähnlich. Entweder der Kopf Orendels oder unser Kopf. So sieht's aus, und das weißt du.«

Ja, ich wusste es. Ja, ja, ja. Verdammt. Aber mein Plan, mein schöner Plan. Orendel zu ersäufen, was für eine Verschwendung, was für eine Demütigung nach den Jahren der Mühe. Und den Plan sogleich umzusetzen war auch nicht möglich. Orendel war noch nicht fertig abgerichtet. Er war zwar gegen seine Mutter eingenommen, aber er war noch nicht da, wo ich ihn haben wollte.

Also nein. Nein, nein. Nicht ersäufen.

»Bilhildis. Ich tu's, ob es dir gefällt oder nicht.«

Wehe, du alter Sack, du triefäugiger Lazarus.

»Was schlägst du stattdessen vor?«

Gift.

»Du willst den Jungen vergiften? Auch gut.«

Nicht den Jungen, die Gräfin, und nicht tödlich vergiften, sondern gerade so viel, dass sie bettlägerig wird.

Genau so habe ich es gemacht. Ich mischte ihr einige klein gehackte Blätter der Sumpfdotterblume in den Wirsing, das schmeckt man nicht heraus. In der Nacht klagte sie über Übelkeit, am Morgen kotzte sie, mittags kam die

Scheißerei dazu, und da ich noch ein bisschen nachlegte, bekam sie starke Kopfschmerzen. Aistulf machte sich große Sorgen. Er vermutete sogleich eine Vergiftung, aber ich widersprach ihm: Das ist die Aufregung, schrieb ich ihm. Die Gräfin hat sich selbst krank gemacht mit ihrer erregten Sehnsucht nach Orendel.

Um ihn zu beruhigen, versprach ich ihm, fortan jede Speise, die man der Gräfin bringt, vorzukosten. Er sagte: »Meine Frau kann froh sein, dass sie dich hat, Bilhildis.«

Sechs Tage lang war die Gräfin krank. Ich pflegte sie wie eine Mutter, wischte ihre Rotze ab, wischte ihren Schweiß ab, wischte ihre Kotze ab, wischte ihre Scheiße ab. Nur ein Mal am Tag stand sie auf, nach Einbruch der Dunkelheit, um die Fackel zu schwenken. Ich musste sie stützen, »die Ärmste« war völlig ausgelaugt.

Doch ihr Zustand besserte sich, was zu erwarten gewesen war. Sie begann bereits wieder davon zu sprechen, Orendel bald aufzusuchen, auch das war vorherzusehen. Daher flößte ich der Gräfin schon vor Tagen Tollkirsche ein, versteckt in einer Gemüsebrühe. Das Gute bei der Tollkirsche ist, dass sie kaum auf die Organe wirkt, sondern fast ausschließlich auf den Geist, und wenn bei Leuten etwas mit dem Geist nicht stimmt, denkt niemand an eine Vergiftung. Die Gräfin wird von Unruhe und Weinkrämpfen heimgesucht werden, das sind Anzeichen einer weiblichen Überreizung. Leider benötigt die Tollkirsche eine Weile und mehrere Verabreichungen, um ihre Wirkung zu entfalten.

Ich setze hierbei vor allem auf Aistulf und die Sorge um seine Gräfin, die guter Hoffnung ist. Er muss ihr verbieten, die Burg zu verlassen, dann ist viel gewonnen. Aber wird das Gift rechtzeitig wirken? Ich darf nichts übereilen, ich muss sehr vorsichtig mit der Dosierung sein, ein bisschen zu viel, und der Zustand der Gräfin wird so augenfällig unnormal – Wahnsinnsanfälle –, dass Aistulf wieder eine Vergiftung vermutet, und dann bin ich, die Vorkosterin, dran. Aber habe ich eine Wahl? Ich weiß mir keinen Rat mehr. Wieder sieht Raimund mich mit seinen Mörderaugen an, und seine gichtigen Hände zittern vor Unrast, sich um den Hals des Jungen zu legen. Sobald die Gräfin sich zur Abreise fertig macht, wird er Orendel erledigen, auch ich werde ihn dann nicht mehr aufhalten können. Er klammert sich an seine Zukunft als freier Mann, selbst wenn ihm nur noch zwei oder drei Jahre bleiben. Er würde, um einen einzigen Tag Leben zu gewinnen, sogar am Vorabend seines Todes jemanden umbringen.

Es steht auf des Messers Schneide. Es ist mir möglich, zu handeln, aber wer weiß, wie lange noch. Ich muss eine Entscheidung treffen, die vielleicht schwierigste Entscheidung meines Lebens. Entweder ich …

Malvin

ICH KLOPFTE NICHT an. Die Türen von Leibeigenen dürfen nicht verschlossen sein, und so stand ich nach zwei Schritten mitten im Raum, einer ziemlich kleinen, kargen, ein bisschen muffigen Kammer. Es ist ein Vorrecht, dass Leute wie Raimund und Bilhildis überhaupt eine eigene Kammer bekommen, erklärbar nur durch ihre langjährige Vertrauensstellung, die sie bei ihren Herrschaften einnehmen. Die Alte saß über Papiere gebeugt, und ich fragte mich, was eine Dienerin wie sie mit so viel Papier zu schaffen hat. Und da sie ist, was sie ist, durfte ich nicht nur mir, sondern auch ihr diese Frage stellen.

»Was tust du da? Was ist das? Zeig es mir.«

Den Teufel tat sie. Zuerst starrte sie mich an wie ein Kitz den Wolf, völlig erstarrt, und dann blitzte für die Dauer eines Lidschlags die Angriffslust in ihren Augen auf, bevor sie den Blick senkte.

»Hast du nicht gehört, was ich sagte? Ich will sehen, was du da hast.«

Als ich danach greifen wollte, schützte sie die Papiere mit ihrem Körper, und als ich harscher wurde, stopfte sie sie sich in ihr Gewand, so wie ich es mit dem Papier, das ich hier auf der Burg beschreibe, immer tue.

»Das wird dir nicht helfen. Du kommst mit mir zu Elicia, dann werden wir sehen, ob du so dreist bist, auch ihren Befehl zu missachten. Falls ja, lasse ich dich von ihren Zofen durchsuchen.«

Sie überlegte. Sie nahm die Feder und kritzelte ein paar Zeilen auf ein unbeschriebenes Papier. Ich las: »Ich schreibe die Korrespondenz meiner Herrin, der Gräfin. Da sie zurzeit zu schwach ist, um selbst zu schreiben, hat sie mich gebeten, ihre sehr persönlichen Briefe zu schreiben, unter anderem an den Abt von St. Trudpert, ihren Beichtvater.«

Ich musste mich entscheiden, ob ich ihr glaubte oder nicht. Falls es stimmte, was die stumme Dienerin behauptete, würde ich vertrauliche Briefe der Gräfin abfangen, was einer Beleidigung, falls es sich um eine schriftliche Beichte handelte, sogar einem Sakrileg gleichkam. Natürlich hätte ich die Gräfin auf der Stelle fragen können, aber sie lag, wie ich wusste, krank darnieder. Zudem hatte ich die Dienerin nicht aufgesucht, um sie wegen irgendwelcher Kritzeleien zu verhören. So kam ich zum Schluss, dass ich wenig zu gewinnen hätte, aber viel aufs Spiel setzen würde, wenn ich die Briefe an mich nähme.

»Nun gut. Lege diese Sachen beiseite und folge mir.«

Den ersten Teil des Befehls befolgte sie umgehend, den zweiten Teil jedoch versuchte sie zu umgehen. Sie schien die Gefahr zu spüren, in die ich sie bringen würde, und fing an, Laute von sich zu geben, von denen sie genau wusste, dass sie abschreckend, ja, widerlich klangen.

Ich dachte: Nein, Alte, so wirst du mich nicht los. Zum ersten Mal seit Wochen ging ich wieder der Aufgabe nach, derentwegen ich auf die Sündenburg gekommen war – ich suchte Agapets Mörder. Und ich verfolgte eine Spur, die mich zu Bilhildis geführt hatte.

Entschlossen sagte ich: »Du kommst mit mir, oder ich lasse dich auspeitschen.«

Ihr Widerstand brach zusammen. Wir gingen in Aistulfs, vormals Agapets Gemach. Ich hatte absichtlich einen Zeitpunkt gewählt, an dem Aistulf nicht da war. Die Dienerin sah mich fragend an.

»Es muss hier irgendwo einen Geheimgang oder Ähnliches geben. Du bist dein halbes Leben in der Burg. Du weißt gewiss, wo sich der Gang befindet. Zeige ihn mir.«

Sie zuckte nur mit den Achseln.

»Wie du willst.« Ich nahm sie an der Hand und zerrte sie vor die Truhe. »Fällt es dir jetzt vielleicht wieder ein? Nein?«

Ich öffnete die Falltür und gebot der Dienerin, vor mir die Treppe hinunterzusteigen. Ich nahm mir eine Fackel, und wir gingen den dunklen, engen Gang entlang bis in das Geheimgemach.

»Du warst also noch nie hier?«, fragte ich.

Sie stellte sich weiter dumm. Ich holte die Briefe hervor, die ich im Geheimgemach gefunden hatte.

»Aber diese Korrespondenz ist dir bekannt, nicht wahr?«

Sie warf einen flüchtigen Blick darauf und schüttelte den Kopf.

»Lügnerin!«, schrie ich, und zwar nicht, weil ich die Fassung verlor. Ich wusste sehr gut, was ich tat, auch als ich mit der Faust auf den Tisch schlug. »Noch so eine Lüge, und ich lasse dich ins finsterste Loch werfen, bis dir die Wahrheit wieder einfällt. Haben wir uns verstanden?«

Es gibt keinen besseren Weg, Leuten, die mich als zurückhaltend kennen, zu verdeutlichen, dass die Lage für sie ernst ist, als wilde Drohungen auszustoßen, und zwar in einem Tonfall, den sie von mir noch nie gehört haben. Ein solcher Schreck wirkt manchmal Wunder und führt dazu, dass sie mir das erzählen, was sie mir hätten verschweigen können.

»Du bist neben Elicia, Aistulf und der Gräfin die einzige Bewohnerin der Burg, die lesen und schreiben kann. Der

Empfänger dieser Briefe war Graf Agapet, der des Lesens unkundig war. Von wem hat er sie sich vorlesen lassen, wenn nicht von dir? Von Aistulf vielleicht? Du würdest mir doch nicht weismachen wollen, er hat seine Zeit in diesem Nacht- und Liebesgemach mit Aistulf verbracht? Mit der Gräfin? Wieso mit seiner Gemahlin in ein stickiges Geheimgemach verschwinden, wo beide so schöne Kemenaten haben? Über Elicia brauchen wir in diesem Zusammenhang nicht zu reden. Er war mit dir hier unten, mit niemandem sonst. Leugnest du das? Denk daran, was ich dir eben noch über Lügen und finstere Löcher sagte.«

Sie sah mich eine Weile an, dann die Briefe, sie schätzte ab und entschied sich für die Wahrheit. Sie nickte.

»Gut. Das war dein Glück. Weißt du, was ich hier in Händen halte? Es handelt sich um das Fragment eines Briefes, adressiert an den Herzog von Schwaben, eine Antwort auf einen der empfangenen Briefe, die jedoch nach vier Zeilen abgebrochen wurde. Ein paar Wörter wurden gestrichen. Offenbar hat Graf Agapet dir etwas diktiert, war mit seinen Formulierungen nicht zufrieden et cetera. Ich hätte nur diese Zeilen mit jenen in den Briefen, die du derzeit für deine Herrin schreibst, vergleichen müssen. Die Handschrift wäre dieselbe gewesen, vermute ich.«

Sie nickte erneut.

Was den Inhalt der Briefe anging, brauchte ich von Bilhildis keine Erläuterungen. Sie sprachen für sich. Fünf von sechs Briefen stammten vom Herzog. Er umwarb Graf Agapet und wollte sich seiner Loyalität versichern, für den Fall, dass es zu einem Zwist mit dem neuen König Konrad kommen würde. Der Herzog wollte unbedingt zusammen mit dem Herzog von Baiern einen großen Feldzug gegen die Ungarn – größer als die bisherigen – im kommenden Sommer durchführen, und er zählte dabei vor allem auf seine reichste und kampfstärkste Grafschaft. Der König lehnte einen so baldigen Feldzug ab, er wollte in Verhandlungen mit den Ungarn eintreten. Das war allgemein bekannt und wurde mir im sechsten Brief noch einmal bestätigt. Darin versuchte König Konrad, Agapet für sich zu gewinnen, und übersendete ihm als Zeichen seiner Gunst einige Geschenke.

Noch etwas anderes war hochinteressant. Man konnte die Briefe des Herzogs mit einigem Recht verschwörerisch nennen – deswegen bewahrte Graf Agapet sie im Geheimgemach auf –, wenngleich er es vermieden hatte, allzu deutlich zu werden. Immerhin, sich jemandes Treue zu versichern, für den Fall, dass es zu einem »Zwist« mit dem König käme ... Mir schien, als spiele der Herzog mit dem Gedanken, Schwaben vom Ostfränkischen Reich abzutrennen, ähnlich wie es die Burgunder im Westfränkischen Reich getan hatten. Wie auch immer, Agapets Lebenslauf, seine Einstellung zu Krieg und Kampf, sein grimmiges Verhalten gegenüber dem Boten des Königs und nicht zuletzt das Fragment eines Antwortbriefes an den Herzog ließen den Schluss zu, dass er deutlich dazu neigte, sich auf die Seite Burchards zu schlagen und im nächsten Jahr in einen großen Krieg gegen die Ungarn zu ziehen – der gewiss sehr teuer werden und die Ressourcen der Grafschaft stark beanspruchen würde. Einem wie Aistulf konnte das kaum verborgen geblieben sein, er war als Verweser eingebunden in die wirtschaftlichen Belange des Landes.

»Hat Agapet dem König geantwortet? Hat er dir einen Brief an Konrad diktiert?«, fragte ich Bilhildis.

Sie verneinte. Der König könnte also im Ungewissen geblieben sein, ob Agapet sich seiner Haltung anschließen würde. Doch was, wenn Aistulf seine Eindrücke dem König schriftlich berichtet hatte? Wenn er hatte durchblicken lassen, wie er über die Sache dachte? Wenn der König ihn daraufhin beauftragt hatte …? War so etwas denkbar? Die Majestät stiftet einen Verweser dazu an, den Graf zu töten? Ohne die Hilfe der reichsten Grafschaft würde der schwäbische Feldzug infrage stehen, und ohne die Schwaben werden die Baiern ebenfalls nicht nach Ungarn ziehen. Der König hätte seinen Willen durchgesetzt, das Königtum wäre gestärkt, die Landesherren wären geschwächt. Hatte der Mord am Ende einen politischen Hintergrund?

All diese Feststellungen und Fragen sind nicht nur für den Mordfall wichtig. Ihre Bedeutung geht darüber hinaus. Ich würde mich – falls meine Vermutungen zutreffen – mitten in einer politischen Affäre befinden, und darin bewegt sich ein kleiner, unbewaffneter Mann, wie ich es bin, am besten wie in einem Wald voller Raubtiere.

Ich war noch nicht mit Bilhildis fertig. Ihr war, was die Kenntnis und das Verfassen der Briefe anging, kein Vorwurf zu machen. Offenbar hatte Graf Agapet nicht genügend Vertrauen in Aistulf, um ihn in die Korrespondenz einzuweihen, und daher musste eine andere Person die Aufgabe übernehmen, die Briefe des Herzogs zu lesen und Antworten zu schreiben. So weit, so gut. Doch wieso übertrug er Bilhildis diese heikle Aufgabe? Gewiss, sie war schreibkundig und ihm seit vielen Jahren bekannt. Aber das war die Gräfin auch. Und falls er seiner Gemahlin misstraute, wieso weihte er ausgerechnet deren innigste Dienerin ein, von der er annehmen musste, sie würde ihrer Herrin verraten, was vor sich geht? Er hätte sich stattdessen an Elicia wenden können, denn das Verhältnis zueinander war gut, und Elicia kannte das Geheimgemach bereits, wenn auch aus der frühen Kinderzeit.

Das alles war widersprüchlich, solange man davon ausging, dass Bilhildis nichts weiter als eine leibeigene Bedienstete war, die von Agapet in all den Jahren kaum wahrgenommen worden war. Es ergab jedoch einen Sinn, wenn man unterstellte, dass Bilhildis noch ein wenig mehr für den Graf tat, als Briefe zu schreiben.

»Ihr habt beieinandergelegen.«

Sie warf den Kopf zu mir herum, ihre Augen funkelten mich böse an.

Ich schob ihr ein Blatt, Tinte und Feder über den Tisch zu. »Hier«, sagte ich, »schreib auf, was du dazu zu sagen hast.«

Bilhildis

AGAPET HAT BEI mir gelegen! Bei mir gelegen! Da kommt einer aus Konstanz dahergelaufen, so ein staubtrockener Gerichtsmensch, und sagt mir solche Sachen ins Gesicht, und das auch noch in einem hochmütigen Tonfall. Was versteht der schon von einem Leben wie meinem. Bei mir gelegen. Das ist, als würde er sagen, Flötenmusik ist das, was Mund und Hände tun, um sie zu erzeugen. Ich hätte ihm am liebsten seine verdammten Briefe oder meinetwegen auch seinen eigenen Schwanz in den Rachen gestopft, damit er mit seinen Kränkungen aufhört. Aber das ging ja nicht. Es ging ja nie, sich zu wehren. Nicht auf diese Art. Da kann ich Raimund schon verstehen, dass seine Rache darin besteht, den Herrschaften den Geldbeutel leichter zu machen, ohne dass sie es merken. Raimund ahnt nichts davon, er will nichts davon wissen, er glaubt, er stehle nur zu seinem Vorteil. Dabei ist das, was er tut, eine Form von Rache. Meine ist eine andere, eine unmittelbare, die härter trifft.

Es begann – ja, fast auf den Tag genau – vor zweiundzwanzig Jahren, am Weihnachtstag des Jahres achthundertneunzig. Damals war ich noch nicht eine Dörrpflaume wie heute. Ich war nicht so schön wie die Gräfin, zugegeben, aber ich war ansehnlich. Solange ich den Mund hielt, konnte ich mit all den Mägden der Burg sehr wohl mithalten und vermochte, die Blicke fremder Männer anzuziehen. Es hätte sich mehr als eine Gelegenheit für ein Stelldichein im Stall ergeben. Doch daraus wurde nie etwas. Dass ich verheiratet war, störte die Männer dabei weniger als das Fehlen einer Zunge in meinem Mund. Zu zweit rührt es sich nun einmal besser.

An jenem Weihnachtstag ging die Gräfin nach dem Gelage früh zu Bett. Nachdem ich meine Arbeit getan hatte, ermunterte sie mich, auf das Fest zurückzukehren, um meinem Mann Raimund noch ein wenig Gesellschaft zu leisten. Der Graf blieb wie üblich bis tief in die Nacht. Er gab sich leutselig, als er mit uns einfachen Dienern sprach – was blieb ihm übrig, zum Schluss saßen nur noch Raimund und ich bei ihm, die anderen hatten in Anbetracht der Mengen an Bier und Wein, die der Graf vertrug, ihre Fahnen gestrichen; sie waren in ihre Kammern gegangen, einige waren an Ort und Stelle eingenickt, ihre Köpfe ruhten reglos auf dem Tisch. Ein großes Schnarchen lag in der Luft. Blicke gingen hin und her: zwischen dem Grafen und mir, Raimund und mir, dem Grafen und Raimund. Schließlich verabschiedete Raimund sich, nachdem Agapet ihm dazu die Erlaubnis gegeben hatte.

Von jenem Abend – und nur von jenem Abend – darf man sagen, dass Agapet und ich »beieinandergelegen« haben. Alles, was danach kam, war weitaus mehr. Schon als er mich wenige Tage später ein zweites Mal zu sich kommen ließ, begann das einzusetzen, was ich vorhin »Musik« nannte. Agapet berührte mich auf eine Weise, der jede niedrige Gier fehlte. Bei mir fand er die Wärme, die seine Gräfin ihm nicht zu geben vermochte, und ich fand bei ihm die Leidenschaft, nach der ich mich allzu lange verzehrt hatte und zu der Raimund nicht imstande war. Es war Liebe. In jeder Hinsicht. Es hört sich wie Minnesang an, und ich glaube selbst nicht, dass mir solch hochtrabender Kram aus der Feder fließt, aber unsere Sprache war tatsächlich und im wahrsten Sinn die Liebe. Eine andere Verständigung als über die Liebe gab es zwischen uns nicht, war nicht möglich. Ich konnte nicht sprechen, ich konnte schreiben, doch er konnte nicht lesen. Wenn er etwas sagte, nickte oder verneinte ich, das war alles. Es war mir nur gegeben, das, was er sagte, irgendwie zu ergänzen. Aber in der Liebe brauchten wir keine Worte. Es waren kleine Gesten, Fingerzeige, Blicke, Lächeln, das Neigen des Kopfes zur Seite, Zuhören, Betrachten, Küsse, ein Räkeln, Zähne zeigen, Weinen, an einem Finger lutschen, eine Schulter streicheln, mit den Händen durch meine knisternden Haare fahren, die Muskeln anspannen, die Brüste darbieten, seine Narben zählen, die Geschichten dazu kennen und vieles, vieles mehr. Das waren die Bewegungen, die die Musik erzeugten. Das waren, verdammt noch mal, wir. Zweiundzwanzig Jahre lang.

Schon bald verlegten wir unsere gemeinsamen Nächte von seinem Gemach in das Geheimgemach. Nicht, weil wir gefürchtet hätten, dass uns die Gräfin ertappen könnte – sie kam nie von sich aus zu ihm. Und nicht, weil Raimund am nächsten Tag im Bett seines Herrn vielleicht eine Spur meiner nächtlichen Anwesenheit entdecken könnte – er wusste über uns Bescheid, es machte ihm nichts aus, er war nie eifersüchtig, das lag ihm nicht im Blut. Und außerdem schätzte er es, dass Agapet ihm hier und da ein paar Münzen wegen seiner Duldsamkeit zusteckte. Nein, Agapet zeigte mir das Geheimgemach, und ich richtete es sogleich ein, weil wir einen Ort haben wollten, der nur uns gehörte. Keiner sonst gelangte an diesen Ort, keiner wusste von ihm, außer Raimund, der ihn jedoch nie betrat. Für mich war das Geheimgemach eine Burg in der Burg, meine Burg, die ich mit meinem Mann, Agapet, teilte. Das Gemach war meine Fantasie. Dafür liebte ich es. Zweiundzwanzig Jahre lang.

Zugleich hasste ich es. Es war wie die Essenz meines Lebens: klein, niedrig, stickig, karg, abgelegen, geheim. Zwar war ich darin Agapets Gefährtin, ja, doch bloß eine Gefährtin der Nacht, des Dunklen, Verborgenen. Ich war frei, doch nicht befreit. Ich war die Dritte, die Unbekannte, ein Schattenwesen ohne Öffentlichkeit – was so viel bedeutet wie: ohne Wort. Wieder einmal war ich dazu verdammt, zu schweigen. Stumm als Mensch, stumm als Frau, stumm als Liebende. Männer hatten mir die Zunge herausgeschnitten und mich damit gestopft. Agapet verbot mir den Mund, als er mich mahnte, nie davon zu erzählen, was uns verband. Und beide Male war es Claire, die mein Schweigen verschuldet hatte: das erste Mal, als sie sich am Altar weigerte, den für sie vorgesehenen Mann – Agapet – zu heiraten, was in jenem Überfall endete, dem ich zum Opfer fiel; und das zweite Mal, als ein offen eingestandener Ehebruch und die damit einhergehende Auflösung der Ehe bedeutet hätte, dass Agapet große und wohlhabende Teile seiner Grafschaft verlieren würde, jene Teile, die Claire als Morgengabe eingebracht hatte. So blieb ich also – auch in meiner kleinen Burg – die Gefangene meiner Herrin, wie auch die Worte, die ich zu sagen gehabt hätte, Gefangene meines Kopfes und Herzens blieben. Unzählige Male war ich drauf und dran, sie zu befreien und der Gräfin ins Gesicht zu schleudern, damit sie und alle Welt erkannte, wer ich wirklich war: die Frau an Agapets Seite. Zuweilen glaubte ich, an den zurückgehaltenen Worten in mir zu ersticken, so viele wurden es. Ich hätte schreien mögen. Aus Liebe zu Agapet habe ich weiterhin geschwiegen, und wenn ich hundert Erstickungstode hätte sterben müssen, so hätte ich ihm nie absichtlich Kummer bereitet. Seine Leute hatten mir zwar einst die Fähigkeit zu sprechen genommen, aber er hat mir die Fähigkeit, durch mein Herz zu ihm zu sprechen, gegeben. Zweiundzwanzig Jahre lang.

Ich wurde Mutter. Vor einundzwanzig Jahren wurde Gerald geboren, vor neunzehn Jahren Gerbert und Garet vor achtzehn Jahren. Agapets Söhne, nicht Raimunds. Raimund wusste das, er bekam vom wahren Vater drei Mal drei Goldstücke, nähte sie in den Saum eines Mantels ein, erkannte die drei Jungen als die seinen an und war zufrieden. Die Gräfin hingegen hat nie etwas gemerkt. Ein Mal, ein einziges Mal nur, möchte ich die Welt aus dem Blickwinkel ihres Wolkenkuckucksheims betrachten. Aber das werde ich nicht erleben. Gutgläubigkeit ist etwas, das man in seiner Jugend erwirbt – oder nie. Für Claire war das Leben immer leicht, selbst wenn es schwierig war. Ich soll irgendeinen Mann heiraten? Nun gut, aber am Altar entscheide ich mich dagegen, was kann schon passieren. Meine vertraute Dienerin hat ihre Zunge zerstückelt bekommen? So was Ärgerliches. Mein Sohn soll ein Schwert in die Hand nehmen? Da lasse ich ihn doch lieber entführen. Meine Tochter will nichts von mir wissen? Gott hat's gefügt, er wird schon wissen, was er tut. Ich kann meinen Gemahl nicht leiden? So ist das Leben. Mein Gemahl wurde ermordet? Kann passieren. Hokuspokus, drei Mal schwarzer Kater, hier ist schon der nächste.

Ich will damit nicht sagen, dass sie sich nie um andere sorgte, aber sie war sehr eigen darin, wem sie die Gunst ihrer Sorge schenkte und wem nicht. Hilfeschreie hat sie geflissentlich überhört, wenn es ihr nicht passte, und die meiste Zeit hat sie sich nur mit sich selbst beschäftigt. Als ich meine Zunge verlor, hielt sie mir eine Weile lang, bildlich gesprochen, das Händchen. Auf die Idee, meine Leibeigenschaft aufzuheben, ist sie nicht gekommen. Sie hat mein Leben an das ihre gekettet, wobei sie die Richtung vorgab und den Schlüssel behielt. Ihren Sohn bewahrte sie vor dem Krieg, während meine drei Söhne von ihm verhackstückt wurden. An die tausend Mal habe ich sie verflucht. Claire, die mein Schicksal ist und bleiben wird – bis zur letzten Stunde, in der ich das ihre werde.

Ich habe ein Mal im Leben geliebt, nur einen einzigen Mann, Agapet, also hatte ich nur eine Wahl. Was ist das für ein Leben, wenn man nur eine Wahl hat. Als Leibeigene habe ich nur die Wahl, zu gehorchen, wem ich gehöre, und als Liebende nur die Wahl, zu lieben, wer da kommt. Der Gräfin zu dienen und den Graf zu lieben, das war kein Leben. Das war Mühe. Wer hat je danach gefragt?

Der Vikar hat viel herausbekommen. Wie hat er bloß das Geheimgemach gefunden? Wer außer Agapet und mir wusste davon? Nur Elicia, soviel ich weiß. Sie war damals vier Jahre alt, als sie ihren Vater heimlich dabei beobachtet hatte, wie er ins Geheimgemach ging. Agapet hat sich furchtbar darüber aufgeregt und Elicia den Hintern versohlt. Ich dachte, sie hätte das alles vergessen.

Es blieb mir nichts anderes übrig, als dem Vikar einiges zu gestehen. Ich sagte ihm über Agapet und mich, dass wir einige Jahre lang beieinandergelegen haben, früher, als ich noch jung war, und dass ich, seit ich eine Dörrpflaume bin, nur noch seine Vertraute war. Davon, dass wir bis zum Schluss ein Paar waren und noch in der Nacht vor seinem Aufbruch zum Feldzug beieinanderlagen, ahnt der Vikar nach wie vor nichts. Gedanken kann auch er nicht lesen, und was das Schreiben angeht, so tue ich das nur noch nachts, und am Tage verstaue ich das Papier hinter einem Ziegel in der Wand, dort, wo Raimund sein Gold aufbewahrt.

Wenigstens kann ich mich auf seine Verschwiegenheit verlassen, da das Vögelchen Elicia mich in ihr großes Geheimnis eingeweiht hat. Bevor der Vikar und ich auseinandergingen, tauschten wir einen besonderen Blick: Ich weiß etwas, von dem du nicht willst, dass jeder es weiß. So werden im Vorhof der Hölle Geschäfte gemacht.

Elicia

BILHILDIS KAM ZU mir, ungewöhnlich unsicher im Auftreten, mit ringenden Händen, von einem Fuß auf den anderen tretend, so als wolle sie ein Geständnis ablegen. Ich fand das eine wunderliche Vorstellung und fragte mich belustigt: Welches Verbrechen könnte Bilhildis wohl schon zu gestehen haben? Hat sie meinen Kamm verloren? Das war natürlich übertrieben. Seit sie mir diesen Norbert geschickt hatte, wusste ich, dass auch Bilhildis zugänglich für Sünden war. Aber das zählte nicht wirklich, da sie die eigentliche Sünde nicht selbst begehen wollte, sondern für mich bewerkstelligt hatte. Was zu meiner Belustigung noch beitrug, war, dass ich mich an jenem Nachmittag besonders beschwingt fühlte. Ich spürte mein Kind wachsen, Malvin hatte mich eine Stunde zuvor geküsst, und eine Spur, die mit den Briefen zusammenhing, führte zu Aistulf. Alles das machte mir gute Laune. Das Wetter tat ein Übriges. Einen Tag vor Weihnachten stand an einem nur leicht verschleierten Himmel eine weiße Sonne, die es schaffte, alle offenen Fragen und ungeklärten Angelegenheiten für eine kleine Weile aus meinem Leben zu verbannen. Erwärmt von einem Kräutersud, schlenderte ich durch die kahlen Weinberge, wobei der Boden unter meinen Schuhen knirschte.

»Warum bist du mir nachgelaufen, Bilhildis? Offen gesagt, siehst du aus, als solltest du lieber einen Beichtvater aufsuchen, nicht mich.«

Sie übergab mir einen Zettel, auf dem stand: Ich habe zufällig mit angehört, wie Aistulf zu jemandem sagte, dass Elicia nun unbedingt unschädlich gemacht werden müsse.

Da war es vorbei mit meiner guten Laune. Ich glaubte Bilhildis jedes Wort. Sie hatte mir schon, das werdende Kind meiner Mutter betreffend, die Wahrheit gesagt, und außerdem deckte sich das, was sie gehört hatte, mit meiner eigenen Erfahrung. Der erste Mordanschlag einige Wochen zuvor war missglückt. Ich war aufgewacht und hatte den Mörder vertrieben. Nun sollte nachgeholt werden, was misslungen war.

»Wenn ich dich nicht hätte, Bilhildis. Ich weiß, es fällt dir nicht leicht, wo du doch meiner Mutter eine treue Dienerin bist. Ich danke dir. Nun wissen wir es: Aistulf ist ein Ungeheuer, ein Wolf im Schafspelz. Auch Mutter wird das erkennen, wenn wir sie mit den Tatsachen konfrontieren. Jetzt ist nur noch die Frage, ob Aistulf mit dem von ihm gedungenen Mörder gesprochen hat oder mit jemandem, den er in die Tat, die er selbst begehen will, einweihte. Doch es ist nicht an uns, das zu klären. Ich werde auf der Stelle zu Malvin gehen – zum Vikar, wollte ich sagen.«

Doch Bilhildis hielt mich zurück. Sie bedeutete mir, dass ihre Aussage keinen Wert habe, weil Leibeigene vor Gericht nicht als Zeugen zugelassen werden. Was Bilhildis gehört hatte, müsste von jedem Vikar so behandelt werden, als wäre es nie gesagt worden, es sei denn, dass noch andere Beweise vorlägen. Es gefiel mir nicht, etwas vor Malvin zu verheimlichen, doch ich würde ihn nur in eine missliche Lage bringen, wenn ich ihm von Bilhildis' Aussage erzählte. Mir ging durch den Kopf, zu behaupten, ich selbst habe Aistulf dabei belauscht, so wie ich einige Monate zuvor behauptet hatte, nicht Bilhildis, sondern ich wäre hinter das Geheimnis der von meiner Mutter verborgenen

Mutterwerdung gekommen. Aber auf dem Rückweg in die Burg verwarf ich diesen Gedanken. Ich war es leid, mich auf Winkelzüge zu beschränken, während meine Feinde die Dolche wetzten.

Daher wandte ich mich schweren Herzens nicht an Malvin, sondern an Baldur. Wir besprachen uns in unserem Gemach, wo Baldur wie ein gefangener Bär auf und ab lief.

»Damit ist er zu weit gegangen. Wir haben viel hingenommen, aber das ist ein Fehdehandschuh, schlimmer, ein hinterrücks geworfener Fehdehandschuh. Dieser Mann ist nicht nur ein Usurpator, ein mieser Dieb und Tyrann, er ist auch ein Feigling.«

»Und ein Mörder, vergiss das nicht. Er hat meinen Vater getötet.«

»Und nun sollst du schlafend hingeschlachtet werden. Sein Beweggrund ist klar: Er will seinen Anspruch festigen. Ohne dich habe ich keine Aussicht, Graf zu werden. Anstatt dass er es uns auskämpfen lässt wie Männer, draußen auf dem Sandplatz, mit Schwertern, mordet er wie ein Weib … Widerlich.«

»Wir müssen ihn mit seinen eigenen Waffen schlagen.«

»Was meinst du damit?«

»Du musst ihn töten.«

»Oh, das werde ich. Ich schlage ihm noch heute ins Gesicht, dann bleibt ihm nichts anderes übrig, als es mit mir auszufechten.«

»Das sehe ich anders. Er wird nicht darauf eingehen.«

»Das wäre feige.«

»Na und? Du hast ihn doch eben selbst einen Feigling genannt. Feiglinge sind nun einmal feige. Er ist kein Krieger, er kann nicht halb so gut kämpfen wie du und würde verlieren. Stattdessen wird er uns aus der Burg werfen lassen.«

»Das soll er mal versuchen.«

»Stell dich darauf ein, dass er es nicht nur versuchen wird.«

»Was schlägst du denn vor?«

»Was er kann, kannst du schon lange.«

»Du meinst … Das kann nicht dein Ernst sein.«

»Ich trage ein Kind in mir, und ich will, dass es lebt, Baldur. Wenn das der Weg dazu ist …«

»Ich bringe niemanden heimtückisch um, sondern ich sehe jedem ins Gesicht, wenn ich es tue.«

»Dann sieh ihm meinetwegen ins Gesicht, während du ihm die Klinge ins Herz stößt.«

»Es geht nicht um Ins-Gesicht-Sehen, es geht darum, dass es im Licht der Öffentlichkeit passiert, in einem ehrlichen Zweikampf.«

»So ein Mumpitz. Einem vom Schwert Getroffenen ist es völlig gleichgültig, ob er im Stillen oder im Licht der Öffentlichkeit ums Leben gebracht wurde.«

»So kann nur ein Weib schwätzen.«

»So kann nur ein Hornochse schwätzen.«

Claire

IST EINE MUTTER je schwerer geprüft worden als ich? Drei Kinder so nah und doch unerreichbar. Orendel – ein Stern im Tal, und ich bin dieser Tage zu schwach und zu krank, um etwas daran zu ändern. Das Ungeborene – ich habe irgendwie die Verbindung zu ihm verloren. Ich meine damit, es ist noch da, Gott sei Dank, aber es kommt mir vor, als wäre es weit weg, und ich weiß nicht, warum. Es gibt keinen Grund, mir fällt keiner ein. Meine Zuversicht schwindet. Bilhildis findet, ich bin wegen Orendel überreizt, und Aistulf hat sich ihrer Meinung angeschlossen, aber ich fühle, dass das nicht stimmt. Ich weiß nur, dass alles kopfsteht, verschwommen ist. Ich meine, durch einen Nebel zu gehen. Die Dinge um mich herum nehmen ihren Lauf, ohne dass ich sie beeinflussen kann. Ich bin zeitweise zu schwach, zu durcheinander, um zwei klare Gedanken aneinanderzureihen. Seit einer Stunde mindestens sitze ich an diesen wenigen Zeilen, und ich habe Angst, sie nicht beenden zu können, einfach deswegen, weil es mir unmöglich ist, genau das auszudrücken, was ich denke und fühle, und zugleich habe ich Angst, ihn zu verlassen, weil er mein einziger Halt ist, er und der Schlaf. Heute Morgen: Ich führte ein Gespräch, und plötzlich riss der Faden, ich verlor die Aufmerksamkeit, die Worte glitten ab, ich wurde ärgerlich, ich schrie Bilhildis an, das weiß ich noch, danach wollte ich nur noch schlafen. Ich schlafe für das in mir entstehende Kind, für sein Leben. Ich sage mir:

Wenn du schläfst, Claire, kannst du diesem zarten Wesen nichts antun, denn die Krankheit schläft mit dir. Und ich schreibe, damit diese Tage eine Wirklichkeit bekommen, die überlebt.

Ist das ein wirrer Gedanke? Versteht jemand, was ich sagen will? Verstehe ich selbst, was ich sagen will?

Jetzt wollte ich noch …

Es ging mir um …

Elicia – sie ist inzwischen ebenso unerreichbar für mich. Sie liebt mich nicht mehr. Was bleibt einer Mutter von einer Tochter ohne Liebe? Nur die Gegnerin.

Sie hat selbst Schuld. Mir kann sie das nicht auflasten. Sie verlangt alles und gibt nichts. Wie viel hat sie für die Versöhnung getan? Das passt auf eine Nadelspitze – während meine ausgestreckte Hand schon blutig ist von den Schlägen, die sie und ihr dummer Gatte austeilen. Aus dem Fest an Heiligabend hat sie ein bizarres Schauspiel gemacht. Es hätte so schön werden können. Ich wollte bloß meine Ruhe haben, die Messe hören, das Schwein essen, mich an den fröhlichen Gesichtern des Gesindes erfreuen, mich am wiedergeborenen Heiland erfreuen, mich an Elicia – ja, an Elicia – erfreuen. Aber sie, sie hat alles ruiniert. Den Tag, das Fest, die Fröhlichkeit, alles.

Wie war das noch? Sie brachte die Ungarin mit zur Tafel und setzte sie an ihre Seite. Das störte mich nicht im Geringsten, aber Aistulf fand es unangemessen, dass eine des Mordes verdächtige Frau, eine Heidin zudem, mit uns Weihnachten feierte und, mehr noch, nicht beim Gesinde, sondern an unserem Tisch saß. Elicia konterte, dass sie diese Frau als Amme und Freundin erwähle, und so wurden die ersten Klingen gekreuzt.

Die Ungarin und ich wechselten einen langen Blick. Erstaunt stellte ich fest, dass eine gewisse Wesensähnlichkeit zwischen ihr und Elicia bestand und dass, wenn man es nicht allzu genau nahm, sogar eine – wie soll ich es nennen? – gegensätzliche Ähnlichkeit des Aussehens vorhanden war: der gleiche Gesichtsausdruck, aber schwarzes Haar, blondes Haar, Bronzehaut, Elfenhaut … Doch ich war müde und wollte dem Gedanken nicht weiter nachgehen. Daher war es umso überraschender, dass ich mitten in den Wortwechsel zwischen Aistulf und Elicia hineinsagte: »Deine Wahl überrascht mich nicht, meine Tochter. Sie passt zu dir. Ja, wirklich, ich finde es unter diesen Umständen das Normalste von der Welt, dass du dir genau diese Frau zur Amme erwählt und neben dich gesetzt hast. Eins reiht sich ans andere, nicht wahr?«

Das war mir einfach so über die Lippen gekommen, ich traute meinen Ohren nicht. Wieso hatte ich das gesagt? Keiner hatte mich verstanden. Sie hatten meine Worte gehört, ohne den Sinn zu verstehen, und Aistulf ergriff meine Hand und blickte mich voller Sorge und Liebe an, obwohl ich ihm widersprochen hatte.

Elicia sprang empört auf – nein, so kann man das nicht sagen, sie war nicht empört, sie war darauf vorbereitet gewesen, empört zu sein, und glaubte nun, eine Gelegenheit zur Empörung zu haben. Also nahm sie sie wahr.

»Was willst du damit sagen?«

»Nichts.«

»Von wegen.«

»Wenn du nicht verstanden hast, was ich sagte, wieso regst du dich denn über das Gesagte auf?«

»Weil du nichts ohne Hintergedanken sagst oder tust.«

Ich war ohnehin am Ende meiner Kräfte. Nur mit Mühe hatte ich die Messe überstanden, in meinem Kopf pochte es, das Schwein auf seinem Bett aus Kohl widerte mich an, sogar ein kleiner Schluck Wasser kam mir beinahe wieder hoch, mir war zum Weinen und ich schimpfte mich eine Eselin, weil ich überhaupt etwas gesagt hatte. Alles sprach dafür, dass ich den Rückzug in mein Gemach und einen langen Schlaf antreten würde, so wie ich es früher schon unzählige Male an unangenehmen Abenden mit Agapet getan hatte. Ich hatte mit Agapet nicht streiten wollen, und mit meiner Tochter wollte ich es noch weniger.

Jedoch …

Der Zorn flackerte auf wie ein Mittsommerfeuer. Ich dachte: Du bist mein böser Geist, dich will ich verjagen, wenn du nicht wärst, hätte ich das Glück auf Erden. Und als ich es gedacht hatte, sprach ich es aus. In diesem Moment wünschte ich, ich hätte Elicia nicht geboren. Der Wunsch bestand nicht lange, man leert einen Schierlingsbecher in der Zeit, die der Gedanke dauerte, aber es hat ihn gegeben.

Ich erinnere mich nicht mehr genau, aber ich meine, danach brach ich weinend am Tisch zusammen.

Aistulf rief: »So, das reicht. Baldur, Elicia, augenblicklich verlasst ihr dieses Fest.«

Ich hörte Baldur irgendetwas antworten. Er und Aistulf schrien sich an. Ich dachte: Nein. Nein. Was ist nur mit uns? Was geht hier vor?

Und plötzlich saß Elicia neben mir. War das Mitleid und Bedauern in ihren Augen? Oh, wie sehr habe ich mir das gewünscht! Mitleid ist ein Anfang. Es war also nicht alles verloren. Sie wischte mir eine Träne von der Wange, und sofort war ich glücklich, ebenso schnell wie ich kurz vorher zornig gewesen war.

Und was sagt sie dann? Was erlaubt sie sich, mir zuzuflüstern?

»Aistulf ist ein grausamer, böser Mensch. Er spielt dir etwas vor. Du bist da hineingeraten, so etwas passiert, ich weiß ja selbst, was Liebe ist. Aber mach die Augen auf, Mutter. Aistulf benutzt dich nur. Er hat – er hat versucht, mich umzubringen, neulich Nacht, du erinnerst dich, als ich schrie. Das war kein Traum, das war Aistulf, er selbst oder ein gedungener Meuchler, und er wird es wieder tun, Mutter, ich weiß es, ich habe es gehört, glaube mir, Mutter, er will mich umbringen.«

Mir war, als würde ich umhergeschleudert, ja, als steckte ich wieder in jenem Fass, in dem ich einst als Zehnjährige den Hügel hinabgerollt bin. Mein Körper schien zerbrechlich, wie aus Gips geformt, und meine Gedanken waren Scherben.

Ich erhob mich langsam. Alle im Saal achteten auf das Wortgefecht zwischen den beiden Streithähnen, bis ich rief: »Du bist krank, Elicia, zutiefst zerrüttet an Seele und Geist, eine Schwachsinnige, hörst du? Eine Schwachsinnige. Ich will dich nicht mehr sehen. Geh irgendwohin, wo du keinen Schaden anrichten kannst.«

Und dann begann ich zu schreien. Ich weiß nicht mehr, was. Es wuchs sich zu einem regelrechten Tobsuchtsanfall aus, für den ich mich im Nachhinein schämte. (Wohlgemerkt, ich schäme mich für meine unangebrachte Rage, für die Art meiner Empörung, nicht für die Empörung an sich.)

Daraufhin geriet Baldur noch mehr in Rage. Er schlug Aistulf, der zurückschlug, was ebenso tapfer wie töricht war, weil Baldur, wenn er es darauf anlegt, ganze Schemel mit einem einzigen Hieb zertrümmern kann – was er Agapet gelegentlich stolz gezeigt hat. Diesmal zertrümmerte er Aistulfs linke Rippe, und er hätte dasselbe mit dem Kinn getan, wenn nicht beherzte Männer dazwischengegangen wären.

Eben kam Aistulf herein. Er war lieb und zärtlich und versuchte, den Schmerz, den die gebrochene Rippe verursacht, vor mir zu verbergen. Damit bringt er mich in Verlegenheit, weil es mir schon seit einer Weile nicht mehr gelingt, ihm Sorgen zu ersparen. Ich möchte ihn so gern vor allem schützen: vor Baldur, vor Enttäuschungen, Gefahren, Irrtümern, schrecklichen Verlusten, vor dem Älterwerden, dem Zu-schnell-alt-Werden, vor dem Tod, seinem wie meinem, und vor der Kälte in der Nacht. Und nun, wo ich seine Hauptsorge geworden bin, möchte ich ihn am liebsten auch vor mir beschützen. Aber mir fehlt zu allem die Kraft, sogar zu kleinen Tätigkeiten und Absichten, also woher sollte ich dann die Kraft für Heldentaten nehmen? Ich frage mich, wohin die Kraft entschwunden ist, von der ich monatelang glaubte, im Übermaß zu haben.

»Es tut mir leid, dass ich mich derart habe gehen lassen«, entschuldigte ich mich.

»Mach dir keine Vorwürfe deswegen. Ich habe Baldur der Burg verwiesen. Stell dir vor, er wollte mich zum Kampf mit Schwert und Schild herausfordern.«

»Und was hast du geantwortet?«

»Dass nur jemand von gleichem oder höherem Stand einen Grafen herausfordern darf und dass das auf ihn nicht zuträfe.«

»Du hast richtig gehandelt. Aber bei den Waffenträgern hast du dadurch beträchtlich an Achtung eingebüßt.«

»Ich weiß. Im Fall, dass ich die Herausforderung angenommen hätte, hätte ich beträchtlich an Leben eingebüßt, und da schien mir die Achtung entbehrlicher zu sein.«

Ich rang mir ein Lächeln ab. Aistulf kann so wunderbar anders als andere Männer sein, manchmal kommt er mir vor wie jemand aus einer fernen Zeit. Seine Nähe und Liebe tat mir gut, aber das änderte leider nichts an meinen unsäglichen Kopfschmerzen.

»Was wird nun aus Baldur?«, fragte ich.

»Ich habe den Stallmeister angewiesen, Baldur anzubieten, in der Scheune außerhalb der Burgmauer einen Schlafplatz zu bekommen. Du weißt, dort gibt es Unterkünfte für die Knechte. Natürlich darf der Stallmeister nicht verraten, dass das Angebot von mir kommt, sonst würde Baldur es nicht annehmen, und was würde dann aus ihm?«

»Warum bist du immer noch so gut zu ihm?«

»Wegen Elicia. Sollen die beiden vielleicht wie Maria und Joseph herumirren, auf der Suche nach einem Ort, wo sie ihr Kind zur Welt bringen kann? Sie darf in ihrer Kemenate bleiben, das Burgverbot gilt nur für Baldur. Es sei denn, dass das, was du zu ihr gesagt hast, ernst gemeint war. Du sagtest, du willst sie nicht mehr sehen.«

»Ich weiß es nicht, Aistulf. Ganz ehrlich, ich weiß es nicht. Diese besondere Wut, die ich auf sie habe, die hat man doch nur, wenn man jemanden liebt, oder? Und zur gleichen Zeit möchte ich sie umbringen.«

Wir sahen uns lange an. Dann gab er mir drei Küsse auf beide Wangen und den Mund. Bevor er ging, hatte er noch eine Überraschung für mich.

»Übrigens, ich werde morgen deinen Sohn besuchen. Ich habe Bilhildis und Raimund angewiesen, alles vorzubereiten. Der Vikar wird nichts merken, ich tarne den Ausflug ins Tal als Weihnachtsbesuch bei den Armen. Du weißt schon, Münzen unters Volk werfen und so weiter. Du – du hast doch nichts dagegen, oder?«

»Dagegen? Ich finde, das ist eine wunderbare Idee von dir. Bilhildis berichtet mir zwar immer von Orendel, aber sie ist ja aus verständlichen Gründen nicht gerade wortgewaltig, und Raimund ist redselig wie ein Baumstumpf. Was die Briefe angeht, sie sind – nun ja, eben nur Briefe. Weißt du was, ich komme mit dir.«

»Das kommt nicht infrage. Der Ritt runter und rauf, die Aufregung, deine Schwäche und Übelkeit … Du musst an unser Kind denken.«

»Ich kann dir nicht sagen, wie viel es mir bedeutet, dass jemand, den ich liebe, ihn herzlich begrüßt. Wirst du das für mich tun?«

»Selbstverständlich. Ich gestehe, ich bin ein bisschen aufgeregt. Ich kenne ihn nicht, und er kennt mich nicht, und ich bin nur der Stiefvater, vielleicht sage ich etwas Falsches oder …«

»Mach dir keine Sorgen. Bilhildis hat mir berichtet, dass Orendel keine Vorbehalte gegen dich hat. Und auch in seinen Briefen finde ich keinerlei Groll. Wie auch, er hat ein zutiefst sanftes Naturell. Und falls er zunächst noch ein wenig fremdeln sollte, wirst du ihn rasch für dich einnehmen, so belesen, wie du bist. Wie könnte jemand etwas Schlechtes von dir denken.«

»Elicia und Baldur …«

»Sie haben sich in ihren Irrungen verbarrikadiert. Da kann man nichts machen, da kommt man nicht heran. Dir vorzuwerfen, Agapet getötet zu haben und Elicia umbringen zu wollen – so etwas Unsinniges, Abwegiges.«

Er streichelte mein Haar. »Irgendjemand muss Agapet getötet haben.«

»Ja, sicher. Irgendjemand. Aber nicht du. Nicht du, Geliebter.«

Ich hatte gehofft, dass der Verleumdung Elicias, Aistulf wolle sie töten, nur Berechnung zugrunde liegt, die darauf abzielt, unsere Autorität und Stellung zu schwächen. Wie mir Bilhildis inzwischen im Vertrauen versicherte, glaubt Elicia jedoch fest daran, dass sie die Wahrheit sagt. Dadurch ist sie für mich tatsächlich unerreichbar geworden. Sie ist im wahrsten Sinne des Wortes verloren.

Bilhildis

MICH TRAF FAST der Schlag, als Raimund, von hinten kommend, mich am Weihnachtstag mitten im Burghof am Arm packte, um die Ecke zerrte, an die Wand drückte und zischte: »Aistulf will morgen zu Orendel. Zu *O-ren-del.* Das haben wir nun von deinen Spielchen. Alles wird herauskommen, wenn wir nicht sofort handeln. Los, komm mit mir.«

So entschlossen habe ich den alten Sack noch nie gesehen, und ich hatte ihm nichts entgegenzusetzen. Wäre ich nicht ohnehin stumm, wäre ich sprachlos gewesen. Raimund hatte recht: Aistulf durfte Orendel nie zu Gesicht bekommen. Er erwartete so etwas wie einen Prinzen vorzufinden, in einem edlen Gewand, fröhlich und aufgeweckt, doch er würde einem ihm feindselig begegnenden jungen Mann gegenübertreten, der halb verwahrlost war. Binnen eines Lidschlages würde er erkennen, dass wir der Gräfin etwas vorgelogen und das Geld, das wir für Orendel ausgeben sollten, für uns behalten hatten. Doch das war noch nicht das Schlimmste. Ich hatte Orendel inzwischen so weit, dass er seine Mutter verabscheute und Aistulf für ein Ungeheuer hielt, einen üblen Erbschleicher und Gattenmörder, der nicht den mindesten Wunsch hatte, dass er auf die Burg zurückkehrte. Der Mann, der ihn besuchen würde, entsprach nicht diesem Bild. Die Jahre im Verschlag hatten Orendel zwar nicht gerade klug werden lassen, aber der Unterschied zwischen meinen Behauptungen und Aistulfs Höflichkeit und Zuvorkommenheit ihm gegenüber würde einfach zu groß sein, als dass er keinen Verdacht schöpfen würde. Andersherum wäre die Feindseligkeit, mit der Orendel Aistulf empfangen würde, für diesen offensichtlich.

Was für ein Jammer! Auf der Fahrt mit dem Versorgungswagen ins Tal, als ich neben Raimund auf dem Bock saß, trauerte ich um meinen schönen Plan wie um ein verrecktes Kind. Ich wollte seinen Tod nicht wahrhaben.

Raimund sagte: »Wenn wir auf die Burg zurückkommen, werfe ich mich atemlos und mit schreckgeweiteten Augen vor Graf Aistulf und berichte ihm, dass gemeine Räuber das Gehöft überfallen und den Sohn der Gräfin massakriert haben. Er wird die Leiche sehen wollen, also muss es nach einem Massaker aussehen. Du bleibst draußen, ich erledige das allein. Da fällt mir ein, wir müssen ihm ein gutes Gewand anziehen. Verdammt, dafür muss ich ans schwer verdiente Geld. Was dein Wahnsinn uns kostet, Frau! Die Gräfin hat mir fünf Goldstücke gegeben, wenn ich behaupte, dass ich den Dolch, mit dem der alte Graf ermordet wurde, offen habe herumliegen sehen. Ich habe einen Vikar belogen, dafür kann man mich vierteilen, und nun muss ich wegen deiner vermaledeiten Ränke die fünf Goldstücke für ein teures Gewand ausgeben. Sieh mich nicht so an, du machst ja auch, was du willst, also habe ich mich von der Gräfin für eine Lüge bezahlen lassen, ohne dir davon zu erzählen. Musst nicht alles wissen. Weißt eh schon viel zu viel.«

Da hatte der alte Sack sich doch tatsächlich von der Gräfin bestechen lassen, und mir war's entgangen. Warum machte sie das? Aber ich konnte mir nicht lange den Kopf darüber zerbrechen, weshalb die Gräfin bezüglich des Dolchs log, denn ich hatte meine eigenen Schwierigkeiten.

»Frau, nun sag endlich, wo wir ein teures Gewand herkriegen, in das wir Orendel stecken, bevor ich ihn abmurkse.«

Gewand war das Stichwort. Ich hatte die Lösung unseres Problems gefunden.

Ich gestikulierte wild mit den Händen, um Raimund zu verdeutlichen, was er tun sollte, nämlich den Wagen umzulenken.

»Was willst du, Frau? Wohin sollen wir fahren? Zu einem Schneider?«

Nicht zu *einem* Schneider, zu *dem* Schneider. Ich übernahm die Zügel.

»Gut«, sagte Raimund, »aber danach bringen wir Orendel um.«

Es sah in dem Häuschen und in der Werkstatt noch genauso aus wie Monate zuvor, als ich Norbert das erste Mal besucht hatte. Alles war sehr einfach gehalten, und aufgeräumt war es auch nicht. Das gefiel mir, weil es bedeutete, dass Norbert nicht so töricht gewesen war, das Geld, das er bekommen hatte, zur Schau zu stellen. Er hätte sich eine Magd zum Saubermachen leisten können, neue Möbel, bessere Schneidmesser, aber nein, er beließ die Schneiderei so, als ob er sie in der nächsten Stunde für immer verlassen könnte. Das entsprach unserer Vereinbarung, an die er sich hielt, obwohl er nur ein einziges Mal als fruchtbarkeitsförderndes Mittel benötigt worden war. Ich hatte immer schon eine Schwäche für Leichtfüße mit Sinn für Vertragstreue.

»Ich hätte nicht gedacht, dass ich dich noch einmal sehe«, sagte er.

»Wir brauchen ein gutes Männergewand«, erwiderte Raimund barsch, noch immer in Unkenntnis des eigentlichen Grunds unseres Besuchs bei Norbert, dem Schneider.

Ja, wir brauchten ein Gewand. Aber das war nicht das Wichtigste. Wir brauchten vor allem einen Orendel.

Ich ergriff ein Stück Kohle, mit dem Norbert üblicherweise seine Linien auf den Stoffen zog, und schrieb damit auf den Werkstatttisch.

Raimund verfolgte mein Tun mit gerunzelter Stirn und misstrauischem Blick. Er hatte noch keine Ahnung, worum es ging, als Norbert mir amüsiert zunickte. Er war einverstanden. Er war ein raffinierter Bursche, keiner Tücke abgeneigt, wenn sie ihm zum Vorteil gereichte, und so jemand war mein natürlicher Verbündeter.

»Was ist? Was soll das?«, fragte Raimund. »Was geht hier vor? Worüber habt ihr euch verständigt?«

»Deine Frau«, erklärte ihm Norbert, »hat mich gefragt, ob ich die Rolle eines anderen Mannes spielen kann und will.«

Raimund klappte die Kinnlade runter. Ich hatte nicht erwartet, dass er von meiner Idee begeistert sein würde, dafür war Raimund viel zu ängstlich, aber ich hatte nicht damit gerechnet, dass er einen solchen Zinnober veranstalten würde, wie er es dann tat.

Er griff sich einen Lumpen und wischte wie vom Hafer gestochen die Tischplatte ab, bis der letzte Buchstabe unkenntlich gemacht war. Dann drückte er Norbert den Zeigefinger auf die Brust, sah ihn böse an und sagte: »Du vergisst, was du gelesen hast, wir haben uns verstanden. Du tust nichts anderes, als ein schönes Gewand zu schneidern, Bilhildis schreibt dir die ungefähren Maße auf, bis morgen früh will ich es haben, ich zahle dir zwölf Silberlinge für das Gewand und acht Silberlinge für dein Schweigen, und wenn du dich nicht daran hältst, stopfe ich dir auf andere Art das lose Mundwerk.«

Ich zögerte nicht, ihm das seine zu stopfen. Als er sich zu

mir umdrehte, hatte ich mir bereits Norberts Schneidmesser geschnappt. Ich hielt die blanke Klinge an Raimunds Kehle, bereit, mich mit einer einzigen Handbewegung des Hindernisses zu entledigen. Diese Bereitschaft stand in meinen Augen.

»Ja«, sagte Raimund mit kalter Stimme, »Kehlen durchschneiden, das kannst du. Darin hast du bereits Übung, wie?«

Am nächsten Tag brachten wir Orendel in die verfallene Scheune des Gehöfts, damit er nicht mitbekam, was im Haupthaus passierte. Ich sagte ihm nur, ihm drohe Gefahr, und wie immer vertraute er auf das, was ich sagte. Dann fuhren wir wieder zu Norbert, holten das Gewand und ihn selbst ab und fuhren zurück zum Gehöft. Norbert und Orendel hatten die gleiche Augen- und eine ähnliche Haarfarbe. Das Gewand war an der unteren Grenze dessen, was man einem Grafensohn zumuten konnte, aber Norbert hatte keine feineren Stoffe vorrätig. Wer hätte sie auch kaufen sollen? Außer der gräflichen Familie gab es keinen Adel in der Gegend, nur eine Handvoll wohlhabender Kaufleute, und dementsprechend war das Gewand ein Kaufmannsgewand, mit Borten notdürftig veredelt. Ich richtete das Gemach her. Bisher hatte ich Orendel im Dreck leben lassen, das machte ihm nichts mehr aus, er hatte ja sieben Jahre lang wie ein Hahn in einem dreckigen Verschlag mit Scheiße in der Ecke gelebt. Ich war gerade fertig geworden, als ich Aistulfs Pferd hörte.

Eilig gab ich Norbert letzte Instruktionen: vornehm sprechen, aber nicht zu vornehm; sich auf kein Gespräch über die Familie einlassen, bei der »er« bis vor Kurzem gelebt hat; möglichst allgemein bleiben; erwähnen, dass er sich auf die Rückkehr freut und ähnliches süßes Zeug. Ich vertraute darauf, dass Norbert ausgekocht genug war, um sich etwas einfallen zu lassen, denn die Zeit war viel zu knapp gewesen, um ihn ausreichend vorzubereiten. Es lag nun alles an ihm, ich konnte nichts weiter tun, außer beten – aber zu wem hätte ich beten sollen?

Auftritt Aistulf: »Du bist Orendel? Ich bin Graf Aistulf.«

Norbert-Orendel verneigte sich ein wenig ungeschickt. »Hochwohlgeboren.«

Aistulf lächelte. »Die korrekte Anrede wäre Erlaucht. Aber bitte, sage Aistulf zu mir. Wir sind eine Familie. Du hast immer dazugehört, Orendel, an jedem einzelnen Tag, an dem du fort warst. Du hattest doch keine Zweifel deswegen, oder? Deine Mutter sagt, sie habe dich in ihren Briefen am Leben in der Burg teilhaben lassen und dir allerlei Begebenheiten erzählt, sodass du immer auf dem Laufenden warst.«

»O ja, so war es.«

»Ich wette, sie hat auch etwas über mich geschrieben.«

»Über – über Euch, ich meine, über dich? Da muss ich – nachdenken. Das könnte schon sein.«

»Verzeih, ich wollte dich nicht aushorchen. Die Briefe deiner Mutter waren dir ein Trost, hoffe ich.«

»O ja, und was für ein Trost, ein ganz enormer – ja, gewiss, ein Trost. Ohne die Briefe hätte ich nicht überlebt.«

»Du hast sie hoffentlich aufbewahrt.«

»Aufbewahrt? Ja, irgendwo müssen sie sein. Da muss ich – mal wieder – nachdenken. Gewiss habe ich sie noch. Sie sind mir so ans Herz gewachsen, dass ich sie nie hergeben könnte. Eher sterbe ich.«

»Damit brauchst du es nicht eilig zu haben. Ich fragte nur, weil ich es für eine gute Idee hielte, wenn ihr euch gegenseitig eure Briefe eines Tages noch einmal vorlesen würdet.«

»Diesen Tag sehne ich herbei.«

»Du verstehst, weshalb du vorläufig noch nicht auf die Burg zurückkehren kannst?«

»Na, vollkommen.«

»Ich hatte schon überlegt, ob wir dich nicht in ein einfaches Gewand stecken, so als gehörtest du zum Gesinde, verstehst du? Und dann würden wir dir ein kurzes Wiedersehen mit deiner Mutter ermöglichen.«

»Oh – das – ist – keine gute Idee, finde ich.«

»Wieso nicht?«

Ich hielt den Atem an.

Norbert-Orendel: »Weil – ähm – weil ich mich nie in so ein geflicktes, altes Gewand zwängen könnte.«

Aistulf zog die Augenbrauen hoch.

»Ich meine, ähm, nicht dass mir das etwas ausmachen – ausmachen würde, mich in ein .... Sie sind ja gar nicht so übel, diese einfachen Gewänder, und du sollst nicht denken, dass ich ... Nein, es ist nur, versteht Ihr, verstehst du, das wäre ein – ein – ein unwürdiges Wiedersehen, so auf die Schnelle hingerotzt, ich meine eingerichtet. Und immer fürchtend, jemand könnte mich wiedererkennen.«

Nach dieser erbärmlichen Stotterei fing er sich wieder, um sich von einem Moment zum anderen großer Gesten und eines salbungsvollen Tonfalls zu bedienen.

»Wie ein Dieb müsste ich mich in das Haus schleichen, aus dem ich einst von meinem hartherzigen Vater vertrieben wurde. Na ja, sozusagen vertrieben. Nein, unmöglich, wenn ich zurückkehre, soll es im Triumph sein – vielleicht ist Triumph ein zu starkes Wort. Ich will das Licht des Tages, ich will einen Empfang und ein Fest. Ich stelle mir das so vor: Ich reite auf einem geschmückten Schimmel den Hügel hinauf. Meine Mutter und der Graf – also Ihr, ich meine, du –, ihr steht am oberen Ende der großen Treppe. Ich steige ab. Du gehst mir entgegen und geleitest mich die Treppe hinauf, wo mich die Gräfin, also meine Mutter, in die Arme schließt. Der Hof applaudiert. Und wenn irgendwo eine Krone – oder wenigstens ein Krönchen – aufzutreiben wäre, würde mich das sehr glücklich machen.«

Aistulf verharrte, und ich schloss die Augen. Beim Leibhaftigen! Hatte dieser Mann noch alle Sinne beieinander? Was war denn das für ein Mumpitz! Ich schwor mir: Sollte ich diesen Tag überleben, würde ich Norbert-Orendels Kopf in Eiswasser tunken, bis der letzte Blubber ihm aus dem Maul gestiegen wäre.

Krönchen! Die Fresse hätte ich ihm einschlagen wollen mit diesem Krönchen.

Raimund sah aus, als würde er sich im nächsten Augenblick dem Graf zu Füßen werfen und um Gnade bitten wollen. Unauffällig nahm ich seine Hand. Ich kann mich nicht erinnern, wann ich das das letzte Mal gemacht habe.

Nach einem Augenblick der Stille lachte Aistulf, dass es in den Ohren wehtat, und doch war es Balsam für mich.

»Du hast tatsächlich so viel Humor und Fantasie, wie deine Mutter behauptet. Gute Güte, du kannst dir Sachen ausdenken …«

Norbert-Orendel war verwirrt. »Ja, nicht wahr? Was – was wäre denn besser?«

»Nun, es muss sich wohl um Fantasie handeln, denn wir haben keine große Treppe.«

»Ach, nein? Ich hätte schwören können …«

»Wir haben nur kleine, an die Mauern angebaute Treppen, erinnerst du dich? Kronen haben wir auch nicht. Mach dir nichts daraus, du warst zwölf Jahre alt, als du die Burg verlassen musstest, und die Sehnsucht hat dich wohl manches idealisieren lassen.«

»Haha. Die Sehnsucht, ja, die muss es sein.«

»Deine Mutter wird herzlich lachen, wenn ich ihr das erzähle. Es macht dich real und menschlich, verstehst du, was ich meine? Es wird ihr gefallen. In letzter Zeit ging es ihr nicht so gut, sie kann Aufmunterung gebrauchen. Die Mutterwerdung macht ihr zu schaffen … Doch lassen wir das. Möchtest du ihr ein paar Zeilen schreiben? Ich würde ihr den Brief persönlich überreichen.«

»N-nein, lieber nicht. Ich bin zu – zu aufgeregt. Vor Freude, versteht sich.«

»Ich freue mich, dass es dir gut geht. Fehlt es dir an etwas? Wird alles für dich getan?«

»O ja, Bilhildis ist eine Perle. Was hätte ich ohne sie gemacht in all den Jahren. Sie verdient eine Belohnung, jetzt gleich …«

Als er die Belohnung erwähnte, dachte dieser Schurke doch bloß an sich selbst. Wollte seinen Lohn vergrößern. Und ich musste darauf eingehen. Mistkerl. Zwanzig Silberlinge hat es ihm eingebracht. Das Geld ist mir einerlei, aber es gefällt mir nicht, wie er mich spüren lässt, dass er mich in der Hand hat.

Immerhin, er hat seine Rolle alles in allem nicht übel gespielt, halt wie ein einfacher Schneider, der für eine Stunde von Adel sein darf und dabei auf Schablonen zurückgreift. Die Hirngespinste vom Krönchen und der Treppe hätten nicht sein müssen, und sein zeitweises Gestammel hat mich binnen fünf Atemzügen fünf Jahre altern lassen. Aber er hat getan, was er konnte. Vom Eiswassertunken nahm ich Abstand. Außerdem wusste ich, dass ich ihn womöglich noch einmal brauchen würde – und er wusste das auch.

Als Raimund und ich Aistulf zu seinem Pferd begleiteten, musste ich einen Rückschlag hinnehmen. Er bestand darauf, dass wir den Winter über im Gehöft bei Orendel blieben, da die Wege durch den Wald verschneit und eisig würden und ein ständiges hügelauf und hügelab kaum noch möglich wäre. Leider hatte er damit recht. Ich wollte ihm anbieten, dass bloß Raimund bei Orendel bleiben könnte, doch er ließ sich auf nichts ein. Und nun bin ich hier unten, abgetrennt von meinen übrigen Machenschaften. Wem kann ich von hier aus schaden? Die Gräfin wird sich ohne meine ständigen Verabreichungen von Tollkirsche bald erholen, und ich kann weder Elicia noch das ungarische Aas noch den Konstanzer Ausfrager im Auge behalten. Der einzige Vorteil ist, dass ich mehrere Monate lang sehr eng mit Orendel leben werde, um ihn restlos zu meinem Geschöpf zu machen. Vorsichtshalber haben wir auch Norbert zu uns geholt, er dient Orendel als Leibdiener und kann, falls Aistulf überraschend vorbeikommen sollte, rasch seine alte Rolle wiederaufnehmen.

Wenn bloß die Gräfin es sich nicht einfallen lässt, uns einen Besuch abzustatten.

Malvin

AN HEILIGABEND TRAF ein Brief ein, der mir das Fest verdarb. Er kam aus Konstanz und war vom Schultheiß unterzeichnet worden. Er beklagte sich über den Stillstand im Gericht, der seit meiner Abreise eingetreten war, und »bat« um meine Rückkehr.

Wenn man etwas im Leben gefunden hat, von dem man weiß, dass es etwas Grundlegendes ist – die Luft, die man atmen will, der Boden, auf dem man fest steht, das Wasser, das man zum Überleben braucht –, dann ist sein Verlust gleichbedeutend mit dem Verlust der Essenz des Lebens. Dabei kann es sich um ein Kind handeln, um die Ehre, die Freiheit, die Reinheit, um Gottes Gunst, die Gunst einer begehrten Frau, die Selbstachtung, zu lieben und geliebt zu werden … Was dem Menschen das Wichtigste, das ist alles für den Menschen. Ich habe bei Elicia etwas gefunden, das mein Leben zu etwas Besonderem gemacht hat. Weder meine Arbeit noch meine Stellung, weder mein Pflichtgefühl noch – Gott vergebe mir – meine Kinder sind das Element, das meine Existenz auszufüllen vermag. Alles das ist mir nahe, sogar sehr nahe, es umrandet mein Leben und liefert mir gerade so viel Stärke, dass ich als Mensch und Gottes Diener, als Vikar und Vater funktioniere. Doch im Grunde lebte ich nicht, bis ich Elicia traf. Ich erledigte. Ich erfüllte die gestellten Aufgaben. Ich ging ins Gericht, fällte Urteile, ich liebte meine Kinder, ich bewahrte meiner verstorbenen Gattin das Andenken, ich hörte die Messe, und alles dies tat ich mit Neigung und aus Überzeugung. Allein, es brachte keine Fülle in mein Leben. Wäre ich Elicia nicht begegnet, so hätte ich einfach so weitermachen können, doch nun, da es anders gekommen ist, kann ich nicht einfach so zu dem alten Zustand zurückkehren. Wenn man weiß, dass es einen Himmel gibt, betet man um Einlass, und wenn man weiß, dass es einen Himmel auf Erden gibt, so will man ihn, sobald man einen Blick davon erhascht hat, erobern.

Wie sehr habe ich in den Wochen vor Weihnachten mit mir gerungen, ob ich das vor Gott Aufrichtige tun sollte oder das Richtige für mich. Aus lauter Unvermögen, zu einer Entscheidung zu kommen, habe ich die Zeit verstreichen lassen – insgeheim hoffend, es gäbe keine, und insgeheim wissend, sie verstreicht. Ich wusste, dass viel Arbeit in Konstanz liegenblieb, dass die Angeklagten bis zu meiner Rückkehr in Kerkern schmachteten, die sich zunehmend füllten, dass die Ungeduld der Kläger täglich wuchs und dass das Recht verharrte, während das Unrecht seinen üblichen Lauf nahm. Trotzdem schaffte ich es, fast nie daran zu denken, und wenn doch, trat ich den Gedanken aus wie eine gefährliche Flamme im Schober.

Elicia führte mir am Weihnachtstag stolz ihre neue Tür vor, die sich von innen verriegeln ließ, was vorher nicht möglich gewesen war. Sie wusste noch nichts von den schlechten Neuigkeiten, denn ich hatte ihr das Fest nicht verderben wollen – das hatten dann andere getan.

»Türen kann man aufbrechen, Elicia. Wenn es wahr ist, was Baldur und du gestern auf dem Fest behauptet habt, dann …«

»Hast du Zweifel daran?«

»Kannst du sie mir nehmen?«

»Siehst du, deswegen kam ich damit nicht zu dir. Was ich weiß, weiß ich von Bilhildis.«

»Vertraust du ihr?«

»Ich habe keinen Grund, ihr nicht zu trauen. Du vielleicht?«

Ich dachte an ihr jahrelanges Verhältnis zu Elicias Vater. »Du verklärst sie, weil sie deine Amme ist. Ich denke, sie hat ihre Geheimnisse.«

»Die hat sogar der Papst. Außerdem ergänzen ihre Beobachtungen lediglich meine eigenen. Stellst du diese ebenfalls infrage?«

»Nein. Aber mir sind die Hände gebunden. Ich kann doch nicht einfach aufgrund der Aussage einer verbitterten Leibeigenen ...«

»In deiner Welt muss alles nach Formeln und Regeln ablaufen, Malvin. Im Grunde verstehe ich das. Aber hier kommen wir damit nicht mehr weiter. Ich kann nicht beweisen, was ich weiß, dass nämlich Aistulf mir ans Leben wollte, und du kannst nicht beweisen, dass er meinen Vater umgebracht hat. Die Gerechtigkeit lässt sich nicht immer mit dem Recht herstellen. Ich muss mir selbst helfen.«

»Indem du hierbleibst und dich umbringen lässt?«

Sie lächelte. »Baldur hat sich täppisch verhalten, aber eines ist durch das Aufsehen erreicht worden: Aistulf kann es sich von nun an nicht mehr leisten, mich umzubringen, da er vor aller Welt beschuldigt wurde, ebendies zu versuchen. Ihm muss daran gelegen sein, dass ich lebe – zumindest vorläufig.«

»Das ist mutig von dir, Elicia, und sehr leichtsinnig.«

»Ohne andere Möglichkeit ist es keines von beiden. Ich wüsste nicht, was ich sonst tun sollte, Malvin. Baldur schläft in der Scheune, tiefer kann man kaum sinken. Und ich soll zu einer Flüchtigen werden, die ihren Gemahl im Stich lässt? Ich bleibe hier, und solange du bei mir bist …«

Das war der Moment, wo ich ihr den Brief des Konstanzer Schultheißen zeigte. Nachdem sie ihn gelesen hatte, faltete sie ihn zusammen und gab ihn mir zurück, ohne mich anzusehen.

»Wann?«, fragte sie.

»Morgen.«

Da brach sie in Tränen aus. Ich wollte sie in den Arm nehmen, aber sie entzog sich mir. Sie hatte recht: Sie war weder mutig noch leichtsinnig, sie war verzweifelt, und es brach mir das Herz, neben ihr zu stehen und nichts tun zu können. Außer …

»Komm mit mir«, sagte ich.

Meine Worte hallten in mir nach. Immer wieder sagte ich: Komm mit mir, komm mit mir, komm mit mir. Doch so, wie ich die Abberufung erahnt hatte, erahnte ich auch Elicias Antwort.

»Einfach so mitkommen? Als was? Als Ehebrecherin?«

»Als … als … Der Herzog verbringt den Winter nicht weit von Konstanz, in der Pfalz Reichenau. Dort könntest du eure Sache vertreten.«

»Das wäre vergeblich. Solange du keine Schöffen berufen und kein Urteil gesprochen hast, wird sich an den Verhältnissen nichts ändern.«

»Was erwartest du von mir? Dass ich gegen meine Überzeugung ein Urteil gegen Aistulf herbeiführe und damit dir und Baldur den Weg ebne?«

Ich tat weit empörter, als ich es tatsächlich war. Das war Teil des Kampfes, den ich mit mir ausfocht. Ich hätte beharrlicher ermitteln können, wie es sonst meine Art ist, aber das hätte bedeutet, entweder Aistulf oder Baldur oder

Claire oder Bilhildis der Tat zu überführen, und jede Anklage hätte Folgen auch für mich und Elicia gehabt.

Einerseits wusste ich, dass Aistulf ein zehnmal besserer Graf als Baldur sein würde. Er war um seine Leute besorgt, er verstand sich nicht nur als nehmender, sondern auch als gebender Herr und würde den Reichtum des Landes mit denen teilen, die es bevölkerten. Und was den Mord anging, wäre es mir möglich gewesen, ihm etwas anzuhängen, jedoch nur, wenn ich alles verriet, an das ich als Vikar glaubte: Wahrheit und Gerechtigkeit. Andererseits sind Wahrheit und Gerechtigkeit Begriffe der Justiz und der Religion, keine der Liebe. Elicia hatte einen Traum. Sie hatte sich ihr Leben lang auf die Rolle als Erbin ihres Vaters und künftige Herrin der Burg vorbereitet. Diesen Traum sollte ich ihr nehmen? Ebenso gut hätte man von mir verlangen können, sie von der Burgmauer zu stoßen. Ich hätte viel dabei gewonnen, Baldur des Mordes zu beschuldigen und ihm den Kopf abschlagen zu lassen, denn dann wäre der Weg für Elicia und mich frei. Aber meine Liebe war größer als meine Habgier. Ich konnte Elicia nicht wehtun. Eher würde ich Bauern leiden und Städte von einem Kriegslüsternen regieren lassen, als Elicia zu enttäuschen. Hätte es in meiner Macht gelegen, Baldur zum Grafen zu machen, ohne Aistulf das Leben zu nehmen – ich hätte es getan.

Und selbst der letzte Schritt, der Schritt ins Finstere, war mir schon nicht mehr fremd. Ich hatte mich tatsächlich schon mit dem Gedanken getragen, Elicia den größten Beweis der Liebe zu geben und ihr das Kostbarste zu opfern, was ich besaß: meine Unbescholtenheit. Noch nie zuvor war ich in Versuchung gewesen, jemanden zu verurteilen, an dessen Schuld ich nicht glaubte.

Ich hätte demnach froh sein sollen, die Agapidenburg, die Sündenburg, zu verlassen, mich in meine Arbeit in

Konstanz zu stürzen und darin zu läutern. Doch es zerriss mir das Herz.

Ich erfuhr, dass Aistulf ins Tal geritten war, daher verabschiedete ich mich nur von der Gräfin. Sie war außerordentlich gereizt. Ihre Augen flackerten wie bei einer Wahnsinnigen. Eigentlich hätte sie froh sein können, mich los zu sein, denn ihr Kind wuchs nun schon seit etwas mehr als neun Monaten in ihr heran und könnte sich ohne weiteres zu einem Zehnmonats- oder Elfmonatskind entwickeln. Unter solchen Umständen jenen Gerichtsherrn in der Burg zu haben, der ihr den Eid abgenommen hatte, war ihr nicht zu wünschen. Ich trachtete nicht nach ihrer Zunge und ihren Schwurfingern, und in ihrem Sinne konnte ich nur hoffen, dass auch kein anderer es tat. Anstatt sich zum Abschied jedoch gut mit mir zu stellen, machte sie mir Vorhaltungen, weil ich monatelang »wie ein Vagabund in der Burg herumgestreunt« bin, »nutzlos, ohne Verstand und deswegen ohne Ergebnis«. Sie schalt mich, weil ich, »Elicia und dem Trottel« nicht Einhalt geboten habe, indem ich der »ungarischen Teufelin den Garaus« gemacht, sondern ihrer Freilassung zugestimmt hatte. Obwohl noch niemand je so mit mir geredet hat, kann ich mich an die weitere Vikarsbeschimpfung kaum noch erinnern – lauter wirres Gerede, das ich einer Krankheit zuschrieb. Zuletzt fragte sie, ob die Inquisitio nun endgültig abgeschlossen sei. Ich antwortete wahrheitsgetreu, aber nicht ohne Boshaftigkeit: »Eine Inquisitio ist immer erst mit dem Urteil abgeschlossen.«

Tatsächlich jedoch habe ich nicht vor, jemals wieder hierher zurückzukehren. Die Untersuchung wird auf ewig schlafen.

So trennten wir uns, Elicia und ich: Sie kam zu mir, wir legten uns eng umschlungen auf mein Nachtlager und schlossen die Augen, bis sie irgendwann einschlief. Das war vor einer Stunde. Ich breche nun auf und beende, was das Schönste in meinem Leben gewesen war und was dennoch nie hätte beginnen sollen.

Kara

DER ZWEITE TAG nach dem Fest, das sie Weihnachten nennen. Ich hatte schon von diesem Fest gehört, aber ich habe es mir anders vorgestellt. Es heißt, ein Gott sei an diesem Tag geboren worden. Das muss dann wohl der Kriegsgott gewesen sein oder der Gott der Zwietracht. Wenn wir unsere Götter ehren, trinken und tanzen wir bis zum Umfallen. Hierzulande gehen sie sich an die Gurgel und schlagen sich die Köpfe ein und beharren dennoch darauf, dass mein Glaube der barbarische und ihr Glaube die Frohe Botschaft ist.

Heute war es so weit, auf diese Stunde hatte ich gewartet. Baldur kam in aller Frühe zu mir. Er klopfte an die Tür, und ich öffnete im Wissen, meinen Feind und Peiniger einzulassen. Er trug einen weiten Umhang und Kapuze, damit ihn niemand erkennen konnte, denn es war ihm verboten worden, die Burg zu betreten.

»Es hat geschneit, hast du gesehen? Schneeflocken. Sie rieseln vom Himmel. Schnee nennt man das. Schnee.«

Manchmal, wenn er wieder wie mit einem Vögelchen mit mir spricht, muss ich mir das Lachen verkneifen, weil ich jedes Wort verstehe und er sich zum Narren macht, ohne es zu merken. Doch es tut mir nicht gut, Baldur im Geiste zu belächeln. Er bekommt dann etwas Harmloses, und das will ich nicht.

»Ich habe mir überlegt – das ist das rechte Wetter für

einen Ausritt. Du verstehst? Pferd. Reiten. Galopp durch den Schnee. Und vielleicht ... kommst du mit mir? Du – mit mir – reiten im Schnee.«

Ich antwortete ihm nicht sofort, und das machte ihm zu schaffen.

»Ich werde dir nichts tun, hörst du? Ganz bestimmt nicht. Ich will einfach nur – ich muss mich ablenken – alles geht schief, und ich dachte ... Aber wenn du nicht willst ... Da kann man nichts machen. Entschuldige, wenn ich dich gestört habe. Gehab dich wohl.«

Ich hielt ihn mit einer Geste davon ab, zu gehen.

Er strahlte über das ganze Gesicht. »Du kommst mit mir? Hier, ich habe dir einen Umhang wie meinen besorgt, der hält warm und hat außerdem den Vorteil, dass dich niemand darin erkennt. Du darfst die Burg ja eigentlich nicht verlassen. Schon seltsam, oder? Du darfst nicht raus, und ich darf nicht rein.«

Ja, ich ging mit ihm, ich setzte mich hinter ihn auf sein Pferd, ich umklammerte seine Hüfte, und er feuerte seinen Hengst an. In seiner Stimme lag Glück, eines der Art von jungen Burschen, denen etwas gelungen ist. Der Schnee wirbelte auf und spritzte uns ins Gesicht. Ich lachte, was wiederum Baldur zum Lachen brachte. Tatsächlich, ich hörte mich lachen, hörte uns im Gleichklang lachen. Ich fragte mich: Bist das wirklich du? Hör auf damit, es gibt nichts zu lachen.

O doch, ich hatte allen Grund dazu. Nach Monaten des Eingesperrtseins, in denen ich mit ein paar Schritten schon ans Ende der Welt gelangt war, ritt ich durch einen nicht enden wollenden Wald, über Lichtungen und Felder und über einen Hügelkamm, von dem aus die Burg wie eine Zeichnung wirkte. Endlich, endlich sah ich mein Gefängnis von außen, wenn auch nur kurz, bevor es wieder hinter dem Dickicht des Waldes verschwand. Dieser Blick war wie ein Atemzug frischer Luft nach einer Nacht in einem stinkenden Raum. Dazu kamen die angenehme Wärme des Pferdes unter mir, der Geschmack des Schnees auf den Lippen, die allgegenwärtige Weiße, das Geräusch des klirrenden Zaumzeugs und die Berührung solcher einfachen Dinge wie Baumrinden, Tannenzapfen und Sattelleder. Was die Freiheit bedeutet, in welchen Alltäglichkeiten sie steckt, das wurde mir erst klar, als ich sie wiederfand, nachdem ich sie verloren hatte. Berauscht vom Gewöhnlichen, konnte ich für eine Weile alles vergessen, sogar den Mann, mit dem ich lachte.

Doch nicht für lange. Ich war nicht nur seit vielen Monden die Gefangene eines Burgherrn, ich war auch die Gefangene meines eigenen Körpers, seit Baldur ihn geschändet hatte. Alles Wasser der Welt würde mich nicht sauber waschen können, alle Zeit würde nicht verblassen lassen, womit ich befleckt worden war. Andere Menschen konnten nicht sehen, was mir jeden Tag, bei jedem Aufwachen und Einschlafen, bei jeder Berührung meines eigenen Körpers vor Augen stehen würde. Es war ein absonderlicher Hohn, dass mich ausgerechnet der Mann, der mich für ein paar Stunden aus der Burg befreite, in die Gefangenschaft meines Körpers geschickt hatte.

Als das Pferd Ruhe brauchte, stiegen wir ab. Wir befanden uns an einer besonders schönen Stelle im Wald, umgeben von größter Stille und Einsamkeit. Die Schneedecke wellte sich zwischen den kahlen Bäumen, und Baldur und ich schienen die einzigen Lebewesen auf Erden zu sein. Doch Baldur bevölkerte die Einsamkeit rasch mit Geistern, nämlich seinen Sorgen.

»Das hat mir gutgetan«, sagte er und klang dabei verletzlich. Ich war überrascht – bei einem Mann, zumal bei einem Bär von einem Mann scheut man sich, ein solches Wort zu benutzen –, wie zart seine Stimme sein konnte. Als schämte er sich dafür, wandte er mir den Rücken zu und blickte in das Gewirr der Baumstämme.

»Elicia lacht nie mit mir. Gar nichts macht sie mit mir, außer streiten und gelegentlich … Uns verbindet nicht viel. Na und, könnte man sagen. Meine Eltern hat auch nicht viel verbunden, und bei meinen Schwestern und Brüdern ist's nicht anders. Das ist hierzulande so üblich. Wie's bei euch ist, weiß ich nicht, aber bei uns wird geheiratet, mit wem's gerade so passt. Bei den meisten Eheleuten macht die Gewohnheit alles erträglich, nur bei Elicia und mir, da gibt's keine Gewohnheit. Sie lässt mich jeden Tag spüren, dass sie mich verachtet.«

Er warf mir einen kurzen Blick über die Schulter zu, sich vergewissernd, dass ich zuhörte. Ich vermute, gerade die Tatsache, dass er glaubte, ich verstehe nichts oder wenig, ließ ihn mit so großer Offenheit sprechen. Im Grunde führte er ein Selbstgespräch, das sich zum Eingeständnis eigener Unzulänglichkeit entwickelte.

»Ja, das tut sie, mich verachten, auf mich herabsehen. Warum? Weil ich angeblich nicht an ihren Vater heranreiche, den großen Agapet. Groß, dass ich nicht lache! Er war ein zäher Bursche, das gewiss, aber als Feldherr hat er nicht viel getaugt. Seine Erfolge bei den Scharmützeln, die habe ich ihm erkämpft. Ich war gerade achtzehn Jahre alt, da habe ich ihm eine Fehde gewonnen, die er mit einer benachbarten Grafschaft hatte. Mit vierzig Männern habe ich neunzig bezwungen, und hinterher tat er so, als sei die Finte, die uns den Sieg brachte, auf seinem Mist gewachsen. Als ich neunzehn war, bewahrte ich ihn vor einer Bloßstellung, als alle vier Männer, die er in ein Turnier schickte, scheiterten, bis ich kam und die Ehre seines Hauses verteidigte. Mit zwanzig stellte ich ihm eine Truppe auf, die sogar vom Herzog bewundert wurde, mit einundzwanzig bezwang ich eine Schar Ungarn in der Steiermark, mit zweiundzwanzig wehrte ich eine ungarische Belagerung der Burg ab, indem es mir gelang, das Heer, das in der Überzahl war, nach Süden abzudrängen. Mit dreiundzwanzig … Und so weiter. Das nahm er alles für sich in Anspruch. Gelegentlich erhielt ich ein gönnerhaftes Schultertätscheln, wie man es einem gelehrigen Schüler schenkt. Das war keine Anerkennung meiner Leistung, sondern eine Selbstbeglückwünschung seiner Leistung als Lehrer.«

Baldur atmete tief durch. Noch immer wandte er mir den Rücken zu, sein breiter Nacken war gerötet.

»Ja, gewiss, ich bekam Elicias Hand. Doch das war nicht seine Idee gewesen. Ihm war es gleichgültig, wen Elicia heiratete, er kümmerte sich kaum um das, was sie tat. Ich glaube, sie wählte mich nur deshalb zum Gemahl, weil sie dachte, damit ihrem Vater zu gefallen. Nach der Heirat behandelte er mich wie einen Knappen, da er wusste, dass ich ihm als Schwiegersohn mit Haut und Haar gehörte. Weitere sechs Jahre lang holte ich ihm alle Kastanien aus dem Feuer, an denen er sich die Finger verbrannt hätte, und als Dank erhielt ich geringschätzige Behandlung. Er ließ mir gar nichts, weder Ruhm noch Teilhabe. Ich habe gelogen, als ich behauptete, er hätte mich an Kindes statt annehmen wollen. Das wäre ihm nie eingefallen, eher hätte er einen Stiefel angenommen. Elicia verlor in diesen Jahren ihre Achtung vor mir, und zwar nicht, weil sie fand, ich müsste mich wehren, sondern weil sie der Meinung war, ich wäre eine Enttäuschung für ihren Vater. Vergeblich versuchte ich ihr klarzumachen, dass Agapet sich besser machte, als er war – doch sie wollte nichts davon wissen und unterstellte mir Neid. Sie, die in anderen Dingen so klar sah, war, was ihren Vater anging, mit Blindheit geschlagen. Und sie ist es noch immer. Er ist der Heilige, und ich bin ein dummer Junge. Vielleicht bin ich's. Kriege zu führen ist das Einzige, was ich kann. Darin bin ich gut. Ich würde Agapet und Aistulf und wie sie alle heißen vom Schlachtfeld pusten, selbst wenn ich nur halb so viele Männer wie sie hätte. Ich könnte als Graf und Feldherr ein ganz Großer werden, weithin berühmt, der Schrecken meiner Feinde …«

Es war wohl nur Zufall – vielleicht aber auch ein Augenzwinkern der Götter –, dass genau in dem Moment, als Baldur vom Schlachten und Töten sprach, ein schwarzer Auerhahn auf einem Ast nicht weit von uns landete. Baldur hielt inne und gab mir ein Zeichen, mich still zu verhalten. Aus einer Satteltasche zog er eine Art Werkzeug, ich erkannte nicht gleich, um was es sich handelte, bis er es über seinen Kopf hob: ein kleines Beil, dessen Holzgriff so lang wie meine Hand war, die metallische Klinge halb so lang. Baldur, der Hüne, bewegte sich, als würde die Zeit mit halber Geschwindigkeit vergehen. Er holte aus. Das Beil traf den Auerhahn, doch es tötete ihn nicht. Der Vogel fiel vom Baum, zappelnd zog er seine Blutspur über den reinen Schnee, und zwei Mal schien es, als würde er davonfliegen können, doch er fiel nach kurzem Aufstieg wieder zu Boden. Langsam versiegten seine Kräfte in dem Maß, in dem das Blut aus seinem Körper strömte. Das alles geschah in großer Stille. Nur ein paar Schritte von Baldur und mir entfernt ergab sich der Auerhahn dem Tod. Sein Schnabel öffnete und schloss sich, ohne dass ein Laut hervorkam.

Baldur stapfte durch den hohen Schnee und kniete neben seiner Beute nieder.

»Ich werde dir seine Federn zum Geschenk machen«, rief

er mir zu. »Prächtige Federn, du wirst sehen. Du kannst sie an deine Gewänder stecken. In den Städten gibt es Damen, die sich einen Fächer aus ihnen machen. Ganz wie du willst.«

Er hatte das Tier für mich getötet. Ich sah mich um, überall Blut. Die Landschaft war verwandelt, so als wäre sie Teil eines Albtraums.

Ich lehnte mich an das Pferd an. Mein Blick schweifte dabei wie zufällig über die Satteltasche, und ich entdeckte zwei weitere Waffen: ein Schwert, das viel zu schwer war, als dass ich es hätte heben oder gar schwingen können, sowie einen Dolch einfacher Machart. Ich nahm ihn und machte den ersten Schritt auf Baldur zu.

Er war damit beschäftigt, den Auerhahn zu rupfen, und nahm nicht wahr, dass ich mich von hinten näherte. So wie seine Bewegungen, als er auf den Auerhahn gezielt hatte, mit verzögerter Geschwindigkeit abgelaufen waren, so kam es mir nun vor, als gehe das Leben einen langsameren Gang und ich mit ihm. Jeder Schritt war mit Fragen, Gedanken und Erinnerungen verbunden.

Warum waren wir dort? Was hatte uns an diesen Schicksalsort gebracht? Wo hatte das Blutvergießen seinen Anfang genommen?

Vierzehn Jahre vor diesem Tag waren Boten eines christlichen Herrschers – ich meine, er hieß Arnulf und nannte sich Kaiser – zu uns an den Großen See gekommen. Sie erbaten im Namen ihres Herrn, dass unser Volk ihm beistehe, indem es ein Heer entsende, welches über Kärnten herfallen solle. Die Belohnung, die er uns versprach, war so hoch, dass unser König und die Stammesführer sie nicht ausschlagen wollten: Die Anerkennung unseres Siedlungsraumes als unser Land. dazu durften wir an beweglichen Gütern behalten, was wir erbeuteten. So geschah es. Unsere Männer fielen in Kärnten ein, dort stahlen und brandschatzten sie, und als sie heimkamen, waren ihre Augen nicht mehr dieselben. Sie waren verführt von der Einfachheit der Gewalt und abgestumpft vom Grauen. Doch der zweite Teil des Vertrages wurde nicht erfüllt, unserem Volk wurde abgesprochen, Bewohner eines eigenen Landes zu sein. Stattdessen wurden wir als heidnische Ungeheuer beschimpft. Es kam zu ersten Kämpfen. Unser König Bulcsú unternahm daraufhin den Versuch, den Streit beizulegen, und man einigte sich auf ein Treffen in Baiern. Als Bulcsú dort erschien, wurde er erschlagen.

In unserem Volk brach ein heftiger Streit aus, wie man darauf reagieren sollte. Wir waren Siedler und Pferdezüchter gewesen, ein Volk von Jägern und manchmal auch von Räubern, niemals aber von Bestien. Doch eine Erfahrung lässt sich nicht auslöschen. Wir hatten bereits ein ganzes Land geplündert, um für uns den Frieden zu sichern, wieso also nicht ein zweites Mal? Das Wesen der Gewalt ist, dass man sie nicht rufen und fortschicken kann, wie es beliebt. Atmen wir erst einmal ihre Luft, wird sie zunächst zu einem Teil von uns, bevor wir zu einem Teil von ihr werden. Unser Überfall auf Baiern war noch verheerender als der auf Kärnten. Die Baiern schlugen grausam zurück, wir brannten ihre Städte nieder, sie hängten unsere Männer an den Füßen auf, wir verstümmelten ihre Frauen, sie verschleppten unsere Frauen, die fortan zerrissen waren von den Wünschen nach Rache und nach Frieden. Frauen wie ich.

Zwei Männer, die vor vierzehn Jahren einen Pakt geschlossen hatten, Kaiser der eine, König der andere, hatten Baldur und mich über etliche Verästelungen der Zeit und des Schicksals in diesen Wald gebracht, der weiß vom Schnee und rot vom Blut war. Der Dolch in meiner Hand war nur einer von vielen Dolchen unter der Sonne, die zugestoßen hatten. Unsere Geschichte war nur eine von unzähligen anderen Geschichten des Krieges, die wir nicht kannten und von denen wir nie erfahren würden: Tausende und Abertausende von Vätern und Müttern beerdigten jene Söhne, von denen sie hatten beerdigt werden wollen; Tausende und Abertausende von Tränen versalzten jenen fruchtbaren Boden, auf dem fortan Freundschaft, Vertrauen und Liebe verdorrten. Es war nur eine Kehle mehr, die aufgeschlitzt werden würde.

Der Wunsch in mir, zu töten, war lebhaft. Der Wunsch, zu verzeihen, ebenso. Ich habe als Begleiterin der Feldzüge meines Volkes Schreckliches gesehen: Erhängte, Erschlagene, Erwürgte, Ertrunkene, Verhungerte, Verbrannte, Verstümmelte ... Ich habe Ruinen gesehen, solche aus Stein und solche aus Fleisch und Blut. Ich habe mit den Verletzten gelitten, mit ihnen geweint. Ich begann, das Töten zu hassen und zu fürchten und das Verzeihen zu lieben. Doch das, was man hasst und fürchtet, wirkt nicht minder stark als das, was man liebt. Ich sehnte mich nach Frieden, und zugleich war ich unfähig dazu, denn es gab keinen Frieden in mir, es gab nur den Krieg, eine weitere Gefangenschaft, in der ich mich befand.

Als ich drei Schritte von Baldur entfernt war, richtete er das Wort an mich, ohne mich anzusehen. Er rupfte weiterhin Federn aus. Die Lautstärke, in der er mich ansprach, ließ darauf schließen, dass er meine Annäherung bemerkt hatte.

»Du bist durch meine Schuld verschleppt worden«, sagte er. »Agapet hatte zunächst nichts damit zu tun. Ich habe dich gesehen, und du hast mir sofort gefallen, dort auf der Wiese, Wasser schöpfend am Bach. Es waren deine Bewegungen, deine Haare und ... Nein, ich glaube, es war mehr als das, es war das Bild, das du verkörpert hast, die große Ruhe, den Frieden, das Bild der Frau in einem friedlichen Leben, so wie Eva, Adams Frau, und ich wünschte mir sofort, es gäbe nur uns beide. Das wollte ich haben. *Dich* wollte ich haben.«

Er rupfte den Hahn mit größerer Heftigkeit.

»Aber Agapet gönnte mir dich nicht. Er nahm dich nur deshalb in Besitz, damit ich es nicht tun konnte. Das war seine Art, mich in die Schranken zu weisen, eine absichtliche Herausforderung.«

Ich war nur noch eine Armlänge von Baldur entfernt. Noch immer im Schnee kniend, wandte er sich um und blickte zu mir auf, den Kopf mir entgegenstreckend, beinahe so, als böte er mir seine Kehle dar. Ich hielt die Hand mit dem Dolch auf dem Rücken.

»Ich weiß, du würdest mir nicht glauben, selbst wenn du mich verstehen könntest. Als ich dich bei dem Verhör schlug, schlug ich im Grunde mich, weil ich dich liebte, obwohl du doch eine Barbarin warst, eine Feindin. Und als ich damals zu dir in dein Gefängnis kam, da … Ich sage dir, dass ich auch da aus Liebe handelte, so abscheulich es auch war.«

Allein für einen solchen Satz hatte er es verdient, von mir getötet zu werden, und allein für einen solchen Satz hatte er es verdient, dass ich ihm verzieh. Ungeheuerlich, die Liebe derart in den Schmutz zu ziehen, wo sie doch das Gute, Reine war. Aus Liebe Gewalt antun, durfte man das Liebe nennen? Wer war dieser vor mir kniende Mann? Ein großes, grausames Kind, das nichts im Kopf hatte als Krieg, selbst wenn es zu lieben versuchte? Ein einsamer Mann, der ohne Krieg nichts war? Oder einfach einer, dem es wie uns allen auf der Burg erging, die wir uns verfangen hatten im Spinnennetz der Feindschaft und des Krieges?

Um des Friedens willen Krieg führen, das Glück auf dem Elend aufbauen, aus Liebe heraus Gewalt antun, das war dasselbe, und wenn es das eine gab, so gab es auch das andere. War Baldur wirklich so viel anders als ich? Als wir? Als du, der du diese in die Mauern gekerbten Zeilen liest?

Er streckte mir mit blutiger Hand einen Strauß schwarzer Federn entgegen, die noch warm waren vom Leben. Ich erinnere mich an keine Begebenheit, die mich stärker berührt hat, die stärker durchwoben war von der Suche nach Liebe einerseits und dunklem Sinnbild andererseits. Denn was Baldur nicht wissen konnte: In meiner Heimat bedeutet die Überreichung einer schwarzen Feder den Auftrag, jemanden zu töten.

Er gab mir drei Federn.

Während die eine Hand das schwarze Geschenk entgegennahm, kämpfte die andere damit, zuzustoßen. Letztlich siegte mein Überlebenswillen. Baldurs Tod wäre auch der meine, Flucht wäre aussichtslos gewesen. Im eisigen Winter durch ein feindliches Land zu irren, ohne den Weg zu kennen und mit nur einem Tag Vorsprung, das ist kein von den Göttern begünstigtes Unterfangen. Doch was hatte es mit den Federn auf sich? Nur ein Zufall? Oder wollten die Götter mir durch den ahnungslosen Baldur ein Zeichen senden? Töte drei Menschen, und du wirst frei sein? Die Gräfin und den Graf, die mir ans Leben wollen? Die stumme Alte, die mich und mein Volk hasst? Elicia, die gut zu mir ist, mich aber als ihre einzige Freundin und künftige Amme ihres Kindes am liebsten nicht mehr gehen lassen würde? Baldur, den ich im einen Moment umbringen und dem ich im nächsten vergeben möchte? Oder jemand anderen, an den ich noch überhaupt nicht gedacht habe? Bedeuten die Federn vielleicht nur, dass drei Menschen sterben werden, bevor ich frei sein kann? Missdeute ich die Zeichen der Götter? Haben die Götter ihre Hand überhaupt im Spiel? Sind das vielleicht alles nur Fantasien? Werde ich verrückt, so wie die anderen, wie die Gräfin, die man seit Wochen weinen und schreien hört, verrückt wie Baldur, der liebende Schänder, wie Elicia, die sich in Ängsten und Feindschaften verrennt?

Ich gehöre nicht auf diese Burg, aber ich bin ein Teil von ihr geworden. Ich kann und will den Wahnsinn nicht mehr von der Vernunft und das Falsche nicht mehr vom Richtigen trennen.

Zweiter Teil

April bis Juni des Jahres 913

Elicia

UNGEFÄHR DREI MONATE sind vergangen, seit ich das letzte Mal schrieb. Das war noch vor Malvins Abschied. Der Frost hatte die Burg fest im Griff, und um mich wurde es immer einsamer. Obwohl ich inmitten meiner angestammten Heimat lebte, fühlte ich mich wie in der Verbannung.

Bilhildis wurde auf Aistulfs Geheiß kurz nach Weihnachten zusammen mit Raimund fortgeschickt, und zwar zu Verwandten von ihm, die angeblich der Hilfe bedurften. Das hat Aistulf natürlich nur getan, um mir einen weiteren Schlag zu versetzen. Es genügte ihm nicht, dass Baldur wie ein Tagelöhner in der Scheune wohnte und ich wie eine geduldete Matrone abgesondert von allem meine Tage der Mutterwerdung in der Kemenate fristete, nein, er musste mir auch noch die Frau nehmen, die als eine der Letzten zu mir hielt. Dann zog er im Januar die drei F ab, nachdem meine Mutter ihr Kind bekam – ein Beinahe-Zehnmonatskind. Der Junge war ziemlich klein und schwach und sah eher wie eine Frühgeburt aus als wie ein Kind über der Zeit. Die Geburt muss, nach allem, was ich hörte, ziemlich hart gewesen sein und zwei Tage gedauert haben. Ich zündete vor der Madonna in der Kapelle eine Kerze an und ließ, als alles überstanden war, durch Ferhild einen ehrlich gemeinten Glückwunsch überbringen. Das Ergebnis war, dass Ferhild sogleich als Amme dabehalten wurde und Frida und Franka am nächsten Tag zu Pflegerinnen meiner erschöpften Mutter bestellt wurden. Sie seien dafür am besten geeignet, lautete Aistulfs Begründung. Ich erhob um der Gesundheit meiner Mutter willen keine Einwände und bin seither ohne Bedienstete. Den von Aistulf angebotenen Ersatz lehnte ich ab, da die übrigen Mägde der Burg meist ungewaschene Geschöpfe sind, die weder vom Haarflechten noch von der Kleiderpflege eine Ahnung haben und mehr beschädigen als fertigkriegen würden. Die wären imstande, mir die Haarnadel vom einen Ohr zum anderen zu stechen anstatt in die Haare. Zudem würden sie Zuträgerinnen für Aistulf sein.

Er ist überall. Ich weiß, dass mir niemand glaubt, aber er hat es noch immer auf mich abgesehen. Allerdings hat er seine Methode geändert. Er versucht nun nicht mehr, mich umzubringen, sondern hat einen anderen, womöglich viel wirksameren Weg gefunden.

Aus meinem Gemach verschwinden seit einiger Zeit Gegenstände. Am einen Tag waren sie noch da, am anderen sind sie weg, so wie vor einem halben Jahr der Dolch, mit dem Vater getötet worden war. Nachts können die Gegenstände nicht gestohlen worden sein, weil ich die Tür von innen verriegelte, aber am Tage ging ich manchmal aus – in die Küche, auf die Burgmauer, zu Baldur und den Gäulen in die Scheune –, dann konnte jeder bei mir eindringen. Den Wachen, die vor meiner Tür stehen, traue ich nicht: Wes' Brot ich ess, des' Lied ich sing. Ob sie es selbst taten oder nur wegsahen, wenn ein anderer von Aistulfs Leuten in meinen Sachen wühlte, weiß ich nicht. Auf diese Weise verlor ich den alten Helm meines Vaters, den ich mir aus dem Geheimgemach mitgenommen hatte, die von meinem Vater geschnitzte Kette aus Holzperlen, die er mir zu meinem siebten Geburtstag schenkte, meine Schreibfeder und schließlich den kostbaren Ring des Königs, den ich unvorsichtigerweise ein paar Tage lang nicht am Finger trug. Dass so verschiedene Gegenstände verschwanden, kann nur eines bedeuten: Aistulf will mich entweder in den Wahnsinn oder aus der Burg treiben. Und heute ist er einen großen Schritt weitergekommen. Es verschwand – ich wage es kaum zu sagen – die Kassette mit dem Geschriebenen. Sie war im doppelten Boden einer Kleidertruhe versteckt, verschlossen zwar, und den Schlüssel trage ich stets bei mir, aber was kann eine kleine Kassette einem Burggrafen entgegensetzen? Aistulf hat sie schneller aufgebrochen, als ich husten kann. Ich wollte noch einmal lesen, was ich über Malvin und mich geschrieben habe, ich wollte etwas haben, an dem ich mich aufrichten konnte, und da bemerkte ich, dass die Kassette fehlte.

Ich verstehe das nicht. Keiner wusste von dem Versteck, allenfalls eine von den drei F könnte vielleicht irgendwann den doppelten Boden bemerkt haben, und da sie neuerdings allesamt Aistulf und meiner Mutter dienen … Schrecklich. Wenn meine Befürchtung stimmt, befindet sich alles, was ich in den letzten Monaten seit dem Tod meines Vaters schrieb, in den Händen dieses Tyrannen. Er weiß von meinen Gesprächen mit Baldur, meinen geheimsten Gefühlen, meinen größten Erfahrungen, den Tagträumen und Erinnerungen. Er weiß, wie ich über meinen Gemahl denke, über meine Mutter. Er weiß von Malvin und mir. Er weiß, dass Malvin der Vater meines noch ungeborenen Kindes ist. Er kann jede einzelne Seite gegen mich verwenden – und gegen Malvin. Hat er die Papiere vielleicht schon zum Herzog geschickt, als Beweis meiner Untreue und von Malvins Fehlverhalten? Oder genügt es ihm, zu wissen, dass ich weiß, dass er es tun könnte? Letzteres passt gut zu ihm, da es sich dabei um die heimtückischere, nämlich erpresserische Möglichkeit handelt, mich loszuwerden. Er macht sich die Hände nicht schmutzig und kriegt trotzdem, was er will: meinen Verzicht auf alle Ansprüche. So denkt er sich das. Und meine Mutter tut wie üblich, als wüsste sie von nichts.

Ich ging zu Baldur in die Scheune. Fürwahr kein leichter Gang.

»Aistulf ist in den Besitz von etwas gelangt, das uns sehr schaden könnte«, gestand ich.

Baldur lag unbeeindruckt auf einer Lage Stroh und schnitzte weiter an einem Pfeil. Wenn er nicht gerade Ausflüge in den Winterwald macht, tut er seit Monaten den lieben langen Tag nichts anderes. Er hat schon genug Pfeile, um ein Heer damit auszurüsten, nur leider fehlen ihm dazu die Metallspitzen und das Heer.

»Hast du gehört, was ich gesagt habe?«, fragte ich.

»Ich bin ja nicht taub.«

»Es handelt sich um ... Papiere. Um ... Aufzeichnungen. Um mir meine Wut und Trauer und die Bedrückungen von der Seele zu schreiben, eine Art Anklage gegen die, die gegen uns sind, verstehst du?«

»Ich bin ja nicht blöd.«

»Wenn du weder taub noch blöd bist, müsste an dieser Stelle eine Unterhaltung zwischen uns einsetzen.«

»Du möchtest dich mit mir unterhalten? Das ist neu. Also bitte, was hat es mit den abhandengekommenen Papieren auf sich?«

»Abhandengekommen, das hört sich an, als hätte ich sie verlegt. Sie sind mir gestohlen worden, und zwar von

Aistulf – jedenfalls wüsste ich nicht, von wem sonst. Mit diesen Aufzeichnungen könnte er mich erpressen und damit auch dich.«

»Du warst so unvorsichtig, Heikles niederzuschreiben?«

»Aus diesem Grund führt man ein Zwiegespräch mit sich selbst. Wenn es nicht heikel wäre, könnte ich es ebenso gut den Wäscherinnen erzählen.«

»Du hättest es einfach für dich behalten sollen.«

»Ich weigere mich, darüber mit jemandem zu streiten, der Schrift für etwas hält, gegen das die Ärzte bis zum heutigen Tag noch kein Heilmittel gefunden haben.«

»Wer verhindert jetzt die Unterhaltung, du oder ich?«

Die Monate in der Scheune hatten Baldur zu so etwas wie einem Philosophen gemacht – innerhalb seiner Möglichkeiten, versteht sich. Da er so funktionslos war wie die Pfeile, die er schnitzte, verlegte er sich aufs Nachdenken. Er war ruhiger geworden und hörte auf, Walnüsse mit der Faust zu knacken.

»Falls Aistulf öffentlich macht, was ich geschrieben habe, geht das weder für dich noch für mich gut aus.«

»Wenn er das tut, das schwöre ich dir, ist er bald ein toter Mann.«

»Und ich bin bald eine tote Frau«, erwiderte ich gereizt. »Vielleicht fällt uns ein Vorgehen ein, bei dem ich überlebe. Meinst du, deine Schnitzerei dafür kurz unterbrechen zu können?«

»So übel sieht es für dich aus?«

Ich atmete tief durch. »Du hast ein Recht, es zu erfahren. Ich …«

»Ich will die Einzelheiten nicht wissen, Elicia. Was immer es ist, behalte es für dich. Tu mir den Gefallen.«

»Nun gut, aber … Möchtest du denn gar nicht …«

»Nein.«

Eine Weile schwiegen wir. Baldur schnitzte an seinem tausendundersten Pfeil, und ich stand neben dem Strohballen, auf dem er nicht rühriger als ein müder Gaul lag. Ich war bereit gewesen, ihm alles zu erzählen, auch auf die Gefahr hin, dass er mich schlagen und beschimpfen würde. Meine Überlegung war, dass er sich zwar in seiner Ehre verletzt fühlen würde, ihm jedoch klar war, dass mein Ehebruch gerade deswegen unter allen Umständen geheim bleiben musste. Eifersucht, das wusste ich, würde keine Rolle spielen. Wir haben uns nie geliebt und nur kurze Zeit begehrt. Ich rechnete also damit, dass er sich nach einem Wutausbruch beruhigen würde. Er wollte Graf werden, und das konnte er nur, wenn Aistulf das Geschriebene weder öffentlich machte noch uns damit erpresste und zum Verzicht auf Titel und Land zwang.

»Uns bleibt nur noch eine Möglichkeit«, sagte ich. »Ich komme auf meinen Vorschlag vom Dezember zurück. Aistulf muss sterben.«

Da Baldur nicht darauf einging, fügte ich hinzu: »Ich weiß, es widerstrebt dir, hinterrücks zu töten. Ja, meinst du denn, ich tue das gerne? Wem habe ich je etwas Böses getan? Ich war immer gut zu den Dienern, ich habe an die Armen stets mehr Almosen verteilt, als üblich gewesen wäre, ich habe meinen Vater geliebt, und ich habe meine Mutter geehrt, obwohl mir Letzteres nicht leichtfiel. Ich habe für das Seelenheil meiner Ahnen gebetet, ich habe getrauert, als Bilhildis' Söhne, die Spielkameraden meiner Jugend, im Krieg fielen, und ich habe es noch nicht mal fertiggebracht, die Käfer und Spinnen in meiner Kemenate zu zertreten. Zugegeben, ich war dir gegenüber manchmal reizbar, ich war dir nicht immer eine gute Gefährtin, und zuletzt habe ich … Ich habe …«

»Lass es gut sein, Elicia, ich weiß, was Liebe ist.«

Ich musste einräumen, dass Baldur mich seit einiger Zeit des Öfteren überraschte. Sein Scheunendasein in der Manier eines Diogenes in der Tonne förderte Seiten zutage, die mir – und vermutlich ihm selbst – immer verborgen geblieben waren. Ahnte er, dass mein Kind nicht von ihm war? Ahnte er gar, wer der Vater war? Wie auch immer, seine Gelassenheit, durch die dennoch eine gewisse Verletzlichkeit schimmerte, brachte mich ihm näher, als er mir je gewesen war. Ich wusste, dass er mir nie über diesen Punkt hinaus nahekommen würde und dass ich ihn nie würde lieben können. Aber zum ersten Mal sah ich in ihm einen Menschen mit Ängsten und Hoffnungen und nicht einen sprechenden Belagerungsapparat auf zwei Beinen.

Ich setzte mich neben ihn auf den Strohballen, der seine Wohnung und sein Bett war. Die Luft war durchsetzt von Streu, sie kribbelte in der Nase, und kleine Tierchen sprangen und summten um uns herum.

»Sieh, Baldur, unsere Ehe wurde damals vor Gott geschlossen, aber sie war zu keiner Zeit von Gott beseelt, nicht wahr? Du wirst mir zustimmen. Ich war für dich die Tochter des Mannes, dem du dientest, die Frau, die dir den Aufstieg ermöglichen würde. Nun gut, vielleicht gefiel ich dir auch ein wenig, ich war ja nicht gerade ein Mauerblümchen, aber zuvorderst ... Widersprich mir, falls ich mich irre.«

Er widersprach nicht, er schnitzte.

»Du wiederum warst für mich der treueste und wichtigste Diener meines Vaters, der Mann, dem er in der Schlacht sein Leben anvertraute, der sich für ihn in die Bresche warf, der so ähnlich dachte wie er und sich an den gleichen Dingen erfreute. Und ich sage ausdrücklich: Auch als

Mann warst du eine beeindruckende Erscheinung, groß gewachsen, stattlich ... Du hast mir gefallen. Demnach warst du wie dafür geschaffen, Vaters Erbe zu werden, Herr und Graf der Burg. Diese Überzeugung hat uns mehr verbunden als alles andere.«

Er warf den halb fertigen tausendundersten Pfeil beiseite und richtete sich auf.

»Wenn wir schon so offen sprechen ...«

»Ja, Baldur, das sollten wir tun.«

»... dann nennen wir die Dinge beim Namen. Es ging dir niemals um mich. An meinem Leben hast du nie Anteil genommen, weder vor noch nach der Hochzeit. Hast du mir je eine Tunika genäht, so wie es sich für Ehefrauen schickt? Ich war dir gleichgültig. Dir kam es nur darauf an, dass ich die Gunst deines Vaters besaß, dass ich ihm nach dem Mund redete und seine Worte benutzte, seine Gedanken dachte, seine Taten vollbrachte, seine Eigenschaften besaß, sein Verhalten nachahmte. Hätte ein Hund diese Dinge vollbringen können, hättest du auch den zum Mann genommen.«

»Das ist nun wirklich lächerlich.«

»Ach ja, inwiefern?«

»Es ist weit übertrieben. Ich weiß nicht, worüber wir streiten. Ich habe doch eingeräumt, dass ich mir den Mann erwählte, der in die Fußstapfen meines Vaters treten konnte, und das warst du.«

»Falsch. Du wolltest nicht denjenigen heiraten, der in die Fußstapfen deines Vaters treten konnte.«

»Sondern?«

»Du wolltest die Fußstapfen deines Vaters heiraten.«

»Was ist denn das für eine lächerliche Redensart? Wer möchte schon Hunde und Fußstapfen heiraten?«

»Für jemanden, der lange und sicherlich bedeutende Briefe an sich selbst schreibt, kannst du ziemlich begriffsstutzig sein. Du hast nie zugelassen, dass ich Baldur war, das wollte ich damit sagen. Sobald dein Vater mich maßregelte, weil ich nicht seine Meinung vertrat, hast du mir die Schuld gegeben. Wenn ich etwas fertigbrachte, das er nie hätte fertigbringen können, war es in deinen Augen nicht wert, fertiggebracht zu werden. Was du hofftest, zu heiraten, war das Doppel Agapets: ein Krieger, ein Feldherr, ein zäher Bursche, ein Sieger, ein Held. Ja, man könnte sagen, dass du deinen Vater heiraten wolltest.«

Ich stand auf. Mir fehlten zunächst die Worte angesichts eines solch stupenden Blödsinns.

»Ich dachte, ich könnte ein einziges Mal vernünftig mit dir sprechen«, sagte ich, als ich mich halbwegs gefangen hatte. »Wenn das das Ergebnis deiner dreimonatigen Klausur in der Scheune ist, möchte ich nicht wissen, was du nach sechs Monaten zum Besten geben wirst.«

»Aber soll ich dir etwas sagen«, fuhr er dort fort, wo er geendet hatte. »Ich war nie wie dein Vater, auch nicht annähernd. Vielleicht sah es manchmal danach aus, aber ... Weißt du, warum ich in den Krieg zog? Weil ich das Leben zwischen Soldaten liebe, die Kameradschaft, Freundschaft, die Abende am Feuer, das Kämpfen Seite an Seite, die gemeinsame Freude, wenn etwas gelingt, und die geteilte Trauer, wenn es misslingt. Ich liebe den Geruch der Pferde und das Geräusch, wenn zwanzig Rösser nebeneinander im Galopp über ein Feld reiten. Ich liebe die Glätte des Metalls, ich liebe gut gefertigte Schwerter. Den Ruhm liebe ich nur, wenn ich ihn mit Männern meines Schlages teilen darf. Das alles liebe ich am Krieg, und ich gebe es zu, ich brauche es auch. Und was liebte dein Vater am Krieg? Das Blut und den Tod. Er kam nach seinem ersten Feldzug zufrieden heim, weil er zwei Dutzend Frauen zu Witwen gemacht hatte. Im nächsten Sommer dann war Agapet zufrieden, weil er drei Dutzend Frauen zu Witwen gemacht hatte, und bald darauf befriedigte es ihn nur, wenn auch die Witwen und deren Kinder zu Tode kamen. Wenn du wüsstest, wie vielen Unbescholtenen er die Kehle durchschnitten oder den Kopf abgehauen hat. Brennende Dörfer waren für ihn ein Augenschmaus. Er war ein Schlächter, außerstande, einen großen, ehrenhaften Kampf zu führen, und sein Lebensende war so jämmerlich wie sein Leben.«

»Das muss ich mir nicht länger anhören.«

»Das ist wahr, das musst du nicht. Du kannst gehen und dir weiterhin etwas vormachen, darin hast du zwanzig Jahre Übung. Was hat dein Vater dir je gegeben? Eine Holzperlenkette zu deinem siebten Geburtstag und fünfzehn Jahre später einen Ring. Und was noch? Nichts. Aber für dich ist er ein Heiliger.«

»Und ich habe geglaubt, ich könnte mit dir über Aistulf sprechen.«

»Ich halte von ihm so wenig, wie ich von Agapet gehalten habe, denn er ist genauso schwach wie dein Vater, wenn auch auf andere Weise. Agapet war schwach, weil er am liebsten auf die Schwachen losging und die Stärke von anderen nicht anerkannte. Aistulf ist schwach, weil er glaubt, den Frieden auf Erden mit der Austrocknung von Sümpfen und mehr Nahrung für die Armen herstellen zu können. Ein Narr! Die Ungarn oder die Westfranken oder die Burgunder oder sonst welche werden ihn eines Besseren belehren, aber dann wird es zu spät sein. Er versteht einfach nicht, dass der Krieg manchmal sein Gesicht, nicht aber sein Wesen verändert, und dass er ewig ist. Nur die Toten sehen das Ende des Krieges.«

»Mich interessiert, was du gegen Aistulf zu tun gedenkst.«

»Ich tue bereits etwas, du hast es bloß noch nicht bemerkt.«

»Was?«

»Warte es ab.«

»Was ist mit meinen Aufzeichnungen? Was tun wir, um sie zurückzukriegen?«

Er lächelte. Ich hatte ihn noch nie auf diese Weise lächeln sehen.

»Ist dir schon einmal der Gedanke gekommen, Elicia, es könnte mir gleichgültig sein, was mit dir geschieht? Falls bekannt wird, was auch immer du mit wem auch immer wann auch immer getan hast, dann warst du die längste Zeit meine Frau gewesen, dann werde ich nämlich Witwer. Agapets Schwiegersohn war ich trotzdem. Und was Aistulf und deine feine Mutter angeht, werden die schon sehr bald um ihr eigenes Überleben kämpfen müssen.«

Als ich die Scheune verließ, war ich benommen. Ich hatte einen völlig verwandelten Ehemann erlebt, dem ich zutraute, mich höchstpersönlich und mit der Genehmigung eines Gerichts zu ersäufen, mein Kind im Wald auszusetzen – ebenfalls mit Genehmigung des Gerichts – und bald darauf kalt lächelnd den Grafenthron zu besteigen, auf eine Weise, die er mir nicht verriet. Doch das ganze Ausmaß der Bedrohung erkannte ich erst, als ich zurück in meiner Kemenate war und vor dem Spiegel saß, in den ich mich vertiefte. Ich war allein. Zum ersten Mal in meinem Leben gab es niemanden, der mir beistand. Innerhalb eines halben Jahres war ich vereinsamt. Mein Vater war tot, meine Mutter mit mir verfeindet, und nun stellte sich auch mein Gemahl gegen mich – nicht ohne Anlass, wie ich zugeben musste. Baldur war mir nie Ansporn oder Stütze gewesen, er hatte mich weder angeregt noch beraten. Plötzlich merkte ich, dass er so etwas wie eine Wand im Rücken gewesen war, gegen die ich mich zwar nie angelehnt hatte, die aber trotzdem eine gewisse Beruhigung darstellte. Nun fiel auch er weg. Bilhildis, die Vertraute seit Kindertagen, hatte auf Aistulfs Geheiß die Burg verlassen. Sogar die drei F waren mir genommen worden, und nur ihre düsteren Gesänge waren mir geblieben, die allabendlich die Burg erfüllten: *Wer tausend lieblose Worte empfangen, wer tausend Tage sich hat gegrämt, dem magert die Seele zu Knochen, den sättigt verzweifelte Tat.*

Doch all diese Verluste hätte ich ertragen, wenn mir Malvin geblieben wäre. Er war in mein Leben gekommen und hatte es mit Gefühlen gefüllt, die ich nie zuvor hatte empfangen oder geben dürfen. Ich glaube, sie zu schenken war mir noch wichtiger, als sie geschenkt zu bekommen. Malvin wollte mich – mich. Er verlangte nach mir. Er bat um meine Liebe, und für mich war es das Größte, sie herzugeben, zusammen mit dem Ehegelübde, dem Glauben an die Gebote, dem himmlischen Seelenheil und der weltlichen Ehre. Bereits nachdem er gegangen war, hatte ich mich gleichsam in einem Raum ohne Wände befunden, und heute stellte ich mit einem Mal fest, dass dieser schutzlose Raum von Abgründen umgeben war.

Kara ist die Letzte, die mir geblieben ist, sieht man einmal von dem seit gut sechs Monaten in mir wachsenden Kind ab. Eine seltsame Vertauschung von Rollen: Die, die mir am nächsten sein sollten, sind mir fern, und die aus einem fernen, feindlichen Land stammende Frau ist mir eine Freundin geworden. Ich mochte sie sehr bald, nachdem ich sie kennenlernte, sie jedoch sträubte sich aus begreiflichen Gründen für lange Zeit. Sie war vorsichtig und misstrauisch, wie es wohl jeder in ihrer Lage wäre, aber auch sie erkannte, dass es zwischen uns eine Bindung gibt, die ich »geistige Verwandtschaft« nenne. Glücklicherweise taute Kara auf, je frostiger der Winter wurde. Sie ließ sich darauf ein, eine Stunde am Tag mit mir zu verbringen, so als wolle sie sehen, was geschieht. Ich brachte ihr Würfelspiele bei, und sie bedankte sich, indem sie Karten aus Lumpenpapier anfertigte, mit denen man sich ebenfalls die Langeweile vertreiben kann, die die kalte Jahreszeit mit sich bringt. Aus einer Stunde täglich wurden bald zwei Stunden, inzwischen sind ganze Nachmittage daraus geworden. Mir entgeht nicht, dass sie auch Zeit mit Baldur verbringt, worüber ich geflissentlich hinwegsehe und schweige. Immerhin habe auch ich einmal Gefallen an Baldur gefunden, und da es – wie ich mehrfach sagte – diese geistige Verwandtschaft zwischen Kara und mir gibt, ist es nur folgerichtig, dass auch sie sich von irgendetwas an Baldur angezogen fühlt. Was Baldur angeht: Es ist nicht schwer, Kara reizvoll zu finden. Auch mein Vater erlag ihrer Schönheit und ging sogar so weit, sie deswegen zu entführen wie Paris einst Helena.

Ihr Gesicht tauchte plötzlich neben dem meinen im Spiegel auf.

»Kara. Heilige Mutter Gottes, hast du mich erschreckt. Ich habe dich nicht kommen hören, und ich dachte, ich hätte die Tür verriegelt.«

»Habt Ihr auch. Ich war schon hier, bevor Ihr kamt. Ich saß dort drüben auf dem Schemel in der dunklen Ecke und habe auf Euch gewartet.«

»Und die Wachen haben dich hereingelassen?«

»Sie wissen, dass ich die künftige Amme Eures Kindes bin. War es falsch, hier auf Euch zu warten?«

»Nein, nein, es ist nur ... Ich fühle mich von diesen Wachen inzwischen mehr bedroht als beschützt. Sie tun nicht, was ich befehle, lassen auf Gutdünken bei mir eintreten, wen sie wollen ... Sie gehorchen Aistulf, meinem Feind – übrigens auch deinem. Nein, Kara, es war nicht falsch von dir, auf mich zu warten. Ich freue mich, dass du da bist. Im Grunde genommen war mir deine Anwesenheit noch nie so lieb wie jetzt.«

Kara verstand, dass mir diesmal mit Kartenspielen nicht geholfen war, und steckte die Karten weg. Meine Niedergeschlagenheit wuchs sich zur Hoffnungslosigkeit aus, und ich begann von besseren Tagen zu erzählen, so wie die Alten gerne jene Zeiten heraufbeschwören, in denen sie jung und leichtsinnig waren. Ich sah mich mit Garet, Gerbert und Gerald im Ringelreih um meinen Vater tanzen; ich sah mich Kiesel in eine fünf Schritte entfernt stehende Tonschale werfen, wobei mein Vater mir jedes Mal, wenn ich traf, zulächelte; ich sah den weit aufgerissenen Mund, wenn er lachte; ich sah seine Hände, wie sie mir geschickt zeigten, einen Zügel zu halten; ich sah die Tränen in seinen Augen bei meiner Hochzeit mit Baldur. Ich sah tausend Dinge.

Als ich fertig war, hatte sich die Dämmerung in die Kemenate gesenkt, und Karas und mein Gesicht waren zwei fast gleich aussehende Konturen nebeneinander im Spiegel.

»Ich weiß«, sagte ich zu Kara und wischte mir die Tränen von den Wangen, »dass mein Vater dich geraubt hat und dass er dich gegen deinen Willen lieben wollte. Er hätte die Liebe nicht bei Fremden, sondern hier in der Burg suchen sollen. Was er vorhatte, war schlecht und falsch. Es ist deine Pflicht, ihn zu hassen und zu verabscheuen, so wie es meine Pflicht ist, ihn zu lieben für alles, was er für mich getan hat.«

Ich nahm ihre Hand und streichelte sie, bevor ich aufstand und die Öllampen entzündete. In der Kemenate war es kühl geworden, die Feuer waren längst erloschen. Ich schichtete neues Holz auf, wobei Kara mir half.

Obwohl sie stets ausgewichen war, wenn ich sie nach ihrer Familie gefragt hatte, konnte ich mir die Frage nicht verkneifen: »Was ist mit deinen Eltern? Habt ihr euch verstanden?«

Ich hatte bis dahin nur erfahren, dass sie einen Mann und drei Kinder hat, woraufhin ich ihr versprochen hatte, dass sie zu ihnen zurückkehren dürfte, sobald ich Gräfin werden würde. Allerdings hatte ich ihr wenig Hoffnung gemacht, dass das in naher Zukunft der Fall wäre.

»Mit meiner Mutter habe ich mich verstanden. Sie war sanft, ich habe nie ein Wort der Klage über ihre Lippen kommen hören.«

»Und dein Vater?«

»Versprecht Ihr mir, für Euch zu behalten, was ich Euch anvertraue?«

»Kara, du beleidigst mich.«

»Verzeiht. Mein Vater war der Anführer meines Stammes, einer von sieben Fürsten, aus deren Reihen der König des Volkes gewählt wird.«

»So bist auch du von Adel?«

»Gewissermaßen.«

»Hat mein Vater das gewusst?«

»Nein, keiner von Euren Leuten hat es gewusst. Und so soll es auch bleiben.«

»Du wärst anders behandelt worden, wenn man es gewusst hätte.«

»Ja, schlechter. Man hätte mich als Faustpfand benutzt. Vielleicht wäre ich besser behandelt worden, wenn ich eine Christin wäre, doch so … In den Augen Eurer Fürsten gelten unsere Fürsten wenig und ihre Kinder noch weniger.«

»Ich fürchte, du hast recht. Aber sag: Was für ein Mensch war dein Vater?«

Kara warf zwei Scheite auf einmal in die kümmerlichen Flammen.

»Er hat mich geringgeschätzt. Fast nie hat er das Wort an mich gerichtet, und ich durfte ihn nicht ansprechen, bevor er es tat. Das hat mich besonders hart getroffen, gierte ich doch nach seiner Beachtung. Seine Söhne waren ihm alles, er machte sie zu Kriegern, und meine Schwestern behandelte er anständig, weil sie ihm huldigten und auf das Wort gehorchten. Ich war anders. Ich maß mich gerne mit anderen. Wenn ich etwas besser als meine Brüder konnte, so verbot er mir, es zu tun, und wenn ich etwas schlechter als sie konnte, machte er sich vor allen darüber lustig. Aber die meiste Zeit beachtete er mich nicht. Da er meiner Mutter die Schuld an meinem Verhalten gab, was sie arg bedrückte, wurde ich ihr zuliebe folgsamer. Er hat das wohl als Sieg verstanden. Etwas später, als ich fünfzehn Sommer zählte, ist er mir näher gekommen, als ich je wollte. Er hat mich manchmal zwischen den Beinen berührt.«

»O mein Gott.«

Kara hielt die Handflächen nah ans Feuer, und ich tat es ihr gleich. Das feuchte Holz knackte. Ich wartete auf das Ende der Geschichte, aber ich musste nachfragen, bevor Kara fortfuhr.

»Eines Morgens brachen mein Vater, mein ältester Bruder, der Mann meiner ältesten Schwester sowie einige andere Männer zur Jagd auf. Es war Herbst, der Nebel war dicht. Sie hatten vor, in einem nahen Wald Wildschweine zu erlegen. Doch es kam anders. Ein verirrter Pfeil durchschlug meines Vaters Kehle. Er erstickte qualvoll.«

»Wie schrecklich.«

»Ja. Dass der Pfeil die Zeichen meines Bruders trug und der tödliche Schuss damit auf ihn zurückgeführt werden konnte, schadete dem Ansehen unserer Familie. Man beschuldigte meinen Bruder zwar nicht, vorsätzlich auf meinen Vater geschossen zu haben, wohl aber nachlässig gewesen zu sein, als er im dichten Nebel auf ein kaum sichtbares Ziel schoss. Er verlor an Ansehen und Einfluss, und zwei Sommer später durfte ich mir den Mann, den ich fürs Leben wollte, selbst aussuchen, was bei uns eher unüblich war.«

»Also könnte man sagen, dass der Tod deines Vaters dein Glück war.«

»Ja«, sagte sie, »das war der Wille der Götter.«

Diese Geschichte ließ mich nicht los. Ich konnte ihretwegen nicht einschlafen, starrte in die Dunkelheit der Kemenate und stellte mir Karas Vater vor – dem ich ein beliebiges Aussehen gegeben habe, da Kara ihn nicht beschrieben hat. Ich sah einen Mann mit schlohweißem, schütterem Haar, kräftiger Statur und von einer Stärke, die nur das Alter fürchten muss. Dann trifft ihn ein Pfeil seines Sohnes … Es ging mir nicht so sehr um die Einzelheiten, die mich beschäftigten, sondern um das große Ganze: die Ähnlichkeit der Schicksale von Kara und mir. Ihr Vater war ein kriegerischer Fürst, so auch der meine; ihr Vater erstickte an einer Verletzung der Kehle, der meine ebenso; sie ist eine Gefangene, ich bin inzwischen etwas Ähnliches; ihr Leben ist bedroht, mein Leben ist bedroht. Gewiss, es gibt Unterschiede: Ihr Vater war schlecht zu ihr, der meine war gut zu mir; der Tod ihres Vaters war ihr Glück, der Tod meines Vaters war der Beginn meines Unglücks. Es ist, als spiegele sich das Schicksal der einen im Schicksal der anderen.

Ich verließ mitten in der Nacht meine Kemenate und ging zu Kara, um sie zu bitten, in meine Kemenate zu übersiedeln. Die Einsamkeit raubte mir fast den Verstand. Ich hatte einen Menschen nötig, der mir nahe war, und sie kam mir inzwischen wie eine Schwester vor. Ich klopfte leise, doch sie schlief bereits. Ihr Nachtlager aus zwei Fellen und einer Webdecke befand sich genau dort, wo das Mondlicht durch eine Scharte in das Gemach fiel. Karas Gesicht glänzte silbrig, als wäre es von einer Maske bedeckt.

Ich wollte sie nicht wecken. Dass eine Schlafende mir Gesellschaft leistete, genügte mir bereits. Ich setzte mich neben sie, entzündete eine kleine tönerne Öllampe, die neben dem Lager auf dem Boden stand, warf mir eine Decke über die Schulter, zog die Beine an und wartete auf die Müdigkeit, die mich neben Kara einschlafen lassen würde. So entging mir zunächst, was mir durch den Mond, die Öllampe und die Gewöhnung der Augen an die Dunkelheit viel früher hätte auffallen können: Ich sah mit einem Mal eine Kerbe in der Wand, daraus wurde ein Wort, dann eine Zeile, dann bemerkte ich, dass eine ganze Ecke des Gemachs beschriftet war, und als ich aufstand und herumging, war ich plötzlich umgeben von einer Erzählung, die in fremder Sprache verfasst war, wie man es aus alten Grabkammern kennt, und deren Anfang und Ende ich nicht fand. Ich war überwältigt. Kara und ich, die wir gleichen Ranges und Schicksals sind, haben einen ähnlichen, beinahe gleichen Weg gefunden, von uns zu berichten.

Wie sehr ihr Dasein an das meine grenzt, habe ich erst da verstanden.

Ich schlief dort ein, auf ihrem Lager inmitten ihrer Geschichte.

Kara

IN DER GESTRIGEN Nacht, in der ich Elicia von meines Vaters Tod erzählte, hatte ich einen wahren Traum.

Es ist früher Morgen. Herbst. Nebel liegt über der Erde. Ich helfe meiner Mutter, Brot zu backen, das mein Vater, meine Brüder und die anderen Männer zur Jagd mitnehmen wollen. Als sie gegangen sind, entferne ich mich unter einem Vorwand von der Hütte. Ich folge ihnen in großem Abstand in den Wald. In der einen Hand trage ich einen Bogen, in der anderen Hand drei Pfeile, die ich zuvor aus dem Köcher meines ältesten Bruders gestohlen habe. Ich schleiche mich durch das Dickicht an. Ich ziele. Gleich der erste Pfeil trifft sein Ziel und durchbohrt meines Vaters Kehle. Er bricht zusammen, erstickt. Noch in großer Entfernung höre ich sein gequältes Röcheln.

Claire

DIES KÖNNTEN MEINE letzten Zeilen sein. Ich bin so schwach, dass ich kaum die Feder zu halten vermag, sie gleitet mir immer wieder aus den Fingern, und ich bin so müde, dass ich sie am liebsten nicht mehr aufnehmen würde. Ich habe gewusst, dass dieser Tag einst kommen würde, aber ich hatte gehofft, er käme mit kleineren Schritten. Meine Seele empfehle ich Gott, den ich ein halbes Leben lang innig verehrte und ein halbes Jahr lang absichtlich aus meinem Herzen verbannte. Meine Gebete gelten meinem wenige Wochen alten Sohn Richard. Ich bitte den Herrn, er möge seinen Zorn nicht gegen dieses junge Leben richten, sondern ausschließlich gegen mich, die ich schwer gesündigt habe. Seit ich von meiner Mutterwerdung wusste, bat ich den Herrn um nichts anderes mehr als um die Unversehrtheit meines Kindes, und es scheint, als würden meine Gebete erhört. Richard wurde früh und schwach, aber mit einem Überlebenswillen geboren, der ihn täglich stärker werden lässt, während ich, durch die Liebe Aistulfs zunächst stark und mutig gemacht, nun trotz dieser Liebe seit vielen Monaten schwächer werde. Angefangen vom Zerwürfnis mit Elicia, über die Unmöglichkeit, Orendel zu sehen, sowie in meiner Gemütsschwäche in der Adventszeit, die sich in Reizbarkeit und Bösartigkeit äußerte, bis hin zur schweren Geburt und der wochenlangen Agonie danach zeigt sich der göttliche Wille, mich für meine Taten zu bestrafen. Darein füge ich mich, zumal es mich nicht überrascht, und empfange in Demut den himmlischen Richterspruch.

Mit der wenigen mir verbliebenen Kraft bringe ich zu Ende, was ich begonnen habe. Ich schrieb im Spätsommer des letzten Jahres die ersten Seiten, einzig zu dem Zweck, den Tod Agapets und das Leben Claires zu feiern. Ich wusste nicht mehr, wohin mit meinem Glück, und so war das Schreiben ein Gesang der Freude und das wiederholte Lesen des Geschriebenen dessen Echo. Auch wenn sich zwischenrein Zeilen der Traurigkeit, der Wut und des Unverständnisses mischten, so blieben doch Ursprung und Grund des Schreibens unverändert: Aistulf. Ohne ihn wäre das erste Wort nicht geschrieben worden, und ohne ihn würde ich jetzt nicht hier sitzen und mich ein letztes Mal gegen den Tod stemmen. Er hat mich an Orte geführt – Orte im Innersten meines Wesens –, an die man niemals ohne die Liebe gelangt, die keine Bedingungen kennt. Nicht in meiner Kindheit und schon gar nicht in meiner Ehe habe ich das Gefühl bekommen, zu leben, denn die Kindheit war für mich ein Zustand der Erwartung des Erwachsenwerdens, und die Ehe war für mich ein Zustand der Enttäuschung über das Erwachsensein. Meine Kinder hauchten mir immerhin ein halbes Leben ein, doch vollständig wurde es erst durch Aistulf. Gott vergebe mir, dass ich das sage: Das, was Gott mir vor dem Tag der ersten Begegnung mit Aistulf zugedacht hatte, war mir nicht genug gewesen. Daher ist es mir unmöglich, irgendetwas von dem, was ich seither getan habe, aufrichtig zu bereuen. Ich kann sagen: Es tut mir leid. Und ich muss zugleich zugeben: Ich würde es wieder tun. Wenn ich wüsste, dass im ewigen Leben dafür zehntausend Jahre Höllenqualen auf mich warteten, so wäre ich doch nicht imstande, das letzte Jahr meines Erdenlebens zu bedauern. Es war die Blüte. Manch einer wird sagen, dass es die Blüte einer giftigen Pflanze war. Das mag sein. Doch es war nichtsdestotrotz die Blüte meines Daseins und Richard deren Frucht. Noch mit meinem letzten Atemzug werde ich dafür einstehen. Denn ist es nicht gleichgültig, ob wir fünfundzwanzig, vierzig oder achtzig Jahre alt werden, wenn wir in dieser Zeit das Wichtigste im Leben entdeckt haben? Und ist es nicht gleichgültig, ob wir es zehn Tage oder zehntausend Tage behalten dürfen?

Es gilt nun, meinen Frieden zu machen. Der Preis für diese Liebe, die ich erfahren habe, besteht nicht nur aus den im Jenseits zu erwartenden Strafen, sondern auch aus diesseitigen. So habe ich mich schweren Herzens damit abgefunden, Orendel nicht wiederzusehen. Ich habe Aistulf sogar ausdrücklich verboten, nach meinem ältesten Sohn zu schicken, obwohl er es vorhatte. Noch im Januar, kurz vor Richards Geburt, war es umgekehrt. Da sagte ich zu Aistulf:

»Mit der Abreise des Vikars ist die Gefahr vorüber. Wir müssen nun nicht mehr fürchten, dass die seinerzeitige Entführung Orendels gegen mich verwendet wird. Holen wir ihn endlich auf die Burg, noch heute.«

»Ich wünschte, ich könnte dir zustimmen, Claire. Du solltest dich nämlich schonen und jede Aufregung vermeiden. Aber der Eindruck, den du von den Umständen hast, täuscht. Ich bin noch immer nicht vom Herzog bestätigt worden. Burchard schweigt, das gefällt mir nicht, und Baldur ist wachsamer denn je. Wenn er erfährt, dass Orendel lebt und auf welche Weise du ihn jahrelang von seinem Vater getrennt hast, nimmt er das zum Anlass, um aufs Neue sich gegen uns aufzustellen. Und so, wie es zwischen dir und Elicia derzeit steht, würde sie ihn dabei unterstützen, auch wenn dir dadurch großer Schaden entsteht.«

»Darauf lasse ich es ankommen.«

»Bedenke auch, dass Orendels Rückkehr bedeutet, dass er unweigerlich Graf wird. Er ist Agapets Erbe. Denke bitte nicht, dass ich ihm Titel und Macht nicht sofort mit Freuden übertragen würde, doch … Ich bin ihm begegnet, und ich muss sagen, dass mir sein Charakter nicht gefestigt erscheint.«

»Davon hast du mir nichts berichtet.«

»Ich wollte dich nicht beunruhigen. Wie du selbst weißt, hattest du um die Weihnachtszeit eine schwierige Phase, daher habe ich seine angenehmen Seiten betont und die nachteiligen verschwiegen. Ich behaupte ja nicht, dass Orendel mir unangenehm gewesen wäre. Ich sage nur, dass er mir beeinflussbar vorkommt. Er hat andauernd zu Bilhildis gesehen, als ich mich mit ihm unterhielt.«

»Das ist normal. Sie war sieben Jahre lang seine Verbindung zu mir.«

»Ich glaube, es steckt mehr dahinter.«

»Und was?«

»Das weiß ich auch nicht. Er wirkt nicht gerade klug.«

»Er ist auf andere Weise klug als du oder ich oder Elicia. Sein schöpferischer Geist ist auf Wanderschaft, er wendet sich nicht nur einer einzigen Sache zu. Das mag uns manchmal fremd erscheinen, aber wenn du ihn damals erlebt hättest, als er zwölf Jahre alt war, und wie das Gesinde ihm schon an den Lippen hing, seine Worte wiederholte …«

»Das glaube ich dir. Ich kann es nicht erklären, aber ich traue ihm kein Urteilsvermögen zu. Er wirkte auf mich wie ein Knappe, der von einem Tag zum anderen Edelmann wird. Solche Menschen sind zutiefst verunsichert. Baldur und Elicia könnten auf ihn einwirken und ihn gegen uns einnehmen.«

»Orendel wird einverstanden sein, dass ihr beiden euch Titel und Macht teilt, vielleicht wird er dir beides sogar ganz abtreten. Wie ich ihn kenne …«

»Du kennst ihn eben nicht. Aber wie du meinst. Wenn du wirklich darauf bestehst, hole ich ihn. Doch von da an liegt unser Leben in der Hand eines jungen Mannes, von dem du wenig weißt.«

Ich verschob meine Entscheidung auf den nächsten Tag, doch in der Nacht setzten die Wehen ein. Ich verlor viel Blut, die Geburt selbst erlebte ich in einem Dämmerzustand, und danach schlief ich fast eine Woche lang. Als ich erwachte, war ich so erschöpft, dass ich an nichts anderes als an meinen neugeborenen Knaben denken konnte, und selbst das nur von Zeit zu Zeit. Ich erholte mich ein klein wenig, doch nicht in dem Maße, als dass ich hätte wichtige Entscheidungen treffen können. Ich aß und betete im Liegen, und für eine Stunde am Tag ließ ich den kleinen Richard neben mich betten. In der übrigen Zeit schlief ich oder hielt schweigend Aistulfs Hand, die er mir jeden Morgen, Mittag und Abend reichte. Er erzählte mir, was in der Burg und der Grafschaft vorging, wobei er jedoch nur Angenehmes berichtete, um mich zu schonen. Ich war wach genug, ihn zu durchschauen, jedoch zu teilnahmslos, um die Wahrheit wissen zu wollen.

Die Wahrheit erfuhr ich vor einigen Tagen. Die Aprilluft täuschte mir vor, es ginge mir besser, was ich nur allzu gerne glauben wollte und daher auf die Täuschung einging. Ich richtete mich leicht auf dem Lager auf, nahm etwas mehr Speise zu mir, ließ mir von den drei jungfräulichen Witwen Ferhild, Frida und Franka Lieder vortragen, die einst Orendel geschrieben hatte, und fing an, kurze Unterhaltungen zu führen. Da ich ahnte, dass Aistulf noch nicht so weit war, mir auch die unangenehmen Vorgänge zu berichten, sprach ich die drei jungfräulichen Witwen an. Ich musste ihnen mit einer Mischung aus Liebenswürdigkeit und Strenge mühsam entlocken, welche dunklen Wolken sich über der Grafschaft zusammenziehen.

Die Kaufleute sind unzufrieden. Sie fürchten Einbußen, die dadurch entstehen, dass wir Söldner entlassen, die dann zusammen mit ihren Familien unsere Grafschaft verlassen. Außerdem haben sie an der Ausstattung und Versorgung unserer Truppe gut verdient, was künftig weniger der Fall sein wird. Und schließlich beklagen sie, dass allein das Gerücht, wir schwächten unser Land und lieferten uns auf Gedeih und Verderb den Ungarn aus, den Handel mit anderen Gegenden des Reiches nahezu zum Erliegen bringen würde.

Und als seien der Widerstände noch nicht genug, hat sich der Abt des Klosters bei Aistulf beschwert, er verteile zu viele Almosen unter die Armen. Seither erwarteten diese nämlich, dass das Kloster seine Hilfen ebenfalls erweitere. Ferner prophezeite der Abt, Gott werde sich von Volk und Land abwenden, wenn der Krieg gegen die Heiden nicht unter Einsatz aller Mittel fortgesetzt würde. Zudem sei die Mückenplage von Gott gegeben, man habe sich darein zu fügen.

Ich hatte, als ich das hörte, sofort den Verdacht, dass all diese Unzufriedenheit nicht von allein entstanden ist, sondern entfacht und geschürt worden war. Jemand hat das Gerücht gestreut, die Ungarn und Gott werden uns heimsuchen, und er hat sich dabei absichtlich jener bedient, denen an einer Beibehaltung der Verhältnisse gelegen ist. Diese wiederum verfügen über genügend Macht und Ansehen, um den einfachen Bauern Angst zu machen, sodass auch sie nun zunehmend unzufrieden sind. Sie, die am meisten unter den Sümpfen leiden, wollen plötzlich nicht mehr, dass diese trockengelegt werden. Natürlich wagen sie nicht, ihren Unmut öffentlich zu äußern, aber es heißt, sie grollen Aistulf. Und wieso? Weil ihnen eingeredet wurde, dass eine Verringerung der Zahl an Bewaffneten und Söldnern – die notwendig ist, um die Geldmittel für diese Arbeit aufzutreiben – bedeute, dass heidnische Barbaren durch diese Maßnahme geradezu eingeladen würden, unsere dann wehrlose Grafschaft zu überfallen. Sie fürchten Brandschatzungen durch die Ungarn und wollen nun lieber die Kriege fortsetzen, als die Mücken- und Fieberplage loswerden.

Ich musste erst ungehalten werden, um von den drei jungfräulichen Witwen einen Namen zu bekommen.

Frida sagte: »Es heißt, Euer Schwiegersohn habe mit den Kaufleuten geredet.«

Franka fügte hinzu: »Er soll auch beim Abt gewesen sein.«

Und Ferhild schloss: »Man hat ihn mit den Kaufleuten und dem Abt in den Dörfern der Umgebung gesehen.«

Ich habe Baldur unterschätzt. Er hat es während des Winters geschafft, böse Saaten zu säen, die nun aufgehen. Inwiefern Elicia ihm dabei half und ob die Idee dazu nicht sogar auf sie zurückgeht, bleibt vorerst im Verborgenen, doch auf die Antwort kommt es mir nicht mehr an. Aistulfs Grafenwürde und damit auch die Ideen, die den Geknechteten zugutekommen sollten, sind noch immer und mehr denn je bedroht, und Elicia hat daran ihren Anteil, wie man es auch dreht und wendet. Sie hat mir mein Glück missgönnt. Sie würde, ohne zu zögern, ihren Bruder Orendel dafür benutzen, um mir weiterhin zu schaden, und dabei auch sein Wohl und Heil aufs Spiel setzen. Da ich sehe, wie weit Baldur geht, um Aistulf absetzen zu lassen, erahne ich auch, wie weit er gehen würde, um zu verhindern, dass Orendel Graf würde. Mein Sohn wäre ihm nahezu schutzlos ausgeliefert und hätte allenfalls die Wahl, Baldurs Marionette zu werden, um nicht als Baldurs Opfer zu enden. Um Orendel und Aistulf zu schützen – und in gewisser Weise auch, um Elicia vor sich selbst und vor Baldur zu schützen –, nehme ich von meinem Vorhaben Abstand, Orendel zum jetzigen Zeitpunkt auf die Burg zurückholen zu lassen, auch wenn es mir das Herz bricht. Aistulf, der sieht, wie sehr mir diese Entscheidung zu schaffen macht, bietet mir an, mit seinem Leben für das von Orendel einzustehen, doch ich lehnte sein Angebot ab. Es herrscht keine Waffengleichheit zwischen ihm und Baldur, da ich Baldur alles zutraue und Aistulf ein viel zu guter Mensch ist, um mit Baldur so umzuspringen, wie Agapet es getan hätte. Wäre Agapet seinerzeit von einem Rivalen bedroht worden, hätte er ihn längst von einem gedungenen Mörder aufschlitzen lassen und damit für klare Verhältnisse gesorgt. Aistulfs Gewissen und seine Leitbilder lassen dies nicht zu. Was Aistulfs größte Stärke ist und wofür ich ihn doppelt liebe, ist zugleich seine größte Schwäche. Ich will, dass er lebt, lange über meinen Tod hinaus, und dass er die Welt ein wenig zum Besseren verändert.

Genau dies sagte ich ihm. Als ich von meinem Tod sprach, standen ihm die Tränen in den Augen, und er versprach mir, ohne dass ich es verlangt hätte, Orendel an Kindes statt anzunehmen und zu seinem Erben zu bestimmen, sobald Aistulfs Bestätigung als Graf erfolgt ist. Ich dankte ihm und weinte gemeinsam mit ihm.

Ich spüre, wie sich die Kälte meinem Herz nähert. Es ist Zeit, nach dem Beichtvater zu schicken.

Um ein Letztes habe ich Aistulf noch zu bitten: Bilhildis soll aus der Leibeigenschaft befreit und mit einem Auskommen bedacht werden, selbstverständlich gilt für ihren Mann Raimund dasselbe. Es gibt wohl niemanden, den ich länger kenne als Bilhildis. Sie war schon da, als ich noch ein Kind war. Durch die zehn Jahre, die sie mir voraus hatte, war sie trotz ihrer einfachen Herkunft und ihres geringen Status als Dienerin im Hause meiner Eltern für mich eine schwesterliche Vertraute gewesen, weit mehr als meine wirklichen Schwestern es waren. Ihre schlichte Vernunft war mir Wegweiserin durch die Kindheit, und ihre derbe Offenheit hat dafür gesorgt, dass ich zeitlebens Ränkespiele und Getuschel verabscheut habe. Dank Bilhildis habe ich mir nie über Gebühr viel auf Titel und Vermögen eingebildet, und dass sie durch meine strikte Ablehnung einer Ehe, die mir aufgezwungen werden sollte, verstümmelt wurde, war mir stete Mahnung, den Ausgleich und den Frieden zu suchen. Um wiedergutzumachen, was sie durch mein Zutun erlitt, hatte ich meine Eltern seinerzeit gebeten, Bilhildis in mein neues Zuhause auf dieser Burg mitnehmen zu dürfen, da Bilhildis dort, woher wir kamen, Ziel des Spotts vieler Kinder und auch Erwachsener gewesen war, die sich über die Verstümmelte lustig machten. Hier in der Burg stand sie unter meinem Schutz. Wer es gewagt hätte, sie zu verspotten, hätte meinen Groll auf sich gezogen, und jeder wusste das. Sie bekam einfache Aufgaben, so leicht wie sie hatte es keine Dienerin. Ich hätte Bilhildis schon viel früher freigelassen, doch sie gehörte den Gesetzen der Ehe nach meinem Gemahl Agapet, und er verweigerte mir meine Bitte. Eine Zeit lang beharrte ich auf ihre Entknechtung, bis ich eines Tages zufällig erkannte, dass Agapet und sie eine Liebschaft unterhielten und sogar ein Geheimgemach ihr Eigen nannten. Ich verübelte dies weder Agapet noch Bilhildis, da ich Agapet nie geliebt habe und Bilhildis nur das Beste wünschte. Sie blieb meine Vertraute, kümmerte sich um Orendel, und ich rechne es ihr bis heute hoch an, dass es ihr gelang, mir eine Freundin und Agapet eine Geliebte zu bleiben. Nie verriet sie mich noch Agapet oder schlug Kapital aus der Nähe zu mir und zu meinem Mann. Ihre drei Söhne – womöglich Agapets Söhne? – wurden zu Stützen auf Agapets Feldzügen und gaben ihr Leben für ihn. Ich war froh, als die Liebschaft der beiden sich über viele Jahre und meines Wissens bis zum Tag von Agapets Rückkehr im letzten Sommer fortsetzte. Da brachte Agapet die Ungarin mit … Ich war nicht um meinetwillen, sondern für Bilhildis voller Trauer und Wut. Das hatte die Ärmste nicht verdient.

Es soll ihr nun an nichts mangeln.

So beende ich nun, was ich angefangen habe, und überantworte mich einer höheren Gerechtigkeit. Meine Gedanken werden in den letzten Stunden Aistulf gelten, der mich wie kein anderer gekannt hat, sowie Orendel, der mich viel zu kurz gekannt hat, und schließlich dem kleinen Richard, der mich nie kennen wird.

Doch das letzte liebende Wort auf meinen Lippen wird lauten: Elicia.

Bilhildis

GESTERN WAR ES, da habe ich gehört, dass die Gräfin nach der Geburt eines Knaben sehr krank wurde und bald sterben könnte. Im Winter hört man ja nichts im Tal. Die Burg ist da so weit entfernt wie der Himmel, und was im Garten Eden vorgeht, kriegt man ja auch nicht mit. Aber kaum ziehen Schnee und Frost sich zurück, kommen die Leute aus ihren Häusern. Wie die Ameisen wuseln sie umeinander herum, schnüffeln in alle fremden Stuben auf der Suche nach Stoff für Geschwätz und tauschen ihre Funde anschließend aus: Der alte Gernot ist tot, beim Holzhacken einfach so umgefallen, man stelle sich das vor; das Jüngste von der Heu-Berta ist verreckt, und zwar an ihrer Brust, ist doch furchtbar; die Schafs-Marie soll ein Kind bekommen haben, wo sie doch gar keinen Mann hat, aber ihr Vater, der Schafs-Gunter, hat's vergraben, Gott stehe ihm bei. Ich dachte, als ich mir dieses Gewäsch anhörte: Gott stehe mir bei. Innerhalb einer Stunde habe ich vierzehn Tote oder Vermisste aufgetischt bekommen, die ich nicht kannte, und zwar von zwei Weibern, die ich nicht kannte, und in jenem berüchtigten Tonfall, der sich nur wenig Mühe macht, Entsetzen vorzuspiegeln, wo tatsächlich die Lust am Entsetzen waltet. Ein Winter ohne beim Holzhacken Verreckte, an der Brust Verhungerte und heimlich Vergrabene wäre für diese Weiber kein richtiger Winter, und das Tragikomische daran ist, dass auch diese Weiber eines Tages bei irgendetwas verrecken und den Dung für das Geschwätz Dutzender anderer Weiber abgeben werden. Sie hätten mir gewiss auch noch den fünfzehnten, sechzehnten, siebzehnten Toten um die Ohren gehauen, aber irgendwann warf ich sie unsanft aus dem Haus. Es war mir ohnehin nicht recht, dass sie bei mir herumschnüffelten und Fragen stellten, und den an fremde Tote verschenkten Nachmittag, den sie mir bescherten, nahm ich ihnen ebenfalls übel. Den eigentlichen Anlass für den Rauswurf lieferten sie mir jedoch mit der Nachricht, dass die Gräfin so schwach sei, dass sie ihr Gemach nicht mehr verlasse. Sie läge darnieder und stehe nur noch selten auf. Dies versaute mir den ohnehin versauten Nachmittag zusätzlich.

Ich habe mir seit langer Zeit gewünscht, der Tag möge kommen, an dem ich die Gräfin ins Grab sinken sehen würde. Doch bitte nicht so. Der Tod ist keine Strafe für sie, die dem Himmelreich mit offenen Armen entgegentreten und mit ebensolchen offenen Armen empfangen wird. Gott hat keinen Sinn für Gerechtigkeit. Er bestraft jene, die mit dem Teufel gekämpft, jedoch verloren haben, und er begünstigt solche, die gedankenlos durchs Leben gegangen sind, sich am Ende eine Ölung verpassen lassen und in Reue verfallen. Ich sehe die Gräfin, ja, ich habe sie in diesem Moment vor Augen, wie sie in ihrem Bette liegt und betet: Herr, es tut mir so leid, dass die arme Bilhildis meinetwegen verstümmelt wurde, ich hatte keine Ahnung, was ich anrichte, und ich habe sie nur deshalb all die Jahre als Leibeigene behalten, weil ich es gut gemeint habe, doch sollte ich gefehlt haben, so vergebe mir.

Und er wird es tun. Er wäre ja auch blöd, ihr nicht zu vergeben, denn dann verlöre er sie an die Hölle. Gott und Teufel sind nämlich zwei Freunde, die eine Wette gemacht haben, wer von ihnen in zehntausend Jahren mehr Seelen gewinnt. Sobald die zehntausend Jahre vorüber sind, gehen sie gemeinsam ins Wirtshaus und leeren ein Fass Wein auf Kosten des Verlierers. Worin wohl ihre nächste Wette bestehen wird?

Ha, das gefällt mir! Wenn ich das dem glatzköpfigen Geistlichen Nikolaus zustecke, sobald ich auf dem Totenbett liege, trifft ihn der Schlag.

Ich rotze inzwischen täglich Blut. Die Anfälle kommen ganz plötzlich. Ich stehe irgendwo, und ohne Vorwarnung quillt mir das Blut in den Schlund, von dort in den Mund und ins Freie, ganz so, als hätte ich zu viel davon. Meine Krankheit lässt sich nicht mehr verleugnen. Die letzten Schneereste und der Schlamm rund um den Hof herum sind rot gefärbt, man könnte meinen, der Schlachter tat sein Werk. Gestern Abend kam Orendel zu mir und fragte: »Nicht wahr, du musst bald sterben?« Ich antwortete auf einem Zettel: Ja, und deswegen müssen wir noch etwas Dringendes erledigen.

Ich zog Orendel eine von Norbert besorgte Mönchskutte an, die ihm ein wenig zu groß war, was den Vorteil hatte, dass sein Gesicht unter der weiten Kapuze verborgen blieb. Dann machten wir uns auf den Weg hinauf zur Burg. Orendel, der seit vielen Jahren seinen ersten Frühling in Freiheit erlebte, begeisterte sich für knospende Aprilblumen, laue Brisen und die Aussicht auf ein lindgrünes Flusstal. Je näher wir jedoch der Burg seines Schicksals kamen, desto stiller wurde er, bis wir uns, nur einen Steinwurf von der Außenmauer entfernt, in unserer Sprachlosigkeit nicht mehr unterschieden. Er verharrte aufmerksam und – was mir besonders gefiel – düster dreinblickend vor seinem Zuhause.

Händler und Gesinde, die uns entgegenkamen oder

uns überholten und die mich erkannten, begrüßte ich mit einem Kopfnicken. Da ich mich in Begleitung eines »Mönchs« befand, drängte mir niemand ein Gespräch auf. Ich nehme an, sie alle gingen davon aus, dass es sich um einen geistlichen Beistand für die kranke Gräfin handelte, den ich ihr brachte, und wollten uns nicht aufhalten.

Als ich den Augenblick für geeignet hielt, gab ich Orendel mit pathetischen Gesten zu verstehen, dass dies alles sein Recht und Eigentum ist, das ihm vorenthalten worden war, als seine Mutter ihren Buhlen geheiratet und zum Graf gemacht hatte.

»Und du glaubst wirklich, Mutter und ihr Buhle haben Vater getötet?«

Ich nickte.

Er wirkte betroffen und empört, aber ich hatte ihn noch immer nicht ganz dort, wo ich ihn haben wollte. Seit Jahren hatte ich sein Wesen wie eine Lehmmasse geknetet, um es in die gewünschte Form zu bringen, und den Winter über hatte ich meine Bemühungen noch verstärkt. Nicht ohne Erfolg. Orendel war längst nicht mehr der fröhliche, zart besaitete, singende, schreibende, die Leute verzaubernde Knabe. Mit seinem Aussehen und seiner Stimme hätte er Frauenherzen höher schlagen lassen können, doch sein Wesen war verdunkelt worden, und die musischen Anwandlungen hatten sich in verschlossene Nachdenklichkeit verwandelt. Er war fast immer ernst und steif und ein wenig ahnungsvoll, so als sitze ihm eine Eule auf der Schulter, die ihn an sein Schicksal gemahnte. Ich fütterte diese Eule während der letzten Monate. Immer wieder, wenn Orendel und ich am Feuer saßen, steckte ich ihm kurze Briefe zu, in denen ich klagte und jammerte und schimpfte.

Ach, Orendel, wenn du ihn gesehen hättest, deinen alten Vater im heißen Bade, grau und blutentleert, geschlitzt von der, der er vertraut hat ... Welch schrecklicher Atemzug muss das gewesen sein, als er erkannte, dass es sein letzter Atemzug war und dass das eigene Weib ihn verriet.

Dazu muss ich sagen, dass ich ihm nie von dem ungarischen Aas erzählt habe. Ich habe Agapets Tod so dargestellt, als ob praktisch nur die Gräfin oder der ins Bad eindringende Buhle die Tat begangen haben könnten.

Am Abend, bevor wir zur Burg gingen, schrieb ich Orendel:

Ist es nicht ein seltsamer, vom Schicksal gefügter Zufall, dass nun die treueste aller Dienerinnen deiner Eltern Blut spuckt? Es ist, als folge ich deinem verbluteten Vater nach und als klage ich zugleich mit diesem meinem Blut die Mörderin an, der ich zu lange die Treue hielt.

Solche Sätze verfehlten ihre Wirkung nicht, sie trafen genau den schicksalsträchtigen Ton, mit dem man Orendel am besten erreichte. Gelegentlich – wie beim Weg den Berg hinauf zur Burg – schimmerte noch sein altes Wesen durch, wenn er beispielsweise die Natur bewunderte, aber selbst dann wob sich die Wut über seine jahrelange Gefangenschaft, das ihm Entgangene und die Vorahnung von Vergänglichkeit in seine Bewunderung hinein, so als sei er um seine Vergangenheit und Zukunft bestohlen worden. Er dachte nicht an das Morgen, und er lebte dank meiner Bemühungen in einer Gegenwart, in der er sich verloren fühlte.

Trotz allem, das spürte ich, war er noch nicht so weit, bis zum Letzten zu gehen: seine Mutter zu töten.

Noch während ich überlegte, was ich tun könnte, um seinen Hass weiter zu schüren, näherte sich aus dem nahen Wald ein Reiter. Ich bemerkte ihn spät. Es war Baldur. Hinter ihm, an seine Hüfte gekrallt, saß das ungarische Aas.

Orendel erkannte seinen Schwager, der vor sieben Jahren noch ein einfacher Gefolgsmann seines Vaters gewesen war, und ich gab ihm ein Zeichen, dass er den Kopf senken und schweigen sollte.

»Bilhildis, du hier? Ich glaubte, du hast uns verlassen, so wie alle anderen. Elicia wird sich freuen, dich zu sehen.« Sein Blick fiel auf den »Mönch« neben mir. »Oder kommst du nicht ihretwegen?«

Ich deutete an, dass ich auch ihretwegen zurückgekehrt sei.

»Das ist gut. Sie hat niemanden mehr, weißt du das? Ihre Zofen wurden ihr genommen, sie verrichtet alle Arbeiten selbst, sogar das Holz trägt sie allein, und das, wo sie doch ein Kind erwartet. Kara hilft ihr ein bisschen. Ich kann ihr nicht helfen, ich bin noch immer aus der Burg ausgesperrt und hause in der Scheune. Das niederste Gesinde ist besser untergebracht als ich. So weit ist es mit uns gekommen.«

Im Geiste lachte ich mir ins Fäustchen. Baldur kam als lebender Beweis daher, dass alles ohne Übertreibung stimmte, was ich Orendel gesagt hatte: Ein Tyrann hatte sich der Burg und des Landes bemächtigt. Baldurs Anklage kam mir sehr zustatten, doch durfte ich es nicht wagen, ihm die wahre Person des »Mönchs« an meiner Seite zu enthüllen. Baldur hätte Orendel für seine Zwecke benutzt, indem er ihn vor dem Herzog gegen Aistulf ausgespielt und ihn später auf irgendeine Weise kaltgestellt hätte, um

Graf zu werden. Doch was hätte ich davon? Mir ging und geht es um etwas ganz anderes.

»Wenn ich es mir recht überlege«, sagte Baldur zögerlich, »könntest du mir einen Dienst erweisen.« Dass es sich dabei nicht um einen gewöhnlichen Dienst handelte, entnahm ich seiner Stimme. »Folge mir in die Scheune – wenn es dir nichts ausmacht.«

Kein Zweifel, er war auf mich angewiesen, sonst hätte er gegenüber einer Dienerin keine höflichen Floskeln gebraucht. Ich folgte Baldur zur Scheune und gab Orendel zu verstehen, auf mich zu warten.

»Bringst du den Mönch zur Gräfin?«, fragte Baldur, als er, das ungarische Aas und ich die Leiter hinauf in den Heuboden stiegen, wo auf drei mal drei Schritten sein ganzes Reich, seine Grafschaft lag: ein paar Decken, ein Zinnkrug, altes Brot, ein Kurzschwert.

Ich nickte.

»Gut, Bilhildis, ich ... ich will nicht lange herumreden. Ich weiß, du bist deiner Herrin, der Gräfin, immer eine treue Dienerin gewesen, aber – aber Elicia warst du ebenfalls immer eine gute Amme, und daher ... Wenn ich dich um etwas bitten würde, das Elicia nutzt und der Gräfin schadet, wie würdest du dich verhalten?«

Die Antwort darauf war einfach. Doch war es klug, mich Baldur zu offenbaren? Er war weder Freund noch Feind, er war ein kraftmeiernder Holzkopf, der sich in Ränkespielen versuchte und mich aus irgendeinem Grund, der mir noch nicht ersichtlich war, dafür einspannen wollte. Ich war unentschlossen. Um Zeit zu gewinnen, griff ich auf einen Kniff zurück, den nur Stumme nutzen können: Ich gab Baldur gestikulierend und krächzend eine Antwort, die er nicht verstehen konnte, weil es nichts zu verstehen gab. Ich vollführte irgendwelche Armbewegungen, die nur vortäuschten, eine Erwiderung zu sein, von denen ich jedoch selbst nicht wusste, was sie eigentlich bedeuteten. Ratlos und leicht angewidert sah Baldur mich an. Er tauschte einen Blick mit dem ungarischen Aas, aber das wusste auch nicht weiter.

»Heißt das, du könntest es dir vorstellen?«, fragte er.

Wieder vollführte ich wilde Gesten. Ich sah gewiss aus wie eine Marionette, an der ein Laie die Fäden zog.

»Ach so, aha.« Er räusperte sich. Vielleicht durchschaute er sogar meine Taktik, denn nach einem leichten Stoß, den ihm das ungarische Aas gab, wurde er deutlicher, was sein Vorhaben anging. »Vielleicht möchtest du mehr wissen, bevor du dich endgültig entscheidest, Bilhildis. Ich werde dir gegenüber offen sein, im Gegenzug erwarte ich deine Verschwiegenheit.«

Verschwiegenheit! Und das sagte er zu einer Stummen!

Ich nickte.

»Ich habe beim Herzog Anklage gegen die Gräfin erhoben, und zwar wegen des falschen Reinigungseides, den sie geleistet hat. Ihr Sohn ist ein Bastard. Er wurde über der Zeit geboren, war jedoch klein wie ein zu früh Geborener. Aistulf ist der Vater, das steht für mich fest. Wenn das vom herzoglichen Gericht bestätigt wird, dann …«

Baldur beendete den Satz nicht, den sich jeder zu Ende denken konnte: Dann stürzen Aistulf und Claire, dann werden sie des Ehebruchs und des Mordes für schuldig befunden, und der nächste Graf heißt Baldur. Ich vollendete den Satz jedoch in meinem Sinne: Dann hackt man der Gräfin drei Finger ab, aber vor allem reißt man ihr die Zunge heraus, so wie ich sie einst herausgerissen bekommen habe, und erst dann hetze ich Orendel gegen sie, um den Rest zu erledigen.

»Was ich brauche, um ganz sicher Erfolg zu haben, ist ein

eindeutiger Beweis, der schwierig zu erbringen sein wird – oder jemanden, der glaubwürdig bezeugen kann, dass die Gräfin eine ehebrecherische Beziehung mit Aistulf führte. Wenn das geschieht, würde es ein Gottesurteil geben, die Gräfin müsste sich einer schweren Prüfung unterziehen, die sie vermutlich nicht bestehen würde. Und da dachte ich … dass du vielleicht … als enge Vertraute … etwas weißt. Falls es so wäre, soll es dein Schaden nicht sein, Bilhildis.«

Klug ausgedacht. Ein bisschen von dem Schmalz, das Baldur bisher nur in seinen Muskeln hatte, war ihm in den Kopf gerutscht, vielleicht bei den nächtlichen Übungen mit dem ungarischen Aas. Doch seine Idee hatte einen bedeutenden Fehler: Als Leibeigene galt mein Zeugnis vor Gericht nichts.

»Falls du jetzt daran denkst, dass dein Zeugnis vor Gericht nicht anerkannt würde, so darf ich dir sagen, dass mir Gerüchte zu Ohren gekommen sind, wonach Aistulf und die Gräfin dich in Kürze aus der Leibeigenschaft entlassen werden. Und damit du mit deiner Freiheit etwas anfangen kannst, dachte ich daran, dir und Raimund ein Gut zu kaufen, sobald ich Graf bin. Dazu ein wenig Land mit leibeigenen Pächtern, vielleicht ein kleiner Wald zur Jagd … Ihr würdet auf eure alten Tage herrschaftlich leben.«

Es wäre nicht nötig gewesen, mich mit Eigentum zu locken, da die Rache mein Lohn war, und einer Sterbenden bedeuten diese Dinge ohnehin nichts. Aber sollte Baldur ruhig glauben, ich helfe ihm aus Habgier. Die Sache wurde beschlossen, die Dinge entwickelten sich.

Als ich aus der Scheune trat, stand Orendel andächtig an die Wand gelehnt. Ich folgte seinem Blick die Burgmauer hinauf. Dort stand Elicia, in die Ferne blickend.

»So habe ich sie nicht in Erinnerung«, sagte Orendel traurig. »Sie wirkt einsam und irgendwie vernachlässigt. Sieh dir ihr Kleid an, ihre Haare, ihre Haltung. Als ich klein war, habe ich mir immer gewünscht, sie eines Tages zu beschützen. Ich wusste nicht, wovor, vor Räubern vielleicht. Ich wollte für sie da sein, ich wollte ihr Held und Befreier sein.« Orendel sah mich an. »Ich muss etwas tun, Bilhildis.«

Ja, da waren sie endlich, die Augen, die ich brauchte, da war die Entschlossenheit und der Zorn … Orendel hatte die Mutter aus seinem Herzen gestoßen.

Ich quartierte Orendel vorläufig in einem einfachen Gemach neben dem meinen ein. Es würde nicht weiter auffallen, wenn er ein paar Tage in der Burg blieb, da wir schon des Öfteren reisenden Mönchen Obdach gewährt hatten. Ich ermahnte ihn, das Gemach nicht zu verlassen, außer zum Gebet in der Kapelle. Unter seiner Kapuze würde ihn keiner erkennen, nicht einmal Elicia, und zudem hatte er sich in den sieben Jahren verändert. Was Aistulf betraf, so kannte er einen anderen Orendel, er hatte den wahren noch nie zu Gesicht bekommen. Die Einzige, die ihn erkannt hätte, wäre die Gräfin gewesen, doch sie lag krank zu Bett. Beste Bedingungen.

Ich suchte sie auf. Sie sah wahrlich schlecht aus. Ihre Lippen waren grau, die Haut fahl, die Lider halb geschlossen. Als sie mich erblickte, lächelte sie und streckte die Hand nach mir aus.

»Bilhildis! Wie schön, dich zu sehen. Allzu lange habe ich deine Gegenwart entbehrt. Komm, lege deinen Mantel ab und setze dich zu mir.«

Die drei rothaarigen Heulsusen waren um sie herum und

pflegten sie und den Säugling. Als Ferhild mir den Umhang abnahm, flüsterte sie: »Vorgestern hätte ich keinen Deut darauf gegeben, dass die Ärmste es schafft.« Frida ergänzte: »Aber seither geht es ihr besser, gelobt sei der Herr.« Und Franka meinte: »Wenn kein böses Geschick dazwischenfährt« – sie rotzte dreimal zu Boden –, »ist sie in zwei Wochen wieder auf den Beinen.«

Das böse Geschick nahm trotz der Rotzerei auf einem Schemel neben dem Bett der Kranken Platz. Claire schickte die drei rothaarigen Heulsusen aus dem Gemach und fragte: »Ich platze vor Neugier. Was hast du mir von Orendel zu berichten? Hat er den Winter gut überstanden?«

Ich beruhigte sie und nickte nach jeder Frage, die sie mir stellte, und es waren deren hundert, so wie üblich, wenn es um Orendel ging.

»Aistulf und ich haben beschlossen, noch zu warten, bis wir ihn auf die Burg holen. Die allgemeine Stimmung spricht dagegen. Ihn all dieser Feindschaft auszusetzen wäre verantwortungslos, zumal Orendel feinfühliger ist als viele andere junge Männer seines Alters. Stimmst du mir zu, Bilhildis?«

Ich stimmte zu. Wir unterhielten uns noch eine Weile über Orendel, bis die Gräfin auf den Tisch deutete, an dem sie ihre Briefe verfasste. »Bitte bringe mir die Schriftrolle ganz links. Ja, genau diese. Sie betrifft dich. Bitte öffne sie.«

Ich entrollte das Dokument.

Wir, Aistulf, Herr und Graf von Breisach, und Claire von Langres, Gräfin von Breisach, erklären unsere Leibeigenen Raimund, geboren zu Sasbach, und Bilhildis, geboren zu Chatillons, für aus der Leibeigenschaft entlassen. Sie sind nun freie Untertanen der erlauchten Grafen von Breisach, Seiner Hoheit des Herzogs von Schwaben und Seiner Gnaden des Königs des Ostfränkischen Reiches. Ihre Treue soll Beispiel sein für tausend andere Leute.

Verfasst und gezeichnet am zwölften Tag des April im Jahre des Herrn neunhundertzehnunddrei.

»Ich wünschte, es wäre noch etwas feierlicher geraten, meine liebe Bilhildis, aber die wirklich guten Dinge im Leben lassen sich oft in einem einzigen Satz zusammenfassen, während die schlimmen Dinge viele Worte benötigen. So kurz der Brief auch sein mag, so bedeutungsvoll ist er. Das ist ein großer Augenblick für dich, Bilhildis. Vielleicht magst du ihn mit mir zusammen begehen. Bleibe die nächsten Tage bei mir auf der Burg. Orendel hat Raimund, und ich habe dich. Wollen wir es so machen?«

Selbstverständlich. Wie könnte ich auch auf den Gedanken kommen wollen, die ersten Tage meiner Freiheit nicht mit der Kerkermeisterin zu verbringen, die mich fünf Jahrzehnte lang an sich gekettet hat. Das wäre ja völlig abwegig, nicht wahr?

Sie ließ mich die drei rothaarigen Heulsusen rufen, welche Kelche mit Wein brachten. Die Gräfin nippte nur an ihrem Wein, wohingegen ich meinen Kelch im Nu austrank und auffüllen ließ. Drei Mal leerte ich ihn in einem Zug, bis mir der rote Rebensaft aus den Mundwinkeln tropfte. Die Gräfin blickte mich nachsichtig an und lachte.

Ja, lach du nur, du ewig Verständnisvolle, die du nichts verstehst.

Das Dokument liegt neben mir auf demselben wurmzerfressenen Tisch in demselben miefigen Gemach, in dem ich meine Tage bis zum nahen Ende fristen werde. Der Krug Wein, den die Gräfin mir spendierte, steht zur Hälfte geleert auf dem Freiheitsbrief und hinterlässt dort schöne rote Ringe. Solange ich noch schreiben kann, solange noch ein einziger Tropfen meines Blutes nicht ausgekotzt ist, gebe ich zu Protokoll: Das Ende der Agapiden. Warum mich auf Claire beschränken? Ausgerottet werden sie alle von mir mit Stumpf und Stiel. So wie Agapet der böse Geist des Krieges war, der meine geliebten Söhne in den Tod getrieben hat, so werde ich der böse Geist für sein Geschlecht sein. So mag eintreten, was die drei prophetischen Heulsusen bisweilen singen: *Es ist ein Gesetz, dass der Strom des Bluts Blut wieder verlangt. Es fordert Unheil, das Unheil gebiert.* Sie alle werden fallen, einer nach dem anderen, bis nur noch die kleinen Bastarde übrig sind, die man lebendig in der Erde versenken wird.

Malvin

VIERZEHN WOCHEN LANG sprach ich Recht, wie ich es immer getan hatte. Nun ja, nicht ganz wie immer. Ich war ehebrecherischen Frauen gegenüber besonders nachsichtig und verweigerte den Ehemännern, die Strafe selbst zu bestimmen. Der eine wollte seine Frau mit der Rute züchtigen, bis ihr Rücken zerfurcht wäre wie eine Baumrinde, ein anderer wollte die Seine würgen bis kurz vor dem Tod und ein dritter mit einem glühenden Eisen seine Initialen in die Haut der treulosen Gemahlin einbrennen. Ich sagte ihnen, dass jemand, der sich solche Bestrafungen ausdenkt, eine schwer erkrankte Seele habe, die nur zu heilen sei, indem man sein ganzes Vermögen der Kirche überschreibe, ins Kloster eintrete und die Evangelien studiere, welche Milde predigen. Auf diese richterliche Rüge hin zogen sie ihre Anklagen zurück und beschränkten sich darauf, ihre Frauen grün und blau zu schlagen, was sie ohnehin schon immer getan hatten und wogegen ich machtlos war.

Ausgenommen die Ehebrecherinnen, urteilte ich wie gewohnt über die Leute, wenn auch ohne Überzeugung. Ich war unwillig, mich wieder in den Alltag zu fügen, als sei nichts gewesen, und dachte unentwegt an Elicia. Mir war oft übel, ich verlor den Appetit, ernährte mich von Wein und Bier, schlief trotz Müdigkeit schlecht ein und verfluchte die Gedanken, von denen ich nicht lassen wollte.

Ich weiß nicht, wie das mit mir weitergegangen wäre,

wenn nicht der Herzog ohne Ankündigung nach Konstanz gekommen wäre. Er hatte den Winter in der Pfalz Reichenau verbracht, nur eine halbe Tagesreise von uns entfernt, und traf unter dem Vorwand, die Stadt zu inspizieren, überraschend ein. Der Schultheiß geriet in helle Aufregung, es wurden Glocken geläutet, die Wachmannschaft trat an, und sämtliche Würdenträger reihten sich in ihren besten Gewändern unter einer lauen Frühlingssonne auf dem Marktplatz aneinander. So auch ich. Als ich vom Schultheiß einem sichtlich gelangweilten Herzog vorgestellt wurde, veränderte sich dessen Blick, und ich begriff, dass er nur meinetwegen gekommen war.

Die Unterredung mit ihm fand in meinem Gerichtssaal statt. Unter dem Vorwand, ihn besichtigen zu wollen, hatte der Herzog sich mit mir dorthin zurückgezogen. Ein schwacher Vorwand, wie ich bemerken möchte: Mein Gerichtssaal besteht – wie nahezu jeder Gerichtssaal – aus einem stattlichen Tisch, hinter dem ich sitze und richte, und einem Pult für den Schreiber. Schilder mit dem Stadtwappen, dem herzoglichen und dem königlichen Wappen zieren die Wand. Mehr ist nicht zu sehen. Da ich der Einzige bin, der bei den Verhandlungen sitzt, gibt es nur einen Stuhl. Als der Herzog dies bemerkte, gab er einem seiner Gefolgsleute brummig den Befehl, sofort einen zweiten Stuhl aufzutreiben, was nur wenige Augenblicke in Anspruch nahm. Mit einer missgelaunten Handbewegung wies er seinen Gefolgsmann an, wie er die beiden Stühle zu stellen habe. Da standen diese beiden hölzernen Gesellen, einsam und stumm wie ein altes Ehepaar Lehne an Lehne in Richtung der Fenster blickend. Durch das selten kostbare, gelbe Glas hindurch sah man auf den Marktplatz, doch leider hatte sich die Ankunft des Herzogs sowie sein derzeitiger Aufenthaltsort herumgesprochen, und ein paar Rotzbengel sowie neugieriges Volk drückten sich die Nasen platt bei dem Versuch, einen Blick auf den hohen Landesherrn zu werfen. Es dürfte ihnen allerdings nicht gelungen sein, mehr als Schemen zu sehen. Der Herzog und ich jedoch konnten sie und vor allem ihre platten Nasen und offenen Münder sehr gut sehen, und so fand das Gespräch in einer merkwürdigen Stimmung statt.

»Bitte, Vikar, setzt Euch.«

Ich zögerte, da mein Herr noch nicht Platz genommen hatte, doch nach einer Verbeugung tat ich wie mir befohlen. Seine Geste war ausgesprochen huldvoll und setzte sich fort, als ein Diener des Schultheißen zwei Kelche Wein brachte, die Herzog Burchard mit beiden Händen ergriff und mir einen davon höchstselbst überreichte. Seine Höflichkeit mir gegenüber war von der Art, wie man sie gegenüber jemandem walten lässt, den man entweder sehr schätzt oder sehr braucht – oder den man schon bald kalt lächelnd beseitigen wird.

»Bevor ich Hof in Tübingen halte«, begann er und leckte sich den roten Wein vom grauen Oberlippenbart, »wollte ich Euch unbedingt sprechen. Ihr wisst, wieso: Graf Agapets Tod.«

Ich wollte mich erheben, um den Fall darzulegen. Burchard gab mir zu verstehen, dass ich sitzen bleiben sollte. Es fiel mir schwer, mich angesichts eines stattlichen Herzogs zu konzentrieren, der hinter mir stand, sowie eines Bengels vor dem Fenster, der alles tat, um einen Blick auf denselben zu erhaschen.

»Ich erinnere mich eines Berichts, den ich Euer Hoheit übersandte.«

»Ich weiß, ich weiß. Ihr habt geschrieben, dass der Mord nicht zweifelsfrei aufgeklärt werden kann.«

»So ist es, Euer Hoheit. Es gibt Hinweise auf die eine oder den anderen, aber sie verdichten sich unglücklicherweise nicht zu einem lückenlosen Mosaik, aus dem erkennbar wäre …«

»Was ist mit der Heidin?«

»Sie hat es nicht getan, Euer Hoheit.«

»Wie könnt Ihr da so sicher sein?«

Ich hätte ihn fragen können, wie er sich sicher sein kann, *dass* sie es getan hat, aber Herzögen tritt man allenfalls auf den Fuß, wenn man es so einrichten kann, dass man schon wieder weg ist, bevor sie den Schmerz spüren.

»Gewiss, sie war am Ort der Tat und hatte einen Grund für den Mord, Euer Hoheit …«

»Also bitte.«

» … aber vieles spricht gegen ihre Schuld.«

»Ich finde, der Ort der Tat und der Grund genügen.«

»Nun ja …«

»Was ist mit Aistulf?«

»Wie bitte?«

»Könnte er das Verbrechen begangen haben?«

»Wie ich schon sagte, Euer Hoheit, manches spricht auch gegen ihn, doch ergibt sich kein …«

»Und Gräfin Claire?«

»Nun, sie ist …«

»Angeklagt.«

»Wie darf ich das verstehen, Euer Hoheit?«

»Baldur beschuldigt sie offiziell des Ehebruchs mit Aistulf, und falls sich das bewahrheitet, wäre das ein ungeheures Sakrileg, da sie einen Reinigungseid geleistet hat. Wer dazu fähig ist, ist auch fähig zu morden. Ihre Schuld drängt sich geradezu auf.«

Kurz vorher hatte sich noch Karas Schuld aufgedrängt.

»Ganz recht, Euer Hoheit, aber wenn sich etwas aufdrängt, lohnt es sich, zu fragen, warum es das mit solchem Eifer tut und ob sich dahinter eine völlig andere Geschichte verbirgt, die …«

»Ihr seid spitzfindig und redet verworrenes Zeug, Malvin von Birnau.«

»Wie Euer Hoheit belieben zu befinden.«

»Ihr seid zu nahe am Geschehen gewesen, Malvin, und habt Euch zu sehr mit Kleinigkeiten und unbedeutenden Einzelheiten befasst. Aus großer Entfernung sieht man die Dinge klarer und übersichtlicher, und aus der Entfernung heraus kann ich Euch sagen, dass entweder die Heidin die Schuld trifft oder aber die Gräfin und ihren Buhlen.«

Wieso schlugen wir nicht einfach allen den Kopf ab, dann würde es gewiss auch den Schuldigen treffen. Es hätte sich an dieser Stelle angeboten, dem Herzog den Vorschlag zu machen, das Gerichtswesen dahingehend zu reformieren, dass die Ermittler künftig noch nicht einmal in die Nähe des Tatorts gelangen und die Richter nur noch die Namen der Beschuldigten und möglichst wenig Sachverhalte kennen dürfen, denn dann wären sie alle weit genug weg, um mit Übersicht und Klarheit alle Verdächtigen dem Henker zu übergeben. Warum wohl noch keiner vor Burchard I., Herzog von Schwaben, auf diese Idee gekommen ist?

»Ich sehe, Ihr seid nicht überzeugt, Vikar.«

»Nicht restlos, Euer Hoheit.«

Er setzte sich neben mich. Sein Gesicht kam mir so nah, dass ich die Weintropfen auf seinem Bart zählen konnte.

»Ist Euch bekannt, dass unser Schwaben in einem heftigen, glorreichen Krieg gegen die Heiden steht?«

»Gewiss, Euer Hoheit, ich …«

»Und ist Euch bekannt, dass Agapets Grafschaft und Truppen bisher so etwas Ähnliches wie das Rückgrat des

Krieges gebildet haben? Agapet hat mir den Rücken gegen etwaige Begehrlichkeiten der Westfranken freigehalten, ein Drittel des Heeres gestellt, mit Baldur den besten Heerführer gegen die Ungarn ins Feld geschickt und mit seinem Geld für hochwertige Ausrüstung gesorgt. Mit Aistulf als Graf ist dieses Rückgrat gebrochen. Er gibt sein Geld für Sümpfe, Dämme, Almosen, neue Ackerflächen und solches Zeug aus. Seit Monaten gehen Beschwerden bei mir ein. Der Abt von St. Trudpert und die Kaufleute beklagen sich, sie sehen ihre geldlichen Grundlagen bedroht oder fürchten Gottes Zorn. Gewiss, ich könnte Aistulf mit aller Macht stürzen, doch wäre ein solches Vorgehen einmalig und würde andere Grafen gegen mich einnehmen. Außerdem …«

Er leerte den Kelch, ließ ihn achtlos zu Boden fallen, stand auf und ging ziellos im Raum umher. »Ihr wisst wohl nicht, wie bekannt der Fall des ermordeten Grafen im Herzogtum geworden ist. Agapets Tod wurde landauf und landab besprochen, auf jeder Burg, in jeder Stadt. Claire, Aistulf, Baldur und Elicia sind Namen, die von Halbwüchsigen bis hin zu Greisen in einem Atemzug genannt werden.«

Das war mir tatsächlich entgangen. Ich hatte zwar in Konstanz eine große Neugier bemerkt, diese aber darauf zurückgeführt, dass ich es gewesen war, der ermittelt hatte. Dass man auch in Zähringen, Chur, Urach, Ulm, Straßburg und Augsburg darüber sprach, hatte ich mir nicht vorstellen können.

»Grafen wird nicht jeden Tag der Hals durchschnitten, Vikar. Die Ungeheuerlichkeit des Verbrechens allein erklärt jedoch nicht das große Interesse an dem Mord. Dass kein Täter gefunden wurde, ist der eigentliche Grund. Die Spekulationen sprossen wie nichts anderes im Winter:

Der Erzengel Gabriel habe seine Hand im Spiel gehabt, ein Waldgeist sei in die Burg eingedrungen, ein von mir gedungener Meuchler habe Agapet getötet …«

»Ich denke«, wagte ich den Herzog zu unterbrechen, »solcherlei Unfug dürfen wir getrost ignorieren.«

»Ja, nicht jedoch den Verdacht, Baldur habe seinen Schwiegervater umgebracht. Es ist nicht so, dass Baldurs Name ausdrücklich genannt wird. Aber er schwebt im Raum, versteht Ihr? Ob Claire, Baldur, Aistulf, Elicia, der Waldgeist oder wer auch immer: Jemand hat es getan, und die Leute wissen das. Sie ziehen auch in Betracht, dass der Täter von einem Dämon besessen war, als er mordete. Vielleicht ist das Unfug, vielleicht auch nicht. Ich weiß nur, dass Truppen nicht gerne von jemandem angeführt werden, der vielleicht ein gottloser, von teuflischen Dämonen besessener Mörder ist. Solange Baldur nicht freigesprochen ist von jedem Verdacht, kann ich ihn nicht an die Spitze eines Heeres stellen, nein, ich kann ihn noch nicht einmal als Teil eines Heeres akzeptieren. Das brächte Unruhe und würde die Moral und die Kampfkraft erheblich schwächen, vor allem, da wir für Gott und gegen den heidnischen Unglauben kämpfen. Bereits Baldur an Aistulfs statt zum Graf zu ernennen, das wäre zu diesem Zeitpunkt ein riskantes Unterfangen für mich. Falls sich nämlich doch noch seine Schuld erweist, oder falls Aistulf in den Besitz gewisser Briefe gekommen ist … Ihr wisst nicht zufällig, wovon ich spreche?«

Doch, von seinen Briefen an Agapet, in denen er sich seines Beistands versicherte für den Fall eines Streits mit dem König.

Ich habe nur einen kurzen Augenblick gezögert. Bereits zu lange? Ich weiß es nicht. Die herzoglichen Augen unterzogen mich einer eingehenden Betrachtung.

»Nein, Euer Hoheit. Briefe? Von wem an wen?«

Er machte eine fahrige Handbewegung. »Nicht so wichtig. Es könnte sein, dass Aistulf mir Ärger bereitet, wenn ich ihn entmachte, das ist alles. Falls er jedoch eine ehebrecherische Beziehung zu einer Eidbrecherin unterhalten hat, dann ... Wie auch immer. Wenn ich Baldur zum Graf von Breisach mache, muss ich mir sicher sein können, dass ich diese Entscheidung nicht bereue. Und deshalb werdet Ihr die Untersuchung des Mordes an Agapet wieder aufnehmen, zusätzlich zur Verhandlung wegen Eid- und Ehebruch der Gräfin.«

Dem Herzog war ziemlich gleichgültig, wer Agapet getötet hatte, Hauptsache, Baldur war nicht der Täter. Und es war an mir, ihm einen Kopf zu bringen – oder mehrere Köpfe.

Um mich für diese Aufgabe zu begeistern, sagte Burchard: »Ich habe eine Kommission einberufen, die einen schwäbischen Gesetzescodex verfassen soll, welcher das Reichsrecht ersetzen wird. Ich dachte daran, Euch, Malvin von Birnau, zum Vorsitzenden der ehrenwerten Kommission zu ernennen. Sie tritt allerdings in vier Wochen erstmals zusammen – vertraulich, versteht sich. Falls Ihr bis dahin die gestellte Aufgabe erfüllt habt, werde ich mich als ein in jeder Hinsicht dankbarer Herr erweisen. Mit zunehmender Macht benötige ich zunehmend viele Ratgeber. Falls Ihr jedoch die Aufgabe nicht baldigst erfüllen könntet, wäre das – wäre das äußerst bedauerlich.«

Ich schrieb vor einigen Monaten, dass die Wahrheit – und damit auch die Moral – ein Begriff der Religion und der Rechtsprechung ist, nicht aber der Liebe. Ich stelle nun fest, dass sie auch kein Begriff der Politik ist. Insofern haben Liebe und Politik, Liebe und Macht etwas gemeinsam.

Sie suchen keine Wahrheit und Moral, sie streben sie noch nicht einmal an, sie sind sich selbst genug. Wer sich ihnen verschreibt, wird durch sie verändert. Die Gesetze, die man sich selbst auferlegt hat, gelten nichts mehr, ebenso wenig wie die Gesetze, die einem von anderen auferlegt werden, Gott eingeschlossen. Wer für die Liebe empfänglich ist, kann von ihr in einen Rausch versetzt werden, in welchem die Aufsicht über das eigene Selbst kaum noch möglich ist, und wer für die Macht empfänglich ist, dem kann es genauso ergehen. So gesehen sind der Herzog und ich Verwandte im Geiste. Seine Aufforderung, auf die Burg zurückzukehren, war wie eine Verheißung für mich, ein Zeichen, vor dem ich mich gefürchtet und auf das ich gehofft habe: Elicia wiedersehen – und sie nie wieder verlassen, koste es, was es wolle.

Ich bin es gewöhnt, Gericht zu halten, neuerdings auch über mich selbst. Ich, der ich das Tun anderer Tag für Tag bedenke, der ich menschliche Taten und Untaten aus dem Verborgenen ans Licht zerre und die Vergangenheit wie in einem Spiegel noch einmal gegenwärtig werden lasse, erkenne jetzt schon die Schuld, in die ich mich verstricken werde, indem ich die Wahrheit und die Moral einer Liebe wegen mit Füßen trete, so wie sie der Herzog und seinesgleichen der Macht wegen mit Füßen treten. Ich habe den Kampf verloren, den ich seit Monaten gegen mein altes Ich führe, und ich kann es noch nicht einmal aufrichtig bedauern, ihn verloren zu haben. Allenfalls kann ich mir ein Bedauern vormachen, um mein Gewissen zu beruhigen. Ich habe einen Entschluss gefasst, der das Leben einer ganzen Familie betrifft, und wenn ich sage Leben, so meine ich das im Wortsinn.

Ich schreibe, um mich selbst anzuklagen und zu verteidigen. Allein das Urteil steht mir nicht zu. Es obliegt der

Zukunft. Es obliegt jenem Leser eines fernen Zeitalters, dessen Augen über diese Zeilen fliegen.

Gezeichnet am sechsundzwanzigsten Tag des April im Jahre des Herrn neunhundertzehnunddrei. Ich, Malvin von Birnau, Vikar von Konstanz, eröffne kraft der mir vom Herzog von Schwaben verliehenen Autorität die Verfahren wegen Meineids, Ehebruchs und Mordes gegen Claire von Langres, Gräfin von Breisach.

Ich bin seit heute Abend zurück auf dem Sündenberg, wo die Welt in die Ferne rückt, wo es fast still ist und der Frühlingswind, wenn man genau hinhört, eine Melodie summt. Er mischt sich mit den Gesängen der drei traurigen Bardinnen, Frida, Franka und Ferhild, deren Stimmen plötzlich von irgendwo heranwehen, zart und leise klagend, ein Teil der Tragödie, die ihren Anfang mit Agapets Tod nahm und nun auf ihr Ende zugeht: *Warum ist's, dass immerfort / jenes Zeichen unsrem Blick / unsrem ahnungsvollen Geiste vorschwebt / dass ein dunkler Traum unseren Herrn uns nahm? Warum ist's, dass immerfort / jenes Zeichen unsrem Blick / unsrem ahnungsvollen Geiste vorschwebt / dass der Liebe Licht bald sich verdunkelt in Scham?*

Obwohl es mir schwerfiel, ging ich nach meiner Ankunft nicht zu Elicia. Ich hätte ihr erklären müssen, was ich vorhabe, doch sie soll sich nicht mitschuldig fühlen. Ihr Gewissen soll so wenig wie möglich von dem Schmutz abkriegen, den meine Tat verspritzt.

Stattdessen suchte ich Aistulf auf, was auch meine Pflicht war. Als ich ihm das von mir verfasste Dokument zeigte, in welchem seine Gemahlin des Mordes beschuldigt wird, erblasste er.

»Das ist unerhört, Vikar. Vor vier Monaten seid Ihr abgereist mit der Begründung, der Mord an meinem Vorgänger sei nicht aufzuklären.«

»Seither habe ich neue Erkenntnisse erhalten. Sollte Gräfin Claire zu Agapets Lebzeiten eine ehebrecherische Beziehung zu Euch unterhalten haben, aus der inzwischen ein Kind hervorging, hätte sie ein bedeutendes Interesse am Ableben ihres ersten Gemahls gehabt.«

»Was erdreistet Ihr Euch! Meine Gemahlin ist von einer schweren Krankheit genesen, sie ist erst seit zwei Tagen wieder auf den Beinen, und Ihr unterstellt ihr die übelsten Taten. Wisst Ihr, wie sehr sie das treffen wird? Sie ist eine Frau von großer Güte. Zu so etwas wie einem Mord wäre sie nicht fähig.«

Ich glaubte ihm, dass er daran glaubte. Sollte ich ihn beneiden oder bedauern, weil er überzeugt davon war, die Liebe sei etwas Reines? Mein lieber Aistulf, eine reine Liebe gibt es nicht, außer auf dem Papier. In der wahren Liebe finden sich das Beste und das Schrecklichste unseres Daseins. Liebe spricht alles heilig, was ihr nutzt. Liebe tötet, zerschmettert. Öffnet man ihr einmal die Tür, weiß man nicht, ob man einen Erzengel oder einen Meuchler einlässt oder beide. Das ist Liebe. Sie ist nicht edel, aber sie ist kühn und frei, von größter Schönheit, Ergebenheit und Gemeinheit, weshalb wir nicht müde werden, von ihr zu hören. Selbstverständlich ist Claire fähig, einen Mord zu begehen, da sie liebt. Auch ich, der Hüter des Rechts, bin dazu fähig.

Und warum glaubte ich, dass er so naiv war, seine Frau vorbehaltlos für unschuldig und Liebe für rein zu halten? Weil er auch dem irrigen Glauben verhaftet war, mit seinen

Ideen die Welt verändern zu können. Sümpfe trockenlegen, den Krieg abschaffen, die Armut bekämpfen – hehre Ziele, denen die Welt, die er zu verändern beabsichtigte, all ihren Widerstand entgegensetzte, an dem Aistulf früher oder später zerbrechen würde, und zwar auf die eine oder andere Weise. Er hatte die Wahl, beiseitegeschafft oder wie all die anderen zu werden.

»Die Anklage wegen Ehebruchs und Meineids«, erklärte ich, »wurde von Baldur vorgebracht, und er wird den Beweis zu liefern haben.«

»Das kann er nicht.«

»Wir werden sehen. Morgen kommen wir zur Mittagsstunde zusammen, um Gericht zu halten. Ich benötige einen Saal und …«

»Ich soll Gastgeber meiner eigenen Verurteilung werden?«

»Da Ihr sagtet, dass die Gräfin noch schwach ist, halte ich es für das Beste, in der Burg zu verhandeln. Außerdem scheint Ihr anzunehmen, das Urteil sei ausgemachte Sache. Falls Baldur den Ehebruch nicht beweisen kann, hat Eure Gemahlin nichts zu befürchten, was den vermeintlichen Meineid angeht.«

»Und wegen des Mordes?«

»Eins nach dem anderen, Graf. Zunächst verhandeln wir wegen Meineids und Ehebruchs, und daraus ergibt sich dann das Weitere.«

Bis dorthin handelte ich korrekt. Eine vorgebrachte Klage ist unbedingt zu verhandeln, das ist meine Aufgabe, und das Beinahe-Zehnmonatskind der Gräfin ist tatsächlich ein verdächtiger Umstand (bezeichnenderweise empörte sich Aistulf darüber, dass man der Gräfin einen Mord unterstellte, nicht aber, dass man sie des Ehebruchs bezichtigte).

Mit tun sie alle leid: Aistulf, der nichts anderes als ich getan hat, nämlich ein Kind mit der Frau eines anderen Mannes zu zeugen; Claire, die genau wie Elicia der Ehe entfloh, um sich der Liebe in die Arme zu werfen, und nun dafür büßen soll; die Ungarin Kara, die schuldlos in das Geschehen hineingeraten ist, das sie zu vernichten droht. Und ich selbst tue mir auch ein bisschen leid. Denn ab jetzt beginnt meine Schuld.

Elicia

BILHILDIS KAM UND bedeutete mir, ich solle einen Blick in den Burghof werfen. Da sah ich ihn. Die Dämmerung hatte seine Gestalt verwischt, aber ich würde Malvin immer und überall erkennen. Vier Monate – so lange hatte ich ihn entbehrt. Nach Bilhildis' Heimkehr kehrte nun endlich auch der wichtigste Mensch in mein Leben zurück, und ich wurde beinahe wahnsinnig vor Glück. Ich konnte keine Nacht lang mehr warten, ihn zu umarmen, den Geliebten und den Vater meines Kindes. Aber nicht nur deshalb war ich ungeduldig. Mit Malvin bekam ich die Sicherheit zurück, die mir verloren gegangen war. Er würde nicht zulassen, dass Aistulf mir weiterhin Übles antat, und er würde wissen, was wir wegen meiner gestohlenen Schriftstücke unternehmen könnten. Die Stunden, bis die Burg schlief, waren eine Qual.

Mit einer Öllampe in der Hand tastete ich mich mitten in der Nacht die Gänge entlang. Die Luft war kühl, und es zog. Beinahe wäre mir die kleine Flamme erstorben. Ich schützte sie mit meinem Körper. Nur langsam kam ich voran, obwohl es mir nicht schnell genug gehen konnte.

Auf halbem Weg hörte ich ein Geräusch hallen wie das Knirschen unter einer Sohle. Das war nicht ungewöhnlich in einer so weitläufigen Burg, und doch sah ich häufiger über die Schulter zurück als zuvor. Das durch die Scharten dringende Mondlicht sowie die vorherrschende Dunkelheit hatten seltsame Konturen mit scharfen Linien entstehen lassen. Die mir bekannten Formen hatten sich aufgelöst. Der Boden, an einer Stelle matt beleuchtet, schien dahinter in einen Abgrund abzufallen. Ein draußen vorüberziehender Nachtvogel huschte als Schemen über die Wand. Eine Wolke, die sich halb vor den Mond schob, verwandelte die Umrisse erneut; wo es hell gewesen war, wurde es dunkel, und wo es dunkel gewesen war, brachte meine Öllampe Licht und damit auch neuen Schatten. Dort, wo sich vier Gänge treffen, hörte ich ein weiteres Knirschen, doch wohin ich mich auch wandte, ich sah nichts als scharfe, schräge Kanten von Helligkeit und Finsternis.

Hat dies alles meine Sinne verwirrt? Haben Angst, Hall und Schattenspiel sich verbündet? Als ich meinen Weg zu Malvin fortsetzte, meinte ich in einem dunklen Erker, der vier, fünf Schritte von mir entfernt war, eine an die Wand gedrückte Gestalt zu sehen, die sich offensichtlich verbergen wollte. Zu welchem Zweck? Ich sage, ich *meinte,* jemanden zu sehen, weil ich mir nicht sicher war, und ich schreibe, eine *Gestalt* gesehen zu haben, obwohl es nicht eigentlich eine Gestalt war, sondern etwas Diffuses, ein Schatten innerhalb eines Schattens, ein schwarzer Umriss in der Finsternis.

Ich ließ die Öllampe fallen und rannte davon, irgendwohin. Obschon mir die Burg vertraut ist, wusste ich nicht mehr, wo ich mich befand. Ich hörte eilende Schritte, die meine eigenen hätten sein können, zurückgeworfen von den jahrhundertealten Wänden. Doch es hätten auch die Schritte eines Meuchlers sein können. Es gab keine Gewissheit für mich, nur noch die Angst.

Es grenzte an ein Wunder, dass ich plötzlich vor Malvins Gemach stand. Ich rannte in den Raum hinein, machte die Tür hinter mir zu, hielt den Atem an und lauschte, ob auf der anderen Seite der Tür ein Geräusch zu hören war. Ich weiß nicht mehr, wie lange ich dort stand, das Ohr an die Tür gepresst. Erst als ich mich sicherer fühlte, wandte ich mich auf der Suche nach Malvin um.

»Malvin!«, rief ich leise. »Malvin, wach auf.«

Da sah ich im schwachen Schein des glimmenden Kohlefeuers, dass sein Lager leer war.

War ich im falschen Gemach? Ich hatte mich unauffällig beim Gesinde erkundigt, wo der Vikar Quartier bezogen hatte, und dieses Gemach war mir genannt worden. Ich erblickte schließlich seine Sachen. Feder und unbeschriebenes Papier lagen auf dem Tisch, daneben ein Dokument, in dem Anklage wegen Meineids gegen meine Mutter erhoben wurde.

Sofort dachte ich: Baldur. Das also waren die Maßnahmen zur Erlangung der Grafenwürde, die er mir verheimlicht hatte. Er hatte vor, meiner Mutter die Ehre zu nehmen, die Zunge und die Finger, und über ihren Untergang auch den von Aistulf herbeizuführen. Er hatte gewusst, dass ich bei diesem abscheulichen Spiel nicht mitmachen würde. Ich habe nie gewollt, dass es so weit kommt. Aistulf wollte ich schaden, nicht meiner Mutter. Ich könnte ihr nichts antun. Wehtun, ja, das war etwas anderes. Töchter tun Müttern andauernd weh, das ist ihr gutes Recht. Aber bei allem Streit, den ich mit ihr in zwanzig Jahren ausgefochten habe und immer noch ausfechte, ist sie die Frau, die mich geboren hat und mich irgendwo, in einer mehr oder weniger großen Ecke ihres Herzens, liebt. Und wenn ich mit absoluter Sicherheit wüsste, dass sie Vater ermordet hat, so würde ich sie dafür lautstark hassen und ihr im Stillen verzeihen.

Ich wartete noch eine Weile auf Malvin. Nun, da ich wusste, weshalb er zurückgekehrt war, war es umso wichtiger für mich, mit ihm zu sprechen. Doch ich harrte vergeblich. Schließlich kam ich auf den Gedanken, dass er womöglich in meinem Gemach auf mich wartete, so wie ich in seinem auf ihn. Also ging ich zurück, was ohne Zwischenfälle verlief. Doch ich traf ihn auch dort nicht an, und es sprach nichts dafür, dass er mein Gemach betreten hatte.

Wo bist du, Geliebter? Gerade jetzt, in dieser Nacht, in dieser schwersten Stunde, bräuchte ich deinen Rat und Beistand.

Kara

ICH ERWACHTE VON Rufen. In der Burg brach Unruhe aus. Jemand schrie: Baldur ist tot, Baldur ist ermordet worden, Baldur liegt tot in der Scheune, benachrichtigt den Grafen, Baldur ist verblutet. Und ein vielstimmiges, sich endlos brechendes Echo antwortete: Baldur ist tot, ermordet, in der Scheune, verblutet.

Er ist gestorben wie Agapet. Ich sehe das Stroh vor mir, auf das er gebettet ist, feucht und rot, und seine im Erschrecken erstarrten Augen. In den letzten Wochen habe ich mich zu meiner eigenen Betroffenheit von ihm angezogen gefühlt, und ich gab mich ihm hin, ohne dass er es erzwungen hätte. Ich lag oft mit ihm in jenem Stroh, das nun sein Leichenbett ist. Ich bin wieder frei, allerdings nicht in einem körperlichen Sinn – soeben marschierte eine Wache vor meiner Tür auf, die zweifellos abgestellt wurde, dafür zu sorgen, dass ich das Gemach nicht mehr verlasse. Aber ich bin frei von der Zuneigung, die ich empfand, bevor ich mich zu Baldur legte, von der Erregung, die ich empfand, während ich bei Baldur lag, und von der Reue, die ich jedes Mal empfand, nachdem ich aus freien Stücken bei Baldur gelegen hatte. Ich bin frei von seiner Liebe zu mir, die anfangs roh und gewalttätig, zuletzt zärtlich und ergeben, immer ungewöhnlich und nie unaufrichtig war. Ich werde ihn nicht vermissen.

Zwei Federn sind noch übrig. Wenn die Götter nicht gelogen haben, müssen noch zwei Menschen sterben.

Claire

ALS ICH VOR einiger Zeit glaubte, bald sterben zu müssen, war das Schreiben wie ein Abschied gewesen. Heute ist es wie ein Anfang, da die Schrift schon morgen meine einzige Sprache sein wird. Es hat alles nichts genutzt. Weder die ewigen Lügen noch das kurze, große Glück, weder die bösen noch die guten Taten konnten mich vor dem Schicksal bewahren, das mir bevorsteht: verstümmelt und gebrandmarkt zu werden. Mein kleiner Sohn wird nie den Klang meiner Stimme hören, und damit nicht genug, wird er mich verwünschen wegen des Makels seiner Geburt als Bastard. Vielleicht ist das gerecht. Vielleicht war der heutige Tag, so wie er verlaufen ist, die schlüssige Folge und der folgerichtige Schluss der Kette von Lügen, die das letzte Jahr durchzog.

Wir standen am Morgen – allesamt in unsere weißen Trauergewänder gehüllt – vor der Scheune, als Baldur herausgetragen wurde, und sahen ihn ein letztes Mal an: ein besiegter Goliath, auf dem Schild liegend, getötet, als er es nicht erwartet hatte. Wie vielen Schwerthieben hatte er getrotzt, wie vielen Pfeilen war er ausgewichen, um dann bei Nacht im Stroh die Kehle durchschnitten zu bekommen! Er hatte zu Lebzeiten nie das Format zum Helden gehabt, dafür war er zu grobschlächtig und leutselig gewesen. Von Helden wird erwartet, etwas Edles und Einsames an sich zu haben. Sein Tod passte zu seinem Leben, denn er war blutig, ohne ehrenwert zu sein, und unglücklich, ohne tragisch zu sein. Baldur hatte mich vernichten wollen, nun war er selbst vernichtet worden. Daran war nur wenig Dramatisches, aber viel Gewöhnliches.

Als wir nach dem Gottesdienst aus der Kapelle traten, richtete der Vikar das Wort an die Menge.

»Baldur ist ohne Zweifel ermordet worden, und zwar auf dieselbe Weise wie sein Schwiegervater, Graf Agapet. Ich verspreche, dieses Verbrechen sehr bald aufzuklären und euch die Pein, die über der Burg liegt, zu nehmen. Schon morgen zu dieser Stunde werde ich ein Racheverfahren eröffnen, zu dem ich noch zwei Schöffen berufen werde. Was nun Baldurs Anklage betrifft – wie ihr vermutlich alle wisst, hätte heute Mittag ein Gericht stattgefunden, um die Anklage gegen eure Gräfin zu behandeln. Mit Baldurs Leben ist auch sein Vorwurf erloschen, und ohne einen solchen bin ich, der Vertreter königlicher und herzoglicher Gerichtsbarkeit, in diesem Fall nicht bereit, eine Inquisitio einzuleiten. Wer noch etwas dazu sagen möchte, sollte dies jetzt tun oder für immer schweigen.«

Mein Blick fiel auf Elicia. Sie war die Einzige, vor der ich mich fürchtete. Denn wer sonst hätte mich nun noch beschuldigen sollen? Außer Aistulf und meiner treuen Bilhildis waren nur der Geistliche und das leibeigene Gesinde anwesend, darunter auch die drei jungfräulichen Witwen, die sich während meiner Erschöpfung aufopferungsvoll um den kleinen Richard und mich gekümmert hatten. Noch am Morgen hatten sie gesungen: *Mitten in glücklicher Fahrt / treibet des Menschen Verhängnis / auf verborgene Scheiterklippen.*

Elicia schwieg. Sie hatte die Wahrheit schon früh erspürt und lange für sie gefochten, aber in dem Augenblick, da sie zwischen der Wahrheit und meiner Unversehrtheit zu wählen hatte, entschied sie sich für mich. Mehr noch, ihr Schweigen war gleichbedeutend mit ihrem Verzicht auf die Würden, die sie für sich und vielleicht auch für ihr ungeborenes Kind erhofft hatte. Ich sah sie voller Dankbarkeit an. So enttäuscht und verbittert sie auch sein mochte, sie hielt in der entscheidenden Stunde zu mir. Ich werde ihr das nie vergessen. Alle Opfer, die ich gerne für meine Tochter erbracht habe, erwiesen sich mit ihrer Treue, die eigentlich Liebe war, als gerechtfertigt. Sie war sich nicht darüber im Klaren, dass sie mir gleichsam Liebe zurückzahlte, aber ich kenne Elicia gut genug, um mir sicher zu sein, dass tief in ihr so manches flüstert, dessen Befehlen sie folgt, im Guten wie im Schlechten.

Ich war gerettet – drei oder vier Atemzüge lang. Da trat Bilhildis vor. Sie streckte den Arm aus, deutete auf mich und presste mit aller Kraft ihrer Kehle unverständliche, schauderhafte Laute hervor, deren Sinn offensichtlich war. Mir war, als belle die Hölle selbst mich an. Gerade als ich mich fragte: Warum? Warum Bilhildis?, sah ich eine Träne aus ihrem rechten Auge kullern. Doch es war keine Träne der Trauer oder des Schmerzes, es war eine Freudenträne, viele Jahre alt, und ihr Stöhnen war in Wahrheit ein furchtbares Lachen, das sie sich für diese Stunde aufgehoben hatte.

Ich brach zusammen.

Bilhildis

CLAIRE IST SO gut wie erledigt, morgen habe ich es geschafft. Dem Vikar blieb aufgrund meiner Anklage nichts anderes übrig, als für morgen ein Gottesurteil anzuberaumen: Die Gräfin muss barfuß fünfzig Schritte über glühende Kohlen gehen, und falls sie Brandwunden davonträgt, gilt sie als schuldig. Das Ergebnis dürfte feststehen. Man wird sie umgehend verstümmeln, und Aistulf wird man als ihren Buhlen nackt auf einen Esel setzen, mit Ruten blutig schlagen und davonjagen.

Die Kerkermeisterin meines Lebens büßt für alles. Endlich ist der Tag gekommen. Fast dreißig Jahre lang habe ich darauf gewartet. Ich kann es noch gar nicht fassen. War ich je froher? Da Baldur in der Nacht aufgeschlitzt wurde, war es mir vergönnt, nicht nur Zeugin, sondern Anklägerin zu sein. Der Augenblick, als ich im Beisein aller auf sie zeigte, war unüberbietbar. Ich schrie. Ich schrie innerlich: Seht, da ist sie, die Frau, die mir meine körperliche Ganzheit nahm, die mir meine Stimme nahm, die mir den Mann nahm, der mich als junge Frau geliebt hatte, und die später den Mann hatte, den ich liebte. Auge um Auge, schrie ich, Zunge um Zunge.

Ihren Blick hättest du sehen sollen, Leser in ferner Zeit: Zunächst hat sie nichts verstanden und dann alles. Ja, sie hat begriffen, wie sehr ich sie all die Jahre hasste, und sie strauchelte unter der Last der Erkenntnis. Aber diese Erkenntnis kommt zu spät für sie. Sie selbst hat mir mit dem Freilassungsbrief gleichsam die Zange in die Hand gedrückt, mit der ich sie nun quetsche. Das Blut, das mir in diesem Moment aus dem Maul tropft, gebe ich gerne her, weil ich weiß, dass es Claire morgen genauso gehen wird. Und danach – übermorgen?

Nachdem ich Claire angeklagt hatte, ging ich zu Orendel, der, wie ihm von mir geheißen, sein Gemach nicht verlassen hatte. Trotzdem hatte er von plapperndem Gesinde, das an seinem Gemach vorbeigegangen war, bereits von Baldurs Tod gehört.

»Das waren *sie,* nicht wahr, Bilhildis? Aistulf und meine Mutter haben meinen Schwager umgebracht, nicht wahr?«

Ich nickte. Dann schrieb ich ihm: Ich habe deine Mutter des Ehebruchs und Meineids angeklagt. Morgen wird man sie bestrafen. Danach ist es an dir, die Strafe zu vollenden.

»Das werde ich tun, Bilhildis. Ich werde Aistulf niederstrecken und danach ... Und was, wenn wir es dabei beließen, nur Aistulf zu töten? Ohne ihn, und wegen des Meineids bestraft, kann meine Mutter nicht länger regieren. Ich würde Graf werden, und damit wäre alles gut. Oder? Es ist immerhin meine Mutter, Bilhildis. Muss es sein?«

Ich schrieb: Es muss sein. Bedenke, was sie dir angetan hat, und bedenke, dass sie die treibende Kraft des Bösen war, die deinen Vater und deinen Schwager ums Leben gebracht hat. Aistulf war nur ihr Handlanger. Töte sie beide, und töte sie auf die Weise, wie sie getötet haben. Mit ihrem letzten Atemzug sollen sie erkennen, wer der Rächer ist, der sie zur Strecke bringt. Du hast nichts zu fürchten. Für deine Tat wird man dich zum Helden erklären.

Er zögerte nur kurz, dann sagte er ohne Trauer: »Ich verspreche es.«

In der Gewissheit, dass Orendel seine Mutter richten und selbst dafür gerichtet werden würde, und mit der Genugtuung, dass das Geschlecht der Agapiden damit vor der Auslöschung stand, habe ich Abschied von ihm genommen. In der Hölle werden wir uns wiedersehen.

Nun blieb nur noch Elicia. Auch für sie hatte ich schon gesorgt, und eigentlich wollte ich sie erst damit überraschen, wenn ihre Mutter und ihr Bruder verreckt wären. Aber als ich in mein Gemach zurückkehrte, warteten dort die drei rothaarigen Heulsusen auf mich. Wie üblich jammerten sie: Bilhildis, wie konntest du nur? Bilhildis, was hast du angerichtet? Bilhildis, du stürzt Burg und Land ins Unglück. Ich warf sie kurzerhand hinaus, doch bevor ich die Tür in ihrem Rücken zuschlug, rief eine: »Die Herrin Elicia erwartet dich. Sie möchte mit dir sprechen.«

Ich war weit davon entfernt, noch Befehle entgegenzunehmen von dieser Familie scheinheiliger Schlächter, Huren und Idioten. Sie alle, die mich mein Leben lang mit ihren Wünschen misshandelt haben und mich wie einen Lumpen benutzten, der ihren Schmutz aufsaugen musste, würden nun erleben, wie der Lumpen wieder hergab, was er allzu lange behalten hatte, und seinen Dienst verweigerte. Doch es war nur der halbe Spaß, es ihnen heimzuzahlen. Dabei in ihre Gesichter zu sehen, war das eigentliche Vergnügen, und da meine Maske ohnehin schon gefallen war, brauchte ich auch Elicia nichts mehr vorzuspielen.

So trat ich vor sie: als freie Frau.

»Ich bitte dich, Bilhildis, ziehe deine Klage zurück. Noch ist es nicht zu spät. Es ist alles meine Schuld. Ich selbst habe dich in Versuchung geführt, weil ich meiner Mutter so viel Feindschaft entgegenbrachte. Ich meinte, einen

Grund dafür zu haben. Doch inzwischen ... Es mag sein, dass ihr Kind von Aistulf ist, aber welche Rolle spielt das noch? Mein Vater ist tot und Baldur nun auch. Welchen weiteren Sinn hat es, sich zu bekriegen? Wem soll das nutzen? Mir gewiss nicht mehr. Liebe Bilhildis, ich weiß, du tust das alles für mich, doch lass dir sagen ...«

Da begann ich zu lachen. Ich konnte mich nicht mehr zurückhalten. Für sie, für Elicia sollte ich das alles getan haben? Das Kind hatte wirklich den Sinn für die Wirklichkeit verloren, und zwar in weit größerem Maße, als ich es für möglich gehalten hatte.

Mein Gelächter verwirrte sie zunächst, dann wurde sie ein wenig ärgerlich.

»Bilhildis, das genügt nun. Wir werden nicht darüber streiten. Tue einfach, was ich gesagt habe, und es soll dein Schaden nicht sein. Du bist frei. Man wird dir ein Heim geben. Lass uns als Freundinnen auseinandergehen, denn eine Freundin warst du immer für mich, und so will ich es fürderhin halten.«

Ich überreichte meiner »Freundin« die Abschrift eines der beiden Briefe, die ich am Morgen jenem Boten mitgegeben hatte, den Aistulf zum Herzog schickte, um ihn von Baldurs Tod zu unterrichten. Für einen Silberling war der Bote bereit, den ersten Brief dem Herzog, den zweiten Brief dem Schultheiß von Konstanz zu übergeben.

Abschrift eines Briefes an Seine Hoheit, Herzog Burchard von Schwaben, verfasst von Bilhildis, freie Bürgerin.

Durchlauchte Hoheit, ich setze Euch untertänigst und in aller Ehrerbietung davon in Kenntnis, dass das Kind, welches Elicia von Breisach aus dem Ge-

schlecht der Agapiden derzeit im Mutterleibe trägt, einer ehebrecherischen Verbindung mit Malvin von Birnau, Vikar von Konstanz, entstammt. Sie selbst hat es mir anvertraut. Inwieweit dies mit dem grausamen Tod Baldurs im Zusammenhang steht, kann ich nicht sagen. Doch ich bezeuge hiermit feierlich vor Gott dem Allmächtigen, der Mutter Gottes und allen Heiligen und Engeln, dass ich die Wahrheit spreche. Ich habe beim Schultheiß von Konstanz in aller gebührenden Form Anklage erhoben, wollte es jedoch nicht verabsäumen, Eure durchlauchtigste Hoheit persönlich über die frevelhafte Verbindung in Kenntnis zu setzen. Ich bin sehr krank, durchlauchtigste Hoheit, und hoffe, meine Seele durch dieses letzte Zeugnis würdig zu machen, ins Himmelreich aufgenommen zu werden.

Von dem zweiten Brief hatte ich keine Abschrift angefertigt, aber der eine genügte, um Elicia eine Zeit lang der Gesichtsröte sowie der Stimme zu berauben. Ich trat auf sie zu, riss ihr die Abschrift aus den Händen, sammelte Speichel und rotzte ihn ihr mitten ins Gesicht. Womit ich nicht gerechnet hatte, war, dass sich der Speichel in meinem Mund mit Blut gemischt hatte, das sich nun in hundert Tropfen über Elicias Antlitz verteilte. Zunächst selbst überrascht, dann begeistert, rotzte ich sie ein zweites Mal an, sodass auch ihr schönes, weißes Trauerkleid von dem roten Tod, der mich im Griff hat, befleckt war.

So ließ ich sie stehen.

Das war es. Ich habe alles niedergeschrieben, was es zu schreiben gab. Ich könnte morgen von der Tagung des Gerichts berichten, von den Schreien Claires, wenn man sie verstümmelt, dann von Orendels Mord, vielleicht sogar davon – falls ich es noch erlebe –, wie es mit Elicia weitergeht, wie sie ins Kloster verstoßen und ihr Kind lebendig in der Erde vergraben wird, kaum dass es das Licht der Welt erblickt hat. Doch ich bin müde. Mein Werk ist getan oder, wo noch nicht vollständig getan, auf den Weg gebracht. Der heutige Tag war die Gestaltwerdung all dessen, was viele Jahre lang in mir spukte. Selbst wenn ich in diesem Moment sterben sollte, habe ich erreicht, was ich wollte, und so ist das Blut, das mir in diesem Moment einmal mehr in der Kehle brennt, nicht mehr Pein, sondern willkommener Sensenmann.

So ende ich an dieser Stelle. Ich werde diese letzten Papiere zu den anderen geben, die in der Ziegelwand versteckt sind, in eine Kassette legen und vergraben, auf dass sie eines Tages von dir, Leser in ferner Zeit, gefunden und mit Abscheu und Neugier betrachtet werden, so wie man es mit schwarzen, faulen Knochen tut, die die alte Erde manchmal freigibt.

Lebe wohl. Lebe besser als ich.

Malvin

SEIT DER ABREISE aus Konstanz, nach dem Gespräch mit dem Herzog, war es meine Absicht gewesen, Baldur zu töten. Dieses Verbrechen hatte sich mir schon damals bei meinem ersten Aufenthalt auf dem Sündenberg genähert. Aus der Finsternis tretend, streckte es seine Hand nach mir aus, und ich war nahe daran, sie zu ergreifen. Baldurs Tod war der einzige Weg, mit Elicia zu leben. Dennoch siegte vor vier Monaten mein Gewissen über mein Verlangen, und ich kann ohne Übertreibung sagen, dass dies der wohl schwerste Kampf meines Lebens gewesen war. Als nun aber der Herzog mich erneut schickte, da wusste ich, dass ich diesen Kampf nicht noch einmal gewinnen würde. Sofort nahm ein Plan Gestalt an, und ich brauchte keine Stunde dafür, ihn zu formen.

Gestern Nacht – die erste Nacht nach meiner Ankunft – schlich ich ungefähr zur jetzigen Stunde aus meinem Gemach. Ich kannte mich gut genug in der Burg aus, um den Weg zur Scheune zu finden. Die einzig gefährliche Strecke war der Weg quer über den Vorhof, da mich die beiden Torwachen hätten entdecken können. Doch sie unterhielten sich, und als sie mir den Rücken zudrehten, stahl ich mich an ihnen vorbei. In meinem schwarzen Mantel wurde ich ohnehin fast von der Nacht verschluckt.

Die Scheune war dunkel und eng, und ich hatte Mühe, mich zurechtzufinden. Ich wusste nur, dass Baldur dort irgendwo schlief. Meine Furcht war, dass ich – erfahren darin, Verbrechen aufzuklären, unerfahren darin, sie zu begehen – über mein Opfer stolpern würde, was schnell mich selbst zum Opfer machen könnte. Daher bewegte ich mich wie ein blinder Methusalem mit nach vorn ausgestreckten Armen und winzigen Schritten vorwärts. Wie sollte ich jedoch auf diese Weise Baldur finden und mit einem überraschenden Messerstich töten, wenn ich kaum die Hand vor Augen sah?

Ich hatte Glück. Von außen, vom Tor her, fiel schwacher Fackelschein durch eine Ritze im Verschlag. Ein Körper wurde sichtbar. Ich zückte das Messer, kniete mich vorsichtig ins nasse Stroh, holte aus – und blickte plötzlich in Baldurs weit aufgerissene Augen. Ich erschrak: Er hatte mich entdeckt. Wie gelähmt verharrte ich. Wie lange? So lange man braucht, um bis eins zu zählen. Ich konnte nicht zustoßen und nicht weglaufen, obwohl ich wusste, dass ich eins von beidem hätte tun müssen. Oh, was für ein Tor ich war. Meine Angst hätte mich leicht alles kosten können. Baldur hätte mich mit einem einzigen Schlag bezwungen, wenn er nicht … Ich erschrak ein zweites Mal: Baldur war bereits tot. Seine Kehle war aufgeschlitzt, und ich kniete in seinem Blut.

Hätte ich es wirklich getan? Ja, das hätte ich. Ja, ja, ja. Aber als ich schwitzend und schwer atmend auf dem Stroh der Scheune lag, halb ohnmächtig, dankte ich Gott, dass er mich davor bewahrt hatte, ein solch scheußliches, blutiges Verbrechen zu begehen. Wie lästerlich dieser Dank war, darüber war ich mir in jener Stunde nicht im Klaren, sondern erst später, als ich in mein Gemach zurückgekehrt war. Vor einem Kruzifix an der Wand schalt ich mich. Gewiss hatte nicht Gott Baldur die Kehle durchschnitten. Und er hieß es auch nicht gut, dass man Baldur die Kehle durchschnitten hatte, selbst wenn ich dadurch vor einem Verbrechen bewahrt worden war. Ich bat ihn um Verzeihung. Der Gekreuzigte – auf den ich auch jetzt blicke, während ich diese Zeilen schreibe – antwortete mir mit einem ironischen Lächeln, und inzwischen weiß ich auch, warum.

Doch eins nach dem anderen.

Für den Mord, den ich begehen wollte, hätte ich jemanden beschuldigen müssen, und ich war mir bis zum Schluss nicht sicher gewesen, wen ich dafür wählen sollte. Ich glaube, diese Frage hat mich vor der Tat mehr gequält als die bevorstehende Tat selbst.

Aistulf: Auf den ersten Blick war er als Sündenbock unübertroffen. Er hätte guten Grund gehabt, sowohl Agapet wie auch Baldur zu töten, er wurde von Elicia gehasst, vom Herzog nicht geschätzt, und seine Ideen waren den Leuten der Grafschaft umso verdächtiger, je mehr sie ihnen zugutekamen. (Es scheint mir an der Widersprüchlichkeit des Menschen zu liegen, dass er lieber in einem erbärmlichen Zustand verharrt, den er kennt, als einen besseren Zustand, der Veränderungen mit sich bringt, anzustreben.) Wie dem auch sei, mit Aistulfs Verurteilung hätte ich mir nicht wenige Freunde gemacht. Andererseits war er äußerst intelligent. Er würde sich gut verteidigen, viele Fragen aufwerfen und damit vielleicht sogar mich in Gefahr bringen. Zumindest bestand die Möglichkeit, und Mörder – oder zukünftige Mörder – hassen nichts so sehr wie Unwägbarkeiten. Und noch ein anderer Gesichtspunkt sprach gegen ihn, denn ich hätte die Gräfin, die ich mochte, ins Unglück gestürzt.

Bilhildis: Ich konnte sie nicht leiden, ich konnte ihren Gemahl nicht leiden, ich fand beide äußerst zweifelhaft.

Bilhildis zu verurteilen, das hätte mein Gewissen am wenigsten belastet, da man Menschen gegenüber, die man nicht mag, von Natur aus ungerecht ist. Wenn ich ihre Beziehung zu Agapet offengelegt hätte, wäre auch ihr Grund sichtbar geworden, Agapet zu töten – Eifersucht wegen seiner jungen, ungarischen Eroberung. Elicia wäre eine Weile traurig über Bilhildis' Tod, und das Andenken an ihren Vater wäre beschädigt, doch das würde sich geben. Allerdings sprachen zwei Argumente dagegen, Bilhildis zu beschuldigen. Es wäre schwierig gewesen, ihren Grund für den Mord an Baldur darzulegen. Außerdem wusste sie zu viel über Elicia und mich, da Elicia sie über unsere Liebschaft ins Vertrauen gezogen hatte, was ich töricht fand, weil Bilhildis in meinen Augen eine Schlange war, der man nicht vertraut. Für den Fall, dass ich sie vor Gericht gebracht hätte, würde ich es ihr noch nicht einmal verübeln können, wenn sie sich an mir rächte.

Kara: Sie war wehrlos. Sie hatte keine Gefolgschaft, ihre Gründe für die Morde an Agapet und Baldur lagen auf der Hand, sie war als Fremde von vornherein verdächtig, die Wände in ihrem Gefängnis waren beschriftet, sodass Gerüchte über Flüche und Zauberformeln die Runde machten … Es wäre sehr einfach, sie vor Gericht zu stellen und abzuurteilen, und hätte es mich nicht gegeben, hätte man das schon im letzten September getan. Wieso es nicht jetzt nachholen? Weil mich ihre Wehrlosigkeit störte. Ich war einfach nicht dafür geschaffen, schutzlose Unschuldige zu opfern – und dass sie an Agapets Tod schuldlos war, davon war ich überzeugt, denn es sprach viel zu viel gegen sie als Täterin. Da brach wieder der Vikar in mir durch, der Mann, der seit vielen Jahren bemüht war, Recht zu sprechen. Alles in mir sträubte sich gegen solch himmelschreiendes Unrecht.

Ich höre dich, der du diese Zeilen liest, dich empören, und ich sehe, wie du den Kopf schüttelst: Fähig, einen Unschuldigen zu ermorden, aber Gewissensbisse haben, einen Unschuldigen dieses Mordes zu beschuldigen. Wie passt das zusammen? Gar nicht. In meinem Kopf ist das eine ordentlich vom anderen getrennt und hat nichts miteinander zu tun. In meinen Augen war Baldur nicht unschuldig. Er war schuldig, mit der Frau, die ich mehr liebe als jeden anderen Menschen, verheiratet gewesen zu sein. Dass das kein Verbrechen war, das in einem Codex aufgelistet wurde, war mir gleichgültig. Baldur war am falschen Ort, nämlich an ihrer Seite. Hätte Elicia mich trotz meiner Liebe verschmäht, hätte ich Baldur kein Haar krümmen, noch nicht einmal etwas Schlechtes wünschen können. Doch wir gehören zusammen, Elicia sieht das wie ich, und nur das Leben hat einen Fehler gemacht, als es uns spät zusammenbrachte. Ich wollte diesen Fehler berichtigen, nicht leichten Herzens, aber jubelnden Herzens.

Mit Kara war das etwas völlig anderes. Sie traf keine Schuld, sie stand weder mir noch Elicia im Weg, sie schmälerte mein Glück nicht, indem sie lebte – so wie Baldur –, sondern sie hätte es geschmälert, indem ich sie mit meinem Urteil getötet hätte. Für mich ist das ein großer, sehr bedeutender Unterschied, aber es mag sein, dass du, der du diese Zeilen liest, ihn nicht verstehst.

Es bleibt immer noch die Frage, wen ich an meiner Stelle gerichtet hätte. Denn das Verbrechen unaufgeklärt zu lassen, das wäre unmöglich gewesen. Im Fall von Agapets Tod war es mir mit Mühe und Not gelungen, das Verfahren ohne Ergebnis für ruhend zu erklären. Nach Baldurs Tod wäre dasselbe nicht vorstellbar, da jeder annehmen würde, dass derselbe Täter zum zweiten Mal gemordet hätte, und wenn ich den Fall nicht lösen könnte, würde man einen anderen Mann herschicken, was mir nicht recht sein konnte.

Irgendein Mörder hat aus einer Frage zwei Fragen gemacht: Zu der oben genannten Frage, wen ich an meiner Stelle wegen des Mordes an Baldur gerichtet hätte, kommt hinzu: Wen werde ich wegen des Mordes an Baldur beschuldigen und richten? Ich weiß nicht, ob es überraschend klingt, dass die Antwort auf beide Fragen dieselbe ist.

Warum auch nicht? Baldur war tot, aufgeschlitzt, ich war am Ort der Tat gewesen, Elicia war frei, ein Mörder musste gefunden werden. Lassen wir meine stille Freude beiseite, weil es für mich nicht nötig geworden war, zum Verbrecher zu werden und andere dafür büßen zu lassen, waren die Fakten kaum anders, als wenn Baldur die Kehle von mir aufgeschnitten bekommen hätte. Was sich jedoch anders darstellte – allerdings nur für mich ersichtlich –, war meine beruflich bedingte Neugier, die mit Baldurs Tod wieder erwachte. Es ging mir nicht mehr darum, welcher Täter für mich vorteilhaft war, sondern wer tatsächlich die Tat – vermutlich beide Taten – begangen hatte. Und der am meisten Verdächtige war Aistulf.

Ich habe oben bereits das Für und Wider einer solchen Anklage erläutert, die ich nun, nachdem klar ist, dass ich Baldur nicht umgebracht habe, eigentlich voller Überzeugung erheben könnte, ist Aistulf doch der – neben mir – größte Nutznießer von seines Gegners Tod. Doch warum schreibe ich »eigentlich voller Überzeugung«? Weil ich Aistulf auch als Baldurs Mörder angeklagt hätte, wenn ich selbst Baldurs Mörder gewesen wäre. Die Entscheidung war gefallen, kurz bevor ich das Gemach in Richtung Scheune verlassen hatte. Was schließlich den Ausschlag für Aistulf gab, konnte ich mir zunächst nicht erklären. Gewiss, irgendjemand musste beschuldigt werden, und ich war derart unruhig wegen dem, was ich zu tun beabsichtigte, dass ich mir nicht auch noch darüber den Kopf zermartern wollte. Vielleicht dachte ich, es für Elicia zu tun, da nur Aistulf von allen in Betracht kommenden Menschen derjenige war, an dem ihr nichts lag. Doch das war nicht der Grund. Erst jetzt, da vierundzwanzig Stunden vergangen sind, glaube ich, meine Wahl zu verstehen.

Sie hat ihre Ursache in dem Prozess, den ich gegen mich selbst führe und der Anlass meines Schreibens ist. Ich bin Elicias Geliebter, ich bin das, was man gemeinhin einen Buhlen nennt. Ihr Kind ist auch das meine. Ich sehne mich nach einem Leben mit der Frau, die ich liebe, und strebe die Verwirklichung meines Verlangens gegen jedes Recht an. Für Aistulf gilt: Er und Claire waren schon vor Agapets Tod Geliebte, davon bin ich fest überzeugt. Der Knabe Richard ist beider leiblicher Sohn, und ihr beider Verlangen hat sich erfüllt, denn sie leben als Mann und Frau zusammen.

Ich glaube, ich wollte Aistulf an meiner statt beschuldigen. Ich sah ihn und sah dabei mich. Er war beinahe wie ein Spiegelbild, und es ist einfacher, ein Spiegelbild zu verurteilen als sich selbst. Darum konnte ich mir nicht sicher sein, dass ich mir mit meinem Verdacht gegen Aistulf nicht bloß etwas vormachte. Meine Überzeugung, dass er der Täter war, nach dem ich suchte, und mein Wunsch, ihn zu bestrafen, waren unentwirrbar miteinander verbunden.

Mein Plan sah vor, Aistulf anzuklagen und eine Absprache mit ihm zu treffen, wonach er gestehen sollte, die Morde ohne Wissen der Gräfin begangen zu haben. Ich würde ihm im Gegenzug dafür versprechen, dass die Gräfin nicht belangt würde, und zwar weder wegen Mordes noch wegen Ehebruchs und Meineids. Damit wäre allen Genüge getan: der Gräfin, die – mit Ausnahme des Verlusts ihres Gemahls – verschont würde; ihrem kleinen Sohn, der als Agapets legitimer Erbe anerkannt würde; Elicia, die ihren Vater gerächt und ihren verhassten Stiefvater beseitigt sähe; dem Recht, das für zwei Verbrechen Sühne verlangte; und schließlich auch mir, dessen Gewissen mit diesem Urteil leben konnte.

Ich weiß nicht, ob es ein zorniger Gott oder der Teufel war, der Bilhildis schickte, um dies alles zunichtezumachen.

Nach dem Zusammenbruch der Gräfin, von dem sie sich rasch erholte, fanden sich Aistulf, Elicia und ich in ihrem Gemach zusammen. Claire lag auf dem Bett, betreut von den drei traurigen Bardinnen und einem Geistlichen, der ihre Hand hielt und mit dem sie leise sprach. Elicia stand unschlüssig am Fußende des Bettes. Wir alle befanden uns noch unter dem Eindruck von Bilhildis' schaurig vorgetragener Anklage.

Ich nahm Aistulf ein Stück beiseite und fragte ihn leise: »Kann Bilhildis irgendetwas über Euch und die Gräfin wissen?«

»Ich weiß nicht, wovon Ihr redet, Vikar.«

»Lasst diese Ausflüchte«, erwiderte ich schroff, was ihn sichtlich verunsicherte. »Wenn Euch etwas am Leben Eurer Gemahlin liegt, so steht mir Rede und Antwort, das rate ich Euch.«

Er zögerte noch immer. Also fügte ich gönnerhaft hinzu: »Ich kann der Gräfin nur dann helfen, wenn Ihr Euch mir anvertraut. Ich halte Euch für einen Mann von Ehre.«

Er straffte sich. »Selbstverständlich bin ich …«

»Ich will Euch nicht anlügen. Für Euch kann ich nichts

mehr tun. Meine Inquisitio hat ergeben, dass Ihr die Verbrechen begangen habt. Der letzte Beweis steht zwar aus, doch ich bin gewiss, dass die Schöffen, die ich berufen werde, mir zustimmen werden, das tun Schöffen so gut wie immer. Leugnet Ihr weiterhin, zum Mörder geworden zu sein, zum Mörder aus Liebe?«

Sein Blick genügte mir, um zu erkennen, dass ich recht gehabt hatte, und sein Zögern kam noch hinzu.

»Also doch«, sagte ich. »Ich wusste es. Ihr habt es für Claire getan.«

Er nickte. »Ja.«

»Und ein wenig auch für die Macht, nicht wahr?«

»Nein.«

»Ich glaube, doch.«

»Das ist nicht wahr.«

»Macht Euch nichts vor. Ihr seid angetreten, um Gutes zu tun, aber um es tun zu können, musstet Ihr die schlechten Mittel jener anwenden, die Ihr verachtet.«

»Ich habe mit mir gerungen …«

»Ich weiß. Ich verstehe Euch nur allzu gut.«

»Was ich getan habe, war eine Ausnahme. Ich bin ein Mann des Friedens und des Ausgleichs.«

»Es ist immer das Gleiche mit euch friedliebenden Herrschern: Ihr wendet die Gewalt ausnahmsweise an, und weil sie so gut wirkte, wird dies wiederholt. Ehe man's sich versieht, ist man genauso gewalttätig wie alle anderen Herrscher.«

»Das stimmt nicht, ich …«

»Der Keim Eures Scheiterns liegt bereits in Eurer Machtergreifung, Aistulf. Euer Mord an Agapet war ein grausames …«

»Aber nein, das ist ein Missverständnis.«

»Wie?«

»Ich habe Agapet nicht getötet.«

»Aber Ihr sagtet …«

»Ich sprach von Baldur. Es ging immerhin um Claires Leib und Leben. Ich konnte nicht zulassen, dass Baldur sie verstümmelt und entehrt und meinen Sohn zum Bastard macht, ihn vielleicht sogar aussetzen lässt. Daher bin ich vergangene Nacht in die Scheune geschlichen, wo ich … Ich bin nicht stolz darauf, aber es musste sein. Irgendwie müssen wir zum Frieden finden, und auch, wenn Ihr die Tat missbilligt, so würde ich sie wieder begehen. Mit Agapets Tod habe ich jedoch nichts zu tun. Claire und ich hatten vor, damit zu leben, dass Agapet unser Kind für seines hält. Versteht Ihr mich, Vikar?«

Ich verstand ihn vollkommen, hatte ich selbst noch vor vier Monaten vor derselben Entscheidung gestanden. Doch wenn Aistulf Agapet nicht getötet hatte – und das glaubte ich ihm, denn wieso sollte er die eine Tat gestehen, die andere nicht –, wer hatte es dann getan?

»Wenn das jetzt bedeutet«, fügte Aistulf seinem Geständnis mit fester Stimme hinzu, »dass Ihr Claire des Mordes an Agapet bezichtigen wollt, so werde ich auch dieses Verbrechen gestehen, und zwar vor aller Welt, und die Schuld auf mich nehmen für das, was ich nicht getan habe.«

Ich hatte ihn richtig eingeschätzt. Für Claire würde er alles tun, so wie ich für Elicia. Und obwohl er seinem Tod unter dem Henkersbeil entgegensah, galten seine Gedanken der Frau, die er liebte.

»Ich kann mir nicht vorstellen, dass Bilhildis viel über meine Beziehung zu Claire aus der Zeit vor Agapets Tod weiß. Wir waren stets vorsichtig. Claire wäre nicht so unvorsichtig gewesen, mit Bilhildis über mich zu sprechen, zumal Claire wusste, dass Bilhildis und Agapet engen Umgang pflegten.«

»Claire wusste davon?«

»Ja, aber es störte sie nicht.«

»Wo fanden Eure geheimen Zusammenkünfte mit der Gräfin statt?«

»In meinem Gemach.«

»Nur dort?«

»Immer.«

»Und Euer Gemach ist …«

»… nicht weit von den Gemächern der Gräfin und des Grafen entfernt.«

»Nahe an der Kammer, wo Bilhildis schläft?«

»Keineswegs.«

»Könnte Raimund etwas erfahren haben?«

»Sehe ich so töricht aus, den Leibdiener Agapets einzuweihen?«

»Nicht einzuweihen. Aber falls er in Eurem Gemach auf eine Spur gestoßen ist … Habt Ihr ihm Zutritt erlaubt?«

»Im letzten Sommer hat er mir angeboten, mir während Agapets Abwesenheit zu dienen. Ich habe mich gewundert, dass einer sich freiwillig Arbeit aufbürdet, aber ich habe abgelehnt.«

»Könnte er sich dennoch Zutritt verschafft haben?«

»Völlig ausgeschlossen ist das nicht.«

»Irgendeinen Beweis wird Bilhildis liefern müssen, ihre Aussage allein wird nicht genügen. Was ist mit den drei traurigen Bardinnen?«

»Wem?«

»Verzeihung, den drei Zofen Franka, Frida und Ferhild, Bilhildis' Beinahe-Schwiegertöchtern. Vielleicht hat die Gräfin sich vor lauter Liebe und Glück verplaudert und …«

»Ausgeschlossen. Sie hat mir selbst gesagt, dass sie noch nicht einmal ihrem Beichtvater auch nur die geringste Andeutung gemacht hat.«

Aistulf wies mit einer kurzen Geste auf den Geistlichen an Claires Bett.

»Nikolaus ist der Beichtvater Eurer Gemahlin? Seit wann?«

»Ich weiß es nicht. Auf jeden Fall seit ich auf die Burg kam, und das war vor drei Jahren. Warum? Was ist mit Euch?«

Das war seltsam. Bilhildis hatte damals, als ich überraschend in ihr Gemach geplatzt war und sie über allerlei Papieren sitzend vorgefunden hatte, behauptet, es handele sich bei den Papieren um Briefe der Gräfin an deren Beichtvater, den Abt von St. Trudpert. Wieso hatte sie gelogen? Doch wohl nur, um mir nicht zeigen zu müssen, was sie schrieb.

Ich ließ Aistulf stehen und wandte mich eilig an Elicia. Sie hatte darauf gewartet, endlich ein Wort mit mir zu wechseln, war nun jedoch von dem Moment, den ich dafür wählte, überrascht.

»Geht es dir gut? Wir haben noch nicht miteinander sprechen können, seit du zurück bist«, flüsterte sie. »Wo warst du gestern Nacht? Ich war bei dir, aber du warst nicht da.«

»Ich bin herumgelaufen. Ich konnte nicht schlafen.«

»Hast du versucht, zu mir zu kommen?«

»Nein, aber ich habe dich trotzdem vermisst. Du weißt nicht, wie sehr.«

»Doch, ich weiß es, Malvin. Ich …«

»Lass uns später reden. Jetzt musst du mir einen Gefallen erweisen, und nicht nur mir, auch deiner Mutter. Willst du das für sie tun?«

»Ja.«

»Sprich mit Bilhildis.«

»Ich weiß nicht, was in sie gefahren ist.«

Ich hätte sie über Bilhildis und ihren Vater in Kenntnis

setzen können, doch das hätte sie zu diesem Zeitpunkt nur verwirrt.

»Stelle sie zur Rede.«

»Schwierig bei jemandem, der stumm ist.«

»Was ich meine, ist: Sprich mit ihr, bring sie zur Vernunft, flehe sie an, was auch immer, aber halte sie von ihrem Gemach fern. Du musst sie ablenken.«

»Wieso? Was ...?«

»Tu bitte einfach, was ich sage.«

»Ich wüsste nur gerne ...«

»Das ist eine lange Geschichte, Elicia, und wir haben wenig Zeit. Später erkläre ich dir alles.«

Ich hoffte, dass es Elicia gelänge, Bilhildis eine Weile abzulenken. Andernfalls hätte ich Bilhildis' Kammer gegen ihren Widerstand durchsuchen müssen, doch da sie Anklägerin wie auch Zeugin war, war das nicht statthaft. Ich wartete in der Nähe ihrer Kammer darauf, dass sie zu Elicia gerufen würde. Die drei traurigen Bardinnen traten bei ihr ein, kamen jedoch eine Weile nicht wieder heraus. Dann sah ich Bilhildis seltsamerweise aus der Kammer neben der ihren herauskommen und in ihre eigene Kammer hineingehen, die sie kurz darauf in Richtung von Elicias Gemach verließ. Ich wartete, bis sowohl sie als auch die drei traurigen Bardinnen außer Sichtweite waren, dann verließ ich mein Versteck. Bevor ich die Kammer von Bilhildis betrat, steckte ich meinen Kopf in die benachbarte Kammer, wo ich jedoch nur einen jungen Mönch sah, mit dem ich einen kurzen Blick tauschte. Ich entschuldigte mich für die Störung und schloss die Tür wieder. Ich konnte mir nicht erklären, warum er in der Burg war und weshalb Bilhildis ihn aufgesucht hatte, doch ich hatte es eilig und verlor keinen Gedanken mehr daran.

(Erst jetzt, wo ich den ganzen Tag noch einmal in Gedanken durchgehe, fällt mit der Mönch wieder ein.)

In Bilhildis' Kammer durchsuchte ich jeden Winkel nach Schriftstücken. Ich fand einen Kohlestift und mehrere Blätter unbeschriebenes Lumpenpapier, doch nichts, was meine Neugier befriedigt hätte. Ging ich in die Irre? Hatten diese Schriftstücke, die ich bei ihr gesehen hatte, überhaupt eine Bedeutung für mich? Und wenn ja, waren sie nicht schon längst von ihr vernichtet worden? Immerhin lag die Begebenheit mehrere Monate zurück.

Doch so schnell gab ich nicht auf. Verborgenes zutage treten zu lassen, ist eine der wichtigsten Aufgaben, wenn man Vikar ist, und das gilt sowohl für Unsichtbares, wie zum Beispiel Gedanken, als auch für Gegenständliches. Die meisten Menschen sind beim Verbergen von Geheimnissen einfallsreicher als beim Verbergen von Sachen, und wer in einer Burg lebt, hat zusätzlich zu den geistigen Beschränkungen auch noch mit solchen der Umgebung zu kämpfen. Welche Möglichkeiten gab es? Truhen, in Kleidung eingenähte Taschen und die Tiefen des Nachtlagers – dies alles hatte ich bereits untersucht – sowie das Mauerwerk. Ich schritt die Wände ab und wurde bei einem lockeren Ziegelstein fündig. Er ließ sich leicht herausziehen, und zum Vorschein kamen ein prall gefüllter Beutel mit Geld – der mich zwar nicht interessierte, doch immerhin außergewöhnlich war für ein bis vor Kurzem leibeigenes Ehepaar – sowie etliche Blätter beschriebenen Lumpenpapiers. Ich nahm sie an mich, steckte den Ziegelstein ins Mauerwerk zurück und verließ die Kammer.

Was ich, in meinem Gemach sitzend, las, ließ mir den Atem stocken. Bilhildis hatte nicht weniger geschrieben als die Geschichte einer ungeheuerlichen Vergeltung, Seiten über Seiten voll mit schwarzer Seele aus schwarzem

Stift. Während meine Augen über die Zeilen flogen, wurde es immer dunkler und kälter in meinem Gemach, dunkler und kälter auch in meinem Innern, bis die eine Nacht an die andere grenzte. Nur wer so nahe wie ich daran gewesen war, sich dem Teufel als Beute anzubieten, kann das ganze Ausmaß meines Erschreckens verstehen. An manchen Stellen des Textes blickte ich in den Abgrund, der auch der meine gewesen war und von dem ich nur einen Fußbreit entfernt gestanden hatte.

Als ich mich nach einer Stunde des Entsetzens wieder gefasst hatte, sah ich zähneknirschend ein, dass ich Bilhildis nicht nur unterschätzt, sondern auch viel zu behutsam behandelt hatte. Wenn ich schon im Herbst des letzten Jahres, als ich ihr Geheimnis entdeckt hatte, zu Elicia und der Gräfin gegangen wäre … Bilhildis hatte uns alle umgarnt, und wir hatten es noch nicht einmal gemerkt. Das Schlimmste daran war, dass das Gift, mit dem sie uns lähmte, aus unseren eigenen Ingredienzien hergestellt worden war: Sünden, Verbrechen, Heimlichkeiten, Frevel. Damit wollte sie uns nun zerstören.

Obwohl sie es in ihrem Bericht nicht ausdrücklich erwähnte, ging ich nach der Lektüre davon aus, dass sie Agapet getötet hatte. Ihr Beweggrund: Eifersucht. Ich erkannte auch ihre ungeheure Verbitterung, weil sie es zugelassen hatte, dass Agapet ihre drei gemeinsamen Söhne in den Krieg mitgenommen und dort wie Brennholz verheizt hatte, während die Gräfin ihren eigenen Sohn auf mutige und ungewöhnliche Weise gerettet hatte. Ein Teil ihres Zorns auf Claire war in Wahrheit ihr Zorn auf sich selbst, den sie sich jedoch nicht eingestand. Und dann hatte der Mann, dem sie ihr halbes Leben gewidmet hatte, eine junge Ungarin mitgebracht, von der er sich wünschte, dass sie Bilhildis ersetzen sollte. Daraufhin hatte Bilhildis die Rolle eingenommen, die sonst die betrogene Ehefrau einnahm, die Rolle der Rächerin. Sie hatte zuerst Agapet getötet und war nun dabei, Claire zu töten.

Es hätte viel für mich zu tun gegeben: Ich musste mit der Gräfin wegen ihres Sohnes sprechen, ich musste Elicia einweihen – doch vor allem und zuerst musste ich Bilhildis zu einem Geständnis zwingen, denn ihr Text taugte kaum dazu, sie des Mordes zu überführen, wohingegen er dazu angetan war, die Gräfin, Elicia und mich in arge Bedrängnis zu bringen. Wenn es gelänge, die Schuld aus ihr herauszupressen ... Sollte ich sie, eine Anklägerin und Zeugin, einem peinlichen Verhör unterziehen und sie auf die Streckbank legen? Das empfahl sich nicht. Es war besser, ihr für ihr Geständnis irgendetwas anzubieten – was jedoch schwierig sein würde, da sie durch ihre Krankheit dem Tode geweiht war. Oder sie einzuschüchtern, was aus demselben Grund schwierig sein würde. Diese Frau hatte nichts mehr – keinen Glauben, keine Zukunft, kaum noch Leben. Sie hinterließ niemanden außer einem Mann, der ihr gleichgültig zu sein schien. Welches Angebot kann man einem solchen Menschen machen, welche Strafe gegen ihn verhängen, welche Drangsal ihm androhen?

Soeben merke ich, dass die vorangegangenen Zeilen ein falsches Bild von dem abgeben, was in jenem Moment in mir vorging. Sie erwecken den Anschein, es hätten Überlegungen stattgefunden, Abwägungen. Wenn dem so war, brausten diese wie ein Wind durch meinen Kopf, während ich mich auf dem Weg zu Bilhildis' Kammer befand. Ich wusste nur: Ich bin nahe dran, sehr nahe, ich kann den Mord aufklären, die Gräfin retten, Elicia und mich in eine gute Zukunft führen, der Grafschaft den Grafen erhalten ... Die Stumme, die Sterbende hatte es in der Hand.

Mit dieser Erwartung, dieser Furcht und diesem Hass stürmte ich in Bilhildis' Kammer. Die flackernde Öllampe auf dem Tisch sagte mir, dass Bilhildis von ihrer Unterredung mit Elicia zurückgekehrt war, doch ich erblickte sie nicht. Das karge Licht wurde als hundertfacher matter Schimmer von goldenen und silbernen Münzen, die über den Boden verstreut lagen, zurückgeworfen, einige beschriebene Seiten lagen dazwischen, und im Mauerwerk prangte ein kleines dunkles Loch – Zeugnisse dafür, dass Bilhildis den Diebstahl ihrer Gedanken inzwischen bemerkt hatte.

Durch ein Röcheln aufmerksam geworden, sah ich die Dienerin sich aus dem schmalen Fenster beugen. Sie erbrach sich. Offenbar hatte sie mich nicht hereinkommen hören. Ich las das Lumpenpapier auf und steckte es zu dem, das ich in meinem Gewand mit mir führte. Als ich mich Bilhildis näherte und dabei über den Ziegelstein stolperte, drehte sie sich zu mir um. Ihr Mund und Kinn waren voller Blut. Was mich nicht hätte überraschen dürfen, ließ mich dennoch einen Schritt zurückweichen.

Ich hielt ihre Schriften in die Höhe, als wollte ich triumphierend rufen: Ich weiß es. Du bist das Böse dieser Burg. Wie ein Fluch hast du dich über alles gelegt.

Sieben, acht Atemzüge lang standen wir uns einander gegenüber wie zwei stumme Geister, die sich zufällig in der Finsternis begegnet waren und nun nicht wussten, was sie tun sollten. Obwohl ich ihre Augen kaum sah – nur die schwache Spiegelung einer Flamme darin –, hatte ich das unangenehme Gefühl, sie könnten mir auf den Grund meiner Seele blicken und darin unsere Gemeinsamkeit entdecken.

Ich wartete. Ich wusste nicht, worauf. Ich hatte keine Ahnung, was ich ihr sagen sollte.

Dann – ich sah es kommen und hoffte es wohl auch – bückte sie sich, hob den Ziegelstein auf, holte aus und schlug auf mich ein. Im letzten Moment konnte ich ihren Schlag, der auf meinen Kopf zielte, verhindern. Der Ziegelstein fiel wieder zu Boden. Mit meinen beiden Armen drängte ich die keuchende alte Frau zurück, bis es nicht mehr weiterging, drängte sie in voller Absicht gegen die Wand. Ich würgte sie. Sie wehrte sich, aber sie war zu schwach und zu alt, sie kam nicht gegen meine Entschlossenheit und die Kraft meiner Arme an. Ich hob die hagere Gestalt hoch und drückte sie mit aller Gewalt gegen das enge Fenster. Fast passte sie nicht hindurch. Der Kampf dauerte eine Weile, aber endlich glitt die Alte mir aus den Händen und fiel in jenes Dunkel, in das sie eben noch ihr Blut gespuckt hatte. Dort verschwand sie, stumm.

Ich hörte sie erst schreien und dann lachen, als ich wusste, dass dies nicht wirklich von ihr kam, sondern in meinem Kopf entstand. Sie lachte mich aus. Sie lachte aus demselben Grund, aus dem der Gekreuzigte mich, während ich diese Zeilen schreibe, spöttisch anlächelt. Nun bin ich doch noch zum Mörder geworden.

Es hätte reichlich Gründe für mich gegeben, Elicias Nähe zu suchen – die erste gemeinsame Nacht nach vier Monaten der Trennung, die aufwühlenden Geschehnisse des Tages, die Planung unserer Zukunft –, doch ich ging am gestrigen späten Abend, nachdem ich Bilhildis in den Tod gestoßen hatte, hauptsächlich aus einem Grund zu ihr: Ich wollte mich der Frau versichern, für die ich zu einem von denen geworden war, die ich Tag für Tag dem Henker überantwortete. Ich hätte Bilhildis nicht töten müssen, es wäre mir ohne Weiteres möglich gewesen, ihr den Stein zu entwinden und sie unschädlich zu machen, ohne sie aus dem

Fenster in die Tiefe zu stoßen. Nun wollte ich mich versichern, dass es mir nichts ausmachte, ein Mörder zu sein, indem ich sah, fühlte und erlebte, für wen ich es geworden war.

Als ich die Kemenate betrat, saß Elicia im Halbdunkel vor dem Spiegel. Ein schöneres Bild hätte ich mir nicht vorstellen können. Das Gefühl, von dem ich eben sprach, stellte sich sofort ein. Es war, als erteilte mir allein ihr Anblick die Absolution für das begangene Verbrechen. Der Fluch war von uns genommen. Unser Glück konnte beginnen. So dachte ich.

Meine Sinne waren ganz auf Elicia gerichtet. Die einzige Frage, die mich noch ablenkte, war, wie viel ich Elicia offenbaren sollte von dem, was ich getan hatte. Wäre es besser, sie im Unklaren zu lassen, ihr die Wahrheit zu verschweigen, oder sollte ich mich ihr vollständig anvertrauen?

Ich hatte mich noch nicht entschieden und wollte mich langsam an meine Antwort herantasten, als ich fragte: »Wie ist es mit Bilhildis gegangen?«

Sie schwieg.

Ich trat von hinten einen Schritt näher an Elicia heran.

»Sag schon, hat dein Bitten sie erweichen können?«

Keine Antwort. Es war, als hätte sie mich gar nicht gehört. Sie betrachtete ihr Spiegelbild, und als ich mich einen weiteren Schritt näherte, sah ich das Blut auf ihrem Gesicht, auf ihrem Hals, auf dem Kleid …

»Elicia, was ist mit dir?«

Ich tastete sie ab, konnte aber keine Verletzung entdecken. Da erinnerte ich mich des Bluts, das Bilhildis gespuckt hatte.

»Sie wird dir nichts mehr antun, Geliebte. Ganz sicher nicht. Denn weißt du, sie ist tot. Ja, wirklich, tot. Wisch das

Blut ab und vergiss, was passiert ist. Bitte, Elicia, wisch es ab. Sieh mich an, ich bitte dich. Sieh mich an.«

Sie antwortete auf nichts, was ich sagte oder tat, betrachtete sich im Spiegel, sah sich selbst in die Augen. Erst als ich mich zwischen sie und den Spiegel stellte, nahm sie mich wahr, aber auch dann blieb ihr Blick seltsam abwesend.

»Leg dich hin, Geliebte. Schlaf ein wenig. Komm, ich helfe dir. So ist es gut.« Ich trug sie zum Nachtlager. »Die Schlange hat zum letzten Mal zugebissen. Morgen geht es dir wieder gut, du wirst sehen. Aber bitte, sag ein Wort, ja? Irgendein Wort, damit ich weiß, dass du zurückkommst von dort, wo – wo auch immer du gerade bist. Oder sieh mich ein einziges Mal an, wie du mich früher angesehen hast.«

Mein Flehen ging bei ihr unter wie Herbstlaub in einem Waldsee. Mir blieb nur, ihr Gesicht zu waschen, sie von dem blutigen Gewand zu befreien und zur Nacht zu betten. Ich entzündete beide Feuer sowie einige Öllampen, sie wärmten das kalte Gemach und verbreiteten Wohlgeruch. Nach einer Weile schloss Elicia die Augen zum Schlaf und ich die meinen zum Gebet.

Ein einziges Mal in der Nacht erwachte Elicia. Sie richtete sich auf und rief: »Vater? Vater!«

Ich eilte zu ihr und beruhigte sie, obwohl sie mich nicht wahrnahm. Seit ich sie kannte, waren wir noch nie weiter voneinander entfernt gewesen als in diesem Augenblick, da ein Traum uns trennte. »Nur ein Wort zu mir. Nur ein Blick, Elicia.« Kein Wort und kein Blick.

Kaum ein Gefühl schmerzt mehr als Ohnmacht.

Noch vor dem Hahnenschrei verließ ich Elicia gezwungenermaßen und ging in mein Gemach zurück, denn weder ihr noch mir wäre damit geholfen gewesen, wenn man mich später aus ihrer Kemenate hätte kommen sehen. Wir mussten noch immer sehr vorsichtig sein. Doch ich wollte sie auch nicht ohne Aufsicht und Pflege lassen, daher nahm ich mir vor, in einer Stunde eine der drei traurigen Bardinnen zu bitten, zu ihr zu gehen und bei ihr zu bleiben.

Ich hatte soeben mein Gemach erreicht, als ich Rufe hörte: »Mord! Mord! Man hat sie getötet. Bilhildis ist tot. Bilhildis ist gemeuchelt worden.«

Dann wurde es still. Es dauerte jedoch nur wenige Augenblicke, bis ein leises Rascheln zu hören war, das von allen Seiten kam, in ein Murmeln überging und in einem Klappern von Rüstungen mündete. Die ersten müden Gestalten traten in das Grau des frühen Tages, noch unschlüssig herumtappend. Einer sprach mit dem anderen, erste Aufschreie folgten.

Ich betrat mein Gemach und schloss die Tür. Kurz darauf hämmerte eine Faust von außen dagegen.

Ich entledigte mich meines Mantels, brachte meine Kleidung ein wenig in Unordnung und öffnete die Tür.

»Ja, was ist?«

Eine atemlose Wache sagte: »Herr, bitte kommt mit. Es ist etwas Furchtbares geschehen.«

Ich zog mir den Mantel wieder über und folgte der Wache zu Bilhildis' Kammer.

»Die stumme Dienerin Bilhildis ist verschwunden«, sagte er und wies in den menschenleeren Raum.

»Nun, das muss nichts bedeuten. Sie könnte sonst wo sein. Auf dem Abort oder – vielleicht ist sie geflohen, weil sie sich nicht mit einer falschen Aussage vor Gericht versündigen will.«

»Auf dem Abort und in der Gesindeküche haben wir

bereits nachgesehen, dort ist sie nicht. Wir haben jedoch eine Spur entdeckt. Bitte tretet ein und seht, Herr.«

Ich hatte in der Nacht, unmittelbar nach Bilhildis' Sturz, das auf dem Boden verstreute Geld in das Versteck zurückgelegt und dieses mit dem Ziegelstein verbaut. Die Schriften hatte ich an mich genommen und trug sie – zusammen mit meinen eigenen – in meinem Gewand mit mir herum.

Die Wache führte mich zum Fenster und deutete auf das Mauerwerk. Das getrocknete Blut war auf den grauen, von Flechten überzogenen Steinen unübersehbar.

»Ich verstehe, was dich beunruhigt. Zufällig ist mir bekannt, dass Bilhildis krank war und Blut erbrach. Diese Flecken können viele Tage alt sein.«

»Ja, Herr. Ich verstehe, Herr.«

»Ich habe vorhin die Rufe gehört. Wer hat ›Mord‹ geschrien? Solche Gerüchte in die Welt zu setzen ist äußerst verwerflich.«

»Wir wissen nicht, wer gerufen hat, Herr. Irgendein Mann.«

»Was soll das heißen? Hat er sich nicht zu erkennen gegeben?«

»Nein, Herr. Als mein Kamerad und ich hier ankamen …«

In diesem Moment drang eine von weit her rufende Stimme heran. »Arnold! Arnold, bist du da oben?«

»Verzeiht, Herr, das ist mein Kamerad. Er ist hinuntergelaufen.«

»Hinunter?«

»Zum Fuß der Steilwand.«

Ich streckte meinen Kopf aus dem engen Fenster. Die Tiefe war schwindelerregend. Die Burgmauer ging geradewegs in die glatte Felswand über, und irgendwo weit unten sah ich unter knospenden Zweigen einen weiteren Wachmann stehen.

»Arnold«, rief er, in dem Glauben, ich sei sein Kamerad, »hier liegt eine Frau. Der Schädel ist zertrümmert, aber ich glaube, es ist die Stumme. Noch stummer geht's jetzt nicht mehr.«

Ich vermutete, dass der Mönch – von dem ich später erfuhr, dass es Orendel war – derjenige gewesen war, der Alarm gerufen hatte. Er war der Mönch in der Kammer neben der von Bilhildis, er hatte sie aufsuchen wollen, hatte das offene Fenster bemerkt, das Blut gesehen und sofort geschlussfolgert, dass man sie umgebracht hatte, um ihre Anklage vor Gericht zu verhindern. Ich öffnete die Tür zu seiner Kammer, doch er war nicht mehr da.

»Herr«, sagte Arnold, der mein Benehmen sicherlich sonderbar fand, »ich führe Euch hinunter zur Leiche.«

»Ich finde allein dorthin. Ich möchte, dass du dies hier auf der Stelle der Gräfin überbringst.« Ich schrieb mit dem Kohlestift von Bilhildis ein paar kurze Zeilen, mit denen ich Gräfin Claire warnte, dass ihr Sohn sich in der Burg befand, jedoch von Bilhildis stark gegen sie und Aistulf beeinflusst worden war. Ich empfahl ihr, die Wachen vor ihrer und Aistulfs Kemenate zu verstärken.

»Wecke sie auf, wenn es sein muss. Ich möchte dann, dass eine Wache vor der Tür der Herrin Elicia Stellung bezieht. Und lasse einen Mönch suchen, der sich in der Burg befindet. Er trägt eine einfache Kutte. Wenn ihr ihn habt, setzt ihn vorläufig fest. Alles verstanden?«

»Ja, Herr.«

»Wiederhole es.«

Er wiederholte richtig, so schickte ich ihn fort. Und dann atmete ich tief durch.

Zum Fuß der Steilwand zu gelangen war ein mühsames Unterfangen. Ich musste einen Bogen um die Burg schlagen, einen Hang querfeldein hinuntersteigen, mir den Weg durch Strauchwerk bahnen, Geröll überwinden und im Wald am Fuß der Steilwand im hohen Laub und dichten Geäst die richtige Stelle finden. Dort wartete der zweite Wachmann neben der Leiche.

Bilhildis lag mit grauenhaft verrenkten Gliedern auf einem hüfthohen, bemoosten Felsen, der die Form einer umgedrehten Schale hatte. Das sah aus wie ein Mahnmal, sich der Burg nicht weiter zu nähern.

Wie gerne hätte ich mir den näheren Anblick erspart, zumal ich es gewesen war, der das, was vor mir lag, verbrochen hatte. Doch ich musste sie in Augenschein nehmen, um den Eindruck einer Untersuchung zu erwecken.

Ich sagte mit einer Schnelligkeit – die ich im Nachhinein als unklug empfinde – zu dem Wachmann: »Sie hat sich freiwillig in den Tod gestürzt.«

»Da müsste sie sich aber ganz schön fest durch das enge Fenster gequetscht haben, Herr. Es ist gerade einmal doppelt so breit wie eine Schießscharte.«

»Sie war hager. Ihr Körper passt hindurch.«

»Ja, Herr, es kann passiert sein, wie Ihr sagt. Aber sich von der Burgmauer fallen zu lassen ist leichter.«

»Ich nehme an, sie musste Blut spucken, und in einem Anfall von Verzweiflung wählte sie den schnellsten Weg in den Tod. Zweifelst du an meinen Worten?«

»Nein, Herr.«

Meine Beurteilung wurde nicht weiter von dem Wachmann infrage gestellt, wie man auch die Diagnose eines Medicus nicht anzweifelt.

Damit hätte alles ein Ende haben können, doch der Wachmann sagte: »Während ich auf Euch wartete, Herr, habe ich mich ein Stück von der Leiche entfernt. Es war nicht angenehm, hier zu stehen, das versteht Ihr sicher, Herr.«

»Na, und wenn schon. Was willst du mir sagen?«

»Ich bin an der Steilwand entlanggegangen, Herr. Dort hinüber, seht Ihr? Und da habe ich etwas gefunden.«

»Was gefunden?«

»Wenn Ihr mir bitte folgen wollt. Ich habe nichts angerührt, ganz ehrlich.«

Ich folgte ihm widerwillig, denn mir ging so vieles durch den Kopf oder lag mir schwer auf der Brust, dass ich für irgendwelche Entdeckungen irgendeines Wachmanns keinen Sinn hatte. Außerdem galt es, weitere umgestürzte Baumstämme und einige Felsen zu überwinden, was mir in meinem weiten Mantel mehr Mühe bereitete als dem Soldaten.

Doch die Bedeutung der Entdeckung wurde mir sofort klar, als wir die Stelle erreichten. Dort lag, teils bedeckt von Laub, das, was des Wachmanns Aufmerksamkeit erregt hatte: ein einst weißes Nachtgewand, das lange der Witterung ausgesetzt gewesen sein musste und daher verschmutzt und ergraut war. Die verblassten Flecke im Brustbereich des Gewandes sowie die leichte Einfärbung im Beinbereich waren trotzdem noch gut zu erkennen. Ich vermutete, dass es sich dabei um Blut handelte. Die weitere Suche förderte folgende Gegenstände zutage: einen kostbaren Dolch mit der Inschrift »Konradus Rex«, eine leicht deformierte Schatulle, die nur mit einiger Mühe zu öffnen war und Schriften enthielt, den alten, verbeulten Helm, den ich mit Elicia im Geheimgemach gefunden hatte, eine Holzperlenkette, den Ring des Königs sowie den Schlüssel zur Schatzkammer.

»Hier herunter kommt sonst niemand, Herr. Die Sachen

hätten auch noch zehn Jahre und mehr unentdeckt herumliegen können.«

Ich blickte die Steilwand hinauf, die in die Außenwand eines Burggebäudes überging.

»Sag mir«, fragte ich den Wachmann, »wessen Gemächer befinden sich dort oben direkt über uns?«

Claire

VORHIN, KURZ NACHDEM ich erwacht war, kam ein Wachmann und brachte mir eine schriftliche Botschaft des Vikars: Bilhildis ist tot, mein Sohn ist in der Burg, und für mich und Aistulf geht tödliche Gefahr von ihm aus. Malvins Botschaft ist etwas ausführlicher, als ich es hier darlege, aber nicht viel.

Der Wachmann sagte: »Ich lasse drei Männer vor Eurer Tür postieren, Herrin, und ebenso viele vor der Tür des Grafen.«

Ich sagte: »Nein. Ich will, dass du alle Wachen aus diesem Bereich der Burg abziehst.«

»Aber Herrin …«

»War ich nicht deutlich genug?«

»Doch, Herrin.«

»Du ziehst sie alle ab, auch die vor den Gemächern meines Gemahls. Ich wünsche ferner, dass er nicht unterrichtet wird.«

Mein Einfluss war nach sechsundzwanzig Jahren als Gräfin groß genug, um den Gehorsam zu brechen, den ein Wachmann seinem neuen Graf schuldete. Um den Einfluss noch zu erhöhen, zog ich mir einen Ring vom Finger, den ich dem armen Schlucker überreichte. Er nahm den Ring, ein Leuchten in den Augen, entgegen, als handele es sich um eine saftige Gänsekeule inmitten der Fastenzeit.

»Hast du noch andere Befehle vom Vikar erhalten?«

»Ich soll eine Wache vor der Tür der Herrin Elicia postieren. Und ich soll nach einem Mönch suchen lassen und ihn in Gewahrsam nehmen.«

»Die Wache vor der Tür meiner Tochter darfst du postieren. Der Mönch wird nicht gesucht und bleibt unbehelligt. Sag auch meinen Zofen, sie mögen mich heute Morgen allein lassen, ich wünsche niemanden zu sehen. Wo ist der Vikar?«

»Er untersucht unten im Wald den Leichnam der Dienerin.«

»Gut. Kein Wort zu ihm. Nun geh. Ach, eines noch. Lass die Ungarin frei. Gib ihr ein gutes Pferd, einen Laib Brot, Käse und diese Münzen hier. Dass du sie mir nicht für dich behältst.«

»Nein, Herrin.«

»Ich danke dir. Leb wohl.«

Ich nahm die Ziegenhaut vom Fenster ab. Mein Blick ging hinunter auf diesen köstlichen Fluss, den großen Lebensspender, dessen silbernes Band sich durch viele Lande zieht und an dessen Ufern sich Geschichten zuhauf abspielen, Geschichten wie meine, gute Geschichten, lustige, traurige und tragische. Man könnte wohl ein ganzes Jahrtausend lang erzählen, was sich an diesem Strom der Sagen und Legenden tagtäglich ereignet. Meine Legende ist nur eine davon, und vielleicht nicht einmal die beste. Aber es ist die Legende meines Lebens, die wert ist, niedergeschrieben zu werden.

Mein kleiner Vogel auf dem Fenstersockel hatte den Winter in seinem Gehäuse, das ich ihm hatte bauen lassen, überstanden. Am Vortag hatte ich ihn noch einmal gefüttert. Ob es seinem Flügel besser ging, kann ich nicht sagen. Es mag sein, dass der Vogel irgendwann am Morgen seine

Flügel ausgebreitet hatte und sich auf dem Wind hinunter ins Tal hatte gleiten lassen. Es mag sein, dass er beim Versuch, dies zu tun, in den Abgrund stürzte.

An meinem Frisiertisch, an dem ich noch immer sitze, begann ich zu schreiben und schreibe noch immer. Im Spiegel fällt mein Blick von Zeit zu Zeit zur Tür, in der Erwartung, dass sie sich langsam und leise öffnen und die Kutte eines Mönchs zu erkennen sein wird. Ich fürchte das Kommende nicht. Es hat seine Richtigkeit. Nach meiner überraschenden Genesung vor einigen Wochen habe ich mich gefragt, wieso mir diese Gnade widerfahren ist. Jetzt verstehe ich es: Der Prozess stand noch aus. Er findet heute statt, trotz Bilhildis' Tod. Es liegt ein gewisser göttlicher Sarkasmus darin, dass das Urteil über Aistulf und mich nicht von dem weltlichen Gericht des Vikars, sondern gewissermaßen von einem geistlichen Gericht gesprochen wird, auch wenn der Richter die Kutte nur zur Tarnung trägt.

Wieso hat die Gewalt so viel Anziehungskraft und die Sanftmut so wenig? Gestern, am späten Abend, kam Aistulf zu mir und gestand unter Tränen, dass er in der Nacht zuvor Baldur getötet hatte. Natürlich fragte ich ihn nicht nach Agapets Ermordung – wozu?

Meine Enttäuschung war unermesslich. In Aistulf hatte ich alle unsere Hoffnungen gelegt, er sollte für uns beide ein guter Mensch sein, nicht frei von Sünde zwar, aber unbefleckt vom Blute sowohl der Ermordeten wie auch der im Krieg Hingeschlachteten, unverdächtig sowohl der lügnerischen Bemäntelung von Gewalt, wie auch angewidert von der stolzen Zurschaustellung. In meiner Vorstellung war Aistulf stets die Verkörperung eines Aufbruchs gewesen, eines mutigen neuen Denkens, und ich hatte diejenige sein wollen, die ihm die erste Brücke schlägt, was ich auch getan habe. Ich habe viel mehr von ihm erwartet, als ich je von Elicia und Orendel erwartet habe, die bloß meine Kinder zu sein hatten. Aistulf war – und ist – mein Geliebter, mein wahrer Gemahl, mein Glück, und er war meine Zuversicht. Ich hatte mich an seine Idee von einer besseren Welt geklammert, wie dieser kleine Vogel da draußen sich an den schmalen Sockel klammerte. Als Aistulf Baldur tötete, ist er Teil geworden einer Welt, die stets den Frieden zu schaffen gedenkt, indem sie den gewalttätigen Feind blutig niedermetzelt.

Ich liebe ihn noch immer, ich kann gar nicht anders. Aber wir haben uns verirrt. Das Gute und Richtige liegt irgendwo auf einem weiten, nebelverhangenen Feld, und keiner weiß, wie es aussieht. Vielleicht sind wir daran vorbeigelaufen.

Ich bin der Burg endgültig überdrüssig. Ich will gemeinsam mit Aistulf diesem Ort entfliehen, an dem die Liebe und der Tod blühen und die Wahrheit und die Hoffnung welken. Hier war ich nie zu Hause, und doch ließ ich mich hier nieder. Ich stelle mich dem, was …

Kara

ICH HATTE EINEN Traum.

Ich stehe im Burghof. Dort herrscht großer Trubel, denn Agapets Rückkehr vom Feldzug hat die Leute zusammenströmen lassen. Hochrufe allenthalben. Agapet sitzt zu Ross, mit gereckter Faust, und lässt sich feiern. Seltsam, ich gönne ihm diesen Triumph. Ich, die Gefangene, Besiegte, empfinde Genugtuung über seinen Sieg. Ich spreche ihn an. Ich sage irgendetwas zu ihm, doch er würdigt mich kaum eines Blickes. Er geht zu Elicia, umarmt sie und lacht. Später auf dem Fest gehe ich noch einmal zu ihm, als die Gräfin sich in ihre Gemächer zurückgezogen hat. Ich will, dass er mich umarmt, mir etwas Nettes sagt, dafür habe ich ein schönes Gewand angezogen – woher ich dieses Gewand hatte, weiß ich nicht. Ein Barde spielt auf. Agapet tanzt mit mir, doch nur für eine kurze Weile. Dann erscheint Elicia, und er verlässt mich für sie. Ich stehe fortan abseits, rücke dem Geschehen fern. Zofen kleiden mich aus. Dann weiß ich nichts mehr … Ich bin in einem kleinen, engen Raum, bedrückend wie ein Grab. Es ist dunkel. Es wird noch dunkler … Es ist Nacht … Es dampft … Ich bin plötzlich im Bad, im Wasser. Mir wird warm. Da ist Agapet. Ich hebe den Arm, mache eine entschiedene Bewegung. Da ist Blut, Blut, überall Blut.

Was für ein eigenartiger Traum. Ich war bei Agapets Einzug in die Burg dabei, aber ich erinnere mich nicht, derartige Gefühle gehegt zu haben. Ich war auch auf dem Fest, ohne jedoch mit Agapet zu tanzen. Seine Nähe war mir zuwider, er war ein grauenhafter Mann, und doch habe ich ihn nicht getötet.

Das Ende meiner Geschichte ist gekommen. Ich darf diesen Ort nun verlassen, an dem ich einen Herbst und einen Winter lang gehasst, geliebt und gelitten habe. Acht Monate lang – ich habe die Tage mit Strichen gezählt – war ich in einer anderen Welt gefangen. Gefangen wie in einem Traum.

So nehme ich Abschied von euch, ihr Steine, die ihr euch an mich erinnern sollt. So nehme ich Abschied von euch allen, die ihr nun meine Geschichte kennt.

Ich gehe dem Morgen entgegen.

Malvin

BEREITS ALS ICH in die Nähe der gräflichen Gemächer kam, fiel mir auf, dass etwas nicht stimmte. Der Trakt war fast menschenleer, ich sah keine Wachen, und das trotz meiner Warnung. Eine einzige Magd kreuzte meinen Weg.

»Du«, fragte ich, woraufhin sie zusammenzuckte, »hast du einen Mönch gesehen?«

Sie schüttelte nur den Kopf.

»Warst du bei der Gräfin?«

Sie schüttelte den Kopf.

»Beim Grafen?«

Sie schüttelte den Kopf.

»Hast du einen von beiden gesehen?«

Sie wusste nichts und war froh, als sie weitergehen durfte. Bilhildis' plötzlicher Tod hatte sich mittlerweile herumgesprochen, und die Leute ängstigten sich, sofern sie nicht schon vorher verängstigt gewesen waren. Ein Ankläger nach dem anderen starb, zuerst Baldur, nun die stumme Alte. Das fiel zuvorderst auf Aistulf zurück, dann auf die Gräfin, letztendlich aber auch auf mich, der ich weder Recht noch Schutz brachte, sondern nur Unglück. Ich war in den Augen der einfachen Leute Teil des Fluches geworden. Manchmal, so denke ich, besitzen die einfachen Leute mehr Klugheit, als wir Edlen und Amtsträger wahrhaben wollen, denn sie lagen, was mich und Aistulf anging, gar nicht so falsch. Wir waren tatsächlich Verfluchte.

Vor der Tür der Gräfin angekommen, hob ich die Hand,

um anzuklopfen, aber im letzten Augenblick hielt ich inne. Ich weiß nicht genau, warum. Es war nur eine unbestimmte Ahnung, die mich zögern ließ. Diese Stille, diese Leere, die vergangenen Tage, all das Blut, all die Toten, die besudelten Gewänder, die Schriften, die Ränke und Verletzungen, die verbrecherischen Taten und Gedanken, all das Gift in uns und um uns herum … Es konnte noch nicht vorbei sein. Es würde eine Reinigung stattfinden, ein göttliches Femegericht, und eine schreckliche Katastrophe würde uns alle und vielleicht die ganze Burg treffen. Was sich in Monaten und Jahren angestaut hatte, würde sich bis zum Letzten entladen. Es musste so kommen.

Gut möglich, dass ich nur so dachte, weil ich noch unter dem Eindruck dessen stand, was ich herausgefunden und was ich gelesen hatte. Meine Aufzeichnungen, die von Bilhildis und jene von Elicia befanden sich in meinem Besitz, und wenn man sie als drei Teile eines Ganzen las, waren sie Mosaiksteine eines Dramas, das nicht gut enden konnte. Ich hatte im September des letzten Jahres als sachlicher Richter die Reise hierher angetreten, und ich war innerhalb weniger Monate zum schicksalsgläubigen Fatalisten geworden – nicht ohne Grund.

Ich öffnete die Tür zu Claires Kemenate. Langsam fächerte sich der Raum vor meinen Augen auf. Das Fenster war unbedeckt, ein Durchzug von Frühlingsluft ließ meine Haare und den Mantel wehen. Er brachte auch ein merkwürdiges, sirrendes Geräusch mit, das mich störte, sowie einen weißen Schmetterling, dessen eigenwilligem Flug mein Blick zunächst folgte.

Der Mönch – Orendel – stand mit dem Rücken zu mir. Ich sah nur ihn, nicht die Gräfin. Er verharrte in einer eigenartigen Haltung vor dem Spiegeltisch, so als beuge er sich über den Stuhl oder über jemanden, der darauf saß.

Ich ging auf leisen Sohlen in den Raum hinein, trat langsam auf Orendel zu, der sich noch immer nicht bewegte. Als ich nur noch zwei Schritte von ihm entfernt war, sah ich, wie seine rechte Hand nach unten sank. Die Finger umklammerten einen Dolch.

Noch deutlich langsamer als zuvor, trat ich einen Schritt zurück, um Orendel und den Spiegeltisch seitlich zu umgehen und einen Blick auf den Stuhl werfen zu können.

Dort saß Claire. Ihr Kopf lehnte an Orendels Hüfte, ihr Gesicht war zur anderen Seite gewandt, sodass ich nicht erkennen konnte, was mit ihr geschehen war.

Meine Kehle war trocken und wund, als hätte es in ihr gebrannt. Ich brauchte eine Weile, bis ich fragte: »Was hast du getan?«

Er hatte Tränen in den Augen, als er mich ansah und mir schließlich antwortete: »Ich dachte, sie hätte Bilhildis getötet.«

»Nein«, sagte ich, »das hat sie nicht.« Ich wollte noch sagen: Das war ich, ich habe sie in die Tiefe gestoßen, und ich würde es wieder tun, jeden Tag aufs Neue, wenn das ginge. Sie war eine Zauberin, doch nicht Magie war ihre Waffe, sondern die Kenntnis, wie man in anderen Menschen liest und das Gelesene gegen sie verwendet.

Ich hatte es ihm tatsächlich sagen wollen, diesem jungen Mann mit den wallenden Haaren, den ich nur aus einer Geschichte kannte, die ich gelesen hatte. Doch ich kam nicht dazu. Denn in diesem Moment wandte mir die Gräfin ihr Gesicht zu.

»Darf ich vorstellen, Vikar, das ist mein Sohn«, sagte sie. »Sein Name ist Orendel. Er war lange fort.«

»Gott sei gedankt, Ihr lebt«, rief ich erleichtert. »Ich dachte schon, Euer Sohn hätte …«

»Ich wollte es«, sagte Orendel. »Ich hatte das Messer

bereits an ihrer Kehle. Eine einzige Bewegung hätte genügt ... Aber mein Arm war wie eingefroren. Ich konnte meine Mutter nicht töten. Sie wehrte sich nicht. Sie schrie nicht. Ich brachte es einfach nicht fertig. Nach allem, was Bilhildis mir erzählt hatte, nahm ich an, eine völlig andere Frau vorzufinden, eine Frau, die nicht mehr meine Mutter war. Aber sie war ... sie war die gleiche Mutter, von der ich vor Jahren getrennt worden bin. Ich habe es gesehen, gespürt ... Ihre Augen – ich habe ihre Augen im Spiegel gesehen. Darin war Liebe, dieselbe Liebe von damals. Keine Spur von Bösartigkeit, Hass oder Kälte.«

»Ich erwartete den Tod«, sagte die Gräfin. »Ich ergab mich dem Urteil. Der Hohn ist, dass genau diese Demut mich gerettet hat.«

»Ich – ich brach zusammen«, gestand Orendel ein wenig beschämt.

»Eine Schwäche, die Euch Ehre bringt«, sagte ich. »Was ist mit Aistulf? Ist auch er wohlauf?«

Die Gräfin lächelte. »Ihm ist nichts geschehen. Orendel und ich – wir haben über alles gesprochen. Er hat mir erzählt, womit Bilhildis jahrelang seinen Geist gefüttert hat. Wir haben in der letzten Stunde viel zusammen geweint. Das soll für immer reichen.«

Ich möchte auf die weiteren Einzelheiten jener Stunde nicht näher eingehen. Die Gräfin hatte sich einer Art Gericht unterworfen und war freigesprochen worden. Das nahm ich stillschweigend hin, mehr noch, ich konnte sie aufrichtig bewundern für einen Mut, den ich in dieser Form für meinen eigenen Fall nicht aufbrachte. Allerdings lag mein Fall ein wenig anders als ihrer, und meine Strafe war kurz zuvor bereits festgelegt worden.

Ich bat die Gräfin um eine Unterredung unter vier Augen, und sie schickte Orendel zu seinem Stiefvater Aistulf, damit sie sich miteinander bekannt machen konnten.

Dem nimmermüden umherflatternden Schmetterling hatten sich zwei weitere Schmetterlinge angeschlossen, die unserer ernsten und traurigen Unterredung eine absonderliche Note verliehen.

Ich griff in den Beutel, den ich mitgebracht hatte, und zog nacheinander das schmutzige, blutige Nachthemd, den Dolch, den Ring, den Schlüssel, den Helm, die Holzperlenkette und die Kassette mit Elicias Aufzeichnungen hervor. All das wog schwer. Ich sagte: »Alles das habe ich im Wald am Fuß der Steilfelsen gefunden, direkt unterhalb von Elicias Kemenate.«

Sie schloss halb die Lider und blickte zu Boden.

»Ich bin mir sicher, dass Ihr mir zu alledem etwas sagen könnt, Gräfin.«

»Ihr irrt Euch. Ich weiß nicht, wieso Ihr damit zu mir …«

»Keine weiteren Versteckspiele mehr, Gräfin«, sagte ich barsch. Doch mein Ärger, der im Grunde nur Ungeduld war, verflog rasch und wandelte sich von einem Atemzug zum nächsten in Verzweiflung. Ich ließ mich auf einem Schemel nieder, stützte den Kopf in die Hände, rieb mir die Augen und wandte mich schließlich wieder der Gräfin zu.

»Ich liebe Elicia. Wir haben uns im letzten Herbst gefunden, und das Kind, das sie trägt, ist von mir. Ich bin also nicht als Vikar zu Euch gekommen.«

Ich weiß nicht, welche von diesen Feststellungen sie am meisten überraschte. Wir sahen uns an, und ich wusste, dass sie verstand. Wir wurden uns einig, ohne ein Wort darüber zu verlieren.

Sie stand auf und ging mit bedrückter Miene im Raum umher, in dem die Schmetterlinge tanzten.

»Es gab keine Zeit in Elicias Leben, in der sie nicht die Nähe ihres Vaters gesucht und die meine nur hingenommen hätte. Ich bemühte mich um sie, aber ohne großen Erfolg. Was ich sagte oder tat, war nicht halb so viel wert wie das, was Agapet sagte und tat. Meine Situation war vergleichbar mit der eines wenig beeindruckenden Brautwerbers, der sich noch so anstrengen und doch nie gegen den schmucken Rivalen bestehen konnte. Was immer Elicia Gutes widerfuhr, schrieb sie Agapets Einfluss zu, und was ihr Schlechtes widerfuhr, hatte selbstverständlich mit mir zu tun. So erinnere ich mich, dass Agapet nicht wollte, dass sie mit Bilhildis' Söhnen spielte, und er trug mir auf, es ihr zu verbieten. Sie schrieb das Verbot mir zu, obgleich ich ihr erklärte, von wem es ausging. Ein anderes Mal schrieb sie Agapet einen lieben Satz auf, und zwar in der allerschönsten Schrift, die ich ihr beigebracht hatte, und er – der nicht lesen konnte – zerknüllte das Papier und warf es ins Feuer, was sie jedoch mir zum Vorwurf machte, weil ich sie angeblich einen minderwertigen Schreibstil gelehrt hatte. Das sind nur zwei von zahllosen anderen Beispielen.

Es wäre alles anders gekommen und wir würden heute nicht hier stehen, wenn Agapet ihr die Liebe und Anerkennung gegeben hätte, nach der sie gierte. Doch er hatte nicht viel für seine Tochter übrig, weder Zeit noch Zuneigung. Er verzieh weder mir noch ihr, dass Elicia ein robustes, wildes, lebenshungriges und äußerst kluges Kind war, während sein Sohn unter einer zarten Gesundheit litt und ein noch zarteres Gemüt hatte.

Elicia hat natürlich bemerkt, wie ihr Vater zu ihr stand, aber sie hat – wie sage ich es bloß – sie hat sich irgendwie darüber hinweggetröstet, indem sie sich das Gegenteil einredete. Anfangs habe ich das nicht bemerkt. Später bemerkte ich es, nahm es jedoch nicht ernst. Ich sagte mir:

Das tut sie aus Trotz, um mir gegenüber nicht eingestehen zu müssen, dass ich es besser mit ihr meine als ihr Vater. Aber je älter sie wurde, desto verzerrter wurde das Bild, das sie sich von Agapet machte. Sie betete ihn an, und sie schrieb ihm Eigenschaften zu, die selbst ein wohlwollender Freund ihm nicht zugebilligt hätte. Einer Holzperlenkette, die er ihr zum siebten Geburtstag geschenkt hatte, wurde ihre geradezu reliquienhafte Verehrung zuteil. So betrüblich ich das fand, so wenig erkannte ich das ganze Ausmaß von Elicias Selbsttäuschung. Bis sie ungefähr fünfzehn Jahre alt war. Es war die Zeit, als ich Orendel entführen ließ, und zufällig auch die Zeit, in der Elicias Körper aufzublühen begann.«

Die Gräfin verharrte einen Augenblick, dann fuhr sie fort:

»Bis dahin hatte sie sich nur bezüglich Agapets Charakters etwas vorgemacht sowie über seine väterlichen Gefühle für sie. Wir alle sind von Zeit zu Zeit geneigt, uns etwas vorzumachen, und wenngleich Elicia darin zur Meisterin wurde, so war der Umstand an sich nichts Ungewöhnliches. Dann aber … Sie erfand Begebenheiten, die nicht stattgefunden hatten, Begebenheiten, bei denen stets sie und ihr Vater im Mittelpunkt standen. Irgendwelche Geschichten. Ich weiß nicht, woher sie sie nahm. Sie waren völlig aus der Luft gegriffen, und wenn ich ihr widersprach, wurde sie zornig, sodass ich es irgendwann unterließ, sie darauf hinzuweisen. Ich sprach mit Agapet darüber – er nahm keinen Anteil daran, und Bilhildis meinte, ich solle den Dingen ihren Lauf lassen, das würde sich von selbst geben. Was sollte ich tun? Mir fehlte die Idee, die Möglichkeit – vielleicht auch der entscheidende Wille, der mir in den Jahren der kalten Zurückweisungen eingefroren war. Also tat ich, was Bilhildis sagte, und ließ den Dingen ihren Lauf.

Je weniger Zeit Agapet für Elicia hatte, desto mehr schien sie mit ihm zu verbringen. Was er tat, tat er im Grunde für sie. Wies er eine Bitte von ihr zurück, vergaß sie, dass sie ihn je gebeten hatte, oder tat so, als sei die Bitte erfüllt worden. Das wirklich Schlimme an alledem war, dass Elicia nicht log, wenn sie dergleichen behauptete, sondern aus ihrer Sicht die reine Wahrheit erzählte. Sie glaubte an ihre eigenen Dichtungen, und zwar mit einer unheimlichen Überzeugung. Unheimlich, ja, ein wahres Wort. Sie selektierte die Erfahrungen mit ihrem Vater in solche, die ihr gefielen, und jene, die es nicht gab. Ansonsten war sie eine ganz normale junge Frau, sie konnte scherzen, trauern, sich ärgern, sich hübsch machen, mit ihren Zofen lachen, mit Baldur streiten, sich ein Kind wünschen, kluge Sätze sagen – kurz, sie war nicht anders als andere, und ihr Verstand arbeitete tadellos.

Nur wenn es um ihren Vater ging, scheiterte sie an der Wirklichkeit, derer sie sich entledigte, indem sie eine neue erschuf.

Eines Abends im letzten Frühling ... Es war furchtbar. Elicia bat ihren Vater um den Ring aus der königlichen Kassette. Agapet hatte zu viel getrunken, er lachte Elicia in derber Weise aus und sagte ihr dann, dass sie ihm erst einmal Enkel schenken solle, bevor sie irgendwelche Wünsche vorbringe. Er gab ihr die Schuld an ihrer Kinderlosigkeit, warf ihr vollständiges Versagen als Eheweib und Tochter vor und drohte ihr in seiner Trunkenheit an, sie unter einen Bullen zu legen oder – ich wage es kaum auszusprechen – sich seinen eigenen Enkel mit ihr zu machen. Er war schrecklich an jenem Abend. So hatte er noch nie mit Elicia gesprochen, und sie war völlig verstört. Doch damit nicht genug, packte Agapet Elicia an den Schultern, riss ihr das Kleid vom Leib und presste ihr einen Kuss auf den Mund. Ich versuchte mehrmals, ihn zurückzuhalten, doch er stieß mich immer wieder weg. Immerhin, meine Versuche, ihn zu stören, sowie seine Trunkenheit führten dazu, dass Elicia sich seinem Zugriff entwinden konnte. Sie rannte weg. Danach lag sie tagelang mit Fieber zu Bett. Für kurze Zeit hatte ich die Hoffnung, dass sie nun klarer sehe, was die wahre Natur ihres Vaters anging. Doch im Gegenteil, während Agapet den Sommer über im Krieg war, ersehnte sie seine Rückkehr wie eine verliebte …«

Sie hielt inne, sah mich an, und ich ergänzte: »Braut?«

»Meine Elicia. Mein Gott.«

Sie fuhr sich mit beiden Händen durch ihr volles, ungekämmtes Haar, strich es zurück, hielt es fest, ließ es wieder los … Sie wusste nicht, wohin mit ihren Händen. Die tanzenden Schmetterlinge, deren Zahl sich verdoppelt hatte, waren ein Hohn auf den Zustand der Gräfin und auf meinen eigenen, der sich kaum von ihrem unterschied.

Wir schwiegen lange.

Ich sagte: »Ihr wusstet von Anfang an, dass Elicia die Täterin war.«

Sie nickte: »Beinahe. In der Nacht, als mir Baldur den gewaltsamen Tod Agapets meldete, glaubte ich noch an die Ungarin als Täterin. Aber am nächsten Morgen bemerkte ich, dass der Schlüssel zur Schatzkammer aus dem kleinen Loch in der Wand verschwunden war. Nur Aistulf und Elicia wussten um das Versteck. Ich öffnete mit Agapets Schlüssel die Schatzkammer und bemerkte, dass der Dolch und der Ring fehlten.«

»Da wurde Euer Verdacht fassbarer. Denn warum sollte sich jemand die Mühe machen, in die Schatzkammer einzubrechen, um einen Dolch zu entwenden, wenn es in der Burg von Messern wimmelt, nicht wahr?«

»Ich dachte sofort an Elicia, vor allem, weil auch der

Ring fehlte, den sie so gern von ihrem Vater geschenkt bekommen hätte.«

»Ihr wolltet diese besondere Mordwaffe an Euch bringen, damit man glauben konnte, dass jedermann die Tat hätte begehen können, und zwar mit einem beliebigen Messer. Ihr seid ins Bad gegangen und habt den Hebel zum Ablassen des Wassers betätigt, wurdet jedoch von Elicia und Baldur gestört.«

»So war es. Ich hatte das Wasser ablassen wollen, um festzustellen, ob der kostbare Dolch auf dem Grund des Beckens liegt. Falls es so gewesen wäre, hätte ich ihn an mich genommen. Ich hatte ein Jagdmesser dabei, das ich anstelle des Dolches ins Becken legen wollte, um den Verdacht zu nähren, dass die Ungarin den Mord begangen hatte. Doch dazu kam ich nicht, das Wasser lief zu langsam ab, und um nicht von Baldur und Elicia entdeckt zu werden, musste ich das Bad vorzeitig verlassen. Danach ging ich in Elicias Gemach, fand aber weder den Ring noch den Dolch. Zuerst war ich erleichtert und hoffte, dass Elicia nun doch nichts mit dem Verbrechen zu tun hatte. Doch dann suchte sie mich am Morgen nach meiner Totenwache an Agapets Grab auf. Dabei bemerkte ich den Ring am vierten Finger der linken Hand. Sie zeigte mir den Dolch, den sie aus dem Wasser gefischt hatte, und sie stellte das Geschehen jenes unseligen Abends, an dem ihr Vater ihr übel zugesetzt hatte, völlig anders dar: Ihr Vater habe sie geneckt, er habe ihr den Ring versprochen … Da wusste ich mit letzter Gewissheit, dass meine Tochter nicht mehr bei Sinnen war. Irgendetwas tief in ihr versperrte ihr den Blick auf die Tatsachen, und zwar auch auf die, die sie selbst geschaffen hatte. Von da an hielt ich es nicht mehr nur für möglich, dass sie ihren Vater getötet hatte, sondern für eine Gegebenheit. Und da sie mich in einer Weise befragte, die nahelegte, dass sie Aistulf und mich verdächtigte, musste sie demnach in Unkenntnis ihrer eigenen Tat sein, eine träumende Mörderin, eingetaucht in diese zweite Welt, die sie sich gebaut hat.«

Sie sah mich beschwörend an. »Vielleicht konnte nur jemand, der sie liebt, dies durchschauen, die Tat erkennen – und vielleicht kann nur der sie auch verzeihen.«

Das sagte ihre eigene Mutter, die von der Schuld der Tochter überzeugt war und die Tochter dennoch von Anfang an beschützt hatte. Alle die Lügen um den Schlüssel und den Dolch, alle Vertuschungsversuche und das Legen falscher Fährten hatten nur dem Zweck gedient, jeglichen Verdacht von Elicia abzuwenden.

Und ich? Hatte ich Elicia nicht auch beschützt, allerdings ohne es mir einzugestehen? Die kleinen Ungereimtheiten hätten mich stutzig machen müssen: dass Elicia sagte, sie habe sich beim Tanz lange mit ihrem Vater unterhalten, der ihr etwas aus der königlichen Kassette versprochen habe, wohingegen Kara von einem sehr kurzen, nur wenige Momente dauernden Tanz berichtet hatte; dass Elicia als Einzige Karas Schreie hörte, ja, sogar von ihnen erwachte, obwohl ihr Gemach weit entfernt vom Geschehen lag und großer Lärm im Burghof herrschte; dass sie, eine wache, kluge Frau, ihren Vater völlig anders wahrnahm als die anderen Menschen, mit denen ich über ihn sprach. Ihre Verehrung für ihren Vater war von geradezu verdächtigem Ausmaß, doch ich übersah die Anzeichen. Sie nähte ihm Tuniken, wie man es für einen Ehemann tut; sie brach beim Verhör zusammen, als ich auf seine ungarische Geliebte zu sprechen kam; sie erlitt im Geheimgemach auf Agapets Bett einen Schwindelanfall; und sie trug den Ring, den angeblich ihr Vater ihr geschenkt hatte, am vierten Finger der linken Hand. Und doch hatte ich, der das Verborgene erforscht, bei Elicia versagt, weil ich hatte versagen wollen. Auch die Umnachtung, in die sie fiel, nachdem sie von Bilhildis mit Blut bespuckt worden war, hatte mich noch nicht aufgerüttelt. Erst der Fund der Gegenstände im Wald hatte dies erreicht, und ich hatte wieder wie ein Vikar zu denken begonnen.

Das Nachtgewand war sicherlich das deutlichste Beweisstück für Elicias Täterschaft. Entweder hatte es jemand aus ihrem Fenster geworfen, um sie zu belasten – dann hätte dieser Jemand allerdings auch dafür sorgen müssen, dass es gefunden wird. Da ich selbst jedoch dieser Jemand gewesen war, der mit dem Mord an Bilhildis den Fund des Nachtgewands herbeigeführt hatte, blieben nur zwei weitere Möglichkeiten. Erstens: Jemand, beispielsweise die Gräfin, wollte nicht, dass Elicias Schuld entdeckt würde. Zweitens: Elicia selbst beseitigte noch in der Nacht von Agapets Tod das blutige Gewand, das ich im Wald gefunden hatte, halb verrottet zwar, aber doch mit noch erkennbaren Spuren versehen.

Das Ergebnis bliebe in jedem Fall dasselbe: Elicia hatte ihren Vater getötet.

Ergab das einen Sinn? Beim Nachtgewand mochte er noch nachvollziehbar sein, aber was den Schlüssel betraf … Elicia hätte ihn problemlos in das Versteck ihrer Mutter zurücklegen können. Der Dolch: Sie, die ihn im Bad entdeckt hatte, warf ihn wenig später aus demselben Fenster wie Tage zuvor das Nachtgewand? Des königlichen Rings, an dem ihr so viel lag, des letzten Geschenks ihres Vaters, entledigte sie sich ebenfalls? Und des Helms? Wozu? Und was war mit ihren Aufzeichnungen? Wieso, bei allen Heiligen und Engeln, sollte sie sie wegwerfen?

Dagegen stand: Wieso sollte ein anderer sie für Elicia

wegwerfen? Und wenn doch, warum dann nicht gleich vernichten? Papiere ließen sich verbrennen, Gewänder ebenso. Und wieso den Ring und den Dolch nicht zu Geld machen? Mich hatte beim Auffinden der Gegenstände unterhalb von Elicias Fenster eine Ahnung beschlichen, kaum mehr als eine Furcht, wie sie ein Wanderer im dunklen Wald hat. Beim Lesen von Elicias Aufzeichnungen hatte sich diese Furcht verdichtet, mich verzweifeln lassen, und nach dem Gespräch mit der Gräfin hatte sie sich als wahr bestätigt. Das Licht, das mir noch fehlte, um erkennen zu können, hatte Claire mir gegeben.

Elicia hatte sich dieser Sachen entledigt, indem sie sie aus dem Fenster geworfen hatte – doch nicht in Wachheit, sondern in einem Zustand ähnlich dem, in welchem sie sich in den vergangenen Stunden befunden hat (und von dem sie sich im Augenblick, da ich dies niederschreibe, langsam erholt). Sie hat die Waffe, mit der sie ihren Vater getötet hatte, gesucht und gefunden, und sie hat sie wieder verschwinden lassen. Im Vollbesitz ihrer Sinne hat sie den Mörder ihres Vaters verfolgt und alles für seine Auffindung und Bestrafung getan, und in Abwesenheit ihrer Sinne hat sie ihn gedeckt – in beiden Fällen sich selbst.

Ist das wunderlich, fantastisch, widersinnig? Es ist im Grunde nichts anderes als der Prozess, den auch ich in meinen Niederschriften monatelang gegen mich geführt habe, ein Prozess gegen den Verbrecher in mir. Nur dass Elicia ihn mit anderen Mitteln führte und unfreiwillig.

Unfreiwillig ja, doch wirklich mit anderen Mitteln? Sie schrieb, genauso wie ich. Sie schrieb, um anzuklagen. Wen? Den Mörder. Wer war der Mörder? Sie selbst.

Sie hat sich selbst angeklagt, ohne es zu wissen. Und nachts – oder wann immer sie in ihre Umnachtung fiel – hat sie sich verteidigt.

In vollem Tageslicht ist sie der Gewohnheit gefolgt – die einem tiefen Wunsch entsprach –, ihren Vater zu verehren. Dazu gehörte nach seinem Tod auch, ihn zu rächen. In der Finsternis ihrer Seele jedoch war Agapet ein anderer: der Mann, der sie stets geringgeschätzt hatte, der sie zurückstieß, ihr die Liebe versagte, sie sogar beleidigte. Trotz allem hielt sie ihm die Treue. Ist es übertrieben, zu sagen, es war die Treue einer hoffenden Braut? Nachdem Agapet seine Tochter in trunkenem Zustand ungebührlich berührt hatte, fiel sie in ein Fieber, aus dem sie mit einem noch stärkeren Verlangen, ihm zu gefallen, erwachte. So zumindest hatte es den Anschein. Am Ende des Sommers brachte er Kara mit, eine mit Elicia gleichaltrige Frau. Sie war der Funken, den es noch gebraucht hatte.

Ich sehe Elicia vor mir. Es ist der Tag der Rückkehr Agapets. Sechs Monate lang hat Elicia diesen Tag herbeigesehnt. Die schreckliche Stunde, in der Agapet sie ungebührlich angefasst und geküsst hatte, hat sie allem Anschein nach vergessen. Sie hat ihr bestes Kleid angezogen und sich hübsch frisiert. Sie ist aufgeregt wie vor einer Hochzeit. Und da kommt er, Agapet, und alles ist wie immer. Kaum dass er sie eines Blickes würdigt, nur wenige Worte sind ihr vergönnt, dann ist sie schon wieder vergessen, denn Agapet wendet sich seiner Trophäe zu: Kara. Elicia jedoch besitzt genug Erfahrung darin, sich ihren Vater schönzureden. Auf dem Fest, so sagt sie sich, wird alles anders. Es wird Abend, das Fest ist im Gange, und tatsächlich: Für wenige Augenblicke gehört er ihr, als sie miteinander tanzen. Er fragt: Bekommst du endlich ein Kind? Sie bekommt kein Kind, und er lässt sie mitten im Tanz stehen. Er will einen Enkel, wenn er schon keinen Sohn mehr hat. Sie selbst zählt nicht, wohl aber die Ungarin, die er für die Nacht ins Bad bestellt. Zutiefst gekränkt, aber äußerlich gelassen verlässt Elicia das Fest, geht in ihr Gemach, lässt sich zum Schlafengehen umkleiden und entlässt ihre drei Zofen. Alles scheint wie immer, wie an jedem Abend. Doch dieses Mal ist etwas anders: Es gelingt Elicia nicht mehr, die Kränkung zu verwinden. Sie will es, sie will lieben, sie will vergöttern. Aber sie will diesen groben Vater auch hassen und strafen.

Was danach mit Elicia passiert – wie kann ich das wissen, beschreiben? Sitzt sie erstarrt vor dem Spiegel wie gestern, als ich sie dort antraf? Schläft sie bereits? Spürt sie, dass etwas mit ihr geschieht? Hört sie Stimmen? Der Vorgang, in welchem ein Mensch entrückt, und die Welt, in die er entrückt, bleiben ein Mysterium für uns, die wir uns noch nie auf den Weg zu diesem Ort begaben. Ich hatte schon Fälle von Mondsucht zu richten, die manche als Sendung des Teufels, andere als Gabe Gottes verstehen wollen. Und ich hatte eine Kräuterfrau, die sich mit Tränken in einen Zustand ekstatischer Verzücktheit versetzte. Aber was mit Elicia geschah, das ist für mich einzigartig. Es ist, als hätte sich etwas ihrer bemächtigt, das sie selbst gehegt und gepflegt hatte, ein natürlicher Teil von ihr, der gehört zu werden wünschte. Ich kann es nicht anders erklären.

Sie geht im Nachtgewand durch die leeren Burggänge – denn das Fest ist noch im Gange – in das Gemach der schlafenden Mutter, stiehlt den Schlüssel, geht zur Schatzkammer, öffnet die königliche Kassette, holt den Ring, steckt ihn sich an den Finger ... Fasst sie erst da den Entschluss, ihren Vater zu töten? Der Dolch liegt neben dem Ring in der Kassette. Wie auch immer, sie nimmt ihn an sich und begibt sich in das Geheimgemach, an das sie sich aus früher Kindheit und nur weil sie im Zustand der Umnachtung ist, erinnert. Dort sieht sie auch den alten Helm ihres Vaters. Sie wartet eine Weile, hört das Wasser rauschen, als Raimund das Bad einlässt. Noch einmal vergeht eine Weile. Dann betritt sie, aus dem Vorraum kommend, das Bad. Es ist sehr dunkel dort. Ihr Vater ist bereits im Becken, er sieht nicht sofort, wer zu ihm ins Wasser steigt, und als er es erkennt, ist es zu spät. Die äußerst scharfe Spitze des Dolches bohrt sich in Agapets Hals. Das Blut spritzt Elicia entgegen, benetzt Gesicht und Gewand – so wie Bilhildis' Blut sie später benetzen wird –, der Dolch gleitet ihr aus der Hand und fällt in das Wasser. Vielleicht will sie das Bad verlassen, doch sie hört von jenseits der Tür Geräusche und Stimmen – es ist Bilhildis, die Raimund die Ungarin übergibt. Erneut geht Elicia ins Geheimgemach. Wieder hört sie, wie Raimund vom Kesselraum aus warmes Wasser ins Becken nachlaufen lässt, und diesen Augenblick nutzt sie, um die Geheimkammer zu verlassen, Agapets Gemach zu durchqueren und zu ihrer eigenen Kemenate zurückzukehren. Niemand hat sie erkannt, denn Kara kann vom Becken aus den Vorraum des Bades nicht sehen. Elicia zieht ihr blutiges Nachtgewand aus und wirft es aus dem Fenster, denn verbrennen kann sie es nicht, da es noch nass ist. Danach zieht sie ein frisches Gewand an, das genauso aussieht wie das, welches sie weggeworfen hat. Auch den Schlüssel wirft sie fort.

Sie legt sich zu Bett, doch schläft sie wirklich ein, oder erwacht sie vielmehr aus einer Art Schlaf, während sie sich bemüht, einzuschlafen? Das jedoch ist eine Frage für Ärzte und Denker.

Sie erwacht. Sie glaubt, Schreie gehört zu haben. Und tatsächlich hat Kara geschrien. Doch kein anderer hörte diese Schreie, noch nicht einmal die Gräfin, deren Gemächer viel näher am Bad liegen. Waren es wirklich Karas

Schreie, die Elicia hörte? Oder waren es vielmehr Schreie, die aus Elicias Innerem kamen? Sie eilt ins Bad und findet ihren toten, blutleeren Vater.

Von diesem Moment an beginnt der Prozess, den ich erwähnte. Der eine Teil von ihr tut alles, um den Mord an ihrem Vater zu rächen. Sie befragt Kara, sie befragt ihre Mutter, sie hilft mir bei der Aufklärung, indem sie mich in das Geheimgemach führt, von dem sie geträumt hat. Damit klagt sie sich selbst an, ohne dass sie und ich es begreifen. Sie sieht Geister und Schergen, einer von ihnen trägt den alten Helm ihres Vaters, so als käme Agapet aus dem Jenseits zurück, um sich zu rächen. O nein. Es hat nie einen Meuchler gegeben, der sie in der Nacht des Dammbaus in ihrer Kemenate überfiel, und ebenso wenig lauerte ihr kürzlich eine weitere Gestalt in der Dunkelheit eines Gangs auf und veranlasste sie zur Flucht. Sie alle waren lediglich Gespenster ihres Gewissens.

Elicias anderer Teil verwirft alles, was sie an ihren Vater oder das Verbrechen an ihm erinnert, so als wolle sie ihn besiegen und verbannen. Es ist ein beständiger Kampf im Gang zwischen der Selbstanklage und der Selbstbegnadigung, der auch ihre Aufzeichnungen zum Opfer fallen, die sowohl Lüge als auch Wahrheit enthalten. Sie schreibt darin unter anderem von ihren Tagträumen und auch von den Gestalten, die ihr auflauern. Es ist möglich, dass der im Dunkel agierende Teil Elicias eine Gefahr in ihrer Tätigkeit des Schreibens sah, ermöglicht es doch Elicia selbst und jedem anderen einen Blick in ihre Seele. Denn das ist der Zweck jeden Schreibens: Licht ins Dunkel zu bringen.

Ich steckte die Beweisstücke von Elicias Schuld zurück in den Beutel. Er wog schwer in meiner rechten Hand. Meine linke Hand war anscheinend frei, und nur die Gräfin und ich wussten, dass dort in diesem Moment unsichtbar ein anderes Gewicht lag: das des Herzens.

»Diese Entscheidung kann Euch niemand abnehmen, Malvin«, sagte sie. »Ich habe mich damals, als ich die Wahrheit erkannte, für Elicia entschieden. Ich wollte sie schützen und war bereit, eine Unschuldige statt ihrer bestrafen zu lassen. Das hat mich viel gekostet, und das meiste davon ist für immer verloren. Ein gepeitschtes Gewissen weist nicht weniger Narben auf als ein gepeitschter Rücken. Gott hat mich bestraft. Er hat mir den Glauben an so manches genommen. Aber er hat mich nicht zerstört. Er hat mir ein zweites Leben gegeben, in dem ich mich bewähren kann.«

»Wenn ich Elicia verurteile«, sagte ich, »verliere ich sie und mein Kind. Aber wenn ich sie verschone …«

»… werdet Ihr eine geliebte Frau haben, über die Ihr mehr wisst als sie über sich selbst.«

»Wird sie sich wieder erholen?«

»Mit Eurer Liebe, daran habe ich keinen Zweifel.«

Ich zog den Beutel zu.

Plötzlich rief Claire: »Seht nur!« Sie ging zum Fenster, wohin ich ihr folgte. Ein grandioses Spektakel war im Gang. Das ganze Tal und der Himmel über der Burg waren voller weißer Schmetterlinge. Die ungewöhnlich milde Luft und die warme Sonne der letzten Wochen hatten sie hervorgebracht. Claire sagte, dass sie diese Erscheinung in all den Jahren, die sie auf der Burg lebte, zum ersten Mal sah, und schrieb es dem Hochwasser des letzten Jahres zu, das das Land fruchtbarer denn je machte.

Ich lege meinen Schriften an dieser Stelle zwei Dokumente bei, die besser beschreiben, was meinem Gespräch mit Gräfin Claire folgte, als wenn ich darüber noch viele nutzlose Wörter schriebe. Zu dem ersten Dokument – genau genommen ist es ein Brief, der vor einer Stunde eintraf – muss ich erklären, dass ich, bevor ich kürzlich Konstanz verließ, einen Boten mit dringender Post nach Worms geschickt hatte.

Das zweite Dokument spricht für sich. Ich habe nicht vor, dem noch irgendetwas hinzuzufügen.

Gezeichnet zu Worms, am siebenundzwanzigsten Tag des April im Jahre des Herrn neunhundertzehnunddrei.

Konrad, König des Ostfränkischen Reiches, Herzog von Franken, an Malvin von Birnau, Vikar von Konstanz.

Wir, Konrad, König von Gottes Gnaden, entbieten Euch Unseren dankbaren Gruß. Die Briefe des Herzogs von Schwaben an Graf Agapet von Breisach, die Ihr Uns übersendet habt, haben Uns die Absichten Burchards enthüllt, sich bald vom Reiche loszusagen und Unseren Befehlen zuwiderzuhandeln. Als Ränkeschmied und Verräter gegen Unsere Gott gegebene Macht, haben Wir Burchard für abgesetzt erklärt. Unsere Truppen marschieren auf Tübingen, um Unserem Wort Gewalt zu verleihen und den Verräter gefangen zu nehmen.

Da der Titel des Herzogs von Schwaben somit vakant ist, ist es Uns gestattet, Euch, Malvin von Birnau, in Anerkennung Eurer Verdienste mit dem Titel und dem Amt des Pfalzgrafen von Breisach zu belohnen. Die Ernennung geht Euch mit Wirkung zum Ersten des Mai mit gesondertem Boten in Kürze zu. Zugleich ernennen Wir Aistulf, Pfalzgraf von Breisach, zum neuen Herzog von Schwaben, auf dass er gut über sein Land herrsche und seinem König ergeben diene.

Gezeichnet am letzten Tag des April im Jahre des Herrn neunhundertzehnunddrei.

Ich, Malvin von Birnau, Vikar von Konstanz, erkläre wegen der Morde an Agapet, Graf von Breisach, und seinem Schwiegersohn Baldur, dass die Dienerin Bilhildis diese Verbrechen begangen hat. Unstillbarer Hass gegen das Geschlecht der Agapiden trieb sie zu diesen schlimmsten Schandtaten gegen das Gesetz Gottes und des Landes. Dafür zeugt der Auszug aus einer Niederschrift, die sie für sich selbst anfertigte und den ich den Gerichtsprotokollen beilege.

Bilhildis hat sich selbst gerichtet, bevor der Richtspruch sie traf. Bilhildis handelte allein oder allenfalls mit Wissen ihres Gemahls Raimund, der sich, als er vom Tode seiner Frau erfuhr, erhängte.

Die Untersuchung ist abgeschlossen.

Epilog

4. Mai des Jahres 956

Malvin

VOR GENAU DREIUNDVIERZIG Jahren haben meine Schwiegermutter Claire und ihr Gemahl Aistulf als neu ernanntes Herzogspaar von Schwaben die Burg verlassen – kein Jahrestag, den ich mit einer Wiederaufnahme meiner Niederschriften begehen müsste. Ich hatte nie vor, das vor langer Zeit Begrabene noch einmal hervorzuholen. Doch vor einer Woche starb meine über alles geliebte Elicia nach kurzer, schwerer Krankheit, und so bin ich nun der Letzte derer, die diese Geschichte zu erzählen begonnen haben. Ist es die Einsamkeit, die mir die Feder noch einmal in die Hand drückt, um diese Geschichte zu Ende zu bringen? Oder die Verantwortung?

Elicia erinnerte sich bis zuletzt an nichts, was ihr Verbrechen anging, und auch nicht an ihre letzte Unterredung mit Bilhildis, die zunächst so schlimme Folgen hatte. Sie erholte sich rasch. Ich erzählte ihr, dass sie in Ohnmacht gefallen war, dass Bilhildis sich in Raserei selbst getötet hatte und so weiter. Nichts hat je dafür gesprochen, dass sie meinen Erklärungen nicht glaubte. Ich denke, sie wollte daran glauben. Wieder und wieder hat sie sich in unseren gemeinsamen Jahren mein Dokument, in dem ich Bilhildis zur Schuldigen erklärte, durchgelesen, so als wolle sie sich die Buchstaben in ihre Seele brennen. Das letzte Mal bat sie mich am Tag vor ihrem Tod, es ihr vorzulesen, weil ihre Augen schon schwach waren. Ich glaube, sie hat sich nie gefragt, warum sie von jenem Dokument so besessen war, und ich habe ihr die Antwort vorenthalten. Die Geister, die sie nach ihrer blutigen Tat geplagt hatten, verschwanden nie zur Gänze aus unserem Leben, aber sie haben uns die meiste Zeit in Ruhe gelassen. Zwei oder drei Male im Jahr wachte Elicia des Nachts auf und rief nach ihrem Vater, ansonsten schlief sie wie ein Kind. Am Tage genoss sie es aus vollen Zügen, die Herrin der Burg zu sein. Und das war sie bis zu ihrem Tod. Elicia ist mir immer ein geliebtes und gefürchtetes Rätsel geblieben, und ich habe mich nicht selten gefragt, ob es eine Bedeutung hatte, dass sie sich ausgerechnet in mich, einen Erforscher des Verborgenen, verliebt hatte. Den Ring ihres Vaters, den sie in der Umnachtung weggeworfen und den ich im Wald wiedergefunden hatte, habe ich ihr nie zurückgegeben. Sie sollte meine Frau sein, nicht die von Agapet.

Ich erinnere mich noch gut des Tages vor dreiundvierzig Jahren, als Claire und Aistulf sich von uns verabschiedeten. Wir sammelten uns im Großen Saal um die Tafel herum und stießen miteinander an. Zuvor hatten sich Elicia und Claire lange unterhalten. Sie hatten fast fünf Stunden miteinander geredet, so viel wie in ihrem ganzen bisherigen Leben zusammengenommen, und ich habe weder Elicia noch Claire je gefragt, was dabei alles zur Sprache gekommen war. Aber beide waren nach dieser Unterredung erleichtert, und Orendel wurde von Elicia herzlich aufgenommen.

Wir haben nie wieder so zusammengesessen: Elicia, Claire, Aistulf, Orendel und ich. Claire und Aistulf verbrachten einige gute Jahre miteinander, sie bekamen nach dem kleinen Richard noch ein Mädchen, aber Aistulf starb viel zu früh. Das war vor – mein Gedächtnis lässt mich im

Stich, aber ich glaube, es war vor ungefähr dreißig Jahren. Claire ging danach ins Kloster. Ihre drei Zofen begleiteten sie freiwillig dorthin, wo sie weiter ihre Lieder sangen. Claire starb hochbetagt vor zwölf Jahren. Ihr Sohn Orendel war schon ein Jahr nach unserem letzten gemeinsamen Beisammensein als Mönch ins Kloster gegangen. Er hatte zu viele Jahre in Abgeschiedenheit gelebt, um die Geschäftigkeit einer Burg oder den Trubel eines herzoglichen Hofes erträglich zu finden. Sogar Abt zu werden lehnte er ab. Er starb vor sieben Jahren im Kloster Sankt Gallen, wo er fast sein ganzes Leben lang Bücher kopiert, sich der Komposition geistlicher Lieder gewidmet und dabei seinen Frieden gefunden hatte.

Wir saßen also nur ein einziges Mal zu fünft beisammen, danach sahen wir uns nur noch selten, und immer fehlte wenigstens einer von uns, die wir über das Land verstreut lebten. Trotzdem hätten wir es leicht einrichten können. Ich frage mich, ob wir ein solches Treffen nicht deshalb vermieden, weil wir in jener Abschiedsstunde auf der Burg alle dasselbe gespürt hatten, nämlich die Unheimlichkeit, das Ungeheuerliche, das uns umgab. Drei von uns waren Mörder, darunter ich selbst, Orendel wäre es beinahe geworden, und Claire deckte den Mord, den ihre Tochter begangen hatte.

Von den Mauern aus winkten Elicia und ich denen nach, die uns verließen. Sie ritten über die toten Schmetterlinge, die nach einer kurzzeitigen Rückkehr der Kälte sowie wegen der viel zu wenigen Blüten, von denen sie sich nähren konnten, alle innerhalb von zwei Nächten verendet waren. Sie, die den Himmel ausgefüllt hatten, bedeckten nun die Erde, wurden vom Wind weggeweht, vom Wasser weggeschwemmt.

Als ich kurz nach der Abreise Claires mein Gemach

betrat, fand ich dort eine Kassette vor. Sie stammte von Claire. Darin befanden sich ihre Aufzeichnungen. Auf einem beigefügten Stück Papier stand: Mein lieber Malvin, tut damit, was Ihr für richtig haltet.

Ich habe nie auch nur ein Wort davon gelesen. Ich habe die Schriften aus der Kassette herausgenommen und sie zu den meinen und denen von Bilhildis und Elicia in die königliche Kassette gelegt. Dann schloss ich sie samt Dolch und Ring in der Schatzkammer ein.

Doch dort gehören sie nicht länger hin. Wenn Gott gütig ist, lässt er mir nicht mehr viel Zeit. Er hat mich bestraft, indem er mich neunundsiebzig Jahre alt werden und an zahlreichen Gebrechen erkranken ließ. Nun ist es genug. Ich habe das Land regiert, wie es Aistulf gefallen hätte, trotz mancher Widrigkeiten. Könige sind gegangen, gekommen und wieder gegangen, Kriege sind vorübergezogen, an die sich schon jetzt niemand mehr erinnert. Im letzten Jahr hat König Otto die Ungarn in der großen Schlacht auf dem Lechfeld vernichtend geschlagen – es scheint, endgültig besiegt. Auch unsere beiden Söhne haben dort gekämpft, gottlob ohne Schaden zu nehmen. Ob sie dort auf dem Lechfeld den Söhnen Karas begegnet sind? Wir haben nie wieder etwas von Kara gehört, aber ich weiß, dass Elicia sie in jedes Gebet eingeschlossen hat.

Was Kara in die Wand ihres Gefängnisses geritzt hat, ist bis heute ihr Geheimnis geblieben. Aber ich habe das Gefühl, dass sie zu uns, dass ihre Geschichte zu unserer gehört. Daher versenke ich dies alles nun im Dunkel jener Wand, die unsere Geheimnisse bewahren und zur rechten Zeit freigeben soll.

Danksagung

Ich danke denen, die mir geholfen haben, die Idee zum Buch zu machen: Petra Hermanns, Maria Dürig, Eléonore Delair und René Schwarzer. Mein besonderer Dank geht an Ilse Wagner, die meinem Text in bewährter Weise den besseren Schliff gegeben hat.